STACY WILLINGHAM

WAS VERBORGEN IST

Thriller   Aus dem Englischen von Alice Jakubeit

ROWOHLT TASCHENBUCH VERLAG

Die Originalausgabe erschien 2023 unter dem Titel «All the Dangerous Things»
bei Minotaur Books / St. Martin's Publishing Group, New York.

Deutsche Erstausgabe
Veröffentlicht im Rowohlt Taschenbuch Verlag, Hamburg, September 2023
Copyright © 2023 by Rowohlt Verlag GmbH, Hamburg
«All the Dangerous Things» Copyright © 2023 by Stacy Willingham
Redaktion Peter Hammans
Covergestaltung Hafen Werbeagentur, Hamburg,
nach dem Original von St. Martin's Press
Coverabbildung Shutterstock; iStock; Arcangel
Satz DTL Dorian bei Pinkuin Satz und Datentechnik, Berlin
Druck und Bindung CPI books GmbH, Leck
ISBN 978-3-499-00669-2

Für meine große Schwester Mallory

«Schlaf, dieser Tod in Scheibchen.
Wie ich ihn verabscheue.»

– *Anonym*

PROLOG

Heute ist der dreihundertvierundsechzigste Tag.

Dreihundertvierundsechzig Tage, seit ich zuletzt eine Nacht geschlafen habe. Das sind beinahe neuntausend Stunden. Fünfhundertvierundzwanzigtausend Minuten. Mehr als einunddreißig Millionen Sekunden.

Oder, wenn man in die andere Richtung gehen möchte, zweiundfünfzig Wochen. Zwölf Monate.

Ein ganzes Jahr ohne eine einzige durchschlafene Nacht.

Ein Jahr, in dem ich in einem halbbewussten Traumzustand durchs Leben gestolpert bin. Ein Jahr, in dem ich mich manchmal in einem anderen Raum, einem anderen Gebäude wiederfand, wenn ich die Augen öffnete, ohne zu wissen, wann oder wie ich dorthin gelangt war.

Ein Jahr der Schlaftabletten, Augentropfen und literweisen Koffeinzufuhr. Der zittrigen Finger und schweren Lider. Ein Jahr, in dem mir die Nacht aufs Innigste vertraut wurde.

Ein ganzes Jahr, seit mir Mason genommen wurde, und noch immer bin ich der Wahrheit kein Stück näher gekommen.

KAPITEL EINS

JETZT

«Isabelle, noch fünf Minuten.»

Mein Blick bohrt sich in den Teppich. In eine Stelle ohne besondere Bedeutung, außer dass es meinem Blick dort zu gefallen scheint. Meine Umgebung verschwimmt, während diese eine Stelle – *meine* Stelle – schärfer, klarer umrissen wird. Wie beim Tunnelblick.

«Isabelle.»

Ich wünschte, ich könnte immer einen Tunnelblick haben, mich gezielt nur auf eine Sache konzentrieren. Alles andere zu Störgeräuschen werden lassen. Zu weißem Rauschen.

«Isabelle.»

Schnipp, schnipp.

Jetzt befindet sich vor meinem Gesicht eine Hand und winkt. Finger schnippen, und ich muss blinzeln.

«Tut mir leid», sage ich und schüttle den Kopf, als könnte ich so den Nebel vor meinen Augen vertreiben wie Scheibenwischer den Regen von der Windschutzscheibe. Ich blinzle noch mehrmals, dann versuche ich, meine Stelle im Teppich wiederzufinden, aber die ist jetzt fort. Das war ja klar. Sie ist wieder mit dem Teppich verschmolzen, in Vergessenheit geraten, wie ich es auch gern täte. «Tut mir leid, ja. Noch fünf Minuten.»

Ich hebe den Styroporbecher und trinke einen Schluck Kaffee – stark, schwarz –, und der Becher quietscht, als ich mit den rissigen Lippen am Rand hängen bleibe. Früher habe ich den Geschmack der morgendlichen Tasse Kaffee genossen. Für diesen Duft, der die Küche durchzog, habe ich gelebt, für die

Wärme eines Bechers Kaffee in meinen kalten, steifen Händen, wenn ich auf der hinteren Veranda stand und den Sonnenaufgang beobachtete, während Tautropfen meine Haut benetzten.

Doch es war nicht Kaffee, was ich brauchte, das weiß ich jetzt. Es war der vertraute, geordnete Tagesablauf. Wohlgefühl in der Tasse, wie diese Nudeln im Becher, die man mit Wasser übergießt, in die Mikrowelle schiebt und als Mahlzeit bezeichnet. Aber das interessiert mich nicht mehr: Wohlgefühl, geordneter Tagesablauf. Wohlgefühl ist ein Luxus, den ich mir nicht mehr leisten kann, und einen geordneten Tagesablauf … nun, den gibt es bei mir ebenfalls schon lange nicht mehr.

Jetzt brauche ich nur noch Koffein. Ich muss wach bleiben.

«Noch zwei Minuten.»

Ich sehe den Mann an, der vor mir steht und ein Klemmbrett auf die Hüfte gestemmt hat, nicke, leere den Becher und koste den gallebitteren Geschmack aus. Der Kaffee schmeckt beschissen, aber das ist mir egal. Er erfüllt seinen Zweck. Ich hole ein Fläschchen Augentropfen – gegen die roten Augen – aus der Handtasche und träufle mit routinierter Präzision je drei Tropfen in beide Augen. Das gehört jetzt wohl zu meinem Tagesablauf. Dann stehe ich auf, streiche die Hose glatt und klopfe mir mit den flachen Händen auf die Oberschenkel, um ihm zu signalisieren, dass ich bereit bin.

«Wenn Sie mir bitte folgen.»

Ich strecke den Arm aus und bedeute dem Mann vorauszugehen. Und dann folge ich ihm. Ich folge ihm durch die Tür und einen dämmrigen Flur, wo das Summen der Neonröhren in meinen Ohren klingt wie ein elektrischer Stuhl, der zum Leben erwacht, dann durch eine weitere Tür, und gleich darauf ertönt Applaus. Ich gehe an ihm vorbei zum Rand der Bühne und stelle mich hinter einen schwarzen Vorhang. Gleich dahinter wartet mein Publikum.

Heute ist ein großer Auftritt. Mein größter bisher.

Ich blicke hinab auf meine Hände, in denen ich früher Karteikarten mit Stichpunkten hielt, mit Bleistift notiert. Kurze, mit Gliederungsstrichen versehene Hinweise auf das, was ich sagen wollte und was nicht. Wie ich die Geschichte strukturieren wollte, als folgte ich einem Rezept, nach dem ich akribisch und sorgfältig an den richtigen Stellen Details einstreute. Doch diese Karten brauche ich nicht mehr. Ich habe das schon zu oft getan.

Außerdem gibt es nichts Neues zu sagen.

«Und jetzt freuen wir uns, Ihnen die Frau zu präsentieren, wegen der Sie alle hier sind.»

Ich beobachte den Mann, der da drei Meter von mir entfernt auf der Bühne steht. Seine Stimme dröhnt aus den Lautsprechern, sie scheint überall zu sein – vor mir, hinter mir. In mir, irgendwie. Irgendwo tief drin in meiner Brust. Wieder jubelt das Publikum, und ich räuspere mich und rufe mir in Erinnerung, weshalb ich hier bin.

«Meine Damen und Herren hier auf der TrueCrimeCon, es ist mir eine Ehre, Ihnen unsere Hauptrednerin zu präsentieren … Isabelle Drake!»

Als der Moderator mich zu sich winkt, trete ich ins Licht und gehe zielstrebig auf ihn zu. Die Zuschauer rufen laut, einige stehen auf und klatschen, und die kleinen Knopfaugen ihrer iPhones deuten unverwandt in meine Richtung, nehmen mich ins Visier. Ich wende mich dem Publikum zu und kneife die Augen ein bisschen zusammen, bis sie sich an das grelle Licht gewöhnen, dann winke ich und lächle matt. In der Mitte der Bühne bleibe ich stehen.

Der Moderator reicht mir ein Mikrofon, ich nehme es entgegen und nicke.

«Danke», sage ich, und meine Stimme klingt wie ein Echo. «Ich danke Ihnen allen, dass Sie an diesem Wochenende hierhergekommen sind. Was für tolle Redner.»

Wieder bricht Beifall aus, und ich nutze diese Sekunden, um das Gesichtermeer abzusuchen, wie ich es immer mache. Es sind hauptsächlich Frauen. Wie immer. Ältere Frauen in Fünfer- oder Zehnergruppen, die diese alljährliche Tradition genießen, diese Gelegenheit, sich eine Auszeit von ihrem Leben und ihren Aufgaben zu nehmen und ganz in eine Fantasie abzutauchen. Jüngere Frauen zwischen zwanzig und dreißig, die nervös und ein wenig verlegen wirken, so als wären sie gerade beim Anschauen eines Pornos erwischt worden. Aber da sind auch Männer. Ehemänner und Freunde, die gegen ihren Willen mitgeschleift wurden; der Typ Mann mit Metallrahmenbrille, Fusselbart und Ellbogen wie Astknoten. Dann sind da die Einzelgänger, die sich am Rand halten und einen gerade lange genug ansehen, um einem Unbehagen einzuflößen, und die Polizisten, die durch die Gänge streifen und das Gähnen unterdrücken.

Mit einem Mal fällt mir die Kleidung auf.

Eine junge Frau trägt ein T-Shirt mit dem Spruch *Rotwein und True Crime*, und das T von True hat die Form einer Pistole; eine andere trägt ein weißes T-Shirt mit roten Sprenkeln – die sollen wohl Blut darstellen. Auf einem weiteren T-Shirt lese ich: *Bundy. Dahmer. Gacy. Berkowitz* und erinnere mich, es vorhin im Souvenir-Shop an einer Schaufensterpuppe gesehen zu haben. Die Art der Präsentation erinnerte an die auf Merchandising-Ständen bei Konzerten – Memorabilien für glühende Fans.

Ich spüre die Galle in mir aufsteigen, ein wohlvertrautes

Gefühl, warm und scharf, und zwinge mich, den Blick abzuwenden.

«Wie Sie sicher alle wissen, heiße ich Isabelle Drake, und mein Sohn Mason wurde vor einem Jahr entführt», sage ich. «Sein Fall ist noch immer nicht aufgeklärt.»

Stühle knarren; Leute räuspern sich. Eine farblose Frau in der ersten Reihe schüttelt sanft den Kopf und hat Tränen in den Augen. Sie genießt das hier jetzt, das weiß ich. Es ist, als schaute sie ihren Lieblingsfilm an und kaute dabei geistesabwesend Popcorn. Ihre Lippen bewegen sich sanft, sie spricht jedes Wort mit. Sie hat meinen Vortrag schon einmal gehört; sie weiß, was passiert ist. Sie weiß es, aber sie kann trotzdem gar nicht genug davon bekommen. Keiner von ihnen kann genug davon bekommen. Die Mörder auf den T-Shirts sind die Schurken; die uniformierten Männer hinten sind die Helden. Mason ist das Opfer … und ich weiß nicht genau, welche Rolle mir dabei zufällt.

Die der einsamen Überlebenden vielleicht. Derjenigen, die eine Geschichte zu erzählen hat.

KAPITEL ZWEI

Ich nehme meinen Platz ein. Den Platz am Gang. Eigentlich sitze ich lieber am Fenster, wo ich den Kopf anlehnen und die Augen schließen kann. Nicht um zu schlafen, nicht direkt. Aber um für eine Weile wegzudriften. *Sekundenschlaf* nennt mein Arzt das. Wir haben das alle schon einmal gesehen, vor allem im Flugzeug: die zuckenden Lider, den nach vorn fallenden Kopf. Zwischen zwei und zwanzig Sekunden Bewusstlosigkeit, bevor der Kopf mit erstaunlicher Kraft wieder in die Höhe fährt wie der Abzug eines Gewehrs, der gespannt wird, handlungsbereit.

Ich sehe nach rechts: Der Platz neben mir ist frei. Ich hoffe, das bleibt so. Der Start ist in zwanzig Minuten. Das Gate wird gleich geschlossen, dann kann ich hinüberrücken. Die Augen schließen.

Versuchen, endlich ein wenig Schlaf zu finden, wie ich es jetzt seit einem Jahr versuche.

«Verzeihung.»

Ich fahre zusammen und blicke hoch. Eine Flugbegleiterin steht vor mir. Sie klopft auf meine Rückenlehne und blickt mich missbilligend an.

«Die Rückenlehne Ihres Sitzes muss sich in senkrechter Position befinden.»

Ich blicke nach unten, drücke den kleinen silbernen Knopf an meiner Armlehne und spüre, wie mein Rücken nach vorn und mein Bauch zusammengedrückt wird. Die Flugbegleiterin wendet sich ab, schließt ein Gepäckfach und will weitergehen, doch ich halte sie am Arm fest.

«Dürfte ich Sie um ein Mineralwasser bitten?»

«Wir servieren Getränke, sobald wir gestartet sind.»

«Bitte», füge ich hinzu, als sie sich abwenden will, und umklammere ihren Arm fester. «Falls es nicht zu viel Umstände macht. Ich habe den ganzen Tag geredet.»

Zum Nachdruck fasse ich mir an die Kehle, und sie blickt den Gang entlang, wo weitere Passagiere unbehaglich hin und her rutschen und ihre Sicherheitsgurte justieren. In ihren Rucksäcken nach den Kopfhörern suchen.

«Na gut», sagt sie und presst die Lippen aufeinander. «Einen Moment.»

Ich lächle, nicke und lehne mich zurück. Dann sehe ich mich im Flugzeug um und betrachte die anderen Passagiere, mit denen ich in den nächsten vier Stunden die aufbereitete Luft teilen werde, während wir von Los Angeles nach Atlanta fliegen. Es ist ein Spiel, das ich spiele: Ich überlege, was sie hier wohl tun. Welche Lebensumstände sie zu genau diesem Augenblick geführt haben, in genau diese Gruppe von Fremden. Ich frage mich, was sie tun oder vorhaben.

Verreisen sie, oder sind sie auf dem Heimweg?

Zuerst fällt mein Blick auf einen Jungen, der ganz allein sitzt. Riesige Kopfhörer haben seine Ohren verschluckt. Ich stelle mir vor, er sei ein Scheidungskind und werde einmal im Monat von einem Ende des Landes ans andere verfrachtet wie Ware. Unwillkürlich male ich mir sofort aus, wie Mason in diesem Alter aussehen könnte – seine grünen Augen könnten noch grüner geworden sein, zwei Zwillingssmaragde, die wie die seines Vaters funkeln. Oder seine babyglatte Haut könnte meinen Olivton angenommen haben, eine natürliche Bräune, ohne einen Fuß in die Sonne setzen zu müssen.

Ich schlucke schwer und zwinge mich, den Blick abzuwenden, drehe mich nach links und betrachte andere Fluggäste.

Da sind ältere Männer mit Laptops vor sich und Frauen mit Büchern; Teenager mit Smartphones haben sich so tief auf ihren Sitzen hinabrutschen lassen, dass sich die Knie ihrer schlaksigen Beine in die Rückenlehnen vor ihnen bohren. Einige dieser Menschen reisen zu Hochzeiten oder Beerdigungen; andere unternehmen eine Geschäftsreise oder einen heimlichen, bar bezahlten Kurzurlaub. Und manche dieser Menschen haben Geheimnisse. Eigentlich alle. Aber bei manchen sind es die echten Geheimnisse, die schmutzigen. Die dunklen, zwielichtigen Geheimnisse, die gleich unter der Haut lauern, durch ihre Adern wandern und sich ausbreiten wie Krankheitserreger.

Sich teilen, vermehren, erneut teilen.

Ich frage mich, wer sie sind, die mit den dunklen Geheimnissen, die jedes Organ, das sie berühren, verderben. Die mit den Geheimnissen, die sie von innen her auffressen werden.

Niemand hier drin würde je darauf kommen, womit ich gerade *meinen* Tag verbracht habe: mit der Schilderung des schmerzlichsten Augenblicks in meinem Leben, zur Unterhaltung Fremder. Ich habe jetzt einen Vortrag. Einen Vortrag, den ich völlig distanziert und perfekt halte. Er besteht aus Statements, von denen ich weiß, dass sie sich gut lesen, wenn man sie mir aus dem Mund nimmt und in Zeitungen abdruckt, und aus wohlüberlegt gesetzten Pausen, damit ein besonders wichtiger Punkt Wirkung entfalten kann. Dazu glückliche Erinnerungen an Mason als Gegengewicht zu besonders beklemmenden Passagen, wenn ich spüre, dass ein befreiendes Lachen vonnöten ist: Mitten in der eindringlichen Schilderung seines Verschwindens – gerade habe ich entdeckt, dass das Fenster in seinem Zimmer offen steht und eine warme, feuchte Brise hereinweht, die das kleine Mobile mit den Stoffdinosauriern über seinem Bettchen sanft tanzen lässt – halte ich inne und schlucke. Dann erzähle ich, dass Mason gerade zu sprechen angefangen hatte. *Tyrannosaurus rex* sprach er «Tyrannosauus» aus. Daraufhin quiekte mein Mann jedes Mal übertrieben, wenn Mason auf die kleinen Stofftiere über sich zeigte, und Mason kicherte vergnügt, bis er schließlich einschlief. Und dann gestatteten die Zuschauer sich ein Lächeln, vielleicht gar ein Lachen. Die Schultern entspannten sich sichtlich, die Leute lehnten sich wieder zurück, atmeten kollektiv auf. Denn mit dem Publikum, das habe ich rasch begriffen, verhält es sich so: Die Leute wollen sich nicht *zu* unbehaglich fühlen. Sie wollen das, was ich durchgemacht habe, nicht in allen hässlichen Details tatsächlich durchleben. Sie wollen lediglich eine Kostprobe. Nur so viel, dass ihre Neugier befriedigt wird – aber wenn es zu bitter, zu salzig oder zu real wird, dann schmatzen sie prüfend und gehen unzufrieden davon.

Und das wollen wir nicht.

In Wahrheit lieben die Menschen Gewalt – jedenfalls aus sicherer Entfernung. Wer da widerspricht, der verschließt entweder die Augen vor der Realität oder hat etwas zu verbergen.

«Ihr Mineralwasser.»

Ich blicke hoch. Die Flugbegleiterin reicht mir einen kleinen Becher mit einer klaren Flüssigkeit, in der Bläschen aufsteigen, die mit einem befriedigenden Prickeln zerplatzen.

«Danke.» Ich nehme den Becher und stelle ihn auf meinem Schoß ab.

«Ihr Tisch muss aber hochgestellt bleiben», fügt sie hinzu. «Wir sind bald in der Luft.»

Ich lächle und trinke einen kleinen Schluck, um ihr zu bedeuten, dass ich verstanden habe. Als sie davongeht, bücke ich mich zu meiner Handtasche hinunter und ziehe ein Minifläschchen aus einem Fach an der Seite. Als ich gerade unauffällig den Deckel abschrauben will, spüre ich jemanden neben mir.

«Hier bin ich.»

Mein Kopf fährt in die Höhe, und ich rechne halb damit, jemanden zu erblicken, den ich kenne. Die Stimme klingt vage vertraut, wie die eines entfernten Bekannten, aber der Mann neben mir auf dem Gang ist ein Fremder. Er trägt eine True-CrimeCon-Stofftasche und deutet auf den Sitz neben mir.

Den Fenstersitz.

Dann entdeckt er das Minifläschchen in meiner Hand und grinst. «Ich sage nichts.»

«Danke.» Ich stehe auf, um ihn durchzulassen.

Ich versuche, mir meine Verärgerung über die Aussicht, auf dem Heimflug neben einem Teilnehmer der True-Crime-Tagung festzusitzen, nicht anmerken zu lassen. Meine Haltung zu diesen Fans ist wirklich kompliziert: Ich verabscheue sie, aber ich brauche sie auch, ihre Augen, ihre Ohren. Ihre ungeteilte Aufmerksamkeit. Sie sind ein notwendiges Übel. Denn wenn der Rest der Welt vergisst, erinnern sie sich noch. Sie lesen weiterhin jeden Artikel und erörtern ihre jeweiligen Theorien in Amateurdetektivforen, so als ob mein Leben nur ein spannendes Rätsel wäre, das gelöst werden muss. Sie machen es sich weiterhin abends mit einem Glas Merlot auf der Couch gemütlich und lassen sich von der Kriminalnachrichtensendung *Dateline* einlullen. Versuchen, es zu erleben, ohne es *wirklich* zu erleben. Und deshalb gibt es Veranstaltungen wie die TrueCrimeCon. Deshalb geben Menschen Hunderte von Dollars für Flugtickets, Hotelzimmer und Eintrittskarten aus. Sie kaufen sich einen geschützten Raum, wo sie wenigstens ein paar Tage lang im blutigen Glanz der Gewalt baden können, indem sie die Ermordung eines anderen Menschen zu ihrer Unterhaltung nutzen.

Aber was sie nicht verstehen, was sie nicht verstehen *können*, ist dies: Auch sie könnten eines Tages aufwachen und feststellen, dass die Gewalt aus ihrem Fernseher gekrochen kommt und sich in ihrem Haus, ihrem Leben einnistet wie ein Parasit, der ihnen die Fänge ins Fleisch schlägt. Der sich tief in sie hineinwindet und es sich gemütlich macht. Der ihnen das Blut aussaugt und sie sein Zuhause nennt.

Die Leute denken nie daran, dass so etwas auch ihnen passieren kann.

Mein Sitznachbar schiebt sich an mir vorbei auf seinen Platz und verstaut seine Tasche unter dem Vordersitz. Nachdem ich mich wieder gesetzt habe, mache ich da weiter, wo ich unterbrochen wurde: Ich öffne mit einem leisen Knacken den Verschluss und lasse den Wodka in mein Wasser gluckern. Dann rühre ich mit dem Finger um und trinke einen großen Schluck.

«Ich habe Ihren Vortrag gehört.»

Mein Sitznachbar sieht mich an, das spüre ich. Ich versuche, ihn zu ignorieren, schließe die Augen und lehne den Kopf an. Warte darauf, dass der Wodka meine Lider gerade so schwer macht, dass sie ein Weilchen geschlossen bleiben.

«Es tut mir sehr leid», fügt er hinzu.

«Danke», sage ich mit geschlossenen Augen. Auch wenn ich nicht richtig schlafen kann, kann ich doch wenigstens so tun, als ob.

«Aber Sie machen das gut», fährt er fort. Ich spüre seinen Atem an meiner Wange, rieche sein Pfefferminzkaugummi. «Wie Sie Ihre Geschichte erzählen, meine ich.»

«Es ist keine Geschichte», entgegne ich. «Das ist mein Leben.»

Er schweigt eine Weile, und ich glaube schon, das hätte

gewirkt. Normalerweise versuche ich, den Leuten kein Unbehagen einzuflößen – ich bemühe mich, liebenswürdig zu sein, die Rolle der trauernden Mutter zu spielen. Schüttle Hände und nicke mit einem dankbaren Lächeln, das ich mir wie Lippenstift aus dem Gesicht wische, sobald ich mich abwende. Aber jetzt sind wir nicht mehr auf der Tagung. Sie ist vorbei. Ich habe Feierabend. Ich fliege nach Hause. Ich will nicht mehr darüber sprechen.

Über uns erwacht der Lautsprecher zum Leben, kratzig und mit viel Hall.

«*Flight attendants, prepare doors for departure and cross-check.*»

«Ich bin Waylon», sagt der Mann, und ich spüre, dass er mir die Hand reicht. «Waylon Spencer. Ich habe einen Podcast …»

Da öffne ich die Augen und sehe ihn an. Ich hätte es wissen müssen. Diese vertraute Stimme. Der kleine V-Ausschnitt und die enge Darkwash-Jeans. Mit seinem glänzenden, zum Nacken hin immer kürzer ausrasierten Undercut sieht er nicht wie der typische Tagungsteilnehmer aus. Er beschäftigt sich nicht zum Vergnügen mit Mord; er macht das beruflich.

Ich weiß nicht, was schlimmer ist.

«Waylon», wiederhole ich seinen Namen. Ich betrachte seine ausgestreckte Hand, seine erwartungsvolle Miene. Dann blicke ich wieder nach vorn und schließe die Augen. «Ich will ja nicht unhöflich wirken, *Waylon*, aber ich bin nicht interessiert.»

«Er gewinnt immer mehr an Zugkraft.» Waylon lässt nicht locker. «Nummer fünf im App Store.»

«Schön für Sie.»

«Wir haben sogar einen alten Fall aufgeklärt.»

Ob es die unvermittelte Bewegung des Flugzeugs ist – ein sanfter Ruck, bei dem sich mir der Magen hebt – oder ob es an seinen Worten liegt, kann ich nicht sagen, aber plötzlich habe ich ein mulmiges Gefühl. Ich drücke mich tief in den Sitz, während wir über die Rollbahn rumpeln und die riesige Metallkiste, in der wir alle eingeschlossen sind, immer schneller wird, bis ich Druck auf den Ohren habe.

Ich atme tief durch und grabe die Fingernägel in die Armlehne.

«Nervös beim Fliegen?»

«Können Sie damit aufhören?», fauche ich und wende ihm ruckartig den Kopf zu. Er hebt die Augenbrauen, meine plötzliche Unhöflichkeit hat ihn überrumpelt.

«Tut mir leid.» Er wirkt verlegen. «Es ist nur – ich dachte, Sie wären vielleicht interessiert. Daran, die Geschichte zu erzählen. *Ihre* Geschichte. Im Podcast.»

«Danke.» Ich bemühe mich um einen milderen Ton. Wir lehnen beide den Kopf an, als das Flugzeug zu steigen beginnt, während der Boden unter unseren Füßen heftig vibriert. «Aber ich verzichte.»

«Okay», sagt er und holt seine Brieftasche hervor. Ich verfolge, wie er das ausgeblichene Lederding aufklappt, eine Visitenkarte herauszieht und sie mir sanft aufs Bein legt. «Falls Sie Ihre Meinung ändern.»

Ich schließe die Augen wieder und lasse seine Karte unangetastet auf meinem Bein liegen. Wir sind jetzt in der Luft, durchbrechen wasserschwere Wolken. Hin und wieder findet ein Sonnenstrahl den Weg durch den halb herabgezogenen Sichtschutz und fällt hell auf meine geschlossenen Lider.

«Ich meine, ich habe einfach gedacht, dass Sie es deshalb machen», fügt er leise hinzu. Ich versuche, ihn zu ignorieren, aber meine Neugier behält die Oberhand, und es gelingt mir nicht.

«Dass ich was mache?»

«Sie wissen schon, Ihre Vorträge. Das ist bestimmt nicht leicht, es immer wieder zu durchleben. Aber das müssen Sie, wenn Sie den Fall am Leben erhalten wollen. Wenn Sie wollen, dass er irgendwann doch noch aufgeklärt wird.»

Ich kneife die Augen fest zusammen und konzentriere mich auf die rot leuchtenden Äderchen in meinen Lidern.

«Aber mit einem Podcast müssten Sie nicht mit all diesen Menschen reden. Jedenfalls nicht direkt. Sie müssten nur mit mir sprechen.»

Ich schlucke und nicke knapp, um ihm zu bedeuten, dass ich ihn zwar höre, diese Unterhaltung aber trotzdem beendet ist.

«Wie auch immer, denken Sie einfach drüber nach», schickt er noch hinterher und senkt seine Rückenlehne ab.

Ich höre den Stoff seiner Jeans rascheln, als er eine bequemere Sitzposition sucht, und weiß, dass er innerhalb von Minuten ganz mühelos das tun wird, was mir seit über einem Jahr nicht gelingt. Verstohlen öffne ich ein Auge und sehe in seine Richtung. Er hat sich kabellose Kopfhörer in die Ohren gesteckt und hört irgendetwas mit gleichförmigen Bässen, die so laut dröhnen, dass ich sie hören kann. Bald kann ich beobachten, wie mit seinem Körper die übliche Verwandlung vorgeht, vorhersehbar, aber mir trotzdem so fremd: Seine Atmung wird ruhiger und tiefer, seine Finger zucken im Schoß, sein Mund steht offen wie eine quietschende Schranktür, in einem Mundwinkel bebt ein einzelner Speicheltropfen. Fünf Minuten später dringt ein sanftes Schnarchen aus seinem Rachen, und ich beiße die Zähne zusammen.

Dann schließe ich die Augen und stelle mir für einen flüchtigen Augenblick vor, wie das sein muss.

KAPITEL
DREI

Ich schließe die Haustür auf.

Es ist fast zwei Uhr morgens, und ich habe nur eine verschwommene Erinnerung an die Heimfahrt vom Flughafen. Sie ähnelt einem dieser im Dunkeln aufgenommenen Fotos mit langer Belichtungszeit, auf denen eilige Pendler farbige Schweife durch den Bahnhof hinter sich herziehen. Nach der Landung auf dem Flughafen Atlanta Hartsfield-Jackson steckte ich Waylons Visitenkarte in mein Portemonnaie, sammelte meine Sachen ein und drängte zum Ausgang, ohne mich auch nur zu verabschieden. Ich rannte zu meinem Gate, stieg in mein Anschlussflugzeug und benötigte eine weitere Dreiviertelstunde bis zum Savannah / Hilton Head International Airport, und die ganze Zeit bohrte sich mein Blick in den Vordersitz. Ich kann mich kaum daran erinnern, wie ich durch die Gepäckausgabe wankte und draußen vor dem Terminal ein Taxi heranwinkte. Mich vom Auto für weitere vierzig Minuten in eine Art Trance lullen ließ, bis ich in meiner Einfahrt abgesetzt wurde und die Treppe zu meiner Haustür hinaufstolperte.

Sobald sich der Schlüssel im Schloss dreht, höre ich meinen Hund winseln. Ich weiß schon, wo ich ihn finden werde: Er sitzt direkt vor der Haustür, und sein Schwanz fegt wie ein Staubwedel über den Holzboden. Er war immer schon vorlaut, mein Roscoe, schon als Welpe. Ich beneide ihn um seine Fähigkeit, an dem festzuhalten, was ihn zu *ihm* macht, unverändert.

Ich hingegen erkenne mich manchmal nicht wieder, wenn ich in den Spiegel sehe. Weiß gar nicht mehr, wer ich bin.

«Na du», flüstere ich und kraule ihm die Ohren. «Ich hab dich vermisst.»

Roscoe gibt ein tiefes Stöhnen von sich, das von ganz hinten in seiner Kehle kommt, und klopft mir mit der Pfote aufs Bein. Wenn ich verreise, kümmert sich meine Nachbarin um ihn, eine ältere Dame, die Mitleid mit mir hat, glaube ich – entweder das, oder sie braucht die zwanzig Dollar pro Tag wirklich, die ich für sie auf der Arbeitsplatte liegen lasse. Sie lässt ihn hinaus und füllt seinen Napf. Hinterlässt mir detaillierte Aufzeichnungen über seinen Toilettenrhythmus und seine Fressgewohnheiten. Offen gesagt, habe ich kein schlechtes Gewissen, weil ich ihn allein lasse, denn bei ihr hat er einen regelmäßigeren Tagesablauf als bei mir.

Ich lasse die Handtasche auf die Arbeitsplatte fallen und sichte die Post, die sie dort gestapelt hat, hauptsächlich Werbung und Rechnungen. Mit einem Mal schnürt sich mir die Kehle zu. Ich nehme einen Briefumschlag, der in einer vertrauten Handschrift beschriftet ist und in der linken oberen Ecke den Absender meiner Eltern aufweist, drehe ihn um, reiße ihn mit dem Daumen auf und ziehe eine kleine Karte mit Blumenmotiv heraus. Als ich sie aufklappe, fällt ein Scheck heraus und schwebt zu Boden.

Die Karte lasse ich auf die Theke fallen, dann atme ich langsam aus. Ich kann mich nicht überwinden, den Scheck aufzuheben und nachzusehen, auf welchen Betrag er ausgestellt ist. Jedenfalls noch nicht.

«Bereit für einen Spaziergang?», frage ich Roscoe stattdessen. Er dreht sich im Kreis, ein unmissverständliches Ja, und da lächle ich. Das ist das Schöne an Tieren – sie passen sich an.

Seit ich nachtaktiv geworden bin, ist Roscoe es auch.

Ich weiß noch, wie ich Dr. Harris ansah, vor neun Monaten bei unserem ersten Termin. Dem ersten von vielen. Ich konnte meine Augen zwar nicht sehen, aber ich spürte sie. Sie waren überanstrengt und brannten. Ich wusste, dass sie blutunterlaufen waren, die Äderchen, die eigentlich unsichtbar sein sollten, verzweigten sich auf meiner Lederhaut wie blutige Risse auf einer Windschutzscheibe nach einem Autounfall. Irreparabel. Egal, wie oft ich blinzelte, es wurde nicht besser. Es fühlte sich beinahe so an, als bestünden meine Lider aus Schleifpapier, das bei jedem Blinzeln über meine Pupillen rieb.

«Wann haben Sie zuletzt eine ganze Nacht durchgeschlafen?», erkundigte er sich. «Können Sie sich daran erinnern?»

Natürlich konnte ich das. Natürlich konnte ich mich erinnern. An dieses Datum würde ich mich für den Rest meines Lebens erinnern, auch wenn ich noch so sehr versuchte, es zu verdrängen. Auch wenn ich noch so wünschte, es wäre nur ein Albtraum. Ein schrecklicher, grauenhafter Albtraum, aus dem ich jede Minute erwachen konnte. Jede Sekunde.

«Am Sonntag, den sechsten März.»

«Das ist lange her», sagte er und blickte auf das Klemmbrett auf seinem Schreibtisch. «Drei Monate.»

Ich nickte. Eine Auswirkung dieses ewigen Wachseins war, wie mir allmählich auffiel, dass Kleinigkeiten von Tag zu Tag größer zu werden schienen. Lauter, schwerer zu ignorieren. Das Ticken der Uhr in der Ecke war ohrenbetäubend laut, so als klopfte jemand mit einem langen Nagel stetig an Glas. Der Staub in der Luft war ungewöhnlich deutlich zu erkennen, lauter kleine Körnchen, die langsam durch mein Blickfeld schwebten, so als hätte jemand an meinen Voreinstellungen herumgespielt und Zeitlupe und die höchste Auflösung eingestellt. Ich konnte die Überreste von Dr. Harris' Mittagessen riechen, winzige Thunfischpartikel, die durch sein Sprechzimmer und mir fischig-salzig in die Nase schwebten. Mein Magen zog sich zusammen.

«Ist in dieser Nacht damals etwas Ungewöhnliches passiert?»
Ungewöhnlich.

Bis ich am nächsten Morgen wach wurde, war nichts Ungewöhnliches an dieser Nacht gewesen. Tatsächlich war sie sogar quälend *normal* gewesen. Ich zog meinen Lieblingsschlafanzug an, hielt mein Haar mit einem Stirnband aus dem Gesicht und entfernte das Make-up. Und dann brachte ich natürlich Mason ins Bett. Ich las ihm eine Geschichte vor, aber ich kann mich beim besten Willen nicht daran erinnern, welche es war. Ich weiß noch, wie ich Tage später in seinem Zimmer stand, nachdem das gelbe Absperrband der Polizei vor der Tür entfernt worden war. Die Stille, die im Kinderzimmer herrschte, schien den Raum auf die dreifache Größe auszudehnen. Ich stand da und betrachtete sein Bücherregal – *Gute Nacht, lieber Mond*, *Die kleine Raupe Nimmersatt*, *Wo die wilden Kerle wohnen* –, während ich verzweifelt überlegte, welche Geschichte es gewesen war. Was meine letzten Worte an meinen Sohn gewesen waren.

Aber ich konnte es nicht. Ich konnte mich nicht erinnern. So normal war diese Nacht gewesen.

«Unser Sohn», warf Ben ein und legte mir die Hand aufs Knie. Ich sah meinen Ehemann an, erinnerte mich erst jetzt wieder an seine Gegenwart. «Er wurde in dieser Nacht aus seinem Kinderzimmer entführt. Während wir schliefen.»

Das muss Dr. Harris natürlich bereits gewusst haben. Der gesamte Bundesstaat Georgia wusste davon – ganz Amerika sogar. Der Arzt neigte den Kopf, wie es anscheinend die meisten Menschen tun, wenn sie ihren Fehler erkennen und nicht wissen, was sie sonst sagen sollen. Es war, als würde er einen Deckel zuklappen. Unterhaltung beendet.

«Aber Izzy hatte schon immer ... Probleme», fuhr Ben fort. Mit einem Mal fühlte ich mich, als müsste ich nachsitzen. «Mit dem Schlaf. Schon vor der Schlaflosigkeit. Genau genommen sozusagen das gegenteilige Problem.»

Dr. Harris musterte mich, als wäre ich ein Rätsel, das gelöst werden musste.

«In etwa fünfzig Prozent der Fälle besteht ein Zusammen-hang zwischen Schlafstörungen und Angst, Depression oder irgendeiner Form von psychosozialen Problemen. Insofern ergibt das Sinn angesichts dessen, was Sie durchgemacht haben», sagte er und ließ seinen Kugelschreiber klicken. «Schlaflosigkeit ist da keine Ausnahme.»

Ich weiß noch, dass ich aus dem Fenster sah und die Sonne hoch am Himmel stand. Meine Lider wurden sekündlich schwerer, und mein Hirn umwölkte sich, als hüllte mich Nebel ein wie eine Decke. Der Kugelschreiber klickte noch immer, in meinen Ohren so laut wie eine tickende Zeitbombe, die gleich explodieren würde.

«Wir machen ein paar Untersuchungen», sagte er schließlich. «Möglicherweise verschreibe ich Ihnen was. Das bekommen wir in null Komma nichts wieder hin.»

Als ich jetzt nach Roscoes Leine greife, sehe ich mich kurz im Flurspiegel und zucke zusammen. Es ist eine unwillkürliche Reaktion, so wie man die Finger von der heißen Herdplatte wegreißt. Ich sollte mitfühlender mir selbst gegenüber sein, ich weiß. Ich habe viel durchgemacht. Aber der Schlafmangel zeichnet sich so deutlich in meinem Gesicht ab, dass er kaum zu übersehen ist. Ich scheine in den letzten Monaten um Jahre gealtert zu sein. Ich habe dicke Ringe unter den Augen, und die schmalen Hautstreifen unter meinen Tränenkanälen haben sich von einem warmen Olivton zu einem dunklen Violett verfärbt. Es sieht aus wie Veilchen, während der Rest meines Gesichts aschgrau ist wie ein Hühnchen, das schon zu lange im

Kühlschrank liegt. Ich habe in zehn Monaten neun Kilo abgenommen. Das klingt nicht nach *so* viel, aber wenn man sowieso groß und dünn ist, macht es sich bemerkbar. Es zeigt sich an meinen Wangen, am Hals. An meiner Taille – oder vielmehr daran, dass ich keine habe. Auch mein früher glänzendes dunkelbraunes Haar sieht aus, als ob es abstirbt; die Spitzen sind gespalten wie ein Baum, in den der Blitz eingeschlagen hat, und die Farbe wird von Tag zu Tag matter.

Ich zwinge mich, mich umzudrehen und Roscoe die Leine anzulegen, dann verlassen wir das Haus. Die kühle Nachtluft prickelt auf meiner Haut. Ich schließe hinter uns ab, wende mich nach rechts, und wir machen uns auf den üblichen Weg.

Isle of Hope ist ein winziges Fleckchen Land, gerade einmal sechs Quadratkilometer groß. Ich habe es schon Hunderte Male durchmessen und mir eingeprägt, wie der Skidaway River sich über den Ostteil schlängelt wie eine glänzende Wassermokassinotter. Wie die Eichen über dem Bluff Drive einen gewaltigen Bogen bilden, die knorrigen Glieder mit der Zeit ineinander verschlungen haben wie arthritische Finger. Doch es ist erstaunlich, wie vollständig ein Ort sich im Dunkeln verwandelt: Straßen, an denen man sein gesamtes Erwachsenenleben verbracht hat, sehen völlig anders aus, sodass man den Eindruck hat, anstatt über glattes Pflaster liefe man direkt in den trüben Fluss. Mit einem Mal fallen einem Straßenlaternen auf, die man sonst immer übersehen hat und deren Licht, das heller und wieder dunkler wird, während man von einer zur nächsten geht, die einzige Möglichkeit darstellt, um Entfernungen und Abstände zu schätzen. Schatten werden zu Gestalten; jede kleine Bewegung zieht den Blick auf sich – trockenes Laub, das über den Boden tanzt, oder eine Schaukel, die, angetrieben von Phantomkinderbeinen, im Wind quietscht.

Die Fenster sind dunkel, die Vorhänge zugezogen. Bei jedem Haus, an dem ich vorbeigehe, versuche ich, mir vorzustellen, was drinnen vorgeht – ein Kind regt sich sachte im Schlaf, ein Nachtlicht wirft übernatürlich wirkende Schatten an die Wand. Eheleute im Bett, Haut an Haut, eng ineinander verschlungene Leiber unter der Bettdecke – oder vielleicht auch so weit wie irgend möglich voneinander entfernt liegend, getrennt durch eine unsichtbare, kalte Grenze in der Mitte.

Was mich betrifft, mir ist beides vertraut.

Und dann sind da die Geschöpfe der Nacht. Die Lebewesen, die wie ich in Abwesenheit der anderen aus ihren Verstecken kriechen und lebendig werden. Waschbären huschen durch die Schatten und durchwühlen den Müll. In der Ferne schreit eine Eule. Schlangen gleiten aus ihrem schattigen Unterschlupf und lassen nichts als ihre eigene vertrocknete Haut zurück. Der Gesang der Grillen, Zikaden und anderer unsichtbarer Wesen ein stetiger Pulsschlag im Gras, wie der, der das Blut durch die Adern pumpt.

Ich gehe bis an das Sumpfgebiet am Rande meines Wohnviertels, bleibe stehen und starre hinaus auf das tintenschwarze Wasser, das ich ans Ufer plätschern höre. Ich bin in Beaufort geboren, gerade einmal eine gute Stunde von hier entfernt. Ich wohne schon mein ganzes Leben lang am Wasser. Als ich schwimmen lernte, kitzelten mich kleine Fische an den Füßen, und ich hörte die Garnelen bei Ebbe dicht unter der Wasseroberfläche dahinhuschen. Ich band Hühnerköpfe an eine Schnur und hängte sie stundenlang ins Wasser, wartete geduldig, bis ich voller Aufregung diese vertraute Bewegung am Ende der Leine spürte, beobachtete zahllose Tiere, die sich in ihr eigenes Verderben nagten – ein krankes Vergnügen, was mir damals aber gar nicht klar war.

Jetzt atme ich den Geruch des Sumpfs ein. Schon ein einziger Hauch versetzt mich zurück nach Hause. Erinnert mich an die Luft dort, die von Salz durchdrungen und dick wie Buttermilch ist. An den vertrauten Fäulnisgestank des Schlicks, der dem eines verfaulten Zahns ähnelt. Denn das ist es ja auch. Es ist der Gestank der Fäulnis; der flüssige Kuss von Leben und Tod.

Millionen von Lebewesen, die zusammen sterben, und Millionen andere Lebewesen, die das ihr Zuhause nennen.

Ich starre in die Ferne und betaste instinktiv die zarte Haut hinter meinem Ohr. Die Stelle, zu der es mich immer zieht, wenn ich in einer Erinnerung feststecke. In *dieser* Erinnerung. Ich versuche zu ignorieren, dass sich mein Magen anfühlt, als steckte jemand seine Hand hinein, packte zu und ließe nicht mehr los.

Schließlich sehe ich Roscoe an, der direkt am Wasser steht. Auch er starrt in die Dunkelheit, hat den Blick auf etwas in der Ferne gerichtet.

«Na komm», sage ich und ziehe an der Leine. «Ab nach Hause.»

Wir machen uns auf den Heimweg. Als wir wieder zu Hause sind, schließe ich die Tür ab und fülle erst einmal Roscoes Wassernapf auf, bevor ich die diversen Essensreste im Kühlschrank hin und her schiebe. Schließlich nehme ich eine Tupperdose Spaghetti heraus, öffne den Deckel und schnuppere daran. Die feuchten Nudeln klumpen zusammen. Ich lasse sie in eine Schüssel plumpsen und stelle sie in die Mikrowelle. Während mein Abendessen sich darin dreht, starre ich auf die Uhr, deren kleine digitale Ziffern im Dunkeln leuchten.

3:14 Uhr.

Als die Mikrowelle piept, nehme ich die Schüssel heraus,

trage sie ins Esszimmer und schiebe die verschiedenen Papiere und Mappen sowie die Haftnotizen auf dem Tisch beiseite, die ich mit mitternächtlichen Gedanken gefüllt habe. Als ich einen Stuhl vom Tisch abrücke, scharrt er über den Boden, und da trottet Roscoe zu mir herüber und legt sich zu meinen Füßen hin, während ich die Gabel in die Pasta stecke und drehe.

Dann betrachte ich die Wand, und meine Haut kribbelt, als die Wand meinen Blick erwidert.

Ich sehe in die lächelnden Gesichter meiner Nachbarn, deren Fotos ich aus Gemeindeverzeichnissen und Schuljahrbüchern ausgeschnitten habe; auch ihre Aussagen und Alibis, ihre Hobbys und Tagesabläufe hängen dort an der Wand. Ich analysiere die toten Augen auf erkennungsdienstlichen Fotos, den Gesichtsausdruck von Fremden, deren Bilder ich den Dienstbüchern der Polizei entnommen oder aus Zeitungsartikeln herausgerissen habe. All das ziert jetzt eine Wand meines Esszimmers wie die Collage einer Schülerin auf der Highschool – es ist eine Obsession, von der ich nicht weiß, wie ich sie in den Griff bekommen soll. Also betrachte ich stattdessen diese Wand. Überlege. Versuche, durch das Papier hindurch in die Köpfe dieser Menschen zu schauen, ihre Gedanken zu lesen. Denn wie schon die Passagiere im Flugzeug hat auch da draußen jemand ein Geheimnis.

Irgendjemand *irgendwo* kennt die Wahrheit.

KAPITEL VIER

DAMALS

Mit einem Ruck werde ich wach. Es ist die Sorte panisches Hochschrecken, die von einer zuknallenden Tür oder zersplitterndem Glas ausgelöst wird: Man taucht nicht sanft aus dem Schlaf auf, sondern wird grob herausgerissen. Sofort weiß ich, dass ich nicht allein bin. Ein anderer Körper schmiegt sich an mich, warm und ein bisschen feucht wie eine undichte Heizung. Heiße Atemzüge an meinem Hals.

Ich drehe mich um und blinzle rasch, als mein Blick auf zwei große Augen fällt.

«Du hast es schon wieder getan.»

Mit den Handrücken reibe ich mir die Augen und mustere meine Schwester, deren feuchtes Haar ihr am Kopf klebt wie Fäden aus geschmolzenem Karamell. Den Daumen sanft in den Mund gesteckt, blickt sie mich erwartungsvoll an. Ich versuche, mich daran zu erinnern, wann sie gestern Abend in mein Zimmer kam, meinen schweren Arm anhob, sich mit ihrem kleinen Körper an mich schmiegte und sich meinen Arm dann wie einen Sicherheitsgurt über den Bauch legte.

Ich versuche es, aber ich erinnere mich nicht.

«Tut mir leid», sage ich.

«Es macht mir Angst, wenn du das tust.»

«Schon gut.» Ich befeuchte meine Finger und streiche eine besonders dicke Strähne auf ihrer Stirn glatt wie eine Katze, die ein Neugeborenes ableckt. «Es ist nur Schlafwandeln.»

«Ja, aber ich mag es nicht.»

«Ich kann nichts dagegen tun», fauche ich. Eine Sekunde lang bin ich genervt. Ich bin morgens immer wie benommen, immer ein bisschen reizbar, so als wäre mein Hirn verstört darüber, dass es gezwungen wird, aufzuwachen und sich an die Arbeit zu machen. Aber dann fällt mir wieder ein, dass auch sie nichts dagegen tun kann. Sie ist erst sechs.

Also zwinge ich mich, tief durchzuatmen.

«Was habe ich gemacht?»

«Einfach dagestanden.» Sie liegt auf der Seite, den Kopf ins Kissen gedrückt, sodass die Wange ein bisschen gequetscht wird. «Deine Augen waren offen.»

Ich drehe mich auf den Rücken, sehe an die Decke und folge mit dem Blick dem Riss, der am Kronleuchter beginnt und sich auswärts verzweigt wie ein kleines Flussdelta. Ein Verkehrsknotenpunkt. Ich habe schon immer einen sehr tiefen Schlaf gehabt, schon so lange ich zurückdenken kann. Sobald mein Kopf das Kissen berührt, falle ich in einen tiefen Schlaf, und nichts kann mich wecken. *Nichts.* Vor einigen Monaten habe ich weitergeschlafen, obwohl der Rauchmelder gleich vor meinem Zimmer laut piepte. Später wurde ich von selbst wach und stand draußen vor dem Haus, im Nachthemd. Es stank penetrant nach Rauch. Ich erinnere mich noch an das Gefühl des taufeuchten Rasens an meinen nackten Füßen, während mein Vater im Dunkeln meine Hand drückte. Offenbar war ich mit ihm nach draußen gegangen, meine Hand fest in seiner. Eine halbe Stunde lang hatte ich so dagestanden, steif und aufrecht und vollständig bewusstlos, während die Feuerwehrleute die Flammen löschten, die unsere Küche erfasst hatten und an den Wänden emporzüngelten.

«Wo war ich?», frage ich.

«In meinem Zimmer.» Margarets Blick wandert noch immer kreuz und quer über mein Gesicht. «Du hast mich geweckt.»

Mir wird heiß vor Scham bei der Vorstellung, dass meine kleine Schwester sich meinetwegen im Schlaf beobachtet gefühlt hat. Dass sie die Augen aufschlug, ein paarmal blinzelte, bis sie sich an die Dunkelheit gewöhnt hatten, und sie mich schließlich reglos dort stehen sah.

«Hast du versucht, mich zu wecken?»

«Nein. Mom hat gesagt, das soll ich nicht. Das ist gefährlich.»

«Es ist nicht gefährlich. Das ist ein Ammenmärchen.»

Margaret schiebt sich tiefer unter meine Bettdecke, und ich versuche mit aller Macht, es mir vorzustellen: wie meine Augen aufklappen und leblos vor sich hinstarren. Wie mein Oberkörper sich aufrichtet und zur Seite dreht, wie meine mageren Beine sich aus dem Bett schwingen und herabbaumeln, als säße ich am Ende des Stegs und ließe die Zehen ins Wasser hängen, blind für das Leben, das direkt unter der Oberfläche lauert; wie ich über den weichen Shaggy-Teppich durch mein Kinderzimmer gehe, die Tür öffne und den Flur entlangtappe.

Ich versuche, es mir vorzustellen, aber ich kann es nicht.

«Was hast du getan?»

«Einfach dagelegen und gewartet, bist du wieder gehst», sagt sie. «Dann bin ich dir in dein Zimmer hinterhergegangen.»

«Warum bist du zu mir ins Bett geklettert?»

«Weiß nicht.» Sie zuckt die Achseln. «Ich konnte nicht schlafen. Das mache ich immer, wenn ich Angst habe.»

Ich sehe meine Schwester an, lege ihr die Hand an die Wange und lächle. Margaret, mein kleiner Schatten. Sie folgt mir überallhin. Kommt immer zu mir gelaufen, wenn sie Angst hat – offenbar sogar dann, wenn sie vor mir Angst hat.

«Wie lange machst du das denn noch?», fragt sie.

«Weiß nicht», sage ich seufzend. Und das stimmt auch. Ich weiß es nicht. Ich weiß nicht, wie oft es passiert, aber gemessen daran, wie oft ich in den letzten Monaten an seltsamen Orten wach geworden bin, kommt es wohl nicht selten vor. Mal stand ich stocksteif in unserem Wohnzimmer, während der Fernseher lautlos ein blaues Licht verströmte. Ein andermal saß ich mit einer Schale Müsli im Dunkeln am Küchentisch. In meinem weißen Nachthemd spuke ich, beleuchtet vom Mondlicht, durchs Haus wie der Geist irgendeines verirrten, einsamen Mädchens. Der Arzt sagt, es ist harmlos – bei Kindern in meinem Alter kommt es sogar oft vor –, aber dass mein Körper unabhängig von meinem Kopf handelt, ist einfach ein bisschen unheimlich. Als es zum ersten Mal passiert ist, wurde ich in Margarets Zimmer auf dem Fußboden wach; Margaret saß direkt neben mir und spielte mit Puppen. Sie hatte nicht einmal gemerkt, dass ich schlief. «Dad hat gesagt, das wächst sich aus.»

«Aber wann?»

«Ich weiß es nicht, Margaret.» Ich beiße mir in die Wange, ganz fest, damit ich nicht irgendetwas Gemeines sage. Etwas, das ich bereuen würde. «Aber es tut mir leid, okay? Ich werde dir nichts tun. Versprochen.»

Sie sieht mich an und denkt über meine Worte nach, dann nickt sie.

«Jetzt lass uns nach unten gehen», sage ich und schlage die Bettdecke zurück.

Ich schwinge die Beine aus dem Bett, um aufzustehen, aber dann erstarre ich. Ich bekomme einen Kloß im Hals und spüre eine Angst tief in meinem Inneren, an die ich nicht herankomme. Auf dem Teppich sind Fußabdrücke – nur schwach sichtbar, aber trotzdem –, eine kleine Schmutzspur von der Zimmertür zu meinem Bett. Ich schlucke, und mein Blick zuckt zum Fenster. Zu dem zweitausend Quadratmeter großen Rasen, der sanft zum Sumpf hin abfällt.

Verstohlen reibe ich mit dem Fuß über einen der Abdrücke, ganz fest, versuche, ihn verschwinden zu lassen.

«Na komm», sage ich schließlich und hoffe, Margaret sieht die Spuren nicht. «Lass uns frühstücken.»

KAPITEL
FÜNF

JETZT

Die Mittagsnachrichten raunen im Hintergrund, während ich durchs Haus schlurfe und mir die dritte Tasse Kaffee mache. Mittlerweile habe ich geduscht und mich umgezogen. Beim ersten Licht, das durchs Fenster hereinsickerte, quälte ich mich von der Couch hoch und ging ins Bad, stellte mich unter die Dusche, hob den Kopf und ließ mir das Wasser aufs Gesicht prasseln.

Dann schloss ich die Augen, hielt den Atem an. Stellte mir wie so oft schon vor, wie es sich anfühlen könnte zu ertrinken.

Erschöpfung hat eigenartige Auswirkungen auf das Gehirn, denen mit Vernunft nur schwer beizukommen ist. Die schwer zu erklären sind. Seit ich nicht mehr schlafe, denke ich viel über Folter nach – und zwar nicht über die offen gewaltsame, wenn etwa jemandem mit einer rostigen Klinge ins Fleisch geschnitten oder ein ausgestreckter Finger mit einer alten Kneifzange bearbeitet wird. Ich denke über die Art Folter nach, die mit ausgesucht normalen Dingen arbeitet. Über die Sorte, die bei lebensnotwendigen Bedürfnissen ansetzt, um unsere schlimmsten Seiten zum Vorschein zu bringen: Schlafentzug, Hunger, Isolation, sensorische Deprivation, Waterboarding.

Ich weiß mittlerweile, wie das ist. Ich weiß, dass es einen in den Wahnsinn treibt, mitten in der Nacht wach zu liegen ohne andere Gesellschaft als die eigenen Gedanken.

Natürlich habe ich im vergangenen Jahr *ein wenig* Schlaf bekommen. Sonst wäre ich tot. Ich bin in Warteräumen oder Taxis eingedöst, blinzelte irgendwann, sah auf die Uhr und erkannte, dass ich nicht wusste, wo die letzte Stunde geblieben war. Dazu, immer wieder über den Tag verteilt, Sekundenschlaf: wenige Augenblicke intensiver, tiefer, verwirrender Bewusstlosigkeit, die aus dem Nichts zu kommen scheint und fast ebenso schnell wieder verflogen ist. Unruhige Nickerchen auf der Couch, bei denen ich jede Viertelstunde wach werde. Anfangs verschrieb Dr. Harris mir Schlaftabletten, von denen ich jeden Abend bei Sonnenuntergang eine nehmen sollte. Ich habe es ein paarmal versucht, aber die Dosis war nicht stark genug, deshalb begann ich, sie zu horten, und nahm drei oder vier auf einmal. Davon wurden mir die Lider tatsächlich schwer, doch ich wurde trotzdem jedes Mal nach wenigen Stunden wieder wach und war dann erschöpft und langsam, unfähig zu denken. Unfähig, irgendetwas zu tun.

Manchmal ist der Verstand einfach stärker als unsere Versuche, ihn auszuschalten.

Jetzt sitze ich am Küchentisch, die Hände um den Kaffeebecher gelegt, und starre auf den zugeklebten Briefumschlag vor mir, den ich dem Mann mit dem Klemmbrett gestern Abend verlegen aus der Hand riss. Verlegen deshalb, weil ich mir vorkam wie eine Nutte, die ihr Geld kassiert – schließlich habe ich mich gegen Bezahlung vor diesen Leuten entblößt.

Zwar nicht körperlich, aber doch seelisch, und das fühlt sich irgendwie noch schlimmer an.

Ich trinke einen Schluck Kaffee und drehe den Umschlag um, öffne ihn und lasse den Inhalt auf den Tisch gleiten. Dies ist mein Honorar: die vollständige Teilnehmerliste – Namen und E-Mail-Adressen sämtlicher Personen, die eine Eintrittskarte erworben haben. Der Detective, der die Ermittlungen in Masons Fall leitet, sagte mir einmal, dass Verbrecher häufig bei öffentlichen Veranstaltungen wie Pressekonferenzen und

Gedenkfeiern auftauchen, um den Rausch erneut zu durchleben, indem sie noch ein *bisschen* mehr riskieren – oder um
sich über den neuesten Stand der Ermittlungen zu informieren. Diesem Argument folgend, verlange ich seither bei jeder
Tagung, auf der ich spreche, die Teilnehmerliste und hoffe,
dass jemand aus der Masse heraussticht. Anfangs sperren sich
die Organisatoren immer gegen diese Forderung. Sie behaupten, das verstoße gegen den Datenschutz, bis ich sie darauf
hinweise, dass die Teilnehmer bereits mit den allgemeinen
Geschäftsbedingungen in die Weitergabe ihrer Daten ein-
gewilligt haben.

Es stand im Kleingedruckten. Es steht immer im Kleingedruckten.

Am Ende willigen sie jedes Mal ein. Schließlich könnte eine
Rednerin wie ich durchaus Tausende von Dollars pro Auftritt
verlangen – ein öffentlichkeitswirksamer Fall, unaufgeklärt,
aber noch nicht zu den Akten gelegt. Doch stattdessen verlange ich nur dies: Informationen. Zugang zu etwas, *irgendetwas*, das mir möglicherweise weiterhilft.

Ich überfliege die nach Vornamen alphabetisch sortierte
Liste.

Aaron Pierce, Abigail Fisher, Abraham Clark, Adam Shrader.

Es läuft immer gleich ab: Ich gebe den Namen bei Facebook
ein, sichte die Profile und versuche herauszufinden, wo die
Leute leben. Achte insbesondere auf kinderlose Frauen. Auf
einsame Seelen mit zu vielen Katzen und zu viel Freizeit. Oder
auch auf Männer, bei denen die Alarmsirenen schrillen, die
irgendwie in unser Hirn eingebaut sind. Auf die Typen mit
Augen wie Eiswürfeln, kalt und hart, bei denen sich uns die feinen Härchen im Nacken aufstellen, ohne dass wir den Finger
darauf legen könnten, warum.

Alexander Woodward, Alicia Bryan, Allan Byers, Bailey Deane.

Als Nächstes sehe ich im Register für Sexualstraftäter nach. Wenn mir irgendetwas Ungewöhnliches an jemandem auffällt, markiere ich den Namen, wende mich dem nächsten zu, und alles beginnt von vorn.

Es ist eine ermüdende, todlangweilige Arbeit, aber ohne Verdächtige und ohne Spuren ist das alles, was ich tun kann. Etwas anderes habe ich nicht.

Einige dieser Namen kommen mir vage vertraut vor, und dann weiß ich, ich habe sie schon einmal überprüft. Nach einer Weile begegnet man denselben Menschen immer wieder. Es gibt Stammgäste bei diesen Veranstaltungen, und sie finden mich immer irgendwie, stellen sich noch einmal vor oder gehen einfach davon aus, dass ich sie wiedererkenne. Erwarten, dass ich auf ihre Fragen und ihr Geplauder eingehe, als wäre ich irgendeine Autorin, die sie in ihrem Lesekreis behandeln.

Als müsste ich sie fragen, was sie von meiner Geschichte *halten*, von dem offenen Ende. Was sie ganz allgemein von alledem halten.

Es sind die Kleinigkeiten, die mich am meisten stören: wie sie mir behutsam die Hand auf den Arm legen, als hätten sie Angst, ich könnte zerbrechen. Dass sie den Kopf schräg legen wie neugierige Welpen und immer ein bisschen zu leise sprechen, sodass ich mich vorbeugen muss, um sie zu verstehen. Von dem blumigen Parfüm, das sie sich hinter die Ohren getupft haben, und ihrem warmen, schalen Atem dreht sich mir der Magen um.

«*Nicht auszudenken*», sagen sie am Ende, «*was Sie durchgemacht haben.*»

Und da haben sie recht. Sie können es sich nicht vorstellen.

Man kann es sich nicht vorstellen, bis man selbst mittendrin steckt, es selbst erlebt, und dann ist es zu spät.

Dann ist die Gewalt schon bei einem angekommen.

Roscoe schnarcht zu meinen Füßen, er atmet regelmäßig und friedlich. Mit einem Mal klirren die Anhänger an seinem Halsband, weil er den Kopf hebt und zur Haustür sieht. Beklommen verfolge ich, wie er aufsteht, ans Fenster trottet und sich geduldig hinsetzt, als draußen der Schatten eines Mannes erscheint. Ich kneife die Augen zu, atme tief durch, lege die Hand auf die Brust und reibe über die Halskette, die unter meinem T-Shirt verborgen ist. Dann gehe ich zur Tür.

Noch bevor ich das Klopfen höre, weiß ich, wer es ist.

«Guten Morgen», sage ich, während ich die Tür öffne, und sehe meinen Ehemann an. Zu spät wird mir klar, dass es schon Nachmittag ist. «Was für eine Überraschung.»

«Hey», sagt Ben und blickt überallhin, nur nicht mir in die Augen. «Darf ich reinkommen?»

Ich mache die Tür weiter auf und winke ihn herein. Sein Auftreten ist so steif und höflich, als wären wir Fremde. Als hätten wir nicht einmal zusammen in eben diesem Haus gewohnt; als hätten seine Lippen nicht schon jeden Zentimeter meiner Haut berührt, als hätten seine Finger nicht schon jedes Muttermal, jede Hautunreinheit und jede Narbe erkundet. Er bückt sich, streichelt Roscoe und flüstert immer wieder «Braver Junge». Ich beobachte ihren natürlichen, unaufgeregten Umgang und wünschte, Roscoe würde die Zähne fletschen. Würde meinen Mann drohend anknurren, weil er ihn – uns – verlassen hat.

Stattdessen leckt er Ben die Finger.

«Was kann ich für dich tun?», frage ich und verschränke die Arme vor der Brust.

«Wollte nur nach euch sehen. Heute, du weißt schon.»

«Klar. Ich weiß.»

Heute. Der dreihundertfünfundsechzigste Tag. Ein volles Jahr seit unserem letzten Tag mit Mason. Ein Jahr, seit ich ihm die letzte Geschichte vorlas und ihn gut zudeckte; seit ich mich neben Ben ins Bett legte und die Augen schloss, mühelos in einen langen, ruhigen Schlaf hinüberglitt, in seliger Unwissenheit um die Hölle, die uns am Morgen erwarten würde.

«Kannst immer noch nicht schlafen, hm?»

Ich versuche, nicht gekränkt zu sein – ich weiß, er meint es nicht so –, aber trotzdem ist es mir unangenehm, wenn er mich so sieht.

«Woher weißt du das?»

Ich versuche zu lächeln, um ihm zu zeigen, dass das ein Witz war, aber ich bin mir nicht sicher, wie dieses Lächeln ausfällt. Vielleicht ein bisschen irre, denn er erwidert es nicht.

Es begann als das verzweifelte Bedürfnis, wach zu bleiben für den Fall, dass Mason zurückkäme. Irgendjemand hatte mir meinen kleinen Liebling schließlich genommen. Irgendjemand hatte ihn mir *weggenommen*, und ich hatte es verschlafen. Welche Mutter tut so etwas? Welche Mutter wird davon nicht wach? Ich hatte das Gefühl, ich hätte es wissen sollen. Irgendein *Urinstinkt* hätte mir sagen müssen, dass etwas passierte, dass da etwas nicht stimmte. Aber da war nichts. Ich spürte nichts. Daher nahm ich mir an den ersten Abenden danach vor, wach zu bleiben, vorsichtshalber. Vielleicht würde er ja in seinem Zimmer sein, wenn ich mitten in der Nacht nachsah, würde aufrecht in seinem Kinderbettchen sitzen, als wäre er nie fort gewesen. Würde strahlend lächeln, wenn er mich erblickte. Würde die Hände nach mir ausstrecken, in einer Hand sein Lieblingsstofftier, und sich endlich sicher fühlen.

Dafür wollte ich wach sein – nein, dafür *musste* ich wach sein.

Doch aus Tagen wurden Wochen, aus Wochen Monate, und Mason war noch immer nicht wieder zu Hause. Mittlerweile war ich anders verdrahtet. Ich war verändert. Irgendetwas in meinem Hirn hatte nachgegeben wie ein überdehntes Gummiband. Anfangs redete Ben auf mich ein, versuchte, mich vom Fenster wegzuziehen, wo ich wie angewurzelt stand und in die Dunkelheit starrte.

«*Das nützt doch niemandem*», sagte er dann. «*Izzy, du brauchst Schlaf.*»

Und ich wusste, dass er recht hatte – ich wusste, dass es niemandem nützte –, aber ich konnte es nicht ändern. Ich konnte nicht schlafen.

«Wie läuft die Arbeit?», fragt Ben jetzt, bemüht, ein Gespräch anzufangen.

«Zäh», sage ich und streiche mir eine Haarsträhne hinters Ohr. Ich habe das Haar an der Luft trocknen lassen, und jetzt ist meine Stirn von einem kitzelnden Kranz feiner Härchen umgeben. «Ich bekomme im Moment nicht gerade haufenweise Anfragen.»

«Ich hätte gedacht, dass es besser als sonst läuft», bemerkt er, geht zur Couch und setzt sich. Es ärgert mich, dass er mich nicht um Erlaubnis fragt, andererseits: Er hat sie ja bezahlt. «Du weißt schon, in Anbetracht der öffentlichen Aufmerksamkeit.»

«Ich möchte das nicht ausschlachten.»

«Und mit dem, was du im Augenblick machst, tust du das nicht? Inwiefern?»

Ich starre Ben an, und er starrt zurück. Deshalb ist er hier – deshalb ist er *wirklich* hier. Er muss irgendwie davon erfahren haben, von meinem Vortrag. Mir war klar, dass er irgendwann davon erfahren würde, bloß nicht so schnell.

«Warum rückst du nicht einfach mit der Sprache raus? Komm schon, Ben. Sag's einfach.»

«Na gut, ich sag's. Was tust du da, verdammt noch mal?»

«Ich sorge dafür, dass die Ermittlungen weiterlaufen.»

«Die *laufen* doch weiter», erwidert er entnervt. Wir haben diese Unterhaltung schon so oft geführt. «Isabelle, die Polizei arbeitet daran.»

Isabelle. Er nennt mich nicht mehr *Izzy.*

«Du musst damit aufhören. Mit alldem», sagt er und deutet zum Esszimmer. Mir ist nicht entgangen, dass er eben, als er um die Ecke bog, einen Blick hineingeworfen und sich unwillkürlich geduckt hat, als rechnete er mit einem Schlag. Dann ließ er den Blick über die ganzen Fotos wandern, die den Platz einnehmen, wo früher ein Ölgemälde von unserer Hochzeit hing. «Das ist nicht gesund. Außerdem wirkt es …»

«Wie wirkt es denn?», unterbreche ich ihn, und Wut steigt in mir auf. «Bitte, sag's mir.»

«Es wirkt *falsch.*» Er ringt die Hände. «Dass du dich da vor diese durchgeknallten Leute stellst, am Tag vor dem Jahrestag. Es wirkt nicht *normal.*»

«Und was genau würde besser wirken, Ben? Was würde normal wirken? Nichts zu tun?»

Ich sehe ihn an, und meine Fingernägel bohren sich in die Handfläche.

«Sie haben *nichts*», fahre ich fort. «Sie haben *niemanden*, Ben. Wer das auch getan hat, er läuft immer noch da draußen rum. Der, der ihn *entführt* hat …» Ich breche ab und beiße mir auf die Lippe, damit ich nicht in Tränen ausbreche. Dann atme ich tief durch und unternehme einen neuen Anlauf. «Ich verstehe nicht, warum dir das nicht wichtig ist. Warum du ihn nicht finden willst.»

Ben springt auf, mit einem Mal hochrot im Gesicht, und da weiß ich, dass ich zu weit gegangen bin.

«Sag das *niemals*», schreit er und zeigt mit dem Finger auf mich. Auf seiner Lippe zittert ein Speicheltröpfchen. «Wirf mir *gefälligst* nicht vor, es wäre mir nicht wichtig. Du hast keine Ahnung, wie das für mich ist. Er war auch mein Sohn.»

«Ist», korrigiere ich ihn leise. «Er *ist* auch dein Sohn.»

Schweigend starren wir einander quer durchs Wohnzimmer an.

«Er könnte noch am Leben sein», sage ich und merke, dass ich schon wieder Tränen in den Augen habe. «Wir könnten ihn noch finden ...»

«Isabelle, er lebt nicht mehr. Er lebt nicht mehr.»

«Er könnte ...»

«Nein.»

Ben seufzt, fährt sich mit den Händen durchs Haar und zupft an den Spitzen. Dann kommt er zu mir und schlingt die Arme um mich. Ich kann mich nicht dazu überwinden, die Umarmung zu erwidern, sondern stehe einfach nur da. Stocksteif.

«Isabelle», flüstert er und vergräbt die Hände in meinem Haar. «Es macht mich fertig, dass ausgerechnet ich dir das immer wieder sage, wirklich. Es zerreißt mich. Aber je eher du akzeptierst, was passiert ist, desto eher kannst du damit abschließen. Du *musst* damit abschließen.»

«Es ist erst ein Jahr her», erwidere ich. «Wie kannst du in einem Jahr damit abgeschlossen haben?»

«Das habe ich nicht. Aber ich versuche es.»

Ich schweige, spüre seine Hände auf meinem Hinterkopf, seinen Atem an meinem Ohr, warm und feucht, und seinen Herzschlag sachte an meiner Brust. Ich öffne den Mund, will mich schon entschuldigen, da löst er sich plötzlich von mir.

«Apropos, da ist noch etwas», sagt er und lässt die Arme sinken. «Etwas, worüber ich mit dir sprechen wollte.»

Ich lege den Kopf schräg, unsicher, was ich darauf antworten soll.

«Meine Therapeutin sagt immer wieder, dass man sich für Neues öffnen muss, wenn man mit etwas abschließen will», sagt Ben. «Man muss wieder neugierig auf die Zukunft sein, weißt du. Egal, was oder wen sie einem bringt.»

«Aha.» Ich verschränke die Arme vor der Brust und versuche, den Hoffnungsschimmer in meinem Herzen nicht zu beachten. Ich kann nicht leugnen, dass ich darüber nachgedacht habe: über die Möglichkeit, dass Ben wieder angekrochen kommt. Sich dafür entschuldigt, dass er mich verlassen hat, als ich ihn am meisten brauchte.

Aber ich kann auch nicht behaupten, dass ich ihm Vorwürfe mache. Wenn man ein Kind verliert, verliert man auch manches andere. Die Vernunft, den Verstand.

«Ich wollte dir sagen, dass ich jemandem kennengelernt habe.»

Das trifft mich wie ein Schlag in den Solarplexus, schnell und hart. Ich versuche, meine Erschütterung zu verbergen, aber ich bin mir sicher, dass sie mir anzusehen ist, denn er lässt mir keine Zeit zu antworten.

«Es ist nichts Ernstes oder so. Es ist bloß neu, nur ein paar Verabredungen, aber Savannah ist eine kleine Stadt, weißt du. Die Leute reden. Ich wollte, dass du es von mir erfährst.»

«Oh», bringe ich schließlich hervor, und die Fingernägel bohren sich schmerzhaft in meine Seiten. Ich stelle mir vor, dass sie sich tief in meine Haut graben und halbmondförmige Schlitze hinterlassen wie Bisswunden.

«Ich war mir unschlüssig, ob ich es dir heute sagen soll, aber am Ende ... ich weiß auch nicht.» Seine Hände stecken, zu Fäusten geballt, in den Taschen,. «Ich wollte nicht, dass du es auf andere Weise erfährst.»

«Schon gut», sage ich und suche nach den richtigen Worten, finde sie aber nicht. «Das ist ... okay. Ich meine, das ist *schön* – also, für dich, schätze ich. Ich bin froh, dass du es mir gesagt hast.»

«Es ist schön», bestätigt er. Ich sehe, dass seine Schultern sich ein wenig entspannen, während er langsam ausatmet, als ob die Spannung darin plötzlich abgeschmolzen wäre wie Wachs. «Selbst wenn es zu nichts weiter führt, tut es mir gut. Es gibt mir Hoffnung, Izzy. Und das wünsche ich mir für dich auch.»

Meine Ohren glühen, als ich diesen vertrauten Klang höre, *Izzy*, meinen früheren Kosenamen, der aus seinem Mund plötzlich widerlich und falsch klingt. Was früher so zärtlich, so voller Verlangen und Liebe ausgesprochen wurde, kommt mir jetzt wie eine Bestrafung vor: etwas, das vor Mitleid trieft, wie ein betretenes Lächeln, wenn man am anderen Endes des Raums plötzlich jemanden entdeckt, den man einmal geliebt hat und der jetzt sieht, dass man den Abend ohne ihn verbringt.

«Sehen wir uns heute Abend?», fragt er, zieht eine Hand aus der Tasche und legt sie mir auf die Schulter.

Ich nicke, lächle und beobachte, wie er Roscoe tätschelt und dann zur Tür geht. Das Kribbeln, das ich dort spüre, wo eben noch seine Hand lag, versuche ich zu ignorieren. Als er die Tür hinter sich zuzieht, spüre ich, dass sich in mir die Leere ausdehnt wie ein klaffendes schwarzes Loch.

Nach einer Weile stecke ich die Hand unters T-Shirt, taste nach meiner Halskette und umklammere den Ring, der daran hängt – *Bens* Ring.

KAPITEL
SECHS

Selbst nachdem Ben gegangen ist, riecht mein Haus nach ihm. Nach seinem würzigen Aftershave und seinem Haargel; nach dem Sriracha-Puten-Sandwich, das er, wie ich weiß, im Auto unterwegs hierher gegessen hat – auf seinem Hemdkragen war ein kleiner roter Soßenfleck zu sehen. Vor ein paar Jahren hätte ich angesichts seiner Ungeschicklichkeit die Augen verdreht, den Daumen angeleckt und damit über den Fleck gerieben. Hätte hinterher vielleicht den Daumen in den Mund gesteckt und die Schärfe genossen. Ein kleiner Kitzel, bevor er zur Arbeit fuhr, der dafür sorgte, dass er den Tag über an mich denken würde.

Doch jetzt nicht mehr. Jetzt habe ich jedes Mal, wenn ich ihn sehe, einen metallischen Geschmack im Mund. Als hätte ich an einem Penny oder über eine blutende Wunde geleckt. Es ist, als würde mein Körper sich weigern zu vergessen, wie tief er mich verletzt hat. Wenn er mich jetzt mit diesen sanften Augen ansieht, die ich einmal süß wie zwei Sahnekleckse fand, dann schmelze ich nicht mehr dahin, so wie früher.

Sondern ich verhärte mich.

«Ein Kind zu verlieren, ist eine der größten Prüfungen, die es für ein Paar gibt», sagte Dr. Harris, als ich zum ersten Mal allein zu ihm ging. Ich musste nichts sagen; irgendwie wusste er es einfach. Vielleicht hatte er es kommen sehen. «Manche Paare gehen gestärkt daraus hervor, aber die meisten überstehen es nicht.»

Ich hatte in die Kategorie *manche* fallen wollen. Doch, wirklich. Nicht einmal, um gestärkt daraus hervorzugehen – einfach bloß, um es zu überstehen. Aber so ist das mit der Trauer:

Es gibt kein Handbuch für sie. Es gibt keine Checkliste, anhand derer man optimal hindurchkommt, bis man wieder nach vorn blicken kann. Ben, stets der Realist, senkte einfach den Kopf und schwamm gegen den Strom. Vom ersten Tag an stützte er sich auf Statistiken und Fakten, kalkulierte die Wahrscheinlichkeit, dass wir Mason zurückbekommen, von Tag zu Tag neu, bis er irgendwann zu dem Schluss kam, dass es an der Zeit wäre anzuhalten. Wir hatten das Rennen verloren, und es wurde Zeit, die Niederlage einzuräumen. Zeit auszuruhen. Ich wusste, dass es schmerzlich für ihn war. Ich wusste, es tat weh. Ich wusste, es hatte ihn seine gesamte Kraft gekostet weiterzuschwimmen – und es kostete ihn noch mehr Kraft, damit aufzuhören –, aber ich konnte nicht einmal den Kopf über Wasser halten. Von Anfang an zog ich ihn hinab, sodass er mit mir zusammen unterzugehen drohte, und als er erkannte, dass er uns nicht beide retten konnte, beschloss er, sich selbst zu retten.

Offenbar gehören wir ganz klar in die Kategorie *die meisten*.

Jetzt frage ich mich unwillkürlich, ob *die meisten* wenigstens ein Jahr durchhalten. Uns ist es jedenfalls nicht gelungen. Wir haben kaum sechs Monate geschafft.

Wir hatten keine sonderlich traditionelle Werbungsphase, Ben und ich, also sollte es mich vielleicht nicht wundern, dass eine Beziehung, die wie ein Blitzeinschlag begonnen hatte, ebenso blitzartig zu Ende ging – aber trotzdem. Wir haben sieben Jahre miteinander geteilt. *Sieben.*

Das ist doch etwas.

Jetzt kann ich nicht anders, als mich daran zu erinnern, wie wir uns kennenlernten. Offen gesagt kam es mir wie Schicksal vor; wie die ganz buchstäbliche Kollision zweier Menschen, die einfach füreinander bestimmt waren. Damals ließ es mich an Sterne denken: Wenn zwei Sterne kollidieren, verschmelzen sie manchmal zu einem – größer, heller, stärker als vorher. Doch was ich nicht wusste, war dies: Wenn sie mit zu großer Geschwindigkeit kollidieren, verschmelzen sie gar nicht. Sondern explodieren und verdampfen zu nichts.

Ich war damals gerade nach Savannah gezogen, drei Jahre nach dem Studienabschluss, und mein kaum möbliertes Apartment lag nur wenige Blocks von meinem neuen Arbeitsplatz bei *The Grit* entfernt. Ich kann mich nicht einmal erinnern, wann genau ich beschloss, dass ich für *The Grit* schreiben wollte; es war einfach etwas, das ich immer schon gewusst hatte, ebenso wie Ärzte und Feuerwehrleute ihren Berufswunsch aus der Kindheit mit ins Erwachsenenleben hinübernehmen und so darauf fixiert sind, dass sie vergessen, den Blick zu heben und darauf zu achten, was da sonst noch sein könnte. Was es sonst noch gibt.

In einigen meiner schönsten Erinnerungen liegen wir im Wohnzimmer bäuchlings auf dem rostroten Orientteppich meiner Eltern, Margaret und ich, die mageren Beine in die Luft gereckt. Margaret blätterte die Hochglanzseiten um und deutete auf ihre Lieblingsbilder. «Erzähl mir eine Geschichte», bettelte sie, und dann las ich ihr den dazugehörigen Artikel laut vor und buchstabierte jedes Wort für sie. Es war die Art von Magazin, die den Leuten auf Flughäfen und in Lebensmittelgeschäften ins Auge fällt, mit einem dicken, matten Cover und teuer wirkendem Papier; die Art von Magazin, die sich die Leute zur Dekoration auf den Couchtisch legen – Leute wie meine Eltern –, weil das bloße Vorhandensein dieses Magazins das Image, das sie haben wollen, perfekt zum Ausdruck bringt: kultiviert, gebildet, *vermögend*.

Der Slogan des Magazins, genial prägnant: *The Grit erzählt die Geschichten des Südens.*

Ende Oktober, eine Woche vor meinem ersten Arbeitstag, zog ich um. In meinen Augen ähneln sich alle diese Südstaatenstädte mit ihren riesigen Virginia-Eichen, dem Louisianamoos und den von Sternjasmin überwucherten schmiedeeisernen Toren – aber zugleich ist jede ein bisschen anders. Einzigartig und eigenständig. Savannah erinnerte mich an zu Hause, aber nur an die guten Seiten, so als hätte jemand die matschigen Druckstellen herausgeschnitten, und übrig geblieben wären nur die vielversprechenden Möglichkeiten. Und ich liebte diese Stadt, wirklich, aber volle fünf Tage allein – ohne ein einziges bekanntes Gesicht, ohne ein einziges Wort zu sprechen – können ein bisschen einsam machen, deshalb beschloss ich am Wochenende, mich schick anzuziehen und einfach auszugehen.

Ich schlenderte, die Hände in die Taschen gesteckt, zu einem Fleckchen am Savannah River. Als ich Rauch und Jalapeños roch, blähten sich meine Nasenflügel, und ich trat an die Außentheke dort. Beim Ausatmen erzeugte ich Wölkchen.

«Für fünfzehn Dollar können Sie so viel essen, wie Sie wollen», sagte Mann hinter der Theke. Er roch nach Salzwasser, Schlick und, leicht säuerlich, nach verschüttetem warmem Bier. «Austernmesser und Handtuch gibt's dazu.»

Ich zog mein Portemonnaie heraus, reichte ihm einen Zwanziger und erhielt im Gegenzug ein Blue-Moon-Bier, ein kleines Messer und einen Eimer voller Austern, die, bedeckt mit nassem Sackleinen, auf einem Holzkohlengrill gegart worden waren. Als ich mich umdrehte, stieß ich mit jemandem zusammen, und mein Bier schwappte über.

«Tut mir furchtbar leid», sagte ich und versuchte zu verhindern, dass mir der Rest des Biers übers Handgelenk schwappte. Ich betrachtete den Mann, an dessen Jacke schäumendes Bier hinabrann. «Oje, entschuldigen Sie. Ich hatte Sie nicht gesehen ...»

Der Mann blickte an seiner Jacke hinunter und wischte den Schaum mit seinen Handschuhen ab. Dann sah er mich an, musterte mein Gesicht und lächelte. Seine Mundwinkel hoben sich sanft, bis ich einen Blick auf seine Zähne erhaschen konnte.

«Schon gut, keine Sorge», sagte er. «Wenigstens haben Sie mich nicht damit erwischt.» Er deutete auf das Messer, das mit der Klinge nach außen zwischen meinen Fingern klemmte. «Mit einem Austernmesser erstochen. Kein angenehmer Tod.»

Entsetzt warf ich einen Blick auf das Austernmesser und fühlte mich wie ein Kind, das ausgeschimpft wird, weil es mit einer Schere in der Hand herumrennt.

«Das war ein Witz», sagte er, und sein Lächeln verwandelte sich in ein neckisches Grinsen. Sicher fiel ihm auf, dass ich errötete; ich muss knallrot geworden sein. «Wissen Sie, wie man mit dem Ding umgeht?»

«Nein», log ich. Ich weiß eigentlich nicht, warum ich das sagte. Natürlich wusste ich, wie man Austern auslöst. Man schiebt das Messer in den Spalt, dreht es und drückt. Aber dieser Mann sah gut aus, und ich hatte gerade eine Woche ganz allein verbracht. Ich war noch nicht bereit, diese Unterhaltung zu beenden, ihn ziehen zu lassen und wieder allein zu sein. «Zeigen Sie's mir?»

Er deutete auf einen freien Tisch, ein umgedrehtes Whiskeyfass mit einem Loch in der Mitte, in das man die leeren Schalen werfen konnte. Dann nahm er die erstbeste Auster, löste das Fleisch von der Schale, tat es auf einen Cracker und reichte ihn mir.

«Entscheidend ist, dass man reichlich Cocktailsoße nimmt und ein bisschen Zitrone», sagte er und beobachtete mich. «Das neutralisiert das Salz ein bisschen.»

«Danke.» Ich lächelte, steckte mir den Cracker in den Mund und leckte mir die Finger ab, ehe ich ihm die freie Hand reichte. «Ich bin Isabelle.»

«Ben», erwiderte er. Sein Handschlag war kräftig. Mir fiel auf, dass er nichts in Händen hielt.

«Sie brauchen was zu trinken», sagte ich. «Ich gebe Ihnen einen aus. Das ist das Mindeste, was ich tun kann.»

«Offen gesagt, wollte ich gerade gehen.»

«Oh.» Bei dem Gedanken, dass mein Flirten ins Leere gelaufen war, errötete ich gleich wieder. «Tja, trotzdem danke für die Lektion. Und entschuldigen Sie noch mal wegen des Biers.»

Er zögerte kurz, blickte sich zur Theke um und dann wieder zu mir. Er sah aus, als ob er sehr gründlich überlegte.

«Wissen Sie, was?», sagte er schließlich. «Ein, zwei mehr können nicht schaden. Und lassen Sie mich Ihnen einen ausgeben. Das ist das Mindeste, was ich tun kann, da ich ja jetzt Ihres trage.»

Ich lachte auf, und er ging zur Bar und bestellte unsere Getränke. Ich sah ihm hinterher und spürte einen Anflug von Erregung in der Brust. Als er zurückkehrte, überließ ich die Gesprächsführung nicht etwa ihm, sondern begann sofort zu plaudern. Wir sprachen über Savannah, wie lange er schon hier lebte, und über Beaufort, obwohl ich mehrfach versuchte, die Unterhaltung von meiner Heimatstadt wegzulenken. Er fragte nach meiner Familie, nach Geschwistern.

«Ich habe eine kleine Schwester», sagte ich und beließ es dabei. Mehr brauchte er über Margaret nicht zu wissen. Jedenfalls einstweilen.

Er verstand den Wink, wechselte das Thema und fragte nach meiner Arbeit.

«Ich bin Autorin bei *The Grit*.» Ich lächelte. Diesmal musste ich ihm nichts vorspielen; die Begeisterung in meiner Stimme war echt. «Genau genommen ist Montag mein erster Arbeitstag.»

Seine Augenbrauen gingen in die Höhe, und sein Mund verzog sich zu einem Grinsen. Er war beeindruckt.

«Wow», sagte er. «*The Grit*.»

«Ich kann es kaum erwarten», entfuhr es mir. Mittlerweile hatte ich drei Bier intus, und das hatte mir die Zunge gelockert. «Ich bin so aufgeregt. Ich war noch nicht in der Redaktion, aber ich habe gehört, sie soll einfach toll sein. Als könnte sie dem Magazin selbst entsprungen sein. Ich meine, natürlich ist sie toll. Muss sie ja wohl, wenn ich so an das Image denke …»

Ich brach ab, als ich merkte, dass ich ins Schwafeln geraten war. Dass Ben mich lächelnd betrachtete und sich das Lachen verkniff.

«Tut mir leid», sagte ich. «Ich plappere zu viel. Was machen *Sie* denn, Ben?»

«Man kann wohl sagen, dass ich selbst auch Autor bin», erwiderte er und senkte den Blick auf den Tisch. «Aber damit genug über die Arbeit. Es ist Wochenende.»

Er sprach weiter, aber zu diesem Zeitpunkt konnte ich nicht mehr zuhören. Ich hörte kaum ein Wort. Stattdessen betrachtete ich ihn und staunte darüber, wie perfekt sich dieser Abend entwickelt hatte. Dieser hinreißende Mann: nett, witzig und obendrein auch noch *Autor*. Ich weiß nicht, ob es an den diversen Bieren vom Fass lag, die ich intus hatte, oder am offenen Feuer, das ganz in der Nähe brannte und meine Wangen wärmte und rötete, oder daran, dass ich mich zum ersten

Mal seit Gott weiß wie langer Zeit normal fühlte, *gewollt*, aber irgendwie schien es der richtige Augenblick zu sein. Ich hatte das Gefühl, ich würde es für den Rest meines Lebens bereuen, wenn ich die Gelegenheit nicht beim Schopfe packte. Deshalb stellte ich mich auf die Zehenspitzen, beugte mich vor und gab ihm einen Kuss.

Ich weiß noch, seine Lippen waren salzig und weich, die glatte Haut innen war vom Bier kühl und schmeckte nach Hopfen. Ich hob die Hand und legte sie ihm an die Wange, und meine Finger berührten sanft sein Haar. Nach ein, zwei Sekunden lehnte ich mich zurück und wischte mir die Lippen am Handrücken ab.

«Entschuldigung», sagte ich und wurde rot, mit einem Mal verlegen. «Tut mir leid, ich weiß auch nicht, warum ich das getan habe.»

«Schon gut», erwiderte er, aber sein Lächeln hatte sich verändert, war jetzt ein bisschen verlegen. «Wirklich, machen Sie sich keine Gedanken.»

«Ich muss zur Toilette», stieß ich hervor, weil ich unbedingt fortwollte. Fort von ihm, nur kurz. Ich musste meine Gedanken sammeln, mich fassen. Mir überlegen, was ich als Nächstes sagen sollte. Also ging ich zur Toilette und sah in den Spiegel. Meine Augen waren etwas dunkler als sonst und der Blick ein bisschen desorientiert, wie immer, wenn ich zu viel getrunken hatte. Aber mir fiel auch auf, dass meine Wangen rosig waren, wie wund vom vielen Lächeln. Mir war warm in der Brust, nicht nur vom Mantel und dem offenen Feuer, sondern von unserer Unterhaltung. Es war eine Wärme, die von innen her kam. Eine Zufriedenheit, die ich seit Jahren nicht mehr empfunden hatte.

Ich verließ die Toilette wieder und fuhr mir mit den Fingern durchs Haar, während ich zurück zu unserem Tisch ging. Ich hatte beschlossen, die Sache mit einem Witz abzutun, vielleicht mit einem selbstironischen Spruch à la, ich könne eben nichts vertragen. Aber sehr schnell wurde mir klar, dass da etwas nicht stimmte.

Er war nicht da. Er war nirgends zu sehen. Ben war gegangen.

Und als ich mir vergegenwärtigte, wie er auf den Kuss reagiert hatte, ging mir etwas auf: diese plötzliche Verlegenheit, das veränderte Lächeln, nachdem ich mich von ihm gelöst hatte, die ein bisschen steife, reglose Körperhaltung mit den herabhängenden Armen.

Er hatte den Kuss nicht erwidert.

KAPITEL
SIEBEN

Ich verdränge diese Erinnerung und gehe zurück ins Esszimmer, doch bevor ich mich wieder der Teilnehmerliste zuwende, öffne ich auf meinem Computer ein neues Browserfenster und google mich selbst. Die Suchmaschine vervollständigt meinen Namen automatisch – ich habe das schon sehr oft getan –, und sobald die Ergebnisse angezeigt werden, klicke ich auf *News* und sortiere chronologisch.

Wie vorherzusehen, gibt es einen Artikel über meinen Vortrag auf der TrueCrimeCon, noch keine zwei Stunden alt. Ich frage mich, ob Ben Google Alerts eingerichtet hat, damit er jedes Mal benachrichtigt wird, wenn mein Name fällt. Eine Sekunde lang finde ich diese Vorstellung schmeichelhaft, bis mir klar wird, dass er mich nicht deshalb im Auge behält, weil ich ihm wichtig bin. Er behält mich im Auge, weil er wütend ist.

Ich klicke den Link an und überfliege den Artikel.

Isabelle Drake war dieses Wochenende Hauptrednerin auf der TrueCrimeCon, der weltgrößten True-Crime-Tagung, die über 10.000 Teilnehmer aus der ganzen Welt anzieht. Ihr Vortrag konzentrierte sich auf ihren Sohn Mason Drake, der am 6. März 2022 aus seinem Kinderzimmer verschwand und noch nicht gefunden wurde.

Zwar hat dieser Fall die Neugier von True-Crime-Fans überall im Land erregt, doch ist er ein Jahr später noch immer nicht aufgeklärt, und es gibt keine brauchbaren Verdächtigen oder seriöse Spuren. Detective Arthur Dozier von der Polizei Savannah bittet die Öffentlichkeit dringend um «Geduld und

Vertrauen», während weiter ermittelt wird. Drake allerdings
hat die Sache selbst in die Hand genommen und spricht bei
Tagungen und sonstigen Veranstaltungen überall im Land
offen über den Fall.

   Während manche in Drake eine Mutter sehen, die dafür
kämpft, dass ihr Sohn gefunden wird, meinen andere, ihre
Einmischung in laufende Ermittlungen könne Folgen haben.

Ich betrachte das Foto von mir: Mein Mund ist geöffnet, ich
spreche ins Mikrofon. Es ist mir ziemlich gut gelungen, die
Auswirkungen meiner Schlaflosigkeit zu verbergen: weißer
Eyeliner lässt meine Augen größer erscheinen, dazu Rouge für
mehr Lebendigkeit. Niemand außer Ben weiß, wie mein Leben
jetzt in Wirklichkeit aussieht.

   Wie zäh sich die Tage dahinschleppen und die Nächte sogar
noch zäher.

   Das helle Licht im Saal spiegelt sich auf dem Ehering, den
ich in der Öffentlichkeit noch immer trage. Wieder einmal
schiebe ich die Hand in den Ausschnitt und lege ihn auf das
kühle Metall von Bens Ring. Es ist nicht sein Ehering – wenn
ich den hätte mitgehen lassen, hätte er es gemerkt –, sondern
sein goldener Absolventenring, auf dem außen sein Name und
das Datum seines Abschlusses eingraviert sind. Ich fand ihn
vor ein paar Monaten auf unserer Kommode im Schlafzimmer, während er seine Habseligkeiten in Kartons verpackte.
Ich weiß noch, wie ich ihn in die Hand nahm und mir bei dem
Gedanken, einen weiteren geliebten Menschen zu verlieren,
die Tränen in die Augen traten.

   Ehe ich es mir anders überlegen konnte, steckte ich den Ring
in die Tasche.

   Ich weiß nicht einmal, warum ich das tat. Vermutlich weil er ging, *mich* verließ, und dies etwas von ihm war, das ich behalten konnte. Vielleicht aber auch, weil er mir, *indem* er mich verließ, die letzte Hoffnung darauf nahm, dass alles irgendwie wieder gut würde, und da wollte ich ihm auch etwas wegnehmen. Selbst wenn es nur etwas Kleines, leicht zu Ersetzendes war. Ich wusste nicht einmal, ob ihm auffallen würde, dass der Ring fehlte, aber falls ja, sollte er merken, wie das ist, nach etwas zu suchen, ohne es jemals zu finden. Sich zu fragen, wo es jetzt sein könnte, ebenso wie ich in seinen Augen nach den Gefühlen suchte, von denen ich wusste, dass er sie für mich nicht mehr hegte.

Mein Blick zuckt über den Rest des Fotos, über die Zuschauer. Einige erkenne ich wieder: die Frau mit dem auffälligen T-Shirt und die Farblose in der ersten Reihe mit dem tränenüberströmten Gesicht. Sie beobachten mich gierig, wie Geier, die sich bereit machen, den Schnabel in etwas noch nicht ganz Totes zu schlagen. Das Blitzlicht hat eine eigenartige Wirkung auf ihre Augen: Sie blicken noch gieriger als in meiner Erinnerung. Sie leuchten.

Die Zuschauer sehen aus, als wollten sie mich ganz und gar verschlingen und mir das Blut von den Knochen lecken.

Ich unterdrücke einen Schauder und scrolle hinunter zu den Kommentaren, dem Wichtigsten an der ganzen Sache. Bereits jetzt gibt es Dutzende.

Die arme Frau. Nicht auszudenken! Ihr Vortrag war toll!

Wir wollen mal nicht so tun, als täte sie das aus irgendeinem anderen Grund, als um für sich selbst zu werben. Sie ist Schriftstellerin. Ihr wisst, dass da ein Buchvertrag kommt.

Seien Sie still. Hoffentlich wird Ihr Kind auch entführt, damit Sie wissen, wie das ist.

Isabelle Drake ist eine Kindsmörderin. Beweist mir das Gegenteil.

Hastig klappe ich den Laptop zu, und Roscoe fährt zusammen. Dann drücke ich mir die Daumen in die Schläfen und atme tief durch.

Isabelle Drake ist eine Kindsmörderin.

Ich weiß, ich dürfte diese Kommentare nicht an mich heranlassen; ich weiß, sie sind nur Rauschen. Ich habe doch am eigenen Leib erlebt, dass manche Menschen vom Leid anderer geradezu krankhaft fasziniert sind. Dass sie regelrecht daran festkleben wie elektrisierte Haare im Gesicht. Dass sie alles, was man tut, falsch finden – als könnten sie das beurteilen! Als könnten sie auch nur ansatzweise beurteilen, was sie an meiner Stelle täten. Was sie empfinden würden.

Nie werde ich vergessen, wie unsere Nachbarn am Morgen nach Masons Entführung in unserem Garten aufkreuzten, weil sie einen Skandal witterten. Sie hatten die Polizeiwagen vor unserem Haus gesehen und die uniformierten Polizisten, die alles durchsuchten. Sie sprachen uns ihr Mitgefühl aus – anfangs aufrichtig besorgt –, drückten mir mit noch vom Schlaf zerzaustem Haar und verklebten Augenwinkeln einen heißen Kaffee in die Hände und flüsterten mir aufmunternde Worte zu. Doch mit der Zeit zogen sie sich immer weiter zurück. Sie kamen nicht mehr in unseren Garten, sondern blieben auf Abstand und beobachteten alles von ihrer Veranda aus, so als hätte jemand einen unsichtbaren Zaun um unser Grundstück errichtet. Als hätten sie Angst, dass die Gewalt auch zu ihnen kommen würde, wenn sie uns zu nahe kämen. Auch ihr Leben vernichten würde, wie sie meines vernichtet hatte. Deshalb warfen sie mir böse Blicke zu, als das Absperrband entfernt wurde, flüsterten mir nichts mehr zu, sondern tuschelten über mich. Denn zunächst hatten sie wohl annehmen wollen, dass es eine harmlose Erklärung gab: Er war mitten in der Nacht aus dem Haus geschlüpft, mehr nicht. Man würde ihn finden, natürlich würde man ihn finden, irgendwo ganz in der Nähe. Verirrt und verwirrt, aber gänzlich unversehrt.

Doch nach einem Tag, zwei Tagen, einer Woche, einem Monat wurde es immer schwerer, an irgendeiner Art von Hoffnung festzuhalten. Ohne einen anderen Schuldigen beschlossen sie daher, mir die Schuld zu geben.

Deshalb sind diese Vorträge so schwer für mich: weil ich weiß, was die Hälfte der Zuschauer denkt. Den Blick kritisch auf mich gerichtet, warten sie nur darauf, dass mir ein Schnitzer unterläuft. Sie glauben, ich hätte mein Kind getötet, sie halten mich für eine neue Susan Smith oder Casey Anthony, beklagenswert *unmütterlich*. Manche von ihnen glauben wirklich, ich hätte es getan – hätte ihn womöglich im Schlaf erstickt, mit zuckenden Fingern nach zu vielen schlaflosen Nächten –, während andere einfach sagen, ich hätte es herausgefordert. Hätte nicht gut genug auf ihn aufgepasst.

So oder so fällt es immer auf mich, die Mutter, zurück. Es ist immer meine Schuld.

Ich sage mir, dass es egal ist, ihre Meinungen bringen Mason nicht zurück, aber ich würde lügen, wenn ich abstritte, dass zumindest ein kleiner Teil von mir – irgendwo tief drinnen, wo die Trümmer meines Selbsterhaltungstriebs über die trüben Untiefen meines Unterbewusstseins treiben – versucht, ihnen etwas zu beweisen. Sie davon zu überzeugen, dass ich durchaus mütterlich bin. Dass ich sehr wohl eine gute Mutter bin.

Aber vielleicht versuche ich auch nur, mich selbst davon zu überzeugen.

Ich hebe den Blick vom Tisch und sehe aus dem Fenster. Der Nachmittag erstreckt sich vor mir wie eine Gefängnisstrafe. Ich zähle praktisch die Stunden bis zum Sonnenuntergang, der metaphorischen Markierung des furchtbaren Meilensteins, den keine Familie, deren Kind vermisst wird, je erreichen will.

Ein Jahr.

Es ist jetzt kurz vor drei; die Mahnwache für Mason ist um sechs in der Innenstadt. Ben und ich haben sie gemeinsam geplant, wenn auch aus unterschiedlichen Gründen. Er wollte etwas zur Erinnerung – ich kann mich nicht dazu überwinden, von *Gedenkfeier* zu sprechen, aber das ist es eigentlich. Was mich betrifft, ich wollte etwas, das viele Menschen anzieht. Einen Köder wie den, den man an einer Schnur vom Steg ins Wasser hängen lässt und dann wartet, bis etwas anbeißt.

Eine Art Falle. Das Gegenstück der Flamme, die die Motte anzieht.

Ich stehe auf und schiebe meinen Stuhl so heftig zurück, dass die Beine über den Boden scharren, gehe in die Küche und hole meine Handtasche. Ich bin jetzt nicht in der Verfassung, diese Namen zu sichten und einen weiteren Tag mit der Jagd nach Gespenstern zu verbringen. Ich kann nicht noch drei Stunden allein in diesem Haus verbringen. Alles hier erinnert mich an Mason: die geschlossene Tür seines Kinderzimmers – der einzige Raum in diesem Haus, in den ich keinen Fuß setze –, die Kindersicherungen an den Schränken und seine Malstiftzeichnungen, die noch am Kühlschrank hängen.

Denn so ist das, wenn ein Kind vermisst wird, auch wenn einem das niemand sagt: Es stirbt nie. In gewisser Weise macht sein Verschwundensein es unsterblich – es ist immer da, nur gerade eben außer Sicht. In der Erinnerung bleibt es ewig jung, genauso alt, wie es war, als es einen verließ. Es tritt als diese unvermittelt kalte Stelle in Erscheinung, wenn man durch den Flur geht, oder als Rauchfähnchen, das sich gleich darauf in

Luft auflöst und nur eine ganz schwache Spur dessen hinterlässt, was war.

«Bin bald wieder da», flüstere ich Roscoe zu, dann hänge ich mir die Handtasche über die Schulter und wende mich zur Tür. Als ich hinausgehe und hinter mir abschließe, schmerzt die plötzliche Helligkeit in meinen Augen.

KAPITEL
ACHT

DAMALS

Wir tappen die Treppe hinunter. Margaret setzt auf jeder Stufe beide Füße ab. Links, dann rechts. Links, dann rechts. Ich gehe langsam neben ihr her und halte ihre Hand.

Mit Margaret irgendwohin zu gehen, dauert seine Zeit; schließlich ist sie klein und unser Haus so groß: drei Stockwerke, eine rund ums Haus verlaufende Veranda im Erdgeschoss und rund ums Haus verlaufende Balkone im ersten und zweiten Stock. Ich bin alt genug, um zu wissen, dass *groß* ein relativer Begriff ist. Ich kann gar nicht beurteilen, ob unser Haus wirklich groß ist im Vergleich zu anderen Häusern, denn ich habe noch nie in einem anderen gewohnt. Es ist das einzige Wohnhaus, das ich kenne. Vielleicht sehen die Häuser aller Menschen so aus – so groß, dass ich bei jedem Versteckspiel neue Ecken und Winkel entdecke, egal, wie oft wir schon hier gespielt haben, und so alt, dass das Holz knarzt und knallt, und diese Geräusche sind wie ein weiteres Familienmitglied für mich, beängstigend und doch vertraut –, aber ich glaube es nicht. Ich sehe ja, wie die Leute glotzen, wenn sie vorbeigehen. Sie haben Kameras um den Hals hängen und versuchen, durch den schmiedeeisernen Zaun hindurch einen Blick aufs Haus zu werfen. Dann lesen sie die verwitterte Bronzeplakette an einem der steinernen Pfeiler, auf der etwas über unser Haus steht. Ich habe die Inschrift schon so oft gelesen, dass ich sie auswendig kenne und sie laut vortragen könnte wie eine Museumsführerin. Aber ich werde nie vergessen, wie ich sie zum ersten Mal las und dabei mit den

Fingern über das kalte Metall tastete, als würde ich Blindenschrift lesen.

«Erbaut im Jahr 1840, wurde Hayworth Mansion während des *Great Ske... Ske... Skedee...*»

«*Skedaddle*», sagte Dad lächelnd. «So wird der ungeordnete Rückzug der Union bei der ersten Schlacht am Bull Run genannt. *The Great Skedaddle.*»

«*Great Skedaddle.*»

Das Wort *Skedaddle* hatte ich noch nie gehört, aber es gefiel mir. Es fühlte sich gut an auf meiner Zunge, so als würde es tanzen. Als ich lesen lernte, lernte ich auch, mich in Wörter zu verlieben. Ich mochte es, dass jedes Wort etwas Besonderes war, einzigartig wie ein Fingerabdruck. Manche zischten zwischen meinen Zähnen hindurch, andere rutschten mir von den Lippen, so schlüpfrig wie Öl, und wieder andere klackerten gegen den Gaumen und klangen wie ein Schmatzen.

Jedes neue Wort war eine neue Erfahrung, ein neuer Klang. Ein neues Gefühl. Und jede Kombination führte zu einer neuen Geschichte, die man lesen konnte, in eine neue Welt, die zu entdecken war.

«Von Unionssoldaten in ein Hospital umgewandelt», las ich weiter, «wurde die Villa später während der ...»

Mit erhobenen Augenbrauen sah ich meinen Vater an.

«*Reconstruction*», sagte er.

«Während der *Reconstruction* saniert.»

Von da an betrachtete ich unser Haus mit ganz anderen Augen. Es war nicht mehr nur *unser* Haus; irgendwie schien es allen und niemandem zu gehören, als würden wir im Puppenhaus meiner Schwester wohnen, einer Villa mit den gleichen Säulen, die Mom ihr zu Weihnachten geschenkt hatte. Als wäre unsere Familie nicht anders als die weichen Stoffpuppen darin, als würden wir von unsichtbarer Hand von einem Zimmer ins andere geschoben und führten nur eine Szene auf.

Ich sah vor mir, wie die Touristen mit ihren neugierigen Augen die Finger fest um unsere Oberkörper schlossen und mit uns spielten. Uns tanzen ließen.

Und ich versuchte, mir unser Erdgeschoss als Hospital vorzustellen, voller Feldbetten und blutüberströmter Männer mit bandagierten Köpfen anstelle des Flügels und der Sofas mit den Quasten. Einmal fragte ich meine Mutter, ob von diesen Soldaten welche gestorben seien – und falls ja, wo sie begraben seien. Sie zuckte bloß die Achseln und sagte, vermutlich seien welche gestorben, und dann sah sie aus dem Fenster in unseren Garten, und ihre Augen waren glasig und trübe. Heute sind im Erdgeschoss unsere wichtigsten Zimmer: Flur, Küche, Wohnzimmer, Schmutzschleuse, Esszimmer und Dads Arbeitszimmer, das strikt tabu ist. Der erste Stock gehört uns – ein langer Flur mit lauter Schlafzimmern, von denen die meisten leer stehen –, und der zweite Stock ist Moms Atelier, ein riesiger offener Raum mit deckenhohen Fenstern und Flügeltüren, die auf den Balkon hinausgehen. Dort steht ihre Staffelei. Da ist auch ein alter Tisch, der voller Farbkleckse ist, und an der Wand stehen Gläser mit trübem Wasser aufgereiht, in denen sie ihre Pinsel einweicht. Das ist meine Lieblingsetage: wegen der Aussicht.

Manchmal gehen wir nach dem Abendessen alle zusammen dort hinauf, wickeln uns in Decken, setzen uns auf den Balkonboden und beobachten den Sonnenuntergang, während eine salzige Brise die Luft an unserer Haut kleben lässt.

«Können wir French Toast essen?»

Wir sind unten angekommen. Margaret reißt sich los und hüpft in die Küche. Ihre Glieder sind so dünn, ihre Haut so braun, dass sie wie ein Rehkitz aussieht, das davonspringt, als ein Schuss knallt.

«Ich weiß nicht, wie man French Toast macht», sage ich und gehe ihr hinterher. «Wie wär's mit Omelett?»

«Ich hab Omelett satt.» Sie zieht quietschend einen Stuhl vom Tisch ab, klettert hinauf, zieht die Beine an die Brust und drückt die Babypuppe an sich, die Dad ihr von seiner letzten Dienstreise mitgebracht hat. Sie trägt sie überall mit sich herum, und diese Porzellanaugen, die niemals blinzeln, folgen uns durchs ganze Haus.

«Ich mache Käse rein», sage ich, öffne den Kühlschrank und stelle alles, was ich brauche, auf die Arbeitsplatte: einen Karton Eier, geriebenen Cheddar, Milch, Schnittlauch. Ich schlage die Eier auf und verquirle sie in der Schüssel mit einer Gabel, dann gebe ich die anderen Zutaten hinein, während Margaret im Hintergrund ihre Puppe wiegt und ein Wiegenlied singt: «*Hush, little baby, don't say a word. Mama's gonna buy you a mockingbird.*»

Ich schalte den Herd ein. Als die Pfanne heiß ist, gieße ich die cremige Eiermasse hinein. Es zischt und duftet nach Salz und Kräutern. Ich wedle den Dampf weg. Fast hätte ich die Schritte überhört, die sich leise über die unter einem unsichtbaren Gewicht knarzenden Dielen nähern und in die Küche tappen. Eine weitere Stimme ertönt, hell und süß wie schäumende Milch.

«Meine kleinen Lieblinge.»

Ich drehe mich um und betrachte meine Mutter, die am Türrahmen lehnt und uns beobachtet. Sie sieht wie ein Engel aus in ihrem weißen Morgenmantel aus hauchdünnem, zartem Stoff. Ich kann die Umrisse ihrer Beine und Hüften und ihren sanft gewölbten Bauch sehen, als sie ans Fenster geht und Licht durch den Stoff scheint.

«Ihr zwei werdet schon so groß», sagt sie und öffnet das Fenster, um frische Luft hereinzulassen. Dann geht sie zum Tisch, setzt sich neben Margaret und stützt das Kinn in die Hand. Ihre dicken braunen Locken fallen ihr über die Schultern, und unter dem Ärmel ihres Morgenmantels sehe ich wie immer getrocknete Farbreste hervorlugen: königsblau, smaragdgrün und blutrot. Ein Regenbogen von Muttermalen, die nie ganz verschwinden. «Ich wünschte, ihr könntet für immer meine kleinen Mädchen bleiben.»

Sie legt Margaret die Hand an die Wange, reibt ihr mit dem Daumen über die Haut und lächelt. Sie betrachtet uns halb verträumt, halb verwirrt. So als könnte sie fast nicht glauben, dass wir echt sind.

«Hast du ihr schon einen Namen gegeben?» Sie deutet auf Margarets Puppe und zwirbelt mit den Fingern geistesabwesend eine Haarsträhne.

«Ellie.» Margaret legt den Kopf schräg. «Wie Eloise.»

Mom schweigt und hält die Finger still.

«Eloise», wiederholt sie.

Dann lächelt Margaret, nickt und bricht das Schweigen, indem sie wieder ihr Wiegenlied singt: «*And if that mockingbird don't sing, Mama's gonna buy you a diamond ring.*» Gefolgt vom Auflachen meiner Mutter, hoch und brüchig wie zersplitterndes Glas.

KAPITEL
NEUN

JETZT

Ich setze mich ins Auto, fahre in die Innenstadt und parke am Chippewa Square. Die Luft ist jetzt, Anfang März, frisch und sauber, und ich beschließe, aufs Geratewohl durch die Stadt zu spazieren, bis die Mahnwache beginnt. Ich gehe vorüber an duftenden Azaleengärten und einer dunkel angelaufenen Bronzestatue von General James Oglethorpe, der auf uns alle herabschaut. Über die Plätze dieser Stadt zu gehen, erfüllt mich immer mit Frieden und Gelassenheit, und die brauche ich heute Abend, das weiß ich. Schließlich lande ich auf der Abercorn Street, am Rand des Colonial-Park-Friedhofs, und blicke durch das riesige steinerne Tor mit dem großen Bronzevogel darauf.

Auf diesem Friedhof gibt es über zehntausend Grabsteine – ein Stück unnützes Trivialwissen, das ich mir an meinem ersten Tag bei *The Grit* angeeignet habe. Ich blicke nach links – die Redaktion, mein ehemaliger Arbeitsplatz, liegt nur wenige Blocks nördlich von hier, näher am Fluss. Früher bekam ich ihn jeden Tag zu sehen, den Savannah River. Durch die imposanten deckenhohen Fenster sah ich ihn sich in der Ferne dahinschlängeln, wenn ich an meinem Schreibtisch saß und meine Artikel schrieb.

«*Glaubst du an Gespenster?*»

Ich erinnere mich daran, dass ich Kasey verständnislos ansah. Kasey war meine Mentorin und machte mit mir einen Rundgang durch die Redaktion. Sie war ebenfalls Lifestyle-Reporterin, zwei Jahre älter als ich und mit der Aufgabe betraut, mich an meinem ersten Arbeitstag in Empfang zu nehmen. Ich weiß noch, dass ich dachte, alles an ihr sei perfekt, weil dieser wahr gewordene Traum von mir sich so unwirklich anfühlte und ich alles in einem warmen weißen Licht sah: ihre blonden Ringellocken, ihre langen Fingernägel, mit denen sie an ihr Glas mit dem Latte aus der Redaktionskaffeemaschine klopfte. Ich musste mich beeilen, um mit ihr Schritt zu halten, während sie mich herumführte und ihre hohen Absätze über den wiederaufgearbeiteten Hartholzboden klapperten.

«Wie bitte?»

«Gespenster», wiederholte sie. «In Savannah spukt es angeblich. Genau genommen ist es die Stadt in Amerika, in der es am meisten spukt. Sogar zu diesem Gebäude gibt es ein, zwei Gespenstergeschichten.»

Ich blickte umher. Die modernen Redaktionsräume waren alles andere als ein Spukhaus.

«Manchmal sagen Leute, dass ihnen ein kalter Schauder über den Rücken läuft, wenn sie abends die Letzten sind.»

«Oh.» Ich lachte und fragte mich, ob das ein Scherz war. Ihrem Blick nach zu urteilen, war es das nicht. «Tatsächlich nein. Ich glaube nicht.»

Und das war die Wahrheit, in gewisser Weise. Ich glaubte nicht an Gespenster – jedenfalls nicht an die traditionelle Sorte, die man im Kino sieht –, aber meine Mutter hatte uns früher Geschichten über etwas anderes erzählt, das schwerer zu erklären war. Alle diese kleinen Erlebnisse, für die man keine Erklärung hat – ein Kribbeln im Nacken, das bohrende Gefühl, dass man etwas vergessen hat, dieses unheimliche Déjà-vu-Gefühl, das einen kurz überkommt, wenn man an einem eigentlich unbekannten Ort ist –, seien andere Seelen, die versuchen, uns eine Botschaft zu übermitteln, hatte sie erzählt. Ob lebendig oder tot spielte keine Rolle. Einfach andere Seelen. Ich habe das nie als *Spuk* empfunden. Einfach als sanfte Erinnerung. Als friedlichen Stupser, der einen auf etwas aufmerksam macht, woran man denken muss. Etwas Wichtiges. Manchmal probierten Margaret und ich es aus: Wir kniffen die Augen zu und versuchten, einander mit reiner Willenskraft dazu zu bringen, sich nachts in das Zimmer der anderen zu schleichen oder ein Plätzchen aus der Speisekammer zu stibitzen.

Ich stellte mir vor, dass meine Gedanken ihr die Hand führten wie Geister die Planchette eines Ouija-Bretts; ihr kleiner Körper würde an einer unsichtbaren Schnur durchs Haus gezogen, an deren anderem Ende ich sanft zupfte. Es funktionierte nie.

«Tja, das wird sich gleich ändern.» Kasey grinste. «Aus diesem Fenster blickt man auf den Colonial Park Cemetery. Die Heimat von über zehntausend Grabsteinen, aber das ist nicht mal das Gruseligste daran. Du kennst die Abercorn Street, über die man zu Oglethorpe gelangt?»

Ich nickte und strich mir eine Haarsträhne hinters Ohr, dann ließ ich die Fingerspitzen an dieser vertrauten Hautstelle ruhen.

«Der Bürgersteig auf der Abercorn gehört streng genommen zum Friedhof, auch wenn er nicht eingezäunt ist. Unter dem Bürgersteig und unter der Straße sind Leichen begraben – *Hunderte* von Leichen –, über die die Leute tagtäglich einfach hinweggehen.»

Wieder sah ich aus dem Fenster und dachte an meinen Arbeitsweg. Auf dem ich über ebendiesen Bürgersteig gelaufen war. Ich mochte gar nicht darüber nachdenken.

«Hier drüben ist die Herstellung», fuhr Kasey mit ihrer Führung fort. Dieser Themenwechsel kam so unvermittelt, dass mir ein bisschen schwindelte. Ich sah hinüber zu einer Gruppe von Schreibtischen mit riesigen Mac-Computern und Grafik-designern davor. Sie winkten mir freundlich zu; ich winkte zurück. «Auf dieser Seite des Büros haben wir unser Redaktionsteam – zu dem natürlich auch du gehörst!»

Ich betrachtete meinen Schreibtisch und malte mir aus, welche Leute ich treffen und welche Lebenswelten ich erkunden würde. Welche Geschichten ich würde erzählen dürfen. Ich würde Artikel schreiben, die eine ganze Art zu leben einfingen; Lebensstile, die manchen sehr vertraut, anderen hingegen völlig fremd waren. Zum Beispiel ein Text über die besten Bezugsquellen für Vogelmesser oder ein langes Feature über eine Krabbenfischerfamilie in Louisiana, die die gesamte Ostküste mit Meeresfrüchten beliefert. Ein Rezept für Flusskrebs-Étouffée oder Tipps für einen schön gedeckten Tisch; die Entwicklung der Countrymusik und das wohlgehütete Geheimnis eines perfekt säuerlichen Tomaten-Pie.

Die Redaktionsräume waren wirklich toll. Ganz so, wie ich es mir erhofft hatte. Sogar der Name – *The Grit* – war in meinen Augen perfekt, denn es lag eine Doppeldeutigkeit darin, die sehr glaubhaft klang. Da war natürlich die Anspielung auf das Polentagericht, Shrimp and Grits, dieses cremige, dekadente, für die Südstaatenküche typische Essen. Doch da war auch die andere Bedeutung von *grit*, die zwischen den Zähnen hindurch zu zischen scheint. Eine schmutzige Art von Beharrlichkeit, die mich an Zuckerrohrfarmer, Fischer und Schwerstarbeit unter der heißen Sommersonne denken ließ; an das Brennen des Sonnenbrands im Nacken, an schwielige Hände und den Dreck, den man unter den Fingernägeln hervorkratzt, bevor man nach Hause fährt und sich mit einem Eistee in der Hand vor das Klimagerät setzt. An ein Steinchen im Schuh oder ein Etikett, das an der Ferse scheuert; an Sandkörner auf der

Zunge, nachdem man eine Auster geöffnet und in einem Bissen verzehrt hat.

Es war die mühelose Verschmelzung dieser zwei komplett unterschiedlichen Bedeutungen in einem perfekten Wort. In gewisser Weise ein Widerspruch. Aber einer, der Sinn ergab.

Ehrlich gesagt, erinnerte es mich an mich selbst.

Jetzt beschließe ich, Richtung Lafayette Square zu laufen, um etwas Abstand zwischen mich und diese Erinnerung zu legen. Mittlerweile nähere ich mich meiner alten Arbeitsstelle höchstens noch bis auf einen Block. Damals wusste ich es nicht, aber meine Karriere bei The Grit war zu Ende, ehe sie richtig beginnen konnte. Ich kann nicht guten Gewissens sagen, dass ich sie bedaure, meine Entscheidungen, denn das tue ich nicht. Aber wenn ich hier in der Gegend bin, nur wenige Schritte von dort entfernt, wo mein altes Leben damals gerade begann, fällt es mir schwer, nicht daran zu denken, wie anders alles hätte kommen können.

Wie viel ich aufgeben musste.

Als ich mich dem Rand des Platzes nähere, fällt mir im schwindenden Tageslicht ein schwaches Funkeln auf: Ein Grüppchen von Leuten mit Teekerzen hat sich bereits dort eingefunden, sie erinnern mich an Glühwürmchen, die im Sommer durch das Virginia-Moos an den Bäumen blinken. Andere haben Blumen dabei und legen sie behutsam am innen beleuchteten grünen Brunnen im Zentrum des Platzes ab. Irgendjemand hat ein Foto von Mason in die Mitte gelegt, auf dem seine smaragdgrünen Augen sehr groß wirken.

«Mrs. Drake.»

Ich drehe mich um und weiß bereits, wen ich gleich sehen werde. Detective Dozier kommt auf mich zu, die beiden massigen Daumen in den Gürtel gehakt. Ich weiß noch, dass ich ihn letztes Jahr im März als einschüchternde Gestalt empfand – hochgewachsen und muskulös, mit einem dieser breiten Zwirbelbärte, von denen ich immer schon geglaubt habe, dass Männer sie sich wachsen lassen, um anderen Männern zu zeigen, dass sie es können.

«Detective.» Ich nicke ihm zu. Er macht sich nicht die Mühe, mir die Hand zu reichen, also tue ich es auch nicht.

«Wollte sie wissen lassen, dass wir heute Abend ein paar verdeckte Ermittler hier haben», sagt er und blickt sich auf dem Platz um. Weitere Menschen treffen nach und nach ein und gehen still zum Brunnen. «Um die Leute zu beobachten.»

«Danke.»

Ich mustere den Detective. Die Sehnen an seinem Hals treten hervor, als er den Kopf dreht, um den Blick über die Menschenansammlung wandern zu lassen. Dieser Mann hat mir früher Angst gemacht – wie er unbeugsam dastand und die schweren Arme reglos herabhängen ließ; wie er einen ansah, ohne zu blinzeln, oder mit völlig ausdrucksloser Stimme sprach, sodass man niemals wirklich wusste, was er dachte. Aber mit der Zeit hat sich eine gewisse Abstumpfung eingestellt, wenn wir aufeinandertreffen, wie eine tödliche Lidocainspritze, deren Inhalt sich langsam in meinen Adern ausbreitet. Jetzt verspüre ich keine Angst oder Hoffnung, keine Dankbarkeit oder Wut mehr, wenn ich ihn ansehe. Ich verspüre bloß … nichts. Überhaupt nichts.

Vielleicht weil ich zu oft erlebt habe, wie er versagt.

«Ich würde Ihnen raten, nichts Unüberlegtes zu tun», sagt er jetzt zu mir, den Blick noch immer auf die Menschenansammlung gerichtet. Dann dreht er den Kopf langsam wieder zu mir hin, was mich an die vielen Befragungen auf der Wache erinnert. Bei denen er mich in die Mangel nahm, gnadenlos, wieder und wieder und wieder. Mir genau die gleichen Fragen stellte, nur ein wenig anders formuliert; mich meine Aussage wiederholen ließ, während er meine Fassade auf Risse absuchte.

«Was meinen Sie damit?», frage ich, obwohl ich es schon weiß.

Er sieht mich noch einen Augenblick an und ignoriert meine Frage. «Ich habe von Ihrem Auftritt gestern Abend gehört.»

Auftritt.

«Ich werde in Kürze ein paar Namen für Sie haben», sage ich, obwohl ich weiß, dass er das Thema nicht deswegen angeschnitten hat. «Diesmal ist die Liste länger sonst. Es wird ein bisschen dauern, sie zu sichten.»

«Mrs. Drake, Sie suchen nach einer Nadel in einem Heuhaufen. Wir arbeiten daran. Lassen Sie uns unsere Arbeit machen.»

«Werden Sie sich die Leute ansehen, wenn ich Ihnen Namen schicke?»

«Wir werden sie uns ansehen. Aber wie ich Ihnen schon oft gesagt habe, es ist Zeitverschwendung. Womöglich binden Sie Kapazitäten, die bei der Verfolgung anderer Ermittlungsrichtungen fehlen. Und das wollen Sie sicher nicht, oder?»

«Natürlich nicht», sage ich. «*Haben* Sie andere Ermittlungsrichtungen? Denn falls ja, würde ich gern davon erfahren.»

Er schweigt, aber ich sehe die Muskeln in seinem angespannten Kiefer arbeiten. Dass er mir nicht antwortet, sagt mir alles, was ich wissen muss.

Mit einem Mal blickt er mir über die Schulter, betrachtet wieder die weiter anwachsende Menschenmenge hinter mir. Er atmet aus und hakt die Daumen wieder in den Gürtel.

«Ihr Mann ist da», sagt er schließlich, dreht sich um und geht auf eine Baumgruppe zu. «Falls Sie mich brauchen, ich bin da hinten.»

KAPITEL
ZEHN

Das Erste, was mir an Ben auffällt, ist sein Ehering. Er steckt ordentlich an seinem Finger, wie immer, wenn wir in der Öffentlichkeit sind. Als er vorhin bei mir vor der Tür stand, war der Ring nicht da. Das weiß ich, weil ich darauf geachtet habe.

Jetzt kommt er mit ausgebreiteten Armen zu mir, zieht mich an sich und vergräbt die Nase in meinem Kragen. Sein anderer Ring, den ich um den Hals hängen habe, drückt sich in meine Brust, und ich atme die vertrauten Gerüche ein: zuvorderst seinen Herrenduft, dann seine Pfefferminzmundspülung und den würzigen Nelkenduft seines Aftershaves, das er immer zu großzügig aufträgt. Aber eigentlich suche ich nach etwas anderem.

Ich suche nach Spuren von *ihr*.

«Sind deine Eltern hier?», fragt Ben, während er sich von mir löst. Ich beobachte, wie er sich auf dem Platz umsieht, in der Menge nach ihren Gesichtern sucht, doch ich schüttle den Kopf.

«Nein, sie konnten nicht kommen.»

Eigentlich nicht die Wahrheit. Aber auch nicht direkt eine Lüge.

«Dann lass uns anfangen. Es ist fast sechs.»

Ich nicke und sehe mich zum Brunnen um. Die Sonne ist bis unter die Baumkronen gesunken, und das Wasser scheint zu glühen. Wie geschmolzenes Silber rinnt es über die Metallränder. Das erinnert mich an den Sumpf, der an den Garten meiner Eltern angrenzte, wo das Mondlicht das Wasser schimmern ließ wie eine Glasscheibe.

Mir läuft ein kalter Schauder über den Rücken, ob nun von der mit einem Mal kühlen Luft oder diesen Erinnerungen, kann ich nicht sagen.

Ben fasst meine Hand, und wir gehen langsam nach vorn. Die Leute treten beiseite und machen uns Platz – zu viel Platz, so als besäßen wir eine besondere Ausstrahlung, ein Magnetfeld, das alles abstößt. Als wir die Vorderseite des Platzes erreicht haben, drehe ich mich um. Genau wie gestern Abend auf der Bühne des Tagungssaals spüre ich die Blicke auf meiner Haut.

Sie mustern mich ebenso, wie ich sie mustere.

«Ich danke Ihnen allen dafür, dass Sie gekommen sind», sagt Ben genau im richtigen Tonfall, halb dankbar, halb traurig. «Wie Sie alle wissen, ist es heute Nacht ein Jahr her, seit unser Mason entführt wurde.»

Mittlerweile ist die Menschenansammlung ziemlich groß. Einige Leute halten sich am Rand des Geschehens; neugierige Touristen vielleicht oder Menschen, die lieber ein bisschen abseitsstehen. Ein paar Gesichter erkenne ich – frühere Kolleginnen und Kollegen, Nachbarn. Masons Erzieherin steht mit Tränen in den Augen ganz vorn. Die meisten Menschen halten Kerzen oder Smartphones in der Hand, lauter kleine Lichtpunkte tanzen in der Luft. Ein junges Mädchen geht ein bisschen befangen zum Brunnen und legt einen Stoffdinosaurier auf den Boden wie eine Art rituelles Opfer.

«Wir werden jetzt einen Moment schweigen», fährt Ben fort und senkt den Kopf. «Bitte nutzen Sie diese Zeit, um Mason in Ihre Gebete aufzunehmen, denn wir hoffen, dass er dort, wo er jetzt ist, weiß, er wird geliebt, und dass er bald wieder bei uns ist.»

Hier und da höre ich es schniefen; die erstickten Laute der Sentimentalen, die versuchen, ihr Schluchzen zu unterdrücken. Alle Blicke sind jetzt zu Boden gerichtet, nur meiner nicht. Ich will mir diese Menschen einprägen. Ich will sehen, wer hervorsticht – vielleicht ein Gesicht, das man hier nicht erwarten würde, oder ein Wildfremder, der fehl am Platz wirkt. Ganz hinten bewegt sich kurz etwas, etwas Rotes, und als ich die Augen zusammenkneife, um zu erkennen, was es ist, begegne ich Detective Doziers Blick. Er beobachtet mich aus dem Hintergrund. Sein Blick bohrt sich in meinen Schädel wie eine Warnung.

Es ist dunkel, als die Mahnwache vorüber ist, das Zentrum des Platzes übersät mit Blumen, schmelzenden Kerzen und kleinem Spielzeug. Straßenkehrer werden das alles entfernen, sobald wir fort sind. Ich bin noch nicht bereit, wieder nach Hause zu gehen, nicht bereit, mich der Stille im Haus und einer weiteren langen, einsamen Nacht zu stellen, deshalb bleibe ich noch ein Weilchen und setze mich auf die schmiedeeiserne Bank mit Blick auf den Brunnen.

«Isabelle?»

Ich drehe mich zur Seite und betrachte das vertraute Gesicht aus meiner Vergangenheit. Sie sieht fast unverändert aus, obwohl ich sie seit Jahren nicht mehr gesehen habe. Ihre langen Ringellocken sind allerdings auf Schulterlänge gekürzt, und statt der früheren blonden Haarfarbe trägt sie jetzt ein natürlicheres Kastanienbraun.

«Hey, Kasey.»

«O mein Gott», sagt sie bei meinem Anblick und reißt die Augen auf, doch sie fasst sich rasch wieder. «Wie geht's dir?»

Manchmal ist es befremdlich, mich in den Augen von Menschen, die mich kennen, zu sehen. Die Verwandlung, die ich im Spiegel sehe, ist eine graduelle – ein tägliches Dahinwelken, ähnlich einem langsamen Verhungern oder dem Verwesen einer Leiche –, aber für andere ist es ein Schock, das sehe ich sofort, wie eine Ohrfeige.

«Ach, du weißt schon.» Ich lächle und mache mir nicht die Mühe, richtig zu antworten.

Ihr Gesichtsausdruck verändert sich noch einmal, als wäre ihr plötzlich wieder eingefallen, wer ich bin und was ich durchgemacht habe. Sie unternimmt einen neuen Anlauf, setzt sich neben mich und legt mir die Hand aufs Knie, neigt den Kopf zur Seite und senkt die Stimme zu einem Flüstern.

«Wie hältst du dich?»

Ihre Berührung kommt unerwartet und überrumpelt mich. Ich blicke hinab auf ihre Hand, dann wieder in ihr Gesicht.

«Den Umständen entsprechend, denke ich.»

«Wir vermissen dich alle», sagt sie schließlich. «Sehr.»

Ich beiße mir in die Wange und versuche, nicht das Gesicht zu verziehen, denn ich weiß, dass das nicht stimmt. Ich weiß, was sie alle über mich denken.

«Es ist sieben Jahre her», sage ich stattdessen und wende ihr das Gesicht zu. «Bestimmt denkt ihr gar nicht mehr an mich.»

«Himmel, so lange? Die Zeit vergeht wie im Flug, nicht wahr?»

«Allerdings.»

«Hast du Lust, was trinken zu gehen?», fragt sie, jetzt in munterem Ton. «Ich wollte gerade ins Sky High, um mich mit einigen aus dem Team zu treffen.»

Ich beiße mir auf die Lippe. In dieses Restaurant gingen alle, wenn es spät geworden war in der Redaktion. Ich habe keinen Fuß mehr hineingesetzt, seit Kasey und ich zusammen bei der Weihnachtsfeier von *The Grit* waren, nur zwei Monate, nachdem ich dort angefangen hatte.

«Heute Abend nicht», erwidere ich lächelnd. «Aber danke.»

«Okay.» Langsam steht sie auf und sieht mich halb mitleidig, halb besorgt an. «Lass mich wissen, wenn du es dir anders überlegst. Die Einladung steht.»

Ich sehe ihr hinterher, wie sie davongeht, die Hände in den Jackentaschen. Am Rand des Platzes bleibt sie stehen, als überlegte sie, ob sie sich noch einmal umdrehen soll.

Schließlich tut sie es, und ihr Blick findet meinen.

«Du musst das nicht allein durchstehen, weißt du. Es ist okay, um Hilfe zu bitten.»

Etwas an ihrem Tonfall erweckt in mir den Eindruck, dass sie das schon sehr lange sagen wollte. Es wirkt, als hätte sie darüber nachgedacht, es im Kopf hin und her gewendet, dann doch die Nerven verloren und es auf ein andermal, auf eine Gelegenheit in der fernen Zukunft, verschoben. Ich weiß nicht genau, wie ich darauf reagieren soll, deshalb nicke ich bloß. Sie lächelt mich noch einmal an, ein bisschen traurig und resigniert, dann wendet sie sich ab und überquert mit klackernden Absätzen die Straße.

KAPITEL
ELF

Es ist ziemlich frisch geworden, und mich fröstelt, deshalb stehe ich auf und gehe in die Kathedrale auf der anderen Straßenseite, eine hohe Basilika, deren spitze Zwillingstürme bis zu den Sternen aufzuragen scheinen. Ich war nie religiös – jetzt erst recht nicht mehr –, aber diese Kirche scheint mir im Moment ein guter Ort für mich zu sein. Ein guter Platz, um mich hinzusetzen und nachzudenken. Einen Plan zu entwerfen.

Sie ist fast leer, nur wenige Menschen sitzen auf den Bänken und beten oder laufen durch die Gänge, den Kopf in den Nacken gelegt. Ich setze mich auf eine Bank im hinteren Teil, und das alte Holz ächzt unter meinem Gewicht. Um mich herum hallen Schritte.

Ich atme tief durch und schließe die Augen.

Noch immer erinnere ich mich gut an diesen allerersten Morgen, als ich Kasey durch die Redaktion folgte. Mit leuchtenden Augen betrachtete ich zum ersten Mal meinen Schreibtisch – *meinen Schreibtisch* – und das glänzende, goldene Namensschild darauf mit der Gravur ISABELLE RHETT: LIFESTYLE-REPORTERIN.

«Und hier», sagte Kasey und öffnete mit großer Geste eine Tür zu einem separaten Büro, dem Höhepunkt ihrer kleinen Führung, «sitzt der Mann, dem wir das alles zu verdanken haben.»

Ich streckte den Kopf ins Büro des Chefredakteurs, um mich vorzustellen, doch dann wich alles Blut aus meinem Gesicht.

Er war es.

Vor mir saß an einem gewaltigen Mahagonischreibtisch der

Mann aus der Austernbar. Er lächelte mich an, oder vielmehr, er grinste irgendwie neckisch, als wäre er die sensationelle Enthüllung in einer Quizshow, bloß war mir nicht klar, ob ich gewonnen oder verloren hatte.

«Herzlich willkommen, Isabelle.»

Meine Wangen brannten, und da wusste ich, dass mein Gesicht sich gerade tiefrot verfärbte, genau wie nach unserem Zusammenstoß in der Bar am Wasser. Einen Moment lang vergaß ich, wie man spricht. Ich hatte meine Stimme verloren – sie steckte irgendwo tief unten im Hals fest wie zu trockenes Brot. *Seine* Stimme allerdings klang geschmeidig und vertraut, sie floss ihm mühelos über die Lippen wie dekantierter Wein.

«Hi», brachte ich schließlich heraus. Ich weiß noch, ich sah auf das goldene Namensschild auf seinem Schreibtisch, auf dem BENJAMIN DRAKE eingraviert war. Natürlich hatte ich gewusst, dass der Chefredakteur so hieß; der Name stand in jedem Impressum ganz oben. Doch er hatte sich als *Ben* vorgestellt. Der gewöhnlichste Name der Welt. Ich hatte nie ein Foto von ihm gesehen, und das Vorstellungsgespräch für meine Berufsanfängerstelle hatte natürlich nicht der Chefredakteur geführt. Ich hatte seine Stimme gar nicht wiedererkennen können. «Vielen Dank, dass Sie mir diese Chance geben.»

«Gerne.» Er lächelte. Ich warf einen Blick auf seine Hände, die ineinander verschränkt auf dem Schreibtisch lagen: Am Ringfinger steckte ein goldener Ehering. Den hatte ich nicht sehen können, weil er ja Handschuhe getragen hatte. «Kasey, würden Sie uns kurz allein lassen?»

Kasey neben mir lächelte, ging hinaus und schloss die Tür mit einem leisen Klicken hinter sich. Sobald wir allein waren, stürmten die Erinnerungen an den Abend mit ihm blitzartig auf mich ein: die körperliche Nähe, die gefühlt stundenlange Unterhaltung. Sein Gesichtsausdruck, als ich ihm erzählte, dass ich Autorin bei *The Grit* war – und meine Annahme, dass er davon beeindruckt war. Aber das hatte ich wohl falsch gedeutet. Vielleicht war es Erschrecken gewesen. Bei der Erkenntnis, dass er einen Gutteil des Freitagabends mit dem Anbaggern einer Frau verbracht hatte, die nicht nur eine neue Kollegin, sondern seine neue Angestellte war. Eine fünfundzwanzigjährige Untergebene.

Und dann war da natürlich dieser Kuss gewesen. Ich sah vor mir, wie ich mich auf Zehenspitzen gestellt und zu ihm vorgebeugt hatte; ihm danach die Hand an die Wange gelegt hatte, ehe ich zur Toilette ging. Wie ich bei meiner Rückkehr feststellte, dass er fort war. Dann allein nach Hause ging, beschämt und verwirrt und ein bisschen zu angesäuselt, und den Abend immer wieder Revue passieren ließ, auf der Suche nach einem Signal, das ich womöglich übersehen hatte.

«Er hat mir übrigens sehr gut gefallen.»

Ich blinzelte, um Worte verlegen. Er sah mir direkt in die Augen, *redete* mit mir, und ich konnte trotzdem nur an diesen Kuss denken. Den hatte er doch nicht etwa gemeint ... oder?

«Wie ... wie bitte?»

«Ihr Artikel», erklärte er. «Der Artikel, den Sie Ihrer Bewerbung beigefügt haben. Ich habe das ganze Ding gelesen.»

«Oh», hauchte ich. «Ach richtig. Danke.»

Für die Bewerbung bei *The Grit* waren umfassende Arbeitsproben verlangt worden, aber da mein Universitätsabschluss erst wenige Jahre zurücklag, hatte ich da noch nicht viel vorzuweisen. Stattdessen hatte ich einen Artikel beigefügt, den ich aus eigenem Antrieb über ein Delfinweibchen geschrieben hatte, weil dieses sich auffallend lange im Jachthafen von

Beaufort aufgehalten hatte; an einer kleinen Bissnarbe an der Rückenflosse konnte man erkennen, dass es immer dasselbe Tier war. Ich hatte wissen wollen, was es dort tat – warum es da Tag für Tag immer im Kreis schwamm –, deshalb fragte ich einen Hafenarbeiter.

«Sie trauert», hatte der mir gesagt.

«Um was denn?»

«Um ihr Kalb.»

Ich muss verwirrt geblickt haben mit meinem Notizbuch in der Hand, denn der alte Mann warf sich ein speckiges Handtuch über die Schulter und sprach weiter.

«Delfine sind komplexe Geschöpfe, Schätzchen. Sie haben Gefühle wie Sie und ich. Diese da hat erst vor zwei Wochen ihr Neugeborenes verloren. Wenn Sie genau hinsehen, können Sie erkennen, dass sie es vor sich her schiebt.»

«Dass sie was vor sich her schiebt?»

«Ihr Kalb. Ihr Baby.»

Da kniff ich die Augen zusammen, um im grellen Sonnenlicht etwas erkennen zu können. Und er hatte recht: Dort in der Ferne war nicht nur ein Delfin, da waren zwei. Der eine lebte, und der andere, viel kleinere, war tot.

«Wie lange wird sie das noch machen?»

Meine Gefühle in diesem Augenblick waren eigenartig gemischt. Ich empfand Mitgefühl, ja, aber auch einen gewissen Abscheu gegenüber diesem Tier, das den aufgeblähten Leichnam seines toten Babys herumschob wie ein Schwimmkissen. Es erinnerte mich an eine Nachrichtenmeldung, die ich neulich gesehen hatte: Eine Mutter hatte ihr tot geborenes Baby zwischen dem Gemüse in der Gefriertruhe aufbewahrt.

«So lange, wie es eben dauert», erwiderte der Hafenarbeiter. «So lange, wie es dauert zu trauern.»

«Kommt mir wie eine komische Art zu trauern vor.»

«An Trauer ist nichts logisch.» Er schüttelte den Kopf. «Bei niemandem von uns.»

Bei meinen Interviews erfuhr ich später, dass niemand wusste, wie das Kalb gestorben war. Manchmal sterbe ein Kalb bei der Geburt, erklärten mir meine Gesprächspartner, manchmal kurz danach. Und manchmal legen männliche Delfine ein Verhalten an den Tag, das «Kälber werfen» genannt wird, bei dem sie ein Neugeborenes totschlagen, damit die Mutter für ihre sexuellen Bedürfnisse frei wird – dieses Detail ließ ich allerdings weg. Das war nicht die Geschichte, die ich erzählen wollte.

Dennoch übte es eine makabre Faszination auf mich aus. Dass diese so schönen und heiteren Tiere auch eine dunklere Seite hatten. Eine gewalttätige.

«Verzeihung.»

Ich spüre eine Berührung am Arm und fahre zusammen. Mein Kopf fährt herum, und ich entdecke eine alte Frau mit runzliger Haut neben mir. Ihre ausgestreckte Hand schwebt über meiner Schulter.

«Die Kathedrale schließt in fünf Minuten.»

«Oh», sage ich, und mein Herz beruhigt sich wieder. Ich sehe mich um. Bis auf uns beide ist die Kirche jetzt verlassen. Die Leute, die vorhin durch die Gänge streiften, sind längst wieder gegangen, nur ich sitze immer noch hier, ganz allein, und habe es nicht bemerkt. «Tut mir leid ... wie spät ist es denn? Ich wollte mich bloß ein Weilchen hinsetzen ...»

«Schon gut.» Ihr Blick ist müde, aber freundlich. Offenbar ist ihr die Mischung aus Erschrecken und Verwirrung in meiner Miene nicht entgangen – und wie ich mich umsah und nach Anhaltspunkten dafür suchte, wie viel Zeit vergangen war –, denn jetzt legt sie mir die Hand auf den Arm. «Montagabends gibt es immer ein Gruppentreffen, falls es Sie interessiert.»

«Ein Gruppentreffen?»

«Trauerbewältigung. An der Rückseite. An der Hintertür hängt ein Schild.»

«Oh, nein …», setze ich an und greife nach meiner Handtasche. Aber plötzlich fällt mir ein, wie Kasey vorhin noch einmal meinen Blick suchte. Und ich höre wieder ihre sanfte, leise Stimme.

«Du musst das nicht allein durchstehen, weißt du. Es ist okay, um Hilfe zu bitten.»

«Sie müssen nichts sagen», erklärt die Frau augenzwinkernd, als sie mein Zögern spürt. «Sie können sich einfach dazusetzen.»

Ich sammle meine Sachen ein, gehe hinaus in die kühle Abendluft und laufe um die Kirche herum. Der Platz ist jetzt verlassen und ein bisschen unheimlich, nur die eine oder andere Kerze, die der Wind noch nicht ausgeblasen hat, flackert. An der Rückseite der Kathedrale finde ich eine offene Hintertür, durch die grelles Neonlicht heraus auf den Gehweg fällt.

Ich strecke den Kopf hinein, und der Geruch von bitterem Kaffee kitzelt mich in der Nase.

«Willkommen.»

Ich drehe mich zur Seite und betrachte die Frau vor mir. Sie sieht jung aus, Ende zwanzig, mit olivfarbener Haut und glänzendem braunen Haar, das sie an den Seiten nach hinten gesteckt hat. Ihre Augen sind groß – fast dominant –, und als sie lächelt, erscheinen zwei Grübchen auf ihren Wangen, schlitzförmig wie klaffende Wunden, von denen Narben zurückbleiben.

«Ich bin Valerie», sagt sie und reicht mir die Hand. Es dauert einen Augenblick, aber dann verändert sich ihr Gesichtsausdruck langsam, und die Grübchen verschwinden zusammen mit ihrem Lächeln.

Sie hat mich erkannt. Natürlich.

«Isabelle», stelle ich mich vor, obwohl das nicht nötig ist.

Ich blicke mich im Raum um, bemerke die im Kreis angeordneten Metallstühle und den Klapptisch im hinteren Teil. Es gibt Kaffeekannen und Gebäck, all die stereotypischen traurigen Elemente, die man an einem solchen Ort erwartet.

«Ich habe die Kerzen gesehen», sagt die junge Frau und deutet auf die offene Tür. «Es sah sehr schön aus da draußen.»

«Danke.»

«Gesellen Sie sich heute Abend zu uns?»

Ich zögere und werfe noch einen Blick auf die Stühle, doch sie erinnern mich nur an die Stühle im Vortragssaal auf der TrueCrimeCon. An diese leuchtenden Augen, die mich anstarrten. Mich verurteilten.

«Nein», sage ich schließlich und schüttle den Kopf. «Ich war wohl nur neugierig.»

Die Frau lächelt mit wissendem Blick. Sie öffnet den Mund, um etwas zu sagen, doch da unterbricht uns ein Geräusch hinter mir. Ich drehe mich um und erblicke einen älteren Herrn, der gerade durch die offene Tür hereingeschlurft kommt. Er entschuldigt sich mit einem Blick für die Störung und deutet auf den Stuhlkreis, dann setzt er sich. Zigarettengeruch folgt ihm, vermischt mit dem süßlichen Aroma von etwas Hochprozentigem.

«Entschuldigen Sie», sage ich und bin mit einem Mal verlegen, ohne zu wissen, warum. Vielleicht nur, weil ich hier aufgetaucht bin, an diesem Ort der Verletzlichkeit. «Ich gehe wohl besser.»

«Sie können sich jederzeit gern zu uns gesellen», sagt die junge Frau. «Wir sind jeden Montag hier. Um acht Uhr.»

Ich lächle, nicke und winke ihr dankbar zu, dann gehe ich wieder hinaus und zurück zu meinem Auto. Als ich in meiner Handtasche nach den Schlüsseln taste, schließen meine Finger sich um etwas Dünnes, Festes, wie ein Notizkärtchen. Eine Visitenkarte. Ich ziehe sie heraus und fahre mit den Fingerspitzen über den auf das dicke Papier gestanzten Namen.

Waylon Spencer.

Unvermittelt erinnere ich mich an den Mann im Flugzeug, an seinen Blick und sein Hilfsangebot. Das war erst gestern. Sein Verhalten kam mir ein bisschen schleimig vor – opportunistisch, so direkt nach dieser Tagung –, aber jetzt habe ich seine Worte klar und deutlich im Ohr, sie klingen verlockend, anziehend.

«Mit einem Podcast müssten Sie nicht mit all diesen Menschen reden. Jedenfalls nicht direkt. Sie müssten nur mit mir sprechen.»

Ich gehe weiter zu meinem Auto, in Gedanken bei all den Menschen, die sich anmaßen, jeden meiner Schritte zu sezieren: Ben, Detective Dozier. Die Zuschauer, deren Namen jetzt auf meinem Esszimmertisch liegen und mich noch mehr verhöhnen.

Es wäre schön, denke ich. *Nicht alle diese Menschen von meiner Unschuld und meinem Schmerz überzeugen zu müssen, sondern nur einen.*

Noch einmal sehe ich auf Waylons Visitenkarte und überfliege die Kontaktdaten. Dann ziehe ich das Telefon aus der Tasche, ehe ich es mir wieder anders überlegen kann, öffne mein E-Mail-Programm, erstelle eine neue E-Mail und beginne zu schreiben.

KAPITEL ZWÖLF

DAMALS

Heute ist die Luft wie Gelee, träge und nass. Sie erinnert mich an dicke, eingekochte Bratensoße, die von einem Servierlöffel tropft und sich in Vertiefungen sammelt. Alles wird feucht.

Margaret und ich sind draußen am Wasser, und der dünne Stoff unserer Nachthemden klebt an unserer verschwitzten Haut. Wir sitzen im Schneidersitz im Gras, um die kleinen Windböen zu genießen, die hin und wieder ihren Weg durch die Bäume zu uns finden. Normalerweise weht hier draußen eine leichte Brise, aber im Moment ist es quälend windstill, so als hätten sogar die Wolken den Atem angehalten.

«Tee?»

Ich blicke zu meiner Schwester hoch und warte, bis meine Augen sich an die plötzliche Helligkeit des Himmels über uns gewöhnt haben. Sie hat die Gartenfiguren im Halbkreis angeordnet und vor jede eine kleine Plastiktasse gestellt. Wir sind schon ein sonderbares Paar, Margaret und ich, mit unserem schweißfeuchten Haar, das sich unbändig kräuselt, und den zueinanderpassenden weißen Nachthemden. Die Spitze und die Schleifen am Halsausschnitt sind kratzig. Wir sind zwei Jahre auseinander, aber Mom zieht uns immer noch die gleichen Sachen an, sogar zum Schlafen. Als wären wir ein Zweierset – lebensgroße Matrjoschkas.

Ich stelle mir vor, ich würde mich am Bauch öffnen und Margaret sicher in mir verstauen. So fühlt es sich manchmal an. Als wäre es meine Aufgabe, sie zu beschützen. Als wäre ich ohne sie hohl.

Ich betrachte die Figuren: ein Frosch, der Ukulele spielt, ein Baby mit Flügeln. Direkt mir gegenüber ist eine Frau. Sie ist größer als die anderen Figuren, ihr Mund steht offen, und ihre Steinaugen sehen mich direkt an. Ich glaube, sie war einmal ein Brunnen, aber sie wurde seit einer Ewigkeit nicht mehr angeschlossen. Statt Wasser rinnt irgendeine schwarze Alge aus ihrem Mund. Mein Blick folgt dieser Alge über ihr Kinn und ihren Hals. Es wirkt fast, als wäre sie besessen.

«Ma'am?»

Ich sehe wieder zu Margaret. Sie hält einen Krug in der Hand, und ihr Blick schießt zwischen mir und der Tasse, die sie vor mich gestellt hat, hin und her.

«Ja, bitte», sage ich mit meinem besten britischen Akzent. Ich hebe die Tasse und spreize absichtlich den kleinen Finger ab, ganz hoch, weil ich weiß, dass sie das zum Lachen bringt. Margaret kichert und neigt den Krug mit beiden Händen. Er ist zu schwer für sie, das merke ich, und da kommen die Flüssigkeit und das Eis auch schon in einem Schwall heraus, sodass meine Tasse überläuft.

«Verzeihen Sie vielmals», sagt sie und leckt den Krug ab, bevor sie ihn ins Gras stellt. Aus irgendeinem Grund muss ich darüber lächeln. Wie sie das sagt, wie eine kleine Erwachsene. Sie hat das irgendwo gehört, da bin ich sicher – vielleicht, als Mom telefoniert hat, oder in irgendeiner Fernsehsendung –, hat es sich durch den Kopf gehen lassen, und jetzt plappert sie es nach.

Sie beobachtet immer, hört immer zu. Nimmt das Leben in sich auf wie ein Schwamm, still, saugfähig und formbar.

«Ich hab die Fußabdrücke gesehen.»

Mein Kopf fährt zu Margaret herum, die immer noch vor mir steht, den Kopf schräg gelegt wie ein neugieriger Vogel.

Ich hatte gehofft, sie hätte sie nicht bemerkt – diese schwach sichtbaren, schlammigen Abdrücke, die vom Flur zu meinem Bett führten –, aber ich hätte es besser wissen müssen. Margaret bemerkt alles.

«Gehst du nach draußen?», fragt sie. «Nachts?»

Ich weiß nicht, was ich darauf antworten soll, deshalb blicke ich wieder zum Sumpf, richte den Blick auf das Wasser, das gegen den Steg plätschert, während ich versuche, eine Erinnerung heraufzubeschwören, die irgendwo in meinem Unterbewusstsein tanzt. Irgendwo außer Reichweite.

«Ich schätze schon», sage ich schließlich.

«Und was tust du?»

«Ich weiß es nicht.»

«Gehst du schwimmen?»

«Ich weiß es nicht», wiederhole ich und schließe die Augen.

«Warum kannst du nicht einfach normal schlafen?»

«Ich weiß es nicht, Margaret.»

Sie lässt sich neben mich plumpsen, ihre nackten Beine sind kupferbraun und glatt. Sie streicht sich ein paar schweißnasse Strähnen aus der Stirn, dann wendet sie sich wieder mir zu, und in ihren Augen sehe ich lauter Fragezeichen.

«Ist das wegen dem, was passiert ist?»

Die Erinnerung kommt in blitzartigen Schüben, wie etwas aus einem Albtraum: ich, wie ich durch den Flur schleiche, ganz vorsichtig, damit ich nicht erwischt werde. Dad, der im Flur auf und ab läuft, eine Flasche mit einer braunen Flüssigkeit in der Hand. Seine Fingerknöchel zeichnen sich weiß unter der Haut ab, während meine Mutter auf einer Matratze liegt – weiße Laken, die sich rot verfärben.

«Darüber sollen wir nicht reden», sage ich.

«Dieses Haus ist manchmal ein bisschen unheimlich.»

Ich sehe mich zu unserem Haus um, das ganz oben auf diesem riesigen Hügel steht. Ich wohne schon mein ganzes Leben lang hier, bin von einem Neugeborenen, das von meiner Mutter in den Armen gewiegt wurde, zu einer mittlerweile ziemlich unabhängigen Achtjährigen gealtert. Und mit zunehmendem Alter haben die Dinge sich verändert. *Ich* habe mich verändert. Eigentlich haben wir uns alle verändert. Wir sind alle zu etwas anderem geworden, sind fast nicht mehr wiederzuerkennen. Wir wandeln uns mit der Zeit, wie Holz.

«Ja», stimme ich ihr zu. «Es ist so groß, so alt. Jede Menge Geräusche.»

«Hast du auch manchmal das Gefühl, dass wir da drin nicht allein sind?»

Ich denke an die Plakette am Tor und all die anderen Menschen, die dieses Haus ihr Zuhause genannt haben. Die Statuen, die einen eigenen Willen zu haben scheinen, und die Soldaten, die hier gestorben sind, deren Leichen vermutlich überall auf dem Grundstück verstreut sind, haufenweise Knochen, unter den Dielen begraben.

«Das bin nur ich. Wenn ich herumlaufe», behaupte ich, weil ich mich nicht dazu überwinden kann, ihr zu sagen, dass ich es auch spüre: die Gesellschaft von etwas Übernatürlichem, das ich nicht recht benennen kann. Die immer spürbare Ausstrahlung von etwas oder *jemandem*, das oder der versucht, uns zu warnen, uns Angst zu machen. Ich kann mich nicht einmal dazu überwinden, das Ungeziefer hier totzuschlagen. Immer wenn ich sehe, wie Dad mit einer zusammengerollten Zeitung nach einem Käfer schlägt oder eine Zecke zwischen den Fingern zerquetscht, zucke ich instinktiv zusammen und sage ein kurzes Gebet auf, weil ich weiß, dass jedes dieser Tierchen die Zahl der Todesopfer in diesem Haus nur weiter erhöht. Und die Waagschale sich weiter in Richtung Tod neigt.

Ich drehe mich wieder zu Margaret um, aber sie sieht nicht mehr zu mir hin, sondern zum Wasser. Im Nacken ragt ihre Wirbelsäule hervor wie ein kleiner Hundertfüßer, der unter ihrer Haut entlanggleitet.

«Versuch, dir deswegen keine Sorgen zu machen», sage ich irgendwann.

Margaret nickt, aber ihr Blick ist immer noch in die Ferne gerichtet, und ich folge ihm zu einer riesigen Eiche am Rand unseres Grundstücks, die ihre knorrigen Äste übers Wasser ausstreckt. Das Virginia-Moos hängt wie verfilztes Haar in der Rinde. Es ist Ebbe, das Wasser zieht sich langsam zurück, und ich höre das Klicken der winzigen Winkerkrabben, die übereinander wegklettern, was aussieht, als wäre der Boden selbst ein lebendiges, atmendes Wesen.

KAPITEL DREIZEHN

JETZT

Gestern versuchte ich, ein wenig zu ruhen. Zur Vorbereitung.

Mittags nahm ich zwei Schlaftabletten, ließ mich auf die Couch sinken und meine Lider schwer werden. Ich spürte, wie sich meine Augäpfel verdrehten, und dann legte sich ein roter Schleier über die Innenseite meiner Lider, auf den ich starrte, während ich meine Gedanken eine Weile umherwandern ließ und mich in einem fieberartigen Traum verlor – ein offenes Fenster, dieser prähistorische Gestank des Sumpfs –, jedoch immer noch an der Schwelle zur Bewusstheit.

Irgendwo dazwischen, wie im Fegefeuer.

Jetzt sehe ich auf die Uhr, dann gehe ich zu meinem Laptop und überfliege ein paar E-Mails – ein paar True-Crime-Fans, die meine Mailadresse herausgefunden haben, zwei Interview-anfragen, hauptsächlich Mist. Schließlich wechsle ich zu dem TrueCrimeCon-Artikel, den ich am Montag las. Ich lade die Seite neu und scrolle zu den Kommentaren hinunter, um zu sehen, ob es etwas Neues gibt.

Dann ignorieren wir die Vorgeschichte dieser Frau also einfach? Ihre Vergangenheit?

Lasst sie in Ruhe! Sie ist eine trauernde Mutter.

Der arme Junge. Vergessen wir nicht, dass er hier das eigentliche Opfer ist.

Er hat es jetzt besser.

Mir stockt der Atem, der Mauszeiger schwebt über diesem letzten Kommentar. *Er hat es jetzt besser.* Der Kommentar ist von gestern, auf den Tag genau ein Jahr nach Masons Verschwinden. Ich sehe mir den Benutzernamen an. Er ist nichtssagend, eine zufällige Ansammlung von Ziffern und Buchstaben, und statt eines Profilfotos gibt es nur die voreingestellte graue Silhouette. Ich klicke sie an, aber das bringt mich nicht weiter.

Ich frage mich, was das zu bedeuten hat: *Er hat es jetzt besser.* Ich starre den Kommentar an, mein Blick bohrt sich förmlich in den Bildschirm, bis mir die Buchstaben vor den Augen verschwimmen und ich alles doppelt sehe. Kurz verliere ich mich darin, dann schüttle ich den Kopf, kopiere die URL, erstelle eine neue Mail an Detective Dozier und füge die URL ein.

«Lesen Sie den letzten Kommentar», schreibe ich ihm. *«Können wir die IP-Adresse zurückverfolgen?»*

Dann schicke ich die Mail ab und schließe die Augen wieder, atme langsam aus. Schließlich stehe ich auf, nehme meine Handtasche und zwinge mich, das Haus zu verlassen.

Ich fahre zu einem kleinen Eckbistro namens Framboise in der Nähe der Redaktion, wo ich früher oft zu Mittag gegessen habe. Ich bin zu früh, ganz bewusst, daher setze ich mich an die Bar und bestelle ein Glas Sancerre und eine Schale französische Zwiebelsuppe – aber als sie dann kommt, kann ich mich nicht dazu überwinden, sie zu essen. Stattdessen drücke ich mit dem Löffel den geschmolzenen Käse nach unten und sehe zu, wie die braune Suppe am Rand des Käses nach oben steigt.

Es erinnert mich an einen Fußabdruck im Schlick, in dem sich Sumpfwasser sammelt.

Ich starre in die Schale und schalte kurz ab. Draußen auf der Straße wird es lauter: Der Platz füllt sich mit Kunststudenten auf dem Heimweg und jungen Berufstätigen, die sich davongestohlen haben, um sich ein Happy-Hour-Angebot nicht entgehen zu lassen. Vage nehme ich draußen in der Ferne Lichter und das Klappern von Pferdekutschen übers Kopfsteinpflaster wahr, die Touristen zum Abendessen bringen. Es ist ein rhythmisches Geräusch, friedvoll. Wie ein Metronom oder ein Fingernagel, der an eine Fensterscheibe klopft.

Ich merke, wie mein Kopf schwer herabsinkt, als füllte er sich langsam mit Sand. Als könnte mein Hals ihn nicht mehr lange tragen. Als könnte er vornüberkippen und abbrechen.

Klapper, klapper, klapper, klapper.

«Mrs. Drake?», höre ich eine Stimme dicht bei mir.

Ich zucke zusammen, und mein Kopf fährt in die Höhe, als hätte mich jemand an den Haaren gerissen. Ich sehe mich nach einer Uhr um und überlege, wie ich ausgesehen haben muss, den Blick starr auf die Theke gerichtet, einen Nebelschleier vor Augen, wer weiß wie lange.

Fünf Sekunden vielleicht. Oder fünf Minuten. Mein Körper hier, aber mein Kopf anderswo. Irgendwo weit weg.

«Entschuldigung.» Ich blinzle mehrmals, um den Schleier vor meinen Augen zu vertreiben. «Ich war ganz in Gedanken versunken …»

Ich muss die Augen zusammenkneifen, um im dämmrigen Licht sein Gesicht erkennen zu können, auch mein Blick ist noch ein bisschen verschwommen, und so brauche ich einen Augenblick, um ihn zu erkennen. Es ist Waylon – natürlich ist er es –, diese tiefe, samtige Stimme. Er steht vor dem freien Barhocker neben mir. Ich reibe mir die Augen, versuche, mich zusammenzureißen. Im Lokal herrscht jetzt mehr Betrieb als bei meinem Eintreffen; die Suppe, die ich nicht einmal probiert habe, ist kalt geworden.

«Was dagegen, wenn ich mich setze?», fragt er. Ich merke, dass ihm unbehaglich zumute ist, als würde er in ein intimes Abendessen platzen, anstatt bloß pünktlich zu unserer Verabredung zu erscheinen.

«Natürlich nicht.» Ich deute auf den Barhocker neben mir. Er sieht sich im Restaurant um und zieht dann verlegen den Kopf ein, als er sich setzt, so als wollte er sich kleiner machen. «Danke, dass Sie so kurzfristig gekommen sind.»

«Machen Sie Witze?» Er winkt den Barkeeper heran und bestellt einen Whiskey auf Eis. «Ich habe alles stehen und liegen lassen, als ich Ihre Nachricht bekam.»

Ich trinke einen Schluck von meinem Wein. Als ich ihm Montagabend die E-Mail schickte, war ich mir nicht ganz sicher, *was* ich da vorschlug – ich wusste bloß, dass ich offen dafür war, etwas Neues, etwas anderes auszuprobieren. Etwas, das vielleicht wirklich funktioniert. Er antwortete innerhalb von Sekunden, als hätte er an seinem Computer gesessen und auf mich gewartet. Hätte versucht, mich mit reiner Willenskraft zum Versenden dieser Mail zu bewegen.

«Savannah ist eine coole Stadt», sagt er und macht eine weiträumige Armbewegung. Es ist ein gut gemeinter Versuch, Small Talk zu machen, bevor wir uns dem zuwenden, was der eigentliche Grund für dieses Treffen ist.

«Das stimmt.»

«Haben Sie schon immer hier gelebt?»

«Nein», erwidere ich zögerlich. Ich möchte eigentlich nicht näher darauf eingehen, aber als Waylon schweigt und mich erwartungsvoll ansieht, spreche ich weiter, um die Leere zu füllen. «Nein, ich komme aus Beaufort, South Carolina. Es liegt auch an der Küste, ist aber kleiner als Savannah. Port Royal Island.»

«Wie war das, in Beaufort aufzuwachsen?»

Ich stutze und mustere Waylon. Mein Argwohn ist geweckt.

«Darüber möchte ich lieber nicht sprechen.»

Waylon hebt die Augenbrauen, und mein Herz beginnt zu

rasen, schlägt mir bis zum Hals. Denn jetzt wird mir klar, dass es anders ist diesmal, egal, wie oft ich das schon getan habe, egal, wie oft ich meine Geschichte schon erzählt habe. Diesmal stehe ich nicht distanziert irgendwo in einem Saal auf einer Bühne und halte vor Fremden den immer gleichen Vortrag.

Diesmal ist es persönlich. Ich habe keine Ahnung, welche Fragen er stellen könnte. Und ich habe keine Möglichkeit auszuweichen.

«Na schön», sagt er schließlich und trinkt einen Schluck Whiskey. «Dann kommen wir doch gleich zur Sache. Erzählen Sie mir ein bisschen von dieser Nacht. Wie hat es angefangen?»

Das weiß er bestimmt schon. Er hat ja meinen Vortrag gehört – außerdem kann man das mit einer einfachen Google-Suche oder im Archiv eines Nachrichtensenders, in einem der vielen Hundert Artikel, die über diese schreckliche Märznacht geschrieben wurden, herausfinden. Aber wahrscheinlich möchte er es bloß in meinen eigenen Worten hören, nichts Einstudiertes, und so erzähle ich ihm, dass ich Mason wie immer gegen sieben Uhr ins Bett brachte. Dass ich ihm eine Geschichte vorlas, allerdings nicht mehr weiß, welche. Dass ich danach sein Nachtlicht einschaltete, ihm von der Tür aus noch eine Kusshand zuwarf und die Tür hinter mir schloss.

«Mein Mann und ich sind danach noch ein paar Stunden aufgeblieben», erzähle ich. «Wir haben ein bisschen ferngesehen, ein, zwei Glas Wein getrunken. Gegen elf habe ich noch einmal nach ihm gesehen. Er schlief. Dann sind wir zu Bett gegangen.»

«Haben Sie in dieser Nacht irgendetwas Merkwürdiges gehört? Irgendwelche Geräusche?»

«Nein. Früher habe ich sehr tief geschlafen.»

«Früher?»

«Heute nicht mehr.» Dabei belasse ich es.

«Also könnte Ihr Mann aufgestanden sein, ohne dass Sie es gemerkt hätten?»

Ich sehe ihn an, eine Augenbraue hochgezogen. «Er wurde natürlich ausführlich befragt. Ich meine, ja, das hätte er wohl tun können, aber Ben würde unserem Sohn nichts antun. Dazu hatte er keine Veranlassung. Wir waren glücklich.»

«Was ist mit den Nachbarn?», fragt Waylon. «Haben die etwas gesehen?»

Ich schüttle den Kopf und trinke einen Schluck.

«Und wann haben Sie bemerkt, dass er fort war?»

Ich schweige und lasse diesen Morgen im Geiste noch einmal Revue passieren. Ich wurde früh wach, gegen sechs, wie immer, kochte mir Kaffee, hantierte in der Küche herum. Vergeudete zwei kostbare Stunden damit, durch Instagram zu scrollen, Zeitung zu lesen und Rührei zu machen, bevor ich auch nur daran dachte, nach ihm zu sehen. Denn so ist das mit der Zeit: Morgens kommt sie einem endlos vor; der Tag erstreckt sich vor einem wie ein langes Gähnen. Ich weiß noch, dass ich sogar erleichtert war, als es weiter still blieb, der Morgen sich langsam und ereignislos dahinzog und keine Geräusche aus Masons Zimmer drangen. Kein Geschrei, kein Wimmern oder Weinen. Ich war dankbar dafür, dass er länger schlief und ich ein paar ruhige Augenblicke mehr hatte. Mehr kostbare Zeit für mich allein.

Mir war ja nicht klar, dass ein Wettlauf mit der Zeit beginnen würde, sobald ich den Kopf in sein Zimmer streckte, und ich mir sehnlich wünschen würde, die Zeit möge stillstehen. «Um kurz nach acht.»

«Irgendwelche Spuren?», fragt er, und sein Blick ist seltsam eindringlich. Ich senke den Blick auf sein Glas und bemerke, dass er den Whiskey darin kreisen lässt. «Fingerabdrücke? DNA?»

«Ein offenes Fenster», erwidere ich. «Ich bin mir so gut wie sicher, dass ich es am Abend geschlossen hatte. Manchmal ließen wir es offen, um frische Luft hereinzulassen, aber ich hätte nie …»

Ich breche ab, atme aus, trinke noch einen Schluck.

«Auf der Fensterbank fanden sie unsere Fingerabdrücke, logisch, aber sonst keine. Auf der Erde vor seinem Fenster war ein unvollständiger Schuhabdruck – es hatte am Morgen geregnet –, aber nicht genug, um damit wirklich etwas anfangen zu können.»

«Geschätzte Schuhgröße?»

«Sie glauben, es könnte zwischen zweiundvierzig und vierundvierzig gewesen sein. Aber wir hatten auch Arbeiter da. Eine Menge Leute hätten diesen Abdruck hinterlassen können. Der Schädlingsbekämpfer war am Vortag da und hat genau dort gesprüht, wir wissen also nicht einmal, ob nicht vielleicht er …»

«Sie sagen *er*», unterbricht mich Waylon. «Wissen Sie denn, dass Ihr Sohn von einem Mann entführt wurde?»

«Na ja, nein», gebe ich zu. «Aber in der überwiegenden Mehrzahl der Fälle, in denen der Entführer ein Fremder ist, ist es ein Mann.»

«Na ja, es gibt aber auch die Fälle, in denen die Entführung durch ein Familienmitglied erfolgt. Durch jemanden aus dem engsten Kreis.»

«Ja.» Ich beiße mir in die Wange. «Und in der überwiegenden Mehrzahl der Entführungen durch einen Elternteil ist die Frau die Täterin. Die Mutter. Also haken wir diesen Punkt doch gleich ab, ja?»

Ohne zu blinzeln, sehe ich Waylon in die Augen.

«Ich habe meinen Sohn nicht verletzt. Ich habe ihm nichts angetan. Ich versuche herauszufinden, *wer* es getan hat.»

«Das ... wollte ich auch nicht unterstellen.» Waylon hebt kapitulierend die Hände. Er wirkt aufrichtig betreten, erneut überrascht über meine plötzliche Heftigkeit, wie auch neulich im Flugzeug schon, und so nicke ich bloß, drehe mich wieder zur Bar um und lasse mit brennenden Wangen den Blick über die diversen Flaschen mit bernsteinfarbener Flüssigkeit wandern.

«Gibt es noch etwas, was Sie für erwähnenswert halten?», fragt er sanft, um uns wieder auf Kurs zu bringen. «Hinweise, meine ich.»

«Ja», erwidere ich beklommen. «Sie haben sein Stofftier gefunden, als sie die Siedlung abgesucht haben. Einen Dinosaurier, mit dem er immer geschlafen gegangen ist.»

«Wo in der Siedlung?»

Schweigend wische ich mit dem Zeigefinger ein Körnchen Weinstein vom Rand meines Weinglases.

«Am Rand des Sumpfs», sage ich schließlich. «Im Schlamm.»

«Aber ich nehme an, dass sie den Sumpf abgesucht haben, oder? Nach etwaigen anderen Spuren. Oder ...»

«Hubschrauber, Taucher», unterbreche ich ihn, damit er nicht aussprechen muss, was er garantiert denkt: nach einer Leiche. *Seiner* Leiche. «Sie haben nichts weiter gefunden – natürlich kann es sein, dass alles andere mit der Ebbe raus aufs Meer getragen wurde, also werden wir das vielleicht nie erfahren.»

«Haben Sie irgendwelche Theorien?», fragt er schließlich. «Was glauben *Sie*, was passiert ist?»

Ich seufze und sehe alle diese Artikel an meiner Esszimmerwand vor mir; die Namenslisten, die ich Nacht für Nacht durchsuche, entgegen aller Wahrscheinlichkeit hoffend, dass mich endlich etwas Wichtiges aus dem Dunkel heraus anspringt und sich zu erkennen gibt.

«Ich habe keine Ahnung», sage ich schließlich, und das ist die hässliche Wahrheit. Egal, wie viele Nächte ich über der Polizeiakte gebrütet oder das Internet nach subtilen Hinweisen durchkämmt habe, egal, an wie viele Türen ich geklopft habe, ich habe noch immer keine Ahnung, was meinem Sohn zugestoßen ist.

Ich habe keine Ahnung, wo er ist.

«Nichts davon ergibt einen Sinn», fahre ich fort. «Sie ahnen nicht, wie oft ich diesen Abend in Gedanken noch einmal genau durchgegangen bin, auf der Suche nach irgendeinem Detail, das der Schlüssel zu allem sein könnte. Nach irgendeiner Kleinigkeit, die aus dem Rahmen fiel …»

«Vielleicht müssen Sie aufhören, das alles immer wieder durchzugehen», unterbricht mich Waylon, und ich spüre seinen Blick auf meiner Wange. «Vielleicht müssen Sie etwas Neues ausprobieren.»

Ich wende mich ihm zu und mustere ihn.

«Vielleicht.» Achselzuckend drehe ich mich wieder zur Bar um. «Deshalb habe ich Ihnen ja geschrieben.»

Der Barkeeper kommt in unsere Richtung und benötigt ein bisschen zu lange für das Polieren eines Highballglases. Waylon und ich schweigen. Mir fällt auf, dass der Barkeeper mehrmals zu uns herübersieht, und da frage ich mich, ob er mich erkannt hat. Und wie viel er mit angehört hat. Schließlich winkt ihn ein anderer Gast zu sich, und er wendet sich ab.

«Hatten Sie denn kein Babyfon?», fragt Waylon, als wäre ihm plötzlich eingefallen, dass die ganze Sache ja vielleicht von einer Kamera aufgenommen wurde. Ich empfinde seinen

Tonfall als vorwurfsvoll, aber vielleicht projiziere ich da auch nur etwas hinein.

Ich schließe die Augen und senke den Kopf. Ich brauche ein paar Sekunden, bis ich den Mut aufbringe, diese Frage zu beantworten, und dann bricht meine Stimme.

«Doch. Haben wir. *Hatten* wir. Es war kabellos, aber die Batterien waren leer, also hat es nicht aufgezeichnet.»

Waylon schweigt. Sicher denkt er, dass da einiges ganz anders hätte laufen müssen. Dass ich noch einmal hätte überprüfen müssen, ob das Fenster wirklich geschlossen war, es vielleicht sogar hätte abschließen müssen. Dass ich mit einem Ohr hätte lauschen müssen, bereit, zu erwachen und zu ihm zu laufen, sobald er ruft. Dass ich gleich nach dem Erwachen nach ihm hätte schauen, die Polizei um sechs und nicht erst um acht hätte anrufen müssen oder dass ich sofort neue Batterien für das Babyfon hätte kaufen müssen, sobald ich wusste, dass sie leer waren, anstatt zu warten, bis ich sowieso einkaufen musste.

«Es ist nicht Ihre Schuld», sagt er jedoch und trinkt den letzten lohfarbenen Schluck in seinem Glas aus. «Das wissen Sie, oder?»

Tränen brennen in meinen Augen. Ich kneife die Lider zusammen und schlucke den tonnenschweren Kloß, der in meinem Hals steckt, herunter. Ich bin es nicht gewohnt, das zu hören. Schließlich wische ich mir mit dem Handrücken eine einzelne Träne von der Wange und nicke, lächle, danke ihm für seine Worte. Tief drin glaube ich zwar, dass es sehr wohl meine Schuld ist, aber das will ich ihm nicht sagen. Und damit meine ich nicht die allgemeinen mütterlichen Schuldgefühle, diese geheime Überzeugung, die die Gesellschaft uns Müttern vorbehält und die uns eines einhämmert: Gleichgültig, was wir tun, gleichgültig, wie viel Mühe wir uns geben, wir machen alles falsch. Jede Kleinigkeit ist unsere Schuld; wir sind ungeeignet, unwürdig. Unsere Unzulänglichkeiten sind die Ursache jedes Schreis, jeder Träne, jeder bebenden Unterlippe.

Was ich empfinde, geht darüber hinaus.

Es ist wieder einmal dieses *Gefühl*, vor dem meine Mutter mich warnte. Das Gefühl, dass irgendjemand irgendwo mir etwas mitteilen will. Dass mir etwas entgeht – etwas Wichtiges.

Dass ich etwas *weiß*. Aber ich kann mich beim besten Willen nicht erinnern, was das ist.

KAPITEL
VIERZEHN

Als ich nach Hause komme, ist es schon spät, schon nach Mitternacht. Vielleicht kann ich es auf den Sancerre schieben oder auf das dämmrige Licht im Lokal, in dem man kaum merkt, wie die Zeit vergeht, oder darauf, dass mich zu Hause nur leere Räume und eine weitere lange, dunkle Stille erwarten. Ein weiteres unaufhörliches Warten auf diese ersten Anzeichen normalen Lebens, die sich erst mit der Sonne zeigen.

Jedenfalls saßen Waylon und ich sehr lange auf diesen Barhockern.

Jetzt gehe ich ins Haus, begrüße an der Tür Roscoe und kraule ihn hinter den Ohren, bevor ich den Mantel ausziehe, mir in der Küche ein Glas Wasser einschenke und zum Laptop gehe.

«Gib mir eine Minute», sage ich zu ihm, drücke ein paar Tasten, und das Licht des Monitors fällt auf mein Gesicht. Ich aktualisiere die Webmailseite und sehe in meinen E-Mail-Posteingang: keine Antwort von Dozier. Dann trinke ich einen großen Schluck Wasser, wechsle wieder zu dem Artikel über meinen Vortrag auf der TrueCrimeCon, aktualisiere auch diese Seite und scrolle zu den Kommentaren hinunter. Plötzlich verschlucke ich mich an meinem Wasser. Ich würge, knalle das Glas auf den Tisch und huste kräftig, um die Flüssigkeit aus der Luftröhre zu bekommen.

Schließlich blinzle ich mir die Tränen aus den Augen und aktualisiere die Seite nochmals, doch das ändert nichts.

Der Kommentar ist weg.

«*Scheiße*», flüstere ich und lehne mich zurück. Ich hätte einen Screenshot machen müssen. Ein drittes Mal aktualisiere ich die Seite, nur um ganz sicherzugehen, sehe aber trotzdem nur Leere, wo zuvor dieser Satz stand.

Er hat es jetzt besser.

Ich stehe auf und ziehe die eleganten Schuhe aus, dann schlüpfe ich in ein Paar Sneakers und befestige Roscoes Leine an seinem Halsband. Auch wenn ich gerade erst zurückgekommen bin, verspüre ich das dringende Bedürfnis, wieder aus dem Haus zu gehen. Hier habe ich das Gefühl, als senkte sich etwas Schweres herab, wie die Ahnung eines Unwetters, das schnell und geräuschlos am regenschweren, bedrohlichen Himmel aufzieht. Es fühlt sich nicht sicher an.

Sobald wir draußen sind, atme ich aus und sauge dann die kühle Nachtluft so tief in meine Lunge, dass sie brennt. Wir gehen die Verandatreppe hinunter, und Roscoe schwenkt nach rechts, wie er es immer tut. Aber mit einem Mal habe ich wieder Waylons Stimme im Ohr, die mich wie eine Nebeldecke einhüllt.

Vielleicht müssen Sie aufhören, das alles immer wieder durchzugehen. Vielleicht müssen Sie etwas Neues ausprobieren.

Ich zupfe an Roscoes Leine, und er bleibt stehen.

«Lass uns da langgehen», sage ich, wende mich nach links und zwinge ihn, mir zu folgen. «Lass uns heute Nacht mal etwas ein bisschen anders machen.»

Eine Weile gehen wir schweigend dahin, wagen uns immer tiefer in die Dunkelheit vor. Die Straße ist wie ein Tintenklecks, der in die Ferne hinein zerfließt. In den Häusern regt sich wie üblich nichts, alles ist dunkel. Es ist ohrenbetäubend still hier in der Siedlung, stiller als sonst, und da klingen meine Gedanken ein bisschen lauter. Wie Kleingeld in einem Schraubglas rasseln sie durch meinen Kopf.

Natürlich bin ich es gewohnt, an Mason zu denken. Über ihn

zu sprechen. Aber in letzter Zeit denke ich auch über anderes nach. Über Ben und unsere Anfangszeit; über Margaret und meine Eltern. Über das, was damals geschah, und darüber, dass mein gesamtes Leben ein einziges großes Fragezeichen zu sein scheint. Eine Aneinanderreihung von Leerstellen und offenen Fragen, deren Antworten im Dunklen, Trüben liegen, so als säße man auf einem Steg, die Füße im trüben Wasser, und versuchte, die eigenen Zehen zu erkennen.

Und dann ist da wieder dieses gewisse Gefühl. Das Gefühl, dass die Antworten zum Greifen nahe sind. Dass irgendjemand irgendwo versucht, mir etwas mitzuteilen – oder dass ich etwas bereits *weiß*, aber dieses Wissen nicht zu fassen bekomme. Es ist, als wachte man auf und versuchte schlaftrunken, sich an einen Traum zu erinnern, der schon unscharf geworden ist und rasch weiter verblasst. Man zermartert sich das Hirn, versucht, sich an Worte oder Formen, Klänge oder Gerüche zu erinnern, an irgendetwas, was einen der Wahrheit nur ein bisschen näher bringt.

Aber wenn zu viel Zeit vergangen ist, schwindet es dahin, wird aus dem Gedächtnis gelöscht, wie die Asche eines abgebrannten Gebäudes vom Wind davongetragen wird.

Roscoe und ich sind jetzt seit rund zwanzig Minuten unterwegs, und auch wenn mir dieser Teil des Viertels nicht so vertraut ist, merke ich, dass unser Weg uns jetzt allmählich nach Hause zurückführt. Wir nähern uns dem Sumpf. Mittlerweile haben meine Augen sich vollständig an die Dunkelheit gewöhnt, und ich kann besser sehen: vergessenes Spielzeug in Vorgärten, durchnässte Zeitungen in Einfahrten. Eine umgefallene Mülltonne – die Eigentümer waren wohl zu faul, den Deckel zu sichern, denn der Inhalt liegt über den Bürgersteig verstreut, das Werk von Waschbären. Genau das ist das Problem: Niemand nimmt sich die Zeit, sich zu fragen, was mitten in der Nacht geschieht, was da alles vor sich geht, wenn die Welt schläft. Niemand fragt nach den Fremden, die in den Schatten lauern, unter einem Fenster kauern oder den Knauf einer nicht abgeschlossenen Tür drehen. Nach den Tieren, die nachts jagen, von deren Zähnen warmes Blut tropft, während sie sich am Fleisch eines anderen Tiers gütlich tun. Wir nehmen einfach an, wenn wir einschlafen, täte die Welt es auch. Wir erwarten, dass sie am nächsten Morgen genau so weitermacht, wie sie war: unversehrt; unbehelligt. So als machte das Leben ebenfalls eine Pause, bloß weil wir es tun.

Aber das stimmt nicht. Schon bevor Mason entführt wurde, wusste ich, dass das nicht stimmt. Ich war mir des Bösen, das vielgestaltig im Schutz der Nacht agiert, immer sehr bewusst; der Gräuel, die die Welt heimsuchen, während wir schlafen.

Roscoe und ich sind jetzt auf der Parallelstraße zu meiner eigenen Straße und wollen gerade um die Ecke biegen, da zerreißt ein leises Knurren die Stille.

«Hey», sage ich und ziehe an der Leine. «Hör auf damit.»

Roscoe knurrt weiter, immer lauter, wütender, die Pfoten fest aufs Pflaster gestemmt, den Schwanz nach hinten gerichtet. Er blickt zu einem Haus auf der anderen Straßenseite, und als ich seinem Blick folge, entfährt mir ein Aufschrei, und ich schlage mir die Hand aufs Herz.

«Entschuldigung», sage ich und atme langsam aus. Das Herz schlägt mir wuchtig gegen die Rippen. «Ich hatte Sie da gar nicht gesehen.»

Auf der Veranda vor dem Haus, nur wenige Schritte entfernt, sitzt ein Mann. Er wirkt sehr alt, zwischen achtzig und neunzig vielleicht, und trägt einen dicken braunen Morgenmantel, der in der Taille zugebunden ist, sowie Pantoffeln. Sein graues

Haar ist zerzaust, die Augen sind glanzlos, der Blick ist in die Ferne gerichtet. Er sitzt still auf einem Schaukelstuhl, den er mit den Füßen in Bewegung hält. Der Stuhl quietscht, doch so leise, dass es trotz der nächtlichen Stille kaum zu hören ist.

«Was für eine schöne Nacht», sage ich lächelnd, um die Atmosphäre aufzulockern. «Ich glaube, wir kennen uns noch nicht. Ich bin Ihre Nachbarin, Isabelle. Ich wohne gleich da drüben ...»

Ich zeige in Richtung meines Hauses auf der Parallelstraße, doch der Mann antwortet nicht, sondern wendet mir nur den Kopf zu und blickt mich jetzt doch an – oder durch mich hindurch. Ich frage mich, ob er vielleicht taub oder blind ist. Ob ich für ihn womöglich nur ein verschwommener Fleck bin, nicht anders als ein Schatten. Oder meine Stimme nur eine Windböe.

Warum er wohl hier draußen sitzt, ganz allein auf seiner Veranda, um ein Uhr morgens? Es kommt mir merkwürdig vor, es ist zu spät, um draußen zu sein. Andererseits könnte er dasselbe wohl auch von mir sagen.

«Tja, na dann gute Nacht.»

Ich wende mich ab, ziehe Roscoe hinter mir her und spüre den Blick des alten Mannes auf meinem Rücken. Als wir wieder zu Hause sind, ist es mir wichtiger als sonst, die Tür hinter mir abzuschließen, ohne dass ich sagen könnte, warum. Es ist ja nicht so, als könnte der Mann gefährlich werden und mir durch die Dunkelheit folgen.

Erst später – gegen drei Uhr morgens, als ich stumpf durch die TV-Sender zappe und dabei immer tiefer in die Couch sinke – wird mir klar, warum.

Bisher wohnte meinen Nächten schon von Natur aus eine Fremdheit inne, weil ich wusste, dass alle anderen schlafen, während ich wach bin. Weil ich wusste, dass ich inmitten von Menschen in einer Wohnsiedlung ganz allein bin. Dadurch fühle ich mich wie nicht ganz von dieser Welt, fühle mich anders. Wie der einzige Fisch in einem endlosen Ozean; als könnte alles Mögliche passieren, und keine Menschenseele würde es mitbekommen. Aber jetzt, da ich diesen Mann gesehen habe, der mit Augen wie geschälte Trauben in die Dunkelheit blickte und dessen Schaukelstuhl quietschte, kaum hörbar, aber so regelmäßig, als hätte jemand ihn mit einem Schlüssel im Rücken aufgezogen und dann losgelassen, jetzt erst erkenne ich, dass es etwas gibt, das noch verstörender ist, als allein im Dunkeln zu sein.

Und zwar die Erkenntnis, dass man gar nicht allein ist.

KAPITEL
FÜNFZEHN

DAMALS

Auf Zehenspitzen schleiche ich durch den Flur und weiche den Dielen aus, die immer knarren. Ich kenne sie alle, die weichen Stellen im Holz, die unter dem Gewicht meiner Ferse nachgeben, und die rostigen Türangeln, die nachts wimmern. Margaret und ich haben dieses Haus zu unserem persönlichen verzauberten Labyrinth gemacht, in dem wir durch die Flure streifen und an Türknäufen drehen. Die Köpfe in kaum genutzte Zimmer strecken, mit angehaltenem Atem über die Möbel streichen und nichts als Streifen im Staub hinterlassen. Jetzt liegt der Korridor vor mir wie eine Zunge, die sich aus den Tiefen eines dunklen Rachens ausrollt, aber ich zwinge mich trotzdem weiterzugehen. In den Bauch unseres Hauses.

Es ist still, aber meine Eltern sind noch wach. Ich kann sie hinter der geschlossenen Tür von Dads Arbeitszimmer hören. Ich kann sie flüstern hören.

«Du weißt nicht, wie das ist», sagt meine Mutter, und ihre Stimme klingt wie Seide, die gleich reißt. «Henry, du verstehst das nicht.»

Ich habe einen tonnenschweren Kloß im Hals und schlucke, versuche, ihn hinunterzuwürgen. Dad arbeitet in Washington – die Rhetts sitzen angeblich schon seit dem Großvater meines Großvaters im Kongress –, aber übers Wochenende kommt er immer nach Hause, bevor er dann am Montag wieder wegfährt. Normalerweise bringt er Margaret und mir irgendetwas mit – gebrannte Mandeln, gekochte Erdnüsse oder eine Tüte mit dicken, saftigen Scuppernong-Trauben, die er auf der

Rückfahrt vom Flughafen bei einem Händler am Straßenrand kauft. Das soll uns zeigen, wie lieb er uns hat, aber allmählich fühlt es sich an wie eine Entschuldigung. Oder wie Bestechung.

«Du musst nach Hause kommen», fährt sie fort. «Bleib bei mir. Bitte.»

«Du weißt, dass das nicht geht», sagt mein Vater leise und streng. «Elizabeth, du weißt das. Das hast du von Anfang an gewusst.»

«Ich weiß nicht, ob ich das noch länger schaffe. Allmählich habe ich das Gefühl … ich weiß auch nicht. Die Mädchen. An manchen Tagen sehe ich sie an und …»

«Doch, du schaffst das. Du schaffst das. Den Mädchen geht es gut.»

Margaret hat gestern Abend beim Essen wieder davon gesprochen: von diesen Fußabdrücken auf meinem Teppich, schlammig und blass wie meine Erinnerungen, mein Verstand. Ich habe noch das Klirren im Ohr, mit dem die Gabel meiner Mutter auf den Teller fiel; mein Vater musterte uns und malte sich vermutlich aus, wie ich nachts in den Sumpf spaziere. Und mir mein weißes Nachthemd an den Knöcheln klebt, an den Waden, den Oberschenkeln. Wie das Wasser höher und höher steigt, bis es mir in den Mund und die Kehle hinab läuft.

«Vielleicht, wenn wir uns bloß Hilfe holen könnten», sagt meine Mutter jetzt mit lebhafterer Stimme. «Wenn *ich* mir Hilfe holen könnte …»

«Nein.»

Es wird still im Arbeitszimmer, aber es ist eine schwere Stille, die über ihnen hängt wie ein Klavier an einer Schnur, das jeden Augenblick herabstürzen und die beiden unter sich begraben könnte. Und dann höre ich meine Mutter seufzen – resigniert vielleicht. Frustriert. Weil sie weiß, egal, was sie sagt, egal, wie flehentlich sie bittet, Montagmorgen ist er wieder weg, und sie muss allein mit uns zurechtkommen.

«Elizabeth, das war die Abmachung», sagt mein Vater. «Meine Aufgabe ist in Washington, deine ist hier. Ich dachte, das war das, was du wolltest.»

«Das war es», flüstert sie. «Das ist es.»

«Du kannst zu Hause bleiben», sagt er. «Du kannst malen. Und unsere Familie kann wachsen und gedeihen.»

Wieder wird es still, aber diesmal anders. Diesmal ist es eine intime, zarte Stille. Ich meine einen Stuhl ächzen und Kleidung rascheln zu hören. Lippen, die aneinander saugen oder aufeinandergedrückt werden. Ich weiche einen Schritt zurück und will wieder die Treppe hinaufgehen, da knarzt die Diele unter mir – und ich merke, dass die Bewegungen abrupt innehalten. Ich spüre ihre Blicke durch die Tür hindurch auf mir und erstarre angstvoll, wie ein Reh, das zwei Autoscheinwerfer heranrasen sieht.

Ich halte den Atem an und stehe reglos da, bis ich höre, wie ein Stuhl über den Boden geschoben wird und die schweren Schritte meines Vaters sich nähern.

Die Tür schwingt auf, und mir rutscht das Herz in die Hose.

«Isabelle.»

Ich blicke zu meinem Vater hoch, der über mir aufragt, und komme mir unfassbar klein vor. Er sieht mich eine Weile nur an, dann öffnet er die Tür weiter, und ich sehe meine Mutter, die auf der Armlehne seines Schreibtischstuhls sitzt. Ihr Nachthemd ist ihr an einer Seite über die Schulter herabgerutscht, sodass ich ihr Schlüsselbein sehen kann. Sie sieht mich mit wächsernen roten Augen an. Sie hat geweint, das sehe ich, und da bekomme ich ein schlechtes Gewissen. Weil ich schuld bin, dass es ihr so geht.

Ich muss an das denken, was sie eben zu meinem Vater gesagt hat, an dieses Flüstern. Diese verzweifelte Bitte.

«Du weißt nicht, wie das ist. Du verstehst das nicht.»

«Ich konnte nicht schlafen», rutscht es mir heraus, als mir klar wird, sie könnten denken, dass ich es gerade wieder tue. Dass ich im Schlaf durch die Flure wandele, dass ich hier zwar mit offenen Augen stehe, aber mein Blick ins Leere geht.

Meine Mutter steht auf, gleitet durch den Raum und stellt sich zu meinem Vater an die Tür. Sie sieht mich unentwegt an, mustert mich prüfend. Genauso sieht sie mich manchmal an, wenn ich im Dunkeln wach werde und bei geöffnetem Wasserhahn im Bad oder mit einem Pfannenwender in der Küche stehe. Dann legt sie den Kopf genauso schräg wie jetzt, als ob sie mich erforschen wollte. Als ob sie versuchte festzustellen, ob ich echt bin.

Als ob sie Angst hätte.

KAPITEL SECHZEHN

JETZT

Dieser Mann, der da heute Nacht auf seiner Veranda saß – irgendetwas an ihm irritiert mich, stört mich, hat sich in mir verhakt wie eine Klette.

Orangefarbenes Licht fällt in Streifen durch die Fenster herein, als ich mit einem heißen Kaffee in der Hand ins Esszimmer gehe. Wieder betrachte ich die Wand, diese riesige Leinwand voller Fotos und Stadtpläne, Zeitungsausschnitte und Haftnotizen mit meinen nächtlichen Gedanken, die nie viel gebracht haben. Der alte Mann kam mir überhaupt nicht bekannt vor; er schien niemand zu sein, den ich kenne – und da geht mir ein Licht auf.

Er *müsste* mir bekannt vorkommen. Er *müsste* jemand sein, den ich kenne.

Ich kenne jeden hier in dieser Siedlung. Sie sind alle hier versammelt, gleich vor meiner Nase. Ich habe Nachforschungen über sie alle angestellt, bin von Haus zu Haus gegangen, habe an sämtliche Türen geklopft. Habe mir ihre Alibis und Entschuldigungen angehört und mich gezwungen, zu lächeln, zu nicken, ihnen für ihre Zeit zu danken. Und bei alldem ist mir dieser Mann nie untergekommen. Ich hatte ihn noch nie gesehen. Wenn er hier wohnt – so nahe an meinem Haus, in der Parallelstraße –, müsste ich wissen, wer er ist. Ich müsste alles über ihn wissen.

Aber ich weiß nichts über ihn.

Ich höre ein Auto in meiner Einfahrt, drehe mich um und bemerke, dass Roscoe in seiner Ecke munter wird.

«Sei lieb», sage ich warnend, als er leise knurrt, nachdem eine Autotür zugeschlagen wurde.

Schritte nähern sich dem Haus, dann klopft es an der Tür, und Roscoe gerät in Rage. Rasch gehe ich zur Tür und öffne. Waylon steht vor mir, in einer Hand eine Aktentasche und in der anderen einen Koffer, in dem ich seine Ausrüstung vermute.

«Guten Morgen.» Ich lächle und winke ihn herein. Gestern Abend erklärte ich mich zu einem weiteren Gespräch bereit, aber diesmal zeichnet er es auf. Er erwidert mein Lächeln, zögert aber einzutreten, und da habe ich entschieden den Eindruck, dass er heute nervös ist. Das finde ich merkwürdig, nachdem er gestern Abend so entspannt war, doch mich zu Hause zu besuchen, ist vermutlich etwas anderes als ein Treffen an einem neutralen Ort.

Aber dann begreife ich: Es könnte auch am Hund liegen.

«Keine Sorge, er ist freundlich», sage ich und schiebe Roscoe aus dem Weg. «Bei Fremden ist er immer so.»

«Das ist kein Problem.» Waylon geht in die Knie und lässt Roscoe an seinen Fingern schnüffeln. Dann steht er wieder auf, kommt herein und blickt sich aufmerksam um.

«Schön haben Sie es hier.»

«Danke.»

«Wohnen Sie schon immer hier?»

Ich weiß, was er wissen möchte, verpackt in Höflichkeitsfloskeln. Er möchte wissen, ob es hier passiert ist, ob Mason hier entführt wurde.

«Wir sind vor etwa sieben Jahren hierhergezogen.»

Erneut sieht er sich im Wohnzimmer um, sucht nach Spuren dieses Wir. Herrenschuhe im Flur vielleicht oder eine Baseballkappe auf der Kücheninsel. Familienfotos vom glücklichen Paar, Mason geborgen zwischen uns.

Er findet nichts.

«Mein Mann ist ausgezogen», sage ich und balle die Fäuste. Meinen Ehering trage ich heute nicht. An dem Tag, als wir uns im Flugzeug kennenlernten, hatte ich ihn an, aber heute habe ich nicht daran gedacht. Ein Podcast ist schließlich nur Audio. «Das alles ist eine große Belastung, wissen Sie, für eine Beziehung.»

Waylon lächelt mich traurig an, als versuchte er, es zu verstehen. «Das tut mir leid.»

«Möchten Sie einen Kaffee?»

Ich gehe in die Küche, weil ich nicht weiß, was ich sonst tun soll. Ohne die Maske des Dämmerlichts im Restaurant oder die drei Glas Wein, die meine Sinne zusätzlich betäubten, fühle ich mich unvermittelt verwundbar in meinem eigenen Haus. Habe das Gefühl, Waylon sähe mich nicht nur an, sondern durchschaute mich, sähe all das Dunkle und Gefährliche, das in mir lauert.

«Nein danke», ruft er aus dem Wohnzimmer. Ich schenke mir bereits mit zitternden Händen nach. «Ich hatte heute schon ein paar. Noch mehr, und ich kann nicht schlafen.»

Ich ersticke ein Schnauben. Wenn er wüsste!

«Sie können Ihre Sachen da drüben abstellen.» Ich deute zum Esszimmer, wo ich den Tisch vom üblichen Chaos befreit habe. «Da ist eine Steckdose, wo Sie Ihre Ausrüstung einstöpseln können.»

«Hätten Sie etwas dagegen, wenn ich mich erst mal umsehe?», fragt er. «Bei Podcasts ist die Beschreibung wichtig, denn die Hörer können ja nicht sehen, worüber ich spreche.»

Ich starre ihn an, meine Hände umklammern den Kaffeebecher. Er will Masons Zimmer sehen. Er will Masons Zimmer *betreten.*

«Oder wir fangen einfach an», spricht er weiter, als er mein Zögern bemerkt. «Machen wir es doch so.»

Ich lächle, nicke und gehe zum Esszimmertisch. Waylon folgt mir, und ich kann fast spüren, wie er nach Luft schnappt, als er um die Ecke biegt und stumm in sich aufnimmt, was er dort sieht.

«Wow», sagt er schließlich und stellt sich mit großen Augen vor die Wand mit den Fotos und Artikeln, als bewunderte er ein abstraktes Kunstwerk. «Das haben Sie alles selbst gemacht?»

Ich lächele verlegen. «Ich habe eine Menge freie Zeit.»

Er nickt und gestattet sich, die Wand noch ein paar Sekunden länger zu betrachten, dann stellt er seinen Koffer ab, öffnet die Verschlüsse, und während sein Blick immer wieder zur Wand zuckt, holt er seine Ausrüstung heraus: zwei Mikrofone mit dazugehörigem Popschutz, zwei Kopfhörer. Eine Mini-Stereoanlage, ein Akkupack, verschiedene Kabel, die er entwirrt und in die diversen Buchsen einstöpselt. In wenigen Minuten ist in meinem Esszimmer ein komplettes Aufnahmestudio aufgebaut.

«Ich weiß, das wirkt einschüchternd, aber es ist halb so wild, versprochen», sagt Waylon. Er reicht mir einen der Kopfhörer, und ich staune darüber, wie leicht er ist. «Das ist nur der Tonqualität wegen. Es filtert Hintergrundgeräusche wie die Klimaanlage und Autohupen heraus. Hundegebell.»

Er lächelt mich an und zwinkert, und ich lächle zurück, ein wenig entwaffnet. Dann setze ich den Kopfhörer so auf, dass das gepolsterte Leder meine Ohren bequem umschließt. Waylon setzt seinen auch auf und beugt sich zum Mikrofon vor.

«Check, check.»

Seine durch die Anlage verstärkte Stimme ist so glasklar, als spräche er durch einen Tunnel mit mir, und unwillkürlich bin ich überrascht.

«Das ist ein Riesenunterschied», sage ich in mein Mikrofon.

«Aber hallo.» Er betätigt einen Schalter an der Stereoanlage, und mir fällt auf, dass ein grünes Lämpchen blinkt. «Also, Isabelle Drake, danke, dass Sie mich heute bei sich zu Hause empfangen.»

«Gern geschehen», erwidere ich und begreife, dass das Interview jetzt offiziell begonnen hat. Dass alles, was vorher gesagt wurde, als das Lämpchen noch nicht blinkte, nicht aufgenommen wurde – und deshalb auch nicht zählte.

«Isabelles Geschichte kennen Sie sicher alle», sagt Waylon, zum Mikrofon vorgebeugt, und jetzt klingt seine vertraute Stimme offizieller. «Aber für die wenigen Uninformierten unter Ihnen hier die Kurzfassung: Isabelles Sohn Mason wurde vor genau einem Jahr mitten in der Nacht aus seinem Kinderzimmer entführt. Der Fall ist noch immer nicht aufgeklärt.»

«Das ist richtig», sage ich, mit einem Mal befangen.

«Die Polizei hat keine Verdächtigen, keine Spuren und praktisch keine Hinweise. Bisher waren die Kriminalbeamten auch nicht ansatzweise in der Lage, sich zusammenzureimen, was in der fraglichen Nacht geschehen sein könnte.»

Waylon hält kurz inne und lässt diesen Umstand auf seine Zuhörer wirken. Dann sieht er mich an, und ein kaum merkliches Lächeln zupft an seinen Lippen.

«Und an diesem Punkt, liebe Zuhörer, kommen wir ins Spiel.»

KAPITEL SIEBZEHN

In den ersten Stunden kauen wir noch einmal durch, was ich Waylon gestern Abend erzählt habe, aber wir machen es so, als unterhielten wir uns zum ersten Mal darüber, als entwickelte sich das Gespräch ganz natürlich – nur dass diesmal das grüne Lämpchen blinkt.

«*Haben Sie in dieser Nacht irgendetwas Merkwürdiges gehört? Irgendwelche Geräusche?*»

«*Und wann haben Sie bemerkt, dass er fort war?*»

Ich antworte genauso wie gestern, ich sage ihm die Wahrheit. Erzähle ihm alles. Und er nickt, die Stirn gerunzelt, so als fände er das alles auch beim zweiten Hören noch genauso fesselnd. Als wir fertig sind, ist es später Nachmittag. Der ganze Tag ist wie im Flug vergangen, während wir hier an meinem Esszimmertisch saßen.

Nachdem wir alle Fragen abgedeckt haben, legt Waylon den Schalter um, und das grüne Lämpchen geht aus.

«Für heute sind wir fertig, denke ich.» Er lächelt.

Er packte seine Sachen zusammen, so methodisch, als hätte er seine Ausrüstung schon tausend Mal genau so eingepackt – und das hat er vermutlich auch –, und das erinnert mich unvermittelt daran, dass ich nichts Besonderes bin.

Dass diese Geschichte, Masons Geschichte, für ihn nur ein Job ist. Seine Arbeit.

«Ich habe etwas für Sie», sage ich, als mir die Polizeiakte einfällt, die ich heute Morgen für ihn kopiert habe. Ich beuge mich zur Seite und ziehe die Kopie aus meiner Tasche. «Ich habe Ihnen zwar alles erzählt, aber ich weiß nicht, vielleicht hilft es Ihnen, das durchzulesen.»

Waylon nimmt die Mappe entgegen, schlägt sie auf und überfliegt die erste Seite. Dann blättert er weiter zur zweiten, zur dritten. Ich weiß, was er gerade vor sich hat, als er methodisch alles überfliegt. Ich habe diese Papiere selbst schon Hunderte Male durchgesehen. Die Vermisstenanzeige darin, Masons Foto und seine Beschreibung: braunes Haar, grüne Augen, gestreifter Pterocactylus-Schlafanzug. Elf Kilogramm, vierundachtzig Zentimeter. Achtzehn Monate alt. Da ist auch eine Kopie des Vermisstenplakats – ich weiß noch, wie ich es auf dem Laptop anfertigte, Masons Foto in die Bildschirmmitte zog und es zuschnitt, wie betäubt, weil es so sinnlos war. Es erinnerte mich an den Kinderreisepass, den ich im Jahr davor für ihn beantragt hatte, als ich versuchte, Ben zu einer Auslandsreise zu überreden: Ich legte den sich windenden Mason auf eine dünne weiße Decke und versuchte, ihn dazu zu bringen, lange genug stillzuhalten, um ein Foto von seinem Gesicht zu machen. Es war eine notwendige, aber zugleich merkwürdige Formalität, denn ganz ehrlich, in diesem Alter sehen alle Kinder gleich aus: Pausbacken, flaumiges Haar, feuchte Lippen, und sie winden sich alle wie ein Fisch auf dem Trockenen.

Wieder blättert Waylon eine Seite um. Vielleicht betrachtet er jetzt die Fotos, die die Kriminaltechniker von unserem Haus gemacht haben – leeres Kinderbett, offenes Fenster, Teilabdruck einer Schuhsohle in der Erde draußen –, oder liest in den Transkriptionen der Dutzenden von Befragungen mit Ben und mir: zunächst diese ersten Gespräche, in denen wir panisch und verzweifelt mit verschränkten Händen auf unserer Wohnzimmercouch sitzen, gefolgt von zahllosen weiteren auf der Polizeiwache. Dort befragten sie uns separat, durch die Wände der Vernehmungsräume voneinander ferngehalten, weil sie versuchten, einen von uns oder uns beide bei einem Patzer zu ertappen. Bei einer Lüge. Ich weiß noch, dass ich auf die Wand zwischen uns starrte und wusste, dass Ben gerade auf der anderen Seite saß. Ich konnte ihn dort spüren, so wie man irgendwie spürt, wenn jemand hinter einer verschlossenen Tür lauert. An der verdrängten Luft.

Ich erinnere mich, dass ich die Augen schloss und versuchte zu hören, was er ihnen sagte – über Mason, über mich. Es schien zwingend erforderlich zu sein, dass unsere Aussagen übereinstimmten, wortwörtlich, andererseits wusste ich nicht genau, warum das nicht der Fall sein sollte. Wir waren beide zu Hause gewesen, hatten beide geschlafen. Wir hatten beide nichts gehört.

«Danke», sagt Waylon und reicht mir die Mappe über den Tisch zurück. Unwillkürlich registriere ich, wie erschreckend dünn sie ist; wie schnell er den Inhalt überfliegen konnte. Denn was er da in der Hand hält, ist alles. Zwischen diesen beiden Pappdeckeln befindet sich alles, was sie haben – oder jedenfalls alles, was sie uns zeigen wollen. Die Mappe ist dünn genug, um sie in eine Handtasche zu stecken.

«Behalten Sie sie», sage ich. «Ich habe meine eigene Kopie.»

«Hätten Sie etwas dagegen, wenn ich zu einigen dieser Leute Kontakt aufnehme?», fragt er und klopft auf die Mappe, ehe er sie in seine Aktentasche steckt. «Um sie zu befragen? Freunde, Familie, Ben ...»

«Meine Familie ist tabu», unterbreche ich ihn. «Bitte belästigen Sie sie nicht.»

«Na schön. Also gut.»

«Freunde sind okay», sage ich, obwohl ich nicht mehr viele habe. «Nachbarn sind auch okay. Ben ...»

Ich halte inne und frage mich, wie ich das am besten formuliere. Obwohl mein Kaffeebecher leer ist, nehme ich ihn und fahre mit dem Finger am Rand entlang.

«Ben wird nicht mitmachen», sage ich schließlich. «Und ganz ehrlich, er wird nicht glücklich darüber sein, dass ich das mache, deshalb wäre ich Ihnen dankbar, wenn Sie sich nicht an ihn wenden. Oder ihn sich wenigstens bis zuletzt aufheben. Damit er weniger Zeit hat, es mir auszureden.»

«Okay. Aber, na ja, Sie sind beide Masons Eltern. Es würde ein bisschen einseitig aussehen, wenn nur Sie allein mitwirken.»

«Ich weiß. Ich weiß, wie es aussieht.»

«Es sieht schlecht aus. Es sieht aus, als, na ja, als wollte er nicht helfen.»

«Und über mich sagen die Leute, ich würde die Entführung meines Sohns ausnutzen, um berühmt zu werden», entgegne ich. «Deshalb habe ich gelernt, mich nicht darum zu scheren, wie es in den Augen der Leute *aussieht*. Jeder trauert auf seine Weise.»

Erneut muss ich an den Hafenarbeiter in Beaufort denken; an seine tränenden Augen, als wir beobachteten, wie das Delfinweibchen sein totes Baby mit der Nase durch den Hafen schob.

«Das muss heftig gewesen sein», sagt Waylon und wechselt das Thema. «Für Sie beide, den Versuch zu machen, gemeinsam damit fertigzuwerden … aber zugleich, na ja, jeder für sich allein.»

Ich sehe ihn an. Als ich diese simple Umschreibung unserer Situation höre, reißt es mir förmlich ein Loch in die Brust. Denn genau so fühlte es sich an: wir zwei, gemeinsam, aber auch komplett allein.

«Ja.» Mein Finger schwebt über Bens Ring, der unsichtbar unter meinem Oberteil verborgen ist. «Wir sind einfach unterschiedlich damit umgegangen, wissen Sie? Ich hatte Mühe zu schlafen. Eigentlich hatte ich Mühe mit allem. Ich wollte unbedingt in die Ermittlungen einbezogen werden, über alles Bescheid wissen. Und Ben … tja, ich weiß auch nicht.»

Ich zwinge mich zu schlucken, atme tief durch. Meine Augen brennen; die Äderchen drücken.

«Er meint, ich richte womöglich mehr Schaden an, als dass es nutzt, wenn ich auf diese Weise selbst aktiv werde. Und da ist er auch nicht der Einzige. Andere Leute meinen das auch.»

Ich denke an Detective Dozier; an seinen missbilligenden Ton, als er meinen Vortrag erwähnte – nein, meinen *Auftritt*.

«Die Kriminalpolizei hat uns nach ein paar Monaten gesagt, dass Mason wahrscheinlich nicht mehr lebendig gefunden wird», fahre ich fort. «Dass es statistisch betrachtet wahrscheinlicher ist … Überreste zu finden.»

Waylon schweigt. In seinem Blick liegt eine Entschuldigung.

«Sie haben uns geraten, nach Möglichkeit unseren Frieden damit zu machen, aber das konnte ich einfach nicht. Ich konnte nicht einfach so aufgeben.»

«Ich finde, das sollte niemand von Ihnen erwarten.»

«Nein.» Ich schüttle den Kopf. «Das finde ich auch. Aber Ben wollte es versuchen, wissen Sie. Seinen Frieden damit zu machen. Natürlich nicht um Mason zu vergessen, sondern um nach vorn zu blicken. Er wollte uns eine Therapie verordnen, eine Trauerbewältigungsgruppe, aber dazu war ich einfach nicht bereit. Ich habe es ihm ziemlich schwer gemacht.»

Waylon nickt und betrachtet die Fotocollage an der Wand: Mein gesamtes Haus ist eine hartnäckige, schmerzliche Erinnerung an all das, was uns genommen wurde. An all das, was wir verloren haben.

«Wann haben Sie damit angefangen?», fragt er und deutet auf die Wand.

«Ein paar Wochen nach der Entführung, schätze ich. Als die offiziellen Ermittlungen ins Stocken gerieten.»

Ich wunderte mich darüber, wie leicht es allen um mich herum fiel, nach vorn zu blicken, das weiß ich noch. Meinen ersten Vortrag hielt ich in der Turnhalle einer Highschool, nur wenige Tage, nachdem es bekannt geworden war. Ben und ich stellten eigenhändig die paar Dutzend Klappstühle aus Metall in mehreren Reihen auf, und sie waren bis zum letzten Platz besetzt – die halbe Stadt tauchte dort auf, dicht an dicht lehnten die Leute an den Turnmatten, hingen an meinen Lippen, waren bereit, alles zu tun, um zu helfen, aber auch *alles*. Doch als ich eine Woche später einen weiteren Vortrag hielt, war die Zuschauerzahl sichtlich geschrumpft. Eine Zeit lang hatten wir Freiwillige, denen die Sache wirklich wichtig war. Sie besetzten Hinweistelefone und verteilten Flyer, doch es dauerte nur wenige Monate, bis auch bei ihnen die Faszination nachließ. Bis sie es müde wurden und sich einer anderen Geschichte widmeten, so als wäre bei unserer das Haltbarkeitsdatum abgelaufen, und nun würde ihnen übel davon. Da erwog ich zum ersten Mal, auf eine der True-Crime-Anfragen einzugehen, die sich in meinem Posteingang stapelten. Auch wenn ich diese Faszination, die Gewalt und Leid auf diese Leute ausübten, nicht verstehen konnte. Aber wenigstens kümmerte es sie.

«Es fing klein an», sage ich, stehe auf und gehe näher heran. «Ich habe nur ein paar Sachen vom Tisch an die Wand verlagert, damit ich einen besseren Überblick bekomme.»

Und dann breitete es sich aus, entwickelte ein Eigenleben. Kroch auf die Ecken zu, mutierte, expandierte und wuchs wie ein Tumor, der außer Kontrolle geraten ist.

«Hat es Sie weitergebracht?»

«Hauptsächlich hat es mir Ärger eingebracht.»

«Wie das?»

Ich seufze und lasse den Blick über all das wandern. Über die Artikel, die Fotos. Den riesigen Stadtplan. Erinnere mich daran, wie geschockt ich zunächst war, als ich damit fertig war, ihn mit diesen kleinen roten Pinnwandnadeln zu spicken, wie ich zurücktrat und mir das Gesamtbild ansah.

«Das sind alles Sexualstraftäter», sage ich und deute auf die Pinnwandnadeln. Nie werde ich das Grauen vergessen, das in mir aufstieg, als ich sah, wie sie sich über unsere Straße, unser Wohnviertel verteilten wie ein Bienenschwarm, der aus einem zerstörten Stock ausbricht. Wie sie sich zu vermehren und auszubreiten schienen wie ein Krebsgeschwür, bis die ganze Karte blutrot war. «Jeder einzelne registrierte Täter in einem Radius von dreißig Meilen.»

«Ich vermute, sie wurden befragt, oder?»

«Sicher, die mit schwerwiegenden Straftaten.» Ich deute auf die ausgedruckte Tabelle, die daneben befestigt ist. Mein Blick wandert über die Spalten mit Namen und Adressen, Seite um Seite. «Strafbares sexuelles Fehlverhalten mit Minderjährigen, Kinderpornografie, Vergewaltigung. Es sind Hunderte. *Tausende.* Die Cops haben kaum an der Oberfläche gekratzt.»

Waylon steht auf und geht ebenfalls näher heran. Wahrscheinlich ergeht es ihm genauso wie mir, als mir das Ausmaß zum ersten Mal wirklich klar wurde. Sie scheinen überall zu sein. Unsere Nachbarn, Kollegen, Freunde.

«Was haben Sie getan?», fragt er so leise, dass es kaum zu hören ist.

Ich schweige und betrachte immer noch diese kleinen roten Nadeln. In Gedanken bei Detective Dozier und wie er sich bei der Mahnwache als Beobachter zwischen die Bäume zurückzog.

«Ich würde Ihnen raten, nichts Unüberlegtes zu tun.»

«Da war ein älterer Mann, der im Supermarkt arbeitete», erzähle ich schließlich in kühlem, distanziertem Ton. «Er mochte Mason. Er hatte immer diese Sammelbilder in seinen Kitteltaschen, die er an der Kasse an die Kinder verteilte. Er war lieb. Ich mochte ihn. Ich habe mich immer ganz bewusst bei ihm angestellt, wissen Sie, um mit ihm zu plaudern … bis ich seinen Namen auf der Liste entdeckte.»

Waylon schweigt und lässt mich weitererzählen.

«Ich habe Dozier davon erzählt, aber der wollte nicht auf mich hören. Er sagte, das sei nicht genug – nur ein geringfügiges Delikt, kein hinreichender Verdacht –, und an diesem Punkt hatte ich einfach den Eindruck, dass es niemand mehr versuchte, dass es niemanden mehr interessierte, und da bin ich eines Abends in den Laden gegangen und habe ihn selbst zur Rede gestellt.»

Noch heute erinnere mich an seinen Blick: Die Falten auf seinen Wangen vertieften sich, als er mich sah und lächelte; die Arme waren ausgebreitet, als wollte er mich umarmen. Und dann: das Entsetzen. Ich konnte mich nicht zurückhalten. Als ich ihn sah, konnte ich nicht mehr aufhören. Das Geschrei, die blindwütigen Schläge. Meine Fäuste flogen und trafen ihn überall am Körper, bis andere Angestellte sich von ihrem Schock erholten, herbeieilten und mich zurückhielten.

«Es war Erregung öffentlichen Ärgernisses», fahre ich fort und fixiere noch immer die Wand. Ich kann mich nicht dazu überwinden, Waylon anzusehen und mich dem Urteil in seinen Augen zu stellen. «Anscheinend war er nach ein paar Gläsern zu viel hinter irgendein Lokal gestolpert, um zu pinkeln, und zwar vor den Augen eines Cops. Mehr war da nicht.»

Ich werde nie vergessen, wie er da am Boden lag, zu einem

zitternden Ball aus Gliedern zusammengekrümmt. Im Rückblick weiß ich nicht einmal, ob ich wirklich glaubte, dass er es war. Vielleicht ja – vielleicht hatte ein kleiner Teil von mir das Schlimmste angenommen, als ich mich daran erinnerte, wie er Mason angesehen hatte, und an diese Aufkleber in seiner Kitteltasche. Vielleicht brauchte ich aber auch nur einen Sündenbock. Ein Ventil für die Wut, die in mir tobte.

Sie war schon so lange da, dass sie irgendwann überkochen musste.

«Jede andere Mutter hätte das Gleiche getan», sagt Waylon schließlich, aber es klingt wie eine Höflichkeitsfloskel. Als fiele ihm nichts anderes dazu ein.

«Ja, na ja, er hat keine Anzeige erstattet, deshalb haben die Cops mich glimpflich davonkommen lassen, aber seitdem wollen sie mich nicht mehr in der Nähe haben», fahre ich fort. «Ben ist kurz danach ausgezogen. Ich vermute, das war der letzte Tropfen.»

Es ist unbehaglich still im Haus, und ich kaue auf den Fingernägeln, damit meine Hände etwas zu tun haben. Etwas reißt, es brennt, dann schmecke ich Blut auf der Zunge. Die Nagelhaut ist eingerissen.

«Warum haben Sie das zu Ihrem Beruf gemacht?», frage ich schließlich und lache genervt auf. «Wie ertragen Sie das nur, sich immer wieder solche Geschichten anzuhören? Das frage ich mich jedes Mal, wenn ich auf so eine Tagung gehe. Ich frage mich, wie es sein kann, dass die Leute Vergnügen an solchen Geschichten finden. An Geschichten wie meiner.»

«Nun ja», sagt Waylon und streicht sich verlegen eine Strähne aus der Stirn. «Offen gesagt, bin ich wegen des Mordes an meiner Schwester dazu gekommen.»

Das versetzt mir einen Stich. Ich hole Luft und versuche,

durch diesen vertrauten, quälenden Schmerz hindurch zu
atmen.

Wegen des Mordes an meiner Schwester.

«Entschuldigen Sie bitte», sage ich. «Ich wollte nicht ...»

«Nein, schon gut. Ich kapier's. Es ist ein morbider Beruf.»

«Was ist ihr zugestoßen?», frage ich behutsam, als mir klar
wird, dass ich mich bei allen unseren Begegnungen – der
Unterhaltung im Flugzeug, dem Mail-Wechsel, dem Treffen im Framboise und jetzt beim Interview – bisher niemals
gefragt habe, was Waylon für eine Geschichte hat. Ich bin
so daran gewöhnt, diejenige zu sein, die eine Geschichte zu
erzählen, eine Tragödie erlebt hat, dass ich gar nicht auf die
Idee gekommen bin, ihn zu fragen. «Ihrer Schwester.»

Waylon zuckt die Achseln und lächelt mich traurig an.

«Das ist die Frage. Der eine Fall, an dem ich seit meinem drei-
undzwanzigsten Lebensjahr arbeite.»

Ich sehe aus dem Fenster. Die Sonne geht jetzt rasch unter,
und der Himmel glüht ein letztes Mal in einem unnatürlichen
Orange auf, ehe das Licht weiter schwindet. Ich merke, dass
ich jetzt, wo ich das über Waylon weiß, der bevorstehenden
Nacht zum ersten Mal seit dreihundertachtundsechzig Tagen
nicht mit demselben Grauen entgegenblicke, das mich sonst
überkommt, wenn es Zeit wird, sich anzuschnallen für die langen einsamen Stunden, die ich überstehen muss ohne andere
Gesellschaft als meine Gedanken, meine Erinnerungen. Meinen Verstand.

Stattdessen verspüre ich Hoffnung.

Doch, wirklich. Nur einen ganz schwachen Schimmer, aber
sie ist da. Denn jetzt ist mir etwas Entscheidendes klar geworden: dass Waylon und ich uns möglicherweise ähnlicher sind,
als ich dachte. Beide sind wir Opfer von Gewaltverbrechen;

auf uns beiden lastet eine Tragödie, uns beide definiert unser Verlust, wir sind beide nicht fähig zu tun, was alle uns ständig sagen: einfach damit abzuschließen und nach vorn zu blicken.

Jetzt ist mir klar, dass es für ihn im Gegensatz zu den anderen – im Gegensatz zu den Detectives, den Nachbarn, den True-Crimes-Fans – nicht nur sein Geschäft ist. Es ist keine Unterhaltung. Es ist nicht nur seine Arbeit.

Für ihn ist es etwas Persönliches.

KAPITEL ACHTZEHN

DAMALS

Unsere Klimaanlage hat heute Morgen den Geist aufgegeben. Sie war überlastet, hat Mom gesagt. Es ist zu heiß.

Aus irgendeinem Grund erinnert mich das an die Pferdekutschen, die wir manchmal in der Stadt sehen: Massige Pferde ziehen das Gewicht von einem Dutzend Menschen in viel zu großen Wagen. Die Sonne heiß auf ihrem Hals, hervortretende Muskeln. Das Gebiss im Maul, dampfende Pferdeäpfel hinter ihnen auf dem Pflaster. Einmal sahen wir mit an, wie ein Pferd zusammenbrach: Es stolperte mitten auf der Straße und ging in die Knie. Die Touristen schrien, während der Kutscher absprang, das Maul des Pferdes aufstemmte und eine Flasche Wasser hineingoss. Aus einer klaffenden Wunde am Bein des Pferdes sickerte Blut aufs Kopfsteinpflaster.

«Ist es tot?», fragte Margaret und sah zu unserer Mutter hoch. Der Bauch des Pferdes bewegte sich, aber nur gerade eben: langsame, schwerfällige Atemzüge, bei denen sich die Nüstern blähten.

«Nein, es ist nicht tot», sagte Mom, legte uns die Hände in den Nacken, drehte uns um und führte uns in die entgegengesetzte Richtung. «Es ist nur zu heiß. Das Pferd ist überlastet. Es ist … müde.»

Jetzt sitzen Margaret und ich Rücken an Rücken auf dem Holzboden im Atelier unserer Mutter. Wir haben beide einen Pferdeschwanz, aber bei mir sind die feinen Härchen zum Teil aus dem Gummi gerutscht und kleben mir an der verschwitzten Stirn. Mom hat uns vorhin hier hochgebracht und uns eine

Auswahl an Farben und Leinwänden hingestellt, weil sie weiß, dass wir uns damit stundenlang beschäftigen können. Der Vormittag verging in einem warmen, langsamen Rhythmus, und jetzt erkenne ich am Sonnenstand, dass es später Nachmittag ist – wieder ein Tag vorbei.

«Mir ist zu warm», sagt Margaret und fächelt sich mit der Hand Luft zu. Ich drehe mich zu ihr um und sehe, dass ihr ein Schweißtropfen über die Brust läuft und unter ihrem Nachthemd verschwindet. Als behelfsmäßige Kittel tragen wir beide alte Arbeitshemden unseres Vaters über unseren Nachthemden, mit der Knopfleiste nach hinten, die Ärmel bis zu den Ellbogen aufgekrempelt.

«Das kommt bald wieder in Ordnung», sage ich und spüre am Bein das Kitzeln einer Gnitze, die mit unsichtbaren Zähnen an meiner Haut knabbert. Vorhin habe ich die Terrassentür geöffnet und eine warme Brise von der Marsch hereingelassen, die bloß Insekten mitgebracht hat.

«Wie bald?»

«Heute Abend», sage ich. «Vielleicht morgen. Sobald Dad nach Hause kommt.»

«So lange kann ich nicht warten.»

Wieder sehe ich sie an und bemerke, dass sie hochrote Wangen hat, als ob sie Fieber hätte oder so, aber ich weiß, das ist nur die Hitze. Der Juli in South Carolina ist brutal, so als würde man bei lebendigem Leib gekocht. Man kann ein bisschen verrückt davon werden.

«Können wir draußen schlafen?»

«Nein, können wir nicht.»

Margaret nickt und betrachtet ihr neuestes Gemälde. Es sind lauter Kringel, kindlich abstrakt, und mir wird ein bisschen eng in der Brust, als ich daran denke, wie alt sie ist. Wie unschuldig.

«Du kannst in meinem Zimmer schlafen», sage ich zur Entschuldigung dafür, dass ich sie angefahren habe. «Wir machen das Fenster auf, dann kommt die Brise aus dem Sumpf herein. Nachts ist sie bestimmt kühler.»

Offenbar ist sie beruhigt. Sie lächelt mich an und macht Anstalten, sich hochzustemmen, um sich eine leere Leinwand zu holen.

«Ich hol sie dir», sage ich, lege ihr die Hand auf den Arm und stehe selbst auf. «Bleib sitzen.»

Ich steige über die Gläser mit dem milchigen Wasser und die alten Pinsel, die über den Boden verstreut liegen, und gehe durch das Atelier zur Staffelei meiner Mutter. Hier oben stehen Dutzende von Gemälden, fast alle von uns, es ist wie unser kleines Privatmuseum: Margaret, die draußen in einem Kreis von Statuen steht und eine Teetasse in die Luft hält; Dad, der die alte Pfeife meines Großvaters raucht, von der Rauchwolken aufsteigen. Die leeren Leinwände sind an der Wand gestapelt, aber bevor ich bei ihnen ankomme, fällt mir etwas ins Auge.

Ich bleibe stehen. Ein unfertiges Gemälde lugt halb hinter den anderen hervor. Ich ziehe das Bild davor zur Seite, und als ich mehr erkennen kann, bleibt mir fast die Luft weg.

«Izzy?», fragt Margaret, als meine Schritte plötzlich verstummen. Dann sieht sie mich steif und reglos am anderen Ende des Raums stehen und fragt: «Was ist denn?»

Ich antworte nicht; ich kann nicht. Ich starre das Gemälde an, und in meinem Bauch regt sich ein Sorgenwurm. Das Bild zeigt den Garten hinter unserem Haus, diese grüne Rasenfläche, die zu dem sanft Richtung Wasser abfallenden Hügel führt, den langen Holzsteg, der ins Wasser hinausragt, und die Eichen zu beiden Seiten, deren knorrige Äste wie wackelnde Finger aussehen. Es ist Nacht, der Mond steht hoch am Himmel, und in der Mitte von allem ist ein Mädchen: Mit langem braunem Haar und weißem Nachthemd steht es knöcheltief im Wasser, und seine Arme hängen schwer herab.

«Guck doch», sagt Margaret plötzlich neben mir, und ich zucke zusammen. Ich hatte gar nicht mitbekommen, dass sie sich bewegt hat. Sie deutet auf das Gemälde, auf das Mädchen. «Guck doch, Izzy. Das bist du.»

KAPITEL NEUNZEHN

JETZT

Der Morgennebel hängt noch wie ein Gespenst über dem Asphalt. Sobald es dämmert, mache ich mich auf den Weg zum Haus des alten Mannes, denn ich will bei Tageslicht dorthin. Es dauert nur wenige Minuten, nun, da ich den Weg kenne. Und als ich dort bin, taxiere ich mein Ziel vom Gehweg aus: ein kleines Ziegelhaus, leicht zu übersehen. Es ist kleiner als die übrigen Häuser auf dieser Straße, halb hinter Sträuchern und wilden Magnolien, die dringend beschnitten werden müssten, verborgen. Der Anstrich blättert ab, und auf dem betonierten Weg, der zum Haus führt, wächst Schimmel.

Der Schaukelstuhl auf der Veranda ist verlassen. Er bewegt sich sanft im Wind.

Ich beobachte, wie er so von allein schaukelt, und kann mir beinahe weismachen, dass ich mir die ganze Begegnung nur eingebildet habe. Dass ich mir *ihn* eingebildet habe. Es war einfach seltsam, wie er dort saß und in die Dunkelheit starrte. Wie er mich anblickte, als sähe er mich gar nicht. Und so frage ich mich, ob er bloß ein Hirngespinst von mir war, ein Produkt meines Unterbewusstseins, das so daran gewöhnt ist, spät in der Nacht allein zu sein, dass es vielleicht einfach mit den Fingern geschnippt und ein bisschen Gesellschaft aus den Schatten herbeigezaubert hat – denn um ehrlich zu sein, ich habe das früher schon getan.

Etwas gesehen, etwas gehört, was gar nicht wirklich da war.

Es ist erstaunlich, welche Streiche einem der eigene Verstand nach zwei, drei, vier schlaflosen Nächten spielen kann.

Was er einen glauben machen kann. Ich höre das schrille Läuten der Türklingel, doch wenn ich öffne, ist niemand da; oder Roscoes unaufhörliches Bellen, aber wenn ich hinsehe, schläft er tief und fest. Oder am Rand meines Blickfelds ein vager Umriss, der sich mir nähert, doch wenn ich hochfahre und mich umsehe, den Mund öffne und schreie, merke ich, dass es nur Schatten sind, die die matte Nachmittagssonne in eine Zimmerecke wirft.

Dass ich noch immer allein bin.

Aber nein, ich weiß, dass er da war. Roscoe hat geknurrt und direkt in seine Richtung geblickt. Ich habe ihn mit eigenen Augen gesehen, habe das Quietschen des Schaukelstuhls gehört.

Ich habe mit ihm gesprochen – er hat bloß nicht geantwortet.

Lautlos steige ich die Verandatreppe hinauf und betrachte den Stuhl. Das Holz unter den Kufen ist stark abgenutzt, der Anstrich längst verschwunden, was darauf hindeutet, dass dieser Schaukelstuhl schon sehr lange hier steht. Ich gehe noch näher heran, so nahe, dass ich ihn berühren kann, streiche über die Armlehne und spüre an den Fingerkuppen gesplittertes Holz. Das weckt eine plötzliche Erinnerung an Margaret – an unsere Ausflüge in verbotene Zimmer, wo wir über diverse Oberflächen strichen und berührten, was nicht berührt werden durfte –, doch gleich darauf verblasst sie wieder, wie ein Traum.

Ich sehe den Stuhl an, vergewissere mich, dass mich niemand beobachtet, und setze mich.

Dann schaukele ich stumm vor mich hin, so, wie er es auch getan hat. Ich blicke auf die Straße, genau dorthin, wo ich stand, und da fällt mir auf, dass man von hier aus einen ziemlich guten Blick auf meinen Garten hat. Man muss genau die richtige Stelle finden – eine kleine Lücke zwischen ein paar Bäumen, unter der Straßenlaterne, hinter einem Zaun –, aber dort, *genau dort*, sind die Rückseite meines Hauses und dieses kleine, vernachlässigte Rasenstück, das aus der Ferne sogar noch vertrockneter wirkt. Nur wenige Schritte weiter rechts hinter ein paar Ästen verborgen ist Masons Kinderzimmerfenster.

Ich merke, dass mein Herz ein bisschen schneller schlägt, und spüre ein hoffnungsvolles Pochen am Hals. Vielleicht hat dieser Mann etwas gesehen. Vielleicht war er in der Nacht der Entführung noch spät draußen und hat jemand durch den Garten zum Fenster schleichen sehen. Vielleicht könnte er jemanden *identifizieren* ...

Meine Gedanken überschlagen sich, und so hätte ich beinahe das Knarren überhört, mit dem sich die Haustür neben mir öffnet. Jemand kommt heraus.

«Wer sind Sie, verdammt noch mal?»

Erschrocken hebe ich den Kopf und erblicke neben mir einen Mann – aber diesen Mann erkenne ich wieder. An seinen Namen kann ich mich zwar nicht erinnern, aber sein Aussehen ist schwer zu vergessen: rotes Haar, Ende fünfzig, sommersprossige Haut und so mager, dass seine Hüftknochen vorstehen. Ich habe einmal mit ihm gesprochen – vor einem Jahr – und erinnere mich, dass er höflich und freundlich war, aber überhaupt nicht hilfreich.

Leicht zu vergessen sogar – bis jetzt.

«Hi», sage ich und stehe auf. Peinlich berührt wird mir klar, wie das wirken muss; wie befremdlich es sein muss, aus dem Haus zu treten und eine Frau auf seinem Schaukelstuhl zu finden. «Es tut mir sehr leid, lassen Sie mich erklären ...»

«Himmel, Sie sind es.» Er wirkt erleichtert, als er mich

erkennt, und zugleich auch nicht. Er seufzt, fährt sich mit den Händen durchs Haar, und als ich sehe, wie es ihm zurück in die Stirn fällt, regt sich erneut eine Erinnerung in mir, aber ich bekomme sie nicht recht zu fassen.

«Hi. Ja. Tut mir leid», sage ich. «Wir haben uns letztes Jahr kennengelernt, als ich wegen meines Sohns von Haus zu Haus ging, aber ich kann mich nicht an Ihren Namen erinnern. Ich bin Isabelle.»

Lächelnd reiche ich ihm die Hand. Der Mann sieht mich mit zusammengepressten Lippen an. Einige Sekunden herrscht Schweigen, und mein Arm hängt in der Luft. Als deutlich wird, dass er mir nicht die Hand schütteln wird, lasse ich sie sinken, räuspere mich und spreche weiter.

«Hören Sie, was ich gern wissen würde: Wohnt hier ein älterer Herr? Gestern Nacht ...»

«Runter von meiner Veranda!»

Verdutzt blicke ich ihn an und registriere erst jetzt so richtig, wie er mich ansieht. Er mustert die dunklen Ringe unter meinen blutunterlaufenen Augen, mein ungekämmtes Haar und das Make-up von gestern, das ich nicht entfernt habe. Er wirkt wütend, oder vielleicht auch ängstlich, und das kann man ihm wohl nicht verübeln.

Ich wäre es auch, wenn ich jemanden wie mich auf meiner Veranda sitzen sehen würde.

«Es ... es tut mir leid», sage ich noch einmal, verhaspele mich bei der Suche nach den richtigen Worten. «Tut mir leid, dass ich hier einfach so auftauche, bestimmt habe ich Sie erschreckt. Es ist nur so, heute Nacht habe ich hier jemanden gesehen, und da habe ich mich gefragt, ob *er* vielleicht jemanden beobachtet hat ...»

Ich breche ab, denn jetzt dämmert mir etwas. Montagabend bei der Mahnwache. Da sah ich ganz hinten kurz etwas Rotes aufblitzen, als ich die Menschenmenge absuchte – das könnte jemand mit feuerrotem Haar gewesen sein, der sich mit gesenktem Kopf durch die Leute schlängelte.

«Wo waren Sie Montagabend?», frage ich und mustere ihn. «Waren Sie da zufällig in der Innenstadt?»

«Ich warne Sie zum letzten Mal», sagt der Mann und kommt einen Schritt näher. «Verschwinden Sie von meiner Veranda, bevor ich die Cops rufe.»

Ich muss an etwas denken, das Detective Dozier einmal gesagt hat: dass Täter manchmal nicht dagegen an können. Dass es sie zurück an den Tatort oder zu einer öffentlichen Versammlung zieht – vielleicht ja zu einer Mahnwache oder nachts auf die Veranda, um ein Fenster zu betrachten, durch das man einst im Dunkeln eingestiegen ist.

«Wie heißen Sie?», frage ich erneut, energischer diesmal. Mein Blick zuckt an ihm vorbei zur Haustür, die einen Spaltbreit offen steht, sodass ich einen Streifen seines Wohnzimmers sehen kann: beiger Teppich und senfgelbe Couch.

«Sie begehen Hausfriedensbruch», sagt er und ignoriert meine Frage. Seine Lippe zuckt kaum merklich, mir scheint fast, als hätte er Angst. «Ich könnte Sie im Handumdrehen verhaften lassen nach dem, was Sie diesem anderen Mann angetan haben.»

Ich spüre einen Krampf in der Brust und zwinge mich, nicht lockerzulassen.

«Wer war der Mann auf Ihrer Veranda?», frage ich und ignoriere seine Drohung. Betrachte als Nächstes die Fenster und stelle fest, dass die Läden geschlossen sind. Dass drinnen kein Licht brennt. «Und warum waren Sie am Montag bei der Mahnwache für meinen Sohn?»

«*Runter von meiner Veranda!*»

«Warum können Sie nicht einfach *mit mir reden?*», frage ich. «Was haben Sie zu verbergen?»

«HAUEN SIE AB!», schreit er und kommt näher. Es wirkt nicht bedrohlich, nur ein kleiner Satz nach vorn, und obwohl ich mich am liebsten meinerseits auf ihn stürzen würde – und mein Körper sich mit jeder Faser danach sehnt, an ihm vorbei ins Haus zu stürmen –, muss ich mit einem Mal wieder an Doziers Warnung denken.

«*Ich würde Ihnen raten, nichts Unüberlegtes zu tun.*»

Und da denke ich an den Mann im Lebensmittelladen, daran, wie schnell die Situation eskalierte, als ich die Beherrschung verlor. Ich spüre das Adrenalin in meinen Armen, meinen Beinen, die zucken bei dem Gedanken, endlich die Antworten zu finden, nach denen ich suche – endlich Mason zu finden –, aber meine Vernunft sagt mir, wenn ich das mache und falschliege, werde ich aus einer Gefängniszelle heraus gar nichts mehr tun können, um Mason zu finden.

«Na schön», sage ich schließlich und gehe die Treppe hinab, während ich die Fäuste so fest balle, dass sich die Fingernägel in meine Handflächen bohren. «Ich gehe.»

Ich kehre nach Hause zurück, und als ich dort ankomme, habe ich Herzrasen. Als Erstes gehe ich ins Esszimmer und suche den Stadtplan ab. Ich bin mir fast sicher, dass ich dort keine rote Nadel finden werde – wenn einer dieser Männer registriert wäre, so nahe an meinem Zuhause, wüsste ich das bereits –, aber trotzdem sehe ich mir die Gegend, in der sein Haus ungefähr steht, genau an. Als Nächstes durchsuche ich für alle Fälle die Tabelle nach 1742 Catty Lane; die Hausnummer sah ich am Verandapfosten, als ich auf das Haus zuging. Ich durchsuche die erste Seite, die zweite. Die dritte, vierte, fünfte – nur für den Fall, dass ich es irgendwie übersehen habe. Erst als ich sie alle durchgesehen habe – jeden Namen, jede Adresse –, beruhige ich mich ein bisschen.

Er ist nicht dabei.

Daraufhin nehme ich mein Handy und sehe meine E-Mails durch. Immer noch keine Nachricht von Dozier. Also rufe ich direkt bei ihm an. Ich höre es einmal läuten und stöhne auf, als ich sofort bei der Mailbox lande.

«Hi, Detective, hier ist Isabelle Drake», sage ich nach dem Piepton. «Ich habe Ihnen am Mittwoch eine E-Mail geschickt und wollte mich nur vergewissern, dass Sie sie auch bekommen haben.» Ich trommle mit den Fingern auf den Tisch und überlege, wie viel ich preisgeben soll. «Ich hätte da auch eine Frage zu einem meiner Nachbarn in der Catty Lane Nummer 1742. Ich hatte heute Morgen eine Begegnung mit ihm, die … verstörend war.»

Ich beschließe, dass das für den Moment ausreicht. Genügend Details, um vielleicht sein Interesse zu wecken, sodass er mich zurückzuruft – immerhin habe ich ihm eine Frage gestellt, die eine Antwort verlangt –, aber auch nicht zu viele.

«Okay, danke. Bis bald.»

Ich lasse die Arme sinken, atme langsam aus, lege den Kopf in den Nacken und sehe an die Decke. Gerade als meine Augen sich schließen, vibriert das Telefon in meiner Hand, und ich reiße sie wieder auf, hoffe, den Namen Dozier auf dem Display zu sehen.

Aber es ist eine Textnachricht von Kasey.

«*War schön, dich neulich zu sehen*», lautet sie. «*Das Angebot steht noch.*»

KAPITEL
ZWANZIG

The Grit veranstaltete immer verschwenderische Weihnachtsfeiern – oder vielmehr Ben veranstaltete sie –, und in meinem ersten Jahr, als ich knapp zwei Monate beim Magazin angestellt war, gingen wir ins Sky High, eines der schöneren Dachrestaurants in Savannah, mit Lichterketten, die den Speiseraum beleuchteten, und einer tollen Aussicht auf die Flussschiffe, die unter der Brücke hindurchglitten.

Über diesen Abend denke ich nach, seit ich Kasey bei der Mahnwache traf: Beide trugen wir etwas mit Pailletten, und ich zusätzlich einen Webpelzschal um die Schultern. Wir standen zusammen unter einem Heizstrahler, blickten zur Brücke, deren Schrägseilträger voller Lampen waren, sodass sie überdimensionalen Weihnachtsbäumen glichen, und tranken Champagner, als Ben mit einer Frau am Arm eintraf.

«Das ist Allison», sagte Kasey, ließ den Champagner in ihrer Flöte kreisen und betrachtete die Bläschen, die darin aufstiegen. «Bens Frau.»

Es war das erste Mal, dass ich ihren Namen hörte: *Allison.* Allison Drake. Natürlich hatte ich in Bens Büro Fotos von ihr gesehen, als ich an meinem ersten Arbeitstag bei ihm war. Fotos von ihnen beiden zusammen, eng umschlungen auf dem Rumpf eines Segelboots oder träge ausgestreckt auf einer üppigen grünen Wiese. Doch auf diesen Fotos war sie nur zweidimensional für mich gewesen, auch wenn ich wusste, dass sie real war – logisch, natürlich wusste ich, dass sie real war. Ich wusste, dass sie existierte, wie ich auch aus dem *National Geographic* von der Existenz seltener, exotischer Tierarten wusste. Sie war eine Idee, eine Kuriosität, nicht mehr als farbige Tinte auf Hochglanzpapier. Was ich über sie dachte, basierte nicht auf der Wahrheit oder auf Fakten, sondern war ausgedacht, in meinem Kopf ersonnen. Ich hatte noch nie ihr vergnügtes Lachen gehört so wie jetzt, als sie auf die Dachterrasse herauskam, hatte noch nie das blumige Parfüm gerochen, das mir sofort in die Nase stieg. Sie hatte keinen Namen gehabt – Allison –, nicht dieses elastisch schwingende Haar, nicht diese sich wiegenden Hüften, keine der übrigen menschlichen Eigenschaften, die mich jetzt unvermittelt so schwer trafen.

«Sie ist hübsch», sagte ich. Und das war sie. Wie ich war sie der dunkle Typ – kastanienbraunes Haar, braune Augen, olivfarbene Haut –, doch ihr eng anliegendes schwarzes Kleid, das an einer Seite bis zum Knie geschlitzt war, ließ meine goldenen Pailletten im Vergleich kindisch erscheinen. Sie war hochgewachsen und von Natur aus dünn; ihre nackten Arme waren an den richtigen Stellen muskulös. Sie trug einen schwungvollen schwarzen Lidstrich, und ihre Lippen waren blutrot. «Was macht sie?»

«Ich glaube, sie arbeitet nicht», sagte Kasey. «Sie ist zu Hause.»

«Du meinst, sie ist Hausfrau und *Mutter*?» Diese Vorstellung versetzte mir einen Stich, und fast wäre mir der Champagner wieder hochgekommen. Dass Ben Kinder haben könnte, war mir nie in den Sinn gekommen.

«Nein, keine Kinder. Sie bleibt einfach zu Hause. Ich meine, warum auch nicht, oder? Er muss ein fettes Gehalt beziehen.»

«Weiß nicht», sagte ich. «Das kommt mir … langweilig vor.»

Kasey zuckte die Achseln. «Würdest du arbeiten, wenn du nicht müsstest?»

Ich beobachtete, wie die beiden von einem zum anderen schlenderten und Handschläge und Umarmungen verteilten.

Ben trug einen eng anliegenden marineblauen Anzug und sah besser aus denn je – ich konnte den Blick kaum von ihm lassen. Wie mühelos er sich unter meine Kollegen und ihre Begleitungen mischte. Er schien für alle die richtigen Worte zu finden, brachte sie zum Lächeln oder Lachen oder veranlasste sie, zustimmend zu nicken. Und dann wie er Allison hielt, sie mit der Hand auf dem unteren Rücken über die Dachterrasse führte.

«Ich hole mir Nachschub», sagte Kasey, trank ihren Champagner aus und ging zur Bar. Ich nickte, obwohl ich sie kaum gehört hatte, und stand mit einem Mal ganz allein da, während die beiden auf mich zukamen. Mir wurde bewusst, wie jämmerlich einsam ich in diesem Augenblick wirken musste: allein unter einem Heizstrahler, keinen Begleiter, der mir die mit Gänsehaut überzogenen Arme gerieben oder mir ritterlich seine Anzugjacke um die Schultern gelegt hätte.

«Isabelle», sagte Ben, als sie bei mir waren, und schenkte mir sein strahlendes Lächeln, bei dem er die perfekten Zähne entblößte. «Amüsieren Sie sich?»

«Ja», erwiderte ich und versuchte, überzeugend zu klingen. «Das ist eine tolle Weihnachtsfeier. Danke, dass Sie sie veranstalten.»

Ich wartete darauf, dass er mir Allison vorstellte oder sie sich selbst, aber stattdessen senkte sich ein hartnäckiges Schweigen auf uns drei herab. Mein Blick irrte über die Terrasse und suchte nach Kasey, damit sie mich retten konnte, doch sie war nirgends zu sehen.

«Sie müssen Allison sein», sagte ich schließlich und gab als Erste nach. Ich reichte ihr eilfertig die Hand. «Schön, Sie kennenzulernen.»

«Ganz meinerseits», erwiderte sie und legte ihre zarte Hand

in meine. «Und es tut mir leid, dass ich gleich wieder davonlaufe, aber ich muss zur Toilette ...» Sie beugte sich zu mir, hielt den Mund an mein Ohr, und ich roch den warmen Pfefferminzduft einer Mundspülung. «Ganz ehrlich – dieses Kleid drückt überall. Es war ein totaler Fehlkauf.»

Sie richtete sich wieder auf, zwinkerte mir zu und legte lächelnd die Hand auf ihren Bauch. Es war eine dieser bescheidenen Gesten, wie sie typisch für makellos schöne Menschen sind: Sie sollen die Aufmerksamkeit auf ein Bäuchlein oder einen anderen körperlichen Makel lenken, der einfach nicht da ist. Ich erwiderte ihr Lächeln mit widersprüchlichen Gefühlen. Einerseits verspürte ich eine merkwürdige Genugtuung, weil sie dieses Geheimnis ausgerechnet mit mir teilte – weil wir zwei diesen einen intimen Moment hatten –, andererseits fand ich es unerträglich, dass sie so nett zu sein schien. Da fühlte ich mich erst recht mies.

Allison legte Ben die Hand an die Wange und reichte ihm ihr Glas, dann wandte sie sich ab und ging zum Speiseraum. Mein Blick folgte ihr, bis sie im Gebäude verschwand, aber als ich mich dann zu Ben umdrehte, stellte ich fest, dass sein Blick auf mir ruhte.

«Und? Wie gefällt es Ihnen bei *The Grit*?», fragte er. «Haben Sie all das gefunden, was Sie sich erhofft hatten?»

An seiner Miene und seiner Haltung – die Stirn war mir zugeneigt, die Augenbrauen waren erhoben – merkte ich, dass er auf den Abend im Austerngrill anspielte, auf *unseren* Abend. Dass er zum ersten Mal anerkannte, was zwischen uns geschehen war. Wobei es schon andere Momente gegeben hatte, hin und wieder, immer wenn ich allmählich glaubte, dass ich diesen Abend irgendwie falsch in Erinnerung hatte. Wenn ich schon glaubte, dass mein Verstand sich womöglich nur ausgedacht hatte, wie er mich mit diesem kaum merklichen Zucken in den Lippen ansah, als ich mich von ihm löste; dass das viele Bier meine Erinnerung an diesen Abend etwas verzerrt haben könnte, zu etwas, das er einfach nicht gewesen war. Aber dann schien mit einem Mal die Wahrheit durch wie die Sonne, wenn sie hinter einer Smogwolke hervorkam. Etwa, als er mich mit einem Artikel über einen Messerschmied beauftragte, der kunsthandwerkliche Austernmesser mit Griffen aus Schwarznussholz oder Perlmutt herstellte. Oder als ich an einem Freitagnachmittag zurück an meinen Platz ging, zu spät dran für eine Redaktions-Happy-Hour, und auf meinem Schreibtisch ein kaltes Blue Moon geduldig auf mich wartete, bereits geöffnet und feucht vom Kondenswasser.

Es war, als blinzelte er mir vom anderen Ende des Raums aus zu – ein Blinzeln, das nur ich sehen konnte.

«All das und mehr.»

Ich weiß, das hätte ich nicht sagen dürfen – oder zumindest nicht *so*. Ich wusste, wie er aufnehmen würde, was ich da andeutete: dass *er* für mich all das und mehr war. Aber zu wissen, dass wir zwei in diesem Augenblick eine Erinnerung teilten, inmitten von Menschen, die das nicht verstehen würden, führte dazu, dass ich mich mehr denn je zu ihm hingezogen fühlte.

Er hatte Allison – die schöne, charmante, nette, witzige Allison –, und trotzdem schien er an *mir* interessiert zu sein, und da fühlte ich mich luftig-leicht, aber zugleich graute es mir auch.

Denn eigentlich wollte ich nicht so für ihn empfinden. Ganz ehrlich nicht. Dieser Job: Er war mein Traum. Er war endlich *mein*, und ich wollte ihn nicht durch irgendetwas aufs Spiel setzen. Und so glitt mein Blick in den nächsten Wochen jedes Mal, wenn ich an seiner Bürotür vorbeikam, darüber hinweg, ganz so wie ein Stein über einen spiegelglatten Fluss hüpft. Ich versuchte, mich zu konzentrieren. Ich versuchte zu vergessen. Aber tief drinnen wusste ich, es war zu spät. Ich wusste, es gab nichts, was ich tun konnte, um es aufzuhalten. Ben und ich, das war unausweichlich. Die Chemie stimmte. Eine Reaktion war in Gang gesetzt worden – ein Funke übergesprungen –, und bald würden wir beide die Lippen schürzen, sanft auf das Flämmchen blasen und es weiter anfachen.

Würden diesen ersten Funken zu einem ausgewachsenen Feuer verstärken.

KAPITEL
EINUNDZWANZIG

Ich ignoriere Kaseys SMS und beschließe, stattdessen Waylon eine Nachricht zu schicken. Denn wenn Dozier mir schon nicht helfen will, meinen Nachbarn und den Mann auf seiner Veranda zu überprüfen, Waylon wird es tun, das weiß ich.

«*Viel zu tun?*», schreibe ich ihm, und nur Sekunden später klingelt mein Telefon, und sein Name steht im Display.

«Hey», melde ich mich mit ungewöhnlich lebhafter Stimme. «Das ging schnell.»

«Ja, ich hatte sowieso überlegt, ob ich auf dem Weg aus der Stadt bei Ihnen vorbeischauen könnte. Um mich zu verabschieden.»

«Verabschieden?», frage ich, und ein panischer Unterton schleicht sich in meine Stimme.

«Es ist Freitag», erwidert er und zögert. «Ich hatte das Hotel bis zum Wochenende gebucht. Ich muss nach Hause.»

«Oh», sage ich enttäuscht. «Okay. Aber wir sind nicht … wir sind doch noch nicht fertig, oder? Sie haben es sich doch nicht anders überlegt …»

Bei dem Gedanken, dass ich nach allem, was ich bereits verloren habe, auch noch dies verliere, könnte ich verzweifeln. Natürlich wäre es nicht das erste Mal, dass bei meinen Aufklärungsversuchen nichts herauskommt, aber aus irgendeinem Grund kommt es mir diesmal anders vor. Es erscheint mir wichtig. Das Wichtigste, was mir geblieben ist.

«Nein, nein», sagt er hastig. «Natürlich nicht. Alles andere mache ich von zu Hause aus, ein paar Telefoninterviews und so. Wir bleiben in Kontakt, und ich würde gern noch einmal wiederkommen … vielleicht in ein paar Wochen?»

Es wird still in der Leitung, so als wartete Waylon darauf, dass ich etwas sage.

«Ich kann einfach nicht, na ja, ewig hierbleiben», sagt er schließlich und klingt verlegen. «Ich habe ein paar Werbeeinnahmen, aber ansonsten finanziere ich alles aus eigener Tasche. Diese Hotels sind nicht billig.»

«Schlafen Sie hier», schlage ich ihm vor, bevor ich mir auch nur vergegenwärtige, was ich da sage. «Sie können bei mir schlafen. In meinem Gästezimmer.»

Er schweigt ein bisschen zu lange.

«Das ist wirklich großzügig», sagt er schließlich. «Aber das kann ... das kann ich nicht machen. Ich will mich nicht aufdrängen ...»

«Das ist kein Aufdrängen, wirklich nicht.» Noch während ich das sage, dreht sich mir der Kopf. Ich weiß, dass das keine gute Idee ist, aber ich kann trotzdem nicht davon lassen. Es erinnert mich an diesen ersten Abend mit Ben am Wasser; an die Lüge über meine Unerfahrenheit mit dem Austernmesser, die mir einfach so herausrutschte, weil ich es satthatte, allein zu sein. «Ich habe das ganze Haus für mich allein. Es ergibt keinen Sinn, dass Sie Ihr Geld ausgeben, wenn ich so viel Platz habe.»

Wieder schweigt Waylon, und ich kann ihn fast denken hören. Vielleicht sucht er nach einer Ausrede. Überlegt, wie er mir beibringen kann, dass mein Vorschlag verrückt ist – wir kennen uns ja kaum. Wir sind praktisch Fremde, er und ich. Ich weiß, es liegt ein Hauch Verzweiflung in meiner Stimme, und einerseits möchte ich das Angebot am liebsten zurücknehmen – ihm sagen, dass er recht hat, dass wir alles Nötige am Telefon regeln können –, aber andererseits, tief drin, will ich nicht, dass er abreist.

Ich will nicht allein sein. Nicht jetzt. Nicht schon wieder.

«Okay», sagt er schließlich. «Okay, ja, wenn es Ihnen wirklich nichts ausmacht.»

«Es macht mir nichts aus.» Ich bin halb erleichtert, halb graut es mir davor, Waylon im Haus zu haben. Dennoch, der Gedanke, einen anderen Menschen, anderes Leben im Haus zu haben, lindert die Beklemmung in meiner Brust ein wenig. «Kommen Sie doch gleich vorbei und bringen Sie Ihre Sachen her. Fühlen Sie sich wie zu Hause.»

Wir legen auf, und ich gehe in die Küche, öffne den Kühlschrank und sehe mir an, was er enthält. Natürlich weiß ich, wie es ist, mit einem Mann zusammenzuleben, aber mittlerweile lebe ich seit sechs Monaten wieder allein, und wir werden uns über ein paar Punkte verständigen müssen, über Dinge wie Lebensmittel, Kochen und Kühlschrankplatz; wie lange er bleibt, was akzeptabel ist. Was nicht. Ich nehme mir vor, in der Speisekammer ein bisschen Platz für ihn freizuräumen. Da fällt mein Blick auf die Post, die noch immer auf der Küchentheke liegt.

Die Grußkarte meiner Eltern und der Scheck liegen unangetastet obenauf. Ich gehe hinüber, nehme die Karte und betrachte den Margeritenstrauß darauf. Innen ist sie völlig leer.

Wie passend, denke ich und werfe sie in den Abfalleimer. Wir haben noch nie recht gewusst, was wir einander sagen sollen, meine Eltern und ich. Jedenfalls schon lange nicht mehr.

Daraufhin nehme ich den Scheck, falte ihn einmal und stecke ihn in die Handtasche. Ich weiß, dass ich ihn irgendwann einlösen werde – schon bald sogar, da kein nennenswertes Geld hereinkommt –, doch bis dahin will ich ihn nicht sehen. Ich will nicht an ihn denken. Für mich fühlt er sich wie Blutgeld an. Wie eine Bezahlung für dieses anhaltende Schweigen – bloß weiß ich, dass es nicht mein Schweigen ist, das sie sich erkaufen.

Es ist ihres.

KAPITEL
ZWEIUNDZWANZIG

DAMALS

Margaret klettert als Erste ins Bett. Ihr Haar ist nass und duftet nach Lavendel. Wir haben heute Abend kalt gebadet. Ganz vorsichtig sind wir in die Wanne gestiegen, und das kalte Wasser hat auf der Haut gekribbelt.

«Wie lange noch?», fragte Margaret. Dad tüftelte an der Klimaanlage herum, seit er ein paar Stunden zuvor nach Hause gekommen war, aber sie funktionierte noch immer nicht. Ich hörte ihn Schimpfwörter murmeln, während er verschiedene Werkzeuge herumwarf. Sein Arbeitshemd war bis zum Ellbogen aufgekrempelt, der Kragen schweißnass. «Es ist so heiß.»

Da drehte Mom sich zu uns um. Ihr Ellbogen ruhte auf dem Badewannenrand. Ihre Locken waren zu einem Pferdeschwanz gebunden, der über eine Schulter drapiert war; die Spitzen drehten sich ein und klebten an ihrer verschwitzten Brust. Das erinnerte mich an den Tang, den ich manchmal unter dem Steg wachsen sah, grün und strähnig, wie Haar, das sich mit den Wellen bewegt. Als ich noch kleiner war, dachte ich immer, da unter dem Steg sei eine Leiche mit Schnecken und Muscheln als Haut.

«Nicht mehr lange», sagte Mom und strich mit den Fingern durchs Wasser. Dann schöpfte sie eine Handvoll Schaum, der zusammenklumpte wie Meeresschaum am Strand an besonders windigen Tagen. «Wir haben es bald wieder schön kühl.»

«Morgen früh?»

«Sicher.» Sie lächelte. «Morgen früh.»

Wir stiegen aus der Wanne und zogen unsere zueinanderpassenden, mit kleinen gelben Gänseblümchen bedruckten Nachthemden an. Sofort brach uns wieder der Schweiß aus, unsere Haut war wie ein Schwamm, den man ausdrückt. Es ist drückend heiß heute Abend, besonders drinnen. Das ganze Haus fühlt sich wie ein Backofen an. In dem wir gefangen sind.

Jetzt lässt Margaret sich auf die Matratze plumpsen, während Mom die Bettdecke vom Bett reißt und zu Boden wirft. Ich gehe zum Fenster und öffne es. Sofort rieche ich den Sumpf, diesen prähistorischen Gestank, aber er ist schwächer als sonst. Das Wasser hinter unserem Garten glitzert mehr als üblich, und da fällt mir auf, dass sich der Vollmond darauf spiegelt, und das sieht aus, als läge eine leuchtende Kugel unter der Wasseroberfläche. Er taucht unseren Garten in ein unheimliches Licht – irgendwie dunkel und hell zugleich –, und da muss ich an etwas denken, was Dad einmal darüber gesagt hat. Springtide heißt das. Wenn Erde, Mond und Sonne genau in einer Reihe stehen, passiert etwas Extremes.

Ich drehe mich um und sehe, dass Margaret sich zusammengerollt hat wie eine Rollassel. Sie sieht so klein aus, so kompakt. Ich weiß, dass uns noch heißer sein wird, wenn wir in einem Bett schlafen, weil unsere Körper Wärme ausstrahlen, aber ich weiß auch, dass Margarets Kopf ihr schlimmster Feind ist. Am sichersten fühlt sie sich in Gesellschaft.

«Vergesst nicht, eure Gebete zu sprechen», sagt Mom jetzt und setzt sich auf die Bettkante. Ich schlüpfe neben Margaret ins Bett und spüre sofort die sengende Hitze, die von ihr ausgeht. Sie hält ihre Puppe mit den starren Augen im Arm, die mir direkt in die Seele gucken. «Meine beiden wunderschönen Mädchen.»

«Du hast Ellie vergessen», sagt Margaret und schiebt die Unterlippe vor.

Ich sehe Mom an, ihre müden Augen und das matte Lächeln; diese schmalen, zarten Finger, die sie jetzt an ihre schweißfeuchte Oberlippe legt, wie um etwas drinnenzuhalten, es nicht entkommen zu lassen.

«Aber ja», sagt sie und räuspert sich. «Natürlich dürfen wir Ellie nicht vergessen.»

Da lächelt Margaret, kneift die Augen zu und legt die Hände aneinander, die Finger so gerade und steif, als wären sie zusammengeklebt.

«Jetzt leg ich mich schlafen, Herr, wach du über meine Seele.»

Ich sehe zum Thermometer, das in einer Ecke hängt, beobachte die Anzeige – neunundzwanzig Grad, neunundzwanzigeinhalb, dreißig – und frage mich, wie viel wärmer es wohl noch wird. Wie viel mehr wir noch ertragen können.

Dann sehe ich wieder Margaret an, aber die hat die Augen noch zu.

«Sterb ich vorm Erwachen, Herr, nimm zu dir meine Seele.»

Meine Mutter lächelt, küsst uns auf die Stirn und schaltet meine Nachttischlampe aus. Dann steht sie auf und geht hinaus. Jetzt ist es dunkel in meinem Zimmer, alles liegt unter dem Schleier der Nacht. Aber ich sehe Margaret immer noch an. Denn das Mondlicht strömt durchs Fenster herein wie ein Scheinwerfer, der direkt auf sie gerichtet ist.

KAPITEL DREIUNDZWANZIG

JETZT

Zuerst fühlt sich mein Haus komisch an mit Waylon darin. Die angenehme Gemeinschaft, zu der wir in dieser Woche gefunden hatten, schien sich zu verflüchtigen, sobald er durch die Tür trat. Die ersten Stunden tänzelten wir nervös umeinander herum oder wichen uns aus, wie zwei Menschen, die einen One-Night-Stand hatten, aber den Namen des anderen vergessen haben.

Er hat angeboten, heute Abend zu kochen, ein Dankeschön, glaube ich, dafür, dass ich ihm mein Haus geöffnet habe. Vorhin war er einkaufen, und jetzt, wo er angefangen hat zu kochen, haben wir wieder zu dieser Ungezwungenheit zurückgefunden, die ich die ganze Woche gespürt hatte. Ich glaube, es liegt daran, dass ich mich entspannt zurücklehnen und zusehen kann, während er durch meine Küche wirbelt und sich um blubbernde Pfannen und kochendes Wasser kümmert. Wenn man aus Notwendigkeit kocht – nicht wegen des Geschmacks oder um jemandem etwas zu bieten, sondern allein, um sich zu ernähren –, fühlt es sich an wie eine lästige Pflicht, aber wenn eine weitere Person ins Spiel kommt, wird das Kochen zu einer Freizeitaktivität. Die sogar Freude macht. Ein wenig Intimität im Alltag.

«Rot oder weiß?»

Waylon zieht zwei Flaschen Wein aus einer großen Papiertüte und hält sie in die Höhe. Ich deute auf den Roten, und er nickt, entkorkt die Flasche, nimmt ein Weinglas, schenkt großzügig ein und schiebt es mir zu.

«Danke.» Ich nehme das Glas am Stiel entgegen. Während er die übrigen Lebensmittel auspackt, herrscht entspanntes Schweigen, und unwillkürlich muss ich daran denken, wie wir uns im Flugzeug kennenlernten, ein bizarres Nebeneinander von *damals* und *jetzt*. Nie hätte ich gedacht, dass wir in nur einer Woche an diesen Punkt gelangen könnten: keine Fremden mehr, sondern Partner. Vielleicht sogar Freunde.

«Worum ging es in dem Fall, den Sie gelöst haben?», frage ich, als mir das plötzlich wieder einfällt. «Sie sagten, dass Sie einen alten Fall aufgeklärt haben. Im Flugzeug.»

«Oh ja», sagt er. «Auch um ein vermisstes Kind.»

Er wendet den Blick ab und hackt mehrere Knoblauchzehen, und da frage ich mich, ob er meinem Blick aus einem bestimmten Grund ausweicht. Ob er weiß, dass das, was jetzt kommt, etwas ist, das ich nicht hören will.

«Die Sache ging über dreißig Jahre», fährt er nach längerem Schweigen fort. «Die Familie wusste *nichts*. Ich meine, nichts. Es gab keinen Hinweis darauf, was passiert war. Aber wir haben es herausfinden können.»

«Und was ist passiert?»

Endlich sieht er mich an, sein Blick ist entschuldigend.

«Sie starb», sagt er nüchtern und klingt trotzdem benommen. «Sie wurde von einem Verkehrshelfer entführt. Er hat sie ein paar Monate in seinem Keller eingesperrt, dann hat er sie getötet und im Wald vergraben.»

Ich schlucke, mein Blick zuckt zum Fenster, in Richtung des Hauses mit dem unbekannten alten Mann.

«Wie haben Sie ihn gefunden?»

«Wir fanden einen Zeugen.» Jetzt schenkt Waylon sich auch ein Glas ein. «Ein anderes Kind hatte tatsächlich gesehen, wie das Mädchen entführt wurde. Der Junge hatte damals große

Angst – er war etwa sieben –, und so hat er nichts gesagt. Ich habe mit jedem in dieser Stadt gesprochen, mit *jedem*, und irgendwann habe ich ihn gefunden.»

«Und dann? Haben die Cops etwa einfach so geglaubt, was jemand als Zweitklässler vor dreißig Jahren gesehen zu haben behauptet?»

«Nein. Aber ich gab ihnen den Hinweis, und sie haben einen Durchsuchungsbeschluss erwirkt und das Haus dieses Mannes durchsucht – Guy Rooney hieß er. Er lebte schon sein gesamtes Erwachsenenleben in diesem Haus, seit er sich in den Siebzigern hatte scheiden lassen, und sie fanden ein paar von ihren … *Sachen* … im Keller. Sachen, die er behalten hatte.»

Ich nicke und kaue auf meiner Wange, den Blick immer noch aufs Fenster gerichtet. Der Himmel verfärbt sich gerade zu einem tiefen Blauschwarz, das an eine saftige Prellung erinnert.

«Er hat sofort gestanden», fährt Waylon fort. «Hat die Cops in den Wald geführt – es wirkte fast, als wäre er erleichtert, dass er gefasst wurde. Dass er es sich von der Seele reden konnte. Nach all den Jahren wusste er noch genau, wo sie lag. Wo er sie vergraben hatte.»

«Und niemand hat irgendetwas geahnt?», frage ich. «Von dem, was bei ihm zu Hause vorging?»

«Überhaupt nichts», sagt Waylon. «Das ist ja das Erschreckende. Er und seine Ex haben sich großartig verstanden, sie haben ihre Kinder gemeinsam großgezogen. Die Frau erinnerte sich sogar, dass ihr bei einem ihrer Besuche ein Vorhängeschloss an der Kellertür auffiel. Da war das Mädchen vermutlich noch unten im Keller … aber, na ja, sie dachte sich nichts dabei.»

Ich erschauere und überlege unwillkürlich, was schlimmer wäre: wenn Masons Verschwinden unaufgeklärt bliebe oder eine solche Auflösung. Nach dieser Geschichte bin ich noch neugieriger auf meinen Nachbarn und den Mann auf seiner Veranda; es muss einen Grund dafür geben, dass er heute Morgen so abweisend war. Warum er mich nicht in der Nähe haben wollte. Warum beide sich weigerten, mit mir zu sprechen, und warum er am Montag auf der Mahnwache war und alles von Weitem beobachtet hat.

«Aber genug davon», sagt Waylon jetzt und wechselt das Thema. «Lassen Sie uns erst mal essen. Ich hoffe, Sie mögen Hühnchen Marsala. Das ist meine Spezialität.»

«Sie haben eine Spezialität?», frage ich und trinke einen Schluck. Ich überlege immer noch, wie ich das Gespräch auf meinen Nachbarn bringen kann. Ohne einen einzigen konkreten Beweis, ohne Vorstrafe oder auch nur einen Namen ist es im Moment nicht mehr als ein Bauchgefühl, das ist mir klar. Ein Instinkt. «Dann bitten Sie mich lieber nicht, für Sie zu kochen. Meine Spezialität sind Spaghetti. Chicken Nuggets, wenn mir nach etwas Ausgefallenem ist.»

Waylon sieht mich an und lächelt, aber es ist ein trauriges Lächeln. Bestimmt denkt er an Mason und überlegt, was ich ihm wohl zum Abendessen machte: Hotdog-Würstchen in kleinen Stückchen und Käse-Makkaroni, kleine Portionen auf mehrfach unterteilten Plastiktellern serviert, damit die einzelnen Speisen voneinander getrennt blieben.

«Ein Familienrezept, sollte ich sagen», erklärt er. «Es ist also nicht wirklich mein Verdienst. Ich bin Italiener.»

«Italiener», wiederhole ich und spiele mit meinem Glas. «Offen gesagt bin ich mir gar nicht sicher, was ich bin. Südstaatlerin? Zählt das?»

«Ich denke schon.» Er schüttelt die Pfanne, in der sich Knoblauch und Olivenöl, Oregano und Schalotten befinden, und ein köstliches Aroma erfüllt die Küche. «Dann hat Ihre Familie schon immer hier in der Gegend gelebt?»

Ich sehe ihn an. Wenn er meine Vergangenheit und meine Familie anspricht, klingt das immer ganz beiläufig – als wäre es gar nicht die Geschichte, die ihn interessiert, sondern ich – als wollte er mich nur besser kennenlernen. Ich kann noch nicht beurteilen, ob das aufrichtig ist, ob er es *wirklich* nicht weiß oder ob er sich nur gut verstellt. Das würde ich gerne herausfinden.

«Ja», sage ich. «Aber das wissen Sie bestimmt längst.»

Er wirkt verunsichert und sieht aus, als wollte er sich entschuldigen, aber ich komme ihm zuvor, lache auf und trinke noch einen Schluck.

«Ich ziehe Sie nur auf. Ja, geboren und aufgewachsen in Beaufort. Mein Vater auch, und sein Vater und dessen Vater. Das reicht so weit zurück, wie es nur irgend geht, glaube ich. Die Rhetts waren in dieser Stadt wie Adel.»

Die Vergangenheitsform *waren* habe ich bewusst gewählt, und das hat er bestimmt bemerkt, aber er fragt nicht nach.

«Was hat Sie nach Savannah geführt?»

«Ich bin wegen eines Jobs hergezogen», sage ich und lehne mich zurück. Allmählich entspanne ich mich. Mich mit jemandem ganz ungezwungen bei mir zu Hause zu unterhalten, das habe ich vermisst. Es ist etwas, das in weite Ferne gerückt, mir ganz fremd geworden ist. «Aber geblieben bin ich wegen eines Mannes, so bescheuert das klingt.»

«Ben?»

«Ja, Ben.»

«Wie sind Sie beide zusammengekommen?»

«Über den Job.» Ich lache und sehe aus dem Fenster. Unwillkürlich denke ich, wenn jetzt jemand am Haus vorbeigeht, dann würde er bei einem Blick durchs Fenster nicht nur eine Frau allein am Tisch sitzen und essen sehen, sondern zwei Personen. «Er war mein Vorgesetzter. Ich bin ein lebendes Klischee, ich weiß.»

«Das haben Sie gesagt.» Waylon lächelt.

«Aber wir haben uns nicht bei der Arbeit kennengelernt», füge ich hinzu. «Wir waren uns vorher schon begegnet.»

«Dann haben Sie gekündigt, um mit ihm zusammen sein zu können?»

«So ungefähr. Klingt furchtbar, wenn Sie das so sagen.»

«Mochten Sie Ihre Arbeit?»

«Ich habe sie geliebt. Aber ihn habe ich auch geliebt.»

Waylon gibt Pilze in die Pfanne, und das Fett zischt. Eine Weile schweigen wir beide, und ich sehe zu, wie er den Marsalawein hinzugibt, die Hühnerbrühe, die Sahne. Alle verurteilen mich, wenn sie das erfahren – und um ehrlich zu sein, ich würde es auch tun. Ich hätte mich niemals für *so* eine Frau gehalten: für eine, die sich absichtlich kleiner macht, damit sie hübsch in das Leben eines anderen Menschen passt.

Aber so war es mit Ben nicht. So war es nicht.

Ich habe das, was zwischen uns war, gar nicht als Affäre betrachtet. Dieses Wort erschien mir zu stark – zu schmutzig, zu *falsch* –, und ich glaube, das liegt daran, dass die Beziehung, die sich zwischen uns entwickelte, irgendwo in einem unklaren Zwischenbereich angesiedelt war: nicht direkt falsch, aber auf jeden Fall auch nicht richtig. Sie widersetzte sich einer klaren Einordnung, sie war etwas, das nur wir verstehen konnten. Wir überschritten keine konkreten Grenzen; wir verstießen gegen keine Regeln. Wir hatten keinen Sex – wir küssten uns nicht einmal, abgesehen von dem einen Mal am Fluss, und das zählte in meinen Augen gar nicht.

Mit Ben sah ich mich nie als die *andere*, denn das war ich nicht – und zugleich war ich es doch. Ich weiß, dass ich das war.

Für Allison war ich es. Oder wäre es jedenfalls gewesen, wenn sie davon gewusst hätte.

Heute kommt es mir naiv vor, vielleicht sogar vorsätzlich naiv, aber mit fünfundzwanzig Jahren hatte ich eine ganz bestimmte Vorstellung von *Untreue*, und die stammte direkt aus dem Kabelfernsehen: billige, bar bezahlte Motelzimmer, Wegwerfhandys, schmierige Treffen, die mit Scham, Tränen und Lügen endeten. Aber so war es mit Ben nicht, so war es nie. Mit Ben war es der gemeinsame Kaffee jeden Morgen in unserem Lieblingseckcafé, wo wir uns fast an der Stirn berührten, uns merkten, was der andere bestellte, und Spitznamen auf den Kaffeebecher schrieben. Es waren Witze, die nur wir zwei verstanden, und die stundenlangen Gespräche, bei denen wir nahtlos von entspanntem Small Talk dazu übergingen, uns unsere persönlichsten Gedanken, unsere sehnlichsten Wünsche zu verraten, so als würden wir uns schon seit Jahren kennen und nicht erst seit ein paar Monaten. Es war der Cocktail nach der Arbeit, wenn alle anderen schon nach Hause gegangen waren, und die spätabendlichen Textnachrichten – *Ich kann nicht schlafen* –, womit er andeutete, dass er wach lag, neben ihr, aber trotzdem an mich dachte. In gewisser Weise machte die platonische Natur unserer Beziehung diese noch intimer, noch realer. Es war wie eine Schülerliebe, die noch nicht durch Sex befleckt worden war, etwas Unschuldiges und Reines. Ich musste mich nicht fragen, ob der körperliche Aspekt das Einzige war, worauf er aus war, das Einzige, was zählte. Ich musste mich nicht fragen, ob er womöglich bloß so ein Kerl war – *ein untreuer Ehemann* –, und ich musste mich beim Blick in den Spiegel nicht fragen, ob ich stolz war auf das, was ich da sah.

Damals erschien es mir offen gesagt beinahe tapfer, dass Ben körperliche Nähe verweigerte. Dass er immer wieder ging, wie bei unserer ersten Begegnung am Wasser, als er ohne Abschied verschwunden war. Ich war wie besessen von seinem Mund, der nur Zentimeter von meinem entfernt war, wenn wir in ein Gespräch vertieft waren. Dann lehnte er sich ein Stückchen zurück und leckte sich die Lippen, als versuchte er, mich in der Luft zwischen uns zu schmecken. Und wenn er abends die Redaktion verließ, blickte er sich noch ein letztes Mal zu mir an meinem Schreibtisch um, als wollte er sich meinen Anblick einprägen, ehe er nach Hause zu ihr ging. Das machte ihn in meinen Augen zu einem guten Mann, zu einem edlen Mann.

Zu einem Mann, der mich, wenn ich ihn nur *haben* könnte, immer gut behandeln würde.

Die Ironie daran entging mir natürlich: dass er Allison kein guter Mann war, wenn er mir derart Hoffnungen machte. Sie behandelte er nicht gut. Aber meiner Meinung nach war das etwas anderes. *Sie* war anders. Sie hatten nicht, was wir hatten.

Sie waren nicht *wir*.

Eins hatte ich allerdings unterschätzt, und zwar, wie gefährlich es war, ihn sämtliche Lücken in meinem Leben füllen zu lassen. Er war wie Wasser, das die Leere in mir ausfüllte. Er war mein privates wie auch mein berufliches Leben – er war *alles* für mich, aber tief drinnen wusste ich, dass ich umgekehrt nicht alles für ihn war. Ich wusste, trotz allem, was wir hatten, hatte Allison immer noch mehr. Sie hatte schließlich seinen Nachnamen. Den Ring an ihrem Finger. Sie hatte seinen Körper im Bett. Es kam dahin, dass ich ihn mit einem Buch aus der Leihbibliothek verglich, das nur für begrenzte Zeit in meinem Leben war. Etwas, das ich gemütlich auf dem Sofa einige Stunden genießen konnte und von dem ich so viel wie möglich verschlang, bevor die Zeit herum war. Und weil er nicht mir gehörte, konnte ich nichts an den Rand kritzeln, durfte nicht meinen Namen ins Buch schreiben, durfte ihm keinen sichtbaren Stempel aufdrücken. Wenn er am Ende schließlich von seinem Barhocker aufstand – der Raum um uns herum dunkel und still, sein Glas leer –, spürte ich manchmal, wie er langsam aus mir heraussickerte wie Blut aus einer offenen Wunde.

Wenn er dann die Tür öffnete und in die Nacht hinaustrat, blieb ich mit einer überwältigenden Leere zurück, die sich anfühlte, als hätte ich aufgehört zu existieren.

«Ich habe freiberuflich weitergearbeitet», sage ich jetzt und versuche, es aufregend klingen zu lassen. Versuche, Waylon davon zu überzeugen, dass ich tatsächlich arbeite. «Ich konnte für verschiedene Publikationen schreiben. Ich bin sogar ein bisschen gereist, habe Ecken des Landes zu sehen bekommen, die ich noch nicht kannte.»

Waylon nickt und gibt den Inhalt einer Schachtel Pasta ins Wasser.

«Freiberuflich zu arbeiten, ist schön.» Sein Tonfall ist höflich, gemessen, so als spräche er übers Wetter. «Auf eigene Rechnung zu arbeiten. Man ist freier so.»

«Ben war verheiratet, als wir uns kennenlernten», entfährt es mir, und ich wende den Blick ab. Ich will seinen Gesichtsausdruck nicht sehen, will seinen missbilligenden Blick nicht sehen. Eigentlich will ich ihm das gar nicht erzählen – es ist nichts, worauf ich stolz bin –, aber mir ist klar, dass er es irgendwann herausfindet, falls er es nicht bereits weiß. Er wird mit meinen Freunden und Nachbarn sprechen. Mit Detective Dozier. Mir ist lieber, er erfährt es von mir. «Aber ich habe nicht … wir haben nicht … Sie wissen schon. Wir waren nicht *zusammen*, wenn wir zusammen waren.»

«Hat er sich scheiden lassen?», fragt er kurz angebunden. Jetzt wird es persönlich, im Nu ist aus Small Talk etwas Ernsthafteres geworden, und die Stimmung ist gekippt. Keiner von uns sieht den anderen an.

«Nein», sage ich und lasse zu, dass das Schweigen sich eine Sekunde zu lange ausdehnt. Dann wende ich mich ihm zu und atme tief durch. «Sie starb.»

KAPITEL
VIERUNDZWANZIG

Ben war seit drei Tagen nicht mehr in der Redaktion gewesen.

Allmählich machte ich mir Sorgen und fragte mich, ob es womöglich etwas mit mir zu tun hatte. Vielleicht hatte jemand es herausgefunden – *aber was genau eigentlich? Wir hatten ja nichts Falsches getan*. Vielleicht bereute er es aber auch und ging mir aus dem Weg. Überlegte, wie er beenden konnte, was wir begonnen hatten. Auf meine Textnachrichten antwortete er nicht; von einem bevorstehenden Urlaub hatte er mir nichts erzählt. In seinem Kalender standen keine Geschäftsreisen.

Ich wusste nur, dass er am Montag da gewesen war. Und dann nicht mehr.

«Hast du schon gehört?»

Kasey kam an meinen Schreibtisch, einen Bleistift hinters Ohr geklemmt. Ich riss den Blick von Bens geschlossener Büro-tür und den dunklen Fenstern los und sah sie an. Ein mulmiges Gefühl überkam mich. Kaseys Gesicht hatte diesen gewissen Ausdruck. In ihr konnte man lesen wie in einem offenen Buch. Ihre Gefühle standen ihr ins Gesicht geschrieben wie Notizen auf einem Zettel, und im Moment las ich in ihrem Gesicht, dass etwas nicht in Ordnung war.

«Nein», erwiderte ich. «Was gibt's denn?»

«Allison ist gestorben.»

«Was?»

«Allison Drake. Bens Frau. Sie ist *gestorben*.»

«*Was?*» Ich schnappte nach Luft und legte die Hand auf die Brust, als hätte ich eine Pistolenkugel abbekommen.

«Ja. Sie ist gestorben.»

«*Wie denn?*»

«Selbstmord», flüsterte sie, den Mund an meinem Ohr. Ihr Atem war warm und erdig, wie immer, wenn sie ihren Kaffee schwarz trank. Ich fragte mich, ob sie das den ganzen Vormittag getan hatte – Koffein in sich hineinschütten, ihre Runde drehen und den neuesten Tratsch verbreiten, eine Journalistin, die in dem Wissen schwelgt, dass sie etwas als Erste erfahren hat. «Oder eine versehentliche Überdosis. Jedenfalls waren es Tabletten. Und zwar ein Riesenhaufen.»

Die Worte blieben mir im Hals stecken; ich öffnete den Mund, wollte etwas sagen, aber nichts kam heraus. Kasey hob die Augenbrauen und senkte das Kinn.

«Ja, echt.»

«Das kann doch nicht sein», sagte ich schließlich. «Warum sollte sie …?»

«Ich weiß.» Sie schüttelte den Kopf. «Ich habe keine Ahnung. Vermutlich hatte sie ein Problem, von dem wir nichts wussten. Das ist bei Hausfrauen manchmal so. Zu viel freie Zeit.»

Ich rief die einzige echte Erinnerung ab, die ich an Allison hatte: wir zwei dicht zusammenstehend auf der Dachterrasse, ihre Fingerspitzen auf meinem Unterarm, daneben Ben, der uns beide beobachtete. Sie hatte sich zu mir hin gebeugt, mir ein Geheimnis verraten und mir zugezwinkert. Hatte mir das Gefühl gegeben, plötzlich in etwas Besonderes eingeweiht zu sein.

«Sie wirkte glücklich.»

Sofort kam ich mir bescheuert vor. Ein Augenblick geteilter Intimität genügte nicht, um sie zu kennen – sie *wirklich* zu kennen –, das wusste ich natürlich, aber eigentlich dachte ich: Wie konnte sie *nicht* glücklich sein? Sie hatte doch Ben.

Kasey zuckte die Achseln. «Wir haben alle unsere Geheimnisse.»

Daraufhin ging sie weiter zur nächsten Reihe Schreibtische, beugte sich hinab und flüsterte den Leuten die Neuigkeit zu. Ich sah ihr hinterher, dann richtete ich den Blick wieder auf Bens Büro. Wie oft hatte ich mir die beiden zusammen vorgestellt, Ben und seine Frau. Wenn ich abends, nachdem sich unsere Wege getrennt hatten, in meine leere Wohnung gekommen war, hatte ich mich dort jedes Mal noch einsamer als sonst schon gefühlt. Dann hatte ich an der Küchentheke gesessen oder vornübergebeugt in meiner zu kleinen Badewanne gehockt, in der mir das lauwarme Wasser nur bis zur Brust ging, und mich gefragt, was sie wohl gerade tun mochten: ob sie vielleicht auf der Veranda einen Cocktail tranken oder etwas Ausgefallenes zum Abendessen kochten, während ich mir ein kalorienarmes Tiefkühlgericht aufwärmte, das schon zu lange im Gefrierfach versauert war. Ich stellte mir vor, wie sie auf einer teuren Granitarbeitsfläche vögelten, während das Wasser überkochte und auf den Boden lief. Bei dieser Vorstellung hätte ich schreien können.

Doch jetzt erkannte ich etwas, das sich wie heruntergeschlucktes Erbrochenes in meinem Magen festsetzte, übel riechend und säuerlich: Ich wusste gar nichts über Allison. Ich wusste nichts über *sie beide*. Wie es im Inneren ihres Ehelebens aussah, war mir ein völliges Rätsel, und jetzt war Allison tot. Bens Frau war *tot*. Was bedeutete, dass Ben jetzt Witwer war.

Wir haben alle unsere Geheimnisse.

Ich fragte mich, was Kasey damit gemeint hatte, was sie hatte andeuten wollen. Hatte sie gemeint, dass *Allison* Geheimnisse hatte – eine Tablettenabhängigkeit, die dazu geführt hatte, dass sie sich umbrachte; eine Depression, die außer Kontrolle geraten war und ihr die Hand geführt hatte, als sie das Tablettenfläschchen leerte, während Ben bei der Arbeit war –, oder ob sie meinte, dass jemand *anderer* Geheimnisse hatte. Geheimnisse, denen Allison womöglich auf die Spur gekommen war.

Geheimnisse, mit denen sie nicht mehr leben konnte.

KAPITEL
FÜNFUNDZWANZIG

Als ich Allisons Tod erwähne, verändert sich die Atmosphäre. Ich spüre es, wie Hunde wahrnehmen, dass ein Unwetter aufzieht, die nahende Gefahr spüren und winseln. Die elektrische Aufladung der Luft spüren.

Waylon richtet unser Essen auf Tellern an, kommt mit gesenktem Blick ins Esszimmer und stellt einen Teller vor mich.

«Das sieht köstlich aus», sage ich und nehme die Gabel in die Hand. «Danke.»

«Gern geschehen.» Er lässt sich auf dem Platz neben mir nieder, faltet die Serviette auseinander und drapiert sie über seinen Schoß. Dann atmet er geräuschvoll aus und sieht mir in die Augen. «Also, das ist heftig.»

«Ja.» Ich spieße einen Pilz auf. «Es war furchtbar.»

«Selbstmord?»

Ich stecke die Gabel in die Pasta und drehe sie, den Blick auf meinen Teller gerichtet. «Ja, ich glaube schon. Oder eine versehentliche Überdosis, es wurde nie endgültig geklärt. Ein Abschiedsbrief oder so wurde nicht gefunden.»

«Was ist Ihrer Meinung nach passiert?»

Klirrend fällt meine Gabel auf den Teller. Roscoe unterm Tisch zuckt zusammen und stößt gegen meinen Stuhl. Ich hebe den Blick, Waylon sieht mir direkt in die Augen.

«Wenn Sie raten müssten», fügt er hinzu.

«Ich weiß nicht.» Ich atme tief durch und versuche, die Hände ruhig zu halten. Aus irgendeinem Grund zittern sie. Ganz sanft. Vielleicht liegt es an der Unterhaltung über Allison, an den unverarbeiteten Schuldgefühlen wegen ihres Todes, die ich noch immer habe. Vielleicht ist es aber auch nur der Hunger; zu viel Koffein auf leeren Magen. «Wenn ich eine Annahme äußern *müsste*, würde ich wohl sagen, dass es ein Versehen war.»

Ich weiß eigentlich nicht, ob ich das wirklich glaube, aber aus irgendeinem Grund gibt es mir ein besseres Gefühl.

«Was ist mit Ben?»

«Wissen Sie, er hat mir eigentlich nie gesagt, was er glaubt», bekenne ich, was mir gerade zum ersten Mal klar wird. «Wir haben nicht viel über sie gesprochen, und ich wollte ihn natürlich nicht danach fragen. Aber es hat ihn fertiggemacht, logisch.»

«Hm.» Waylon blickt wieder auf seinen Teller und stochert in seinem Essen, als wollte er es sezieren.

«Jedenfalls wollte ich das klarstellen», sage ich. «Bevor Sie es von den Nachbarn hören. Oder von Detective Dozier.»

«Ja. Ja, danke. Gut zu wissen.»

«Aber ein Verbrechen oder so etwas wurde nicht vermutet. Ich möchte, dass Sie das auch wissen. Es war ein klarer Fall.»

«Es ist bloß ...» Er bricht ab, scheint zu überlegen, ob er weiterreden, seinen Gedanken aussprechen soll. Schließlich rückt er damit heraus: «Ist Ihnen denn nie der Gedanke gekommen, dass ihr Tod sehr ... gelegen kam?»

«Wie meinen Sie das?», frage ich, obwohl ich weiß, was er meint. Ich will es bloß von ihm selbst hören.

«Einfach, na ja. Es sieht schlecht aus. Er hatte eine Affäre ...»

«Es war keine Affäre.»

«Es gab eine andere Frau. Dann stirbt seine Ehefrau unter verdächtigen Umständen ...»

«Die Umstände waren nicht verdächtig. Es war eine Überdosis.»

«... und jetzt verschwindet sein *Sohn* unter verdächtigen Umständen, und Sie beide sind nicht mehr zusammen ...»

«Okay.» Ich lege die Gabel beherrscht nieder. «Schauen Sie, ich verstehe, dass es zu Ihrem Job gehört, Fragen zu stellen, wirklich. Aber Allison ist an einer Überdosis gestorben. So etwas kommt vor. Und Ben und ich sind getrennt, weil unsere Welt zusammengebrochen ist, okay? Wir waren glücklich, bis Mason entführt wurde. Es ging uns *gut*.»

Herausfordernd blicke ich Waylon an und warte, ob er weiter Druck macht. Seine Unterlippe bebt – die Drohung eines Gegenschlags, einer weiteren Frage, die ich nicht beantworten kann –, aber stattdessen presst er die Zähne aufeinander, als müsste er sich körperlich vom Sprechen abhalten.

«Es ist schwer für ein Paar, so etwas zu überstehen», fahre ich fort und kaue damit wieder, was Dr. Harris gesagt hat. Als würde es dadurch, dass er es gesagt hat, zu einer Tatsache. «Es ist schwer für jeden *Menschen*, so etwas zu überstehen.»

«Okay, tut mir leid. Sie haben recht.»

Schweigend essen wir weiter. Das Klirren des Bestecks auf den Tellern verstärkt das unbehagliche Schweigen noch, das sich irgendwie herabgesenkt hat.

«Erzählen Sie mir von Mason», sagt Waylon schließlich und wechselt damit ganz bewusst, wie mir scheint, das Thema, als wollte er sich von diesem heiklen Punkt ab- und einem besserem, leichteren Gegenstand zuwenden. «Etwas Persönliches.»

Ich blicke auf den Tisch und denke an Waylons Ausrüstung, die noch gestern hier zwischen uns stand und blinkte. Das erinnert mich an die ersten aufgezeichneten Befragungen auf der Polizeiwache und den antiquierten Kassettenrekorder mit den sich drehenden Rädchen, die wie Augen aussahen. An Detective Dozier, der auf der anderen Seite des Rekorders auf- und ablief, um mich zu verunsichern.

«Mal sehen.» Ich nehme mein Glas und drehe den Stiel zwischen den Fingern. «Er liebt Dinosaurier. Er ist sogar ganz verrückt nach ihnen. Wir haben dieses eine Buch ...»

«Isabelle», unterbricht mich Waylon und beugt sich vor. «Etwas Persönliches.»

Ich beiße mir auf die Zunge und bekomme Herzklopfen. Ich bin es gewohnt, meine Worte genau zu wägen, gebe mir immer solche Mühe, denen, an die sie sich richten, zu gefallen – immer nur das Richtige zu sagen, das *Gute* –, dabei scheint das nichts zu nutzen. Waylon hat es offenbar durchschaut. Irgendwie merkt er es, wenn ich nicht ganz aufrichtig bin. Wenn ich mehr zu sagen hätte.

Wieder sehe ich ihn an. Sein Blick ist freundlich, und da frage ich mich, ob es diesmal wirklich anders sein könnte.

«Ganz ehrlich?», frage ich schließlich. «Er war schwierig.» Dieses Eingeständnis offen auszusprechen, fühlt sich an wie ein plötzliches Ausatmen nach langem Luftanhalten.

«Inwiefern?»

«Er war ein Schreibaby und hat ständig geweint. Ich meine, nichts konnte ihn beruhigen. *Nichts.* Ich war viel zu Hause, während Ben bei der Arbeit war, und ich weiß noch, es gab Zeiten, in diesen ersten Nächten ...»

Ich unterbreche mich und beschließe, dass es nicht in meinem Interesse ist, jedenfalls noch nicht, *zu* ehrlich zu sein. Ihm zu schildern, auf welch ungewöhnliche Art und Weise es dazu kam, dass Mason geboren wurde, oder zu detailliert auf die Panik in diesen frühen Morgenstunden damals einzugehen. Auf die Verzweiflung, die in mir aufstieg, wenn ich mich allein im Dunkel mit ihm fand, seinen sich windenden kleinen Körper im Arm, diese zweigdünnen Glieder, die so leicht hätten durchbrechen können. Ich erinnere mich noch gut an diese wirren, vom Schlafentzug hervorgerufenen Grübeleien, die sich nicht einmal real anfühlten. Die keine Mutter sich jemals eingestehen, geschweige denn laut aussprechen würde. Wenn Mason nachts schrie, stiegen sie jäh und sehr *vehement* in mir auf: dunkle kleine Fantasien, in denen ich mir ausmalte, was ich alles tun könnte, damit er endlich still wäre. Und ich ließ diese Fantasien zu, wenn auch nur für eine Sekunde. Ich gestattete sie mir einen Herzschlag zu lang – aber am nächsten Morgen ignorierte ich sie dann einfach, tat so, als hätte es sie nie gegeben. Mit schamroten Wangen hob ich ihn aus seinem Bettchen und küsste ihn ab, verdrängte meine Fantasien bis in die hinterste Ecke meines Verstandes, in die auch andere unerwünschte Gefühle verbannt waren: fiese Nachtgefühle, die es sich in der feuchten Höhle meines Unterbewusstseins gemütlich machten und sich versteckt hielten, bis die Sonne unter den Horizont sank und sie gefahrlos hervorkommen konnten.

«Es ist einfach schwer», fahre ich fort. «Mutter zu sein. Es ist nicht so, wie man es sich vorstellt.»

Niemand warnt einen vor dem Groll, den man nachts entwickelt, wenn man mit zwei Stunden Schlaf auskommen muss. Niemand erzählt einem, wie böse man auf einen Menschen sein kann, den man selbst erschaffen hat. Der in allem auf einen angewiesen ist.

Der um nichts von alledem gebeten hat.

Waylon rutscht unbehaglich auf seinem Stuhl herum, dann trinkt er einen großen Schluck Wein und wendet sich wieder seinem Teller zu. Ich bin sicher, er hat irgendetwas anderes erwartet: eine dieser in rosigen Farben geschilderten Erinnerungen, die Mütter mit strahlenden Augen erzählen und bei denen alle anderen sich wie Versagerinnen vorkommen. Ich weiß gar nicht, was mich dazu veranlasst hat, das alles zu sagen – vielleicht dieses intime Abendessen. Es ist das erste Mal seit Monaten, dass ich mit jemandem zusammen in meinem Haus esse. Aber vielleicht liegt es auch daran, dass Waylon seit Langem der Erste ist, der mir wirklich zuhört, mir *glaubt*, und dass wir auf diese schonungslose Offenheit schon zusteuern, seit er mir im Flugzeug seine Visitenkarte aufs Bein legte.

Wie auch immer, es tut gut, dieses Eingeständnis, auch wenn ich weiß, dass es nicht das ist, was die Leute hören wollen. Es fühlt sich aufrichtig an.

Endlich ein wenig Aufrichtigkeit.

Tatsache ist, ich habe es nie fertiggebracht, ehrlich zu sein. Nicht Ben gegenüber, nicht meinen Eltern gegenüber, nicht den anderen Müttern in der Kita gegenüber – ganz besonders nicht den anderen Müttern gegenüber. Lange bevor Mason entführt wurde, lange bevor ich Ben kennenlernte, hatte ich schon Geheimnisse, die ich herunterschluckte, sobald der Drang, mir Luft zu machen, wie Galle in mir aufstieg. Ich lernte recht früh, dass die Leute, wenn sie mich fragten, wie es mir ging, wie ich *mich hielt*, eigentlich keine Antwort wollten – jedenfalls keine aufrichtige –, und so ignorierte ich den Schmerz im verspannten Kiefer und die drohenden Tränen einfach, setzte ein Lächeln auf und gab ihnen die Antwort, die sie hören wollten: Alles sei gut, alles sei bestens.

Nein, genau genommen sei alles *perfekt*.

KAPITEL
SECHSUNDZWANZIG

Stunden später sitzen Waylon und ich noch immer im Esszimmer. Den Tisch haben wir zur Seite geschoben, damit wir uns auf den Boden setzen und die Wand betrachten können. Masons Akte liegt zwischen uns, dazu zwei Flaschen Wein, beide leer. Danach sind wir zu Hochprozentigem übergegangen: ein Whiskey auf Eis für ihn und für mich ein Wodka Soda, in dem eine einzelne Limettenscheibe schwimmt.

«Hatten Sie einen Ersatzschlüssel draußen deponiert?», fragt er. Es ist spät, fast ein Uhr morgens, und er lallt kaum merklich, als ob seine Zunge betäubt wäre. Seine Lider sind schwer, und der Alkohol ist sicher auch nicht hilfreich, aber ich glaube, vor allem ist er müde. Er ist reif fürs Bett. «Von dem irgendjemand hätte wissen können?»

«Nein.» Ich schüttle den Kopf. «Ben war immer dagegen. Seit der Schlüssel unter der Fußmatte einmal weg war.»

Waylon hebt eine Augenbraue, doch ich winke ab.

«Das war vor Jahren. Da war Mason ungefähr sechs Monate alt.»

Waylon senkt den Blick und nickt. Ich weiß noch genau, dass sich mir der Magen umdrehte, als ich dort, wo sonst der Schlüssel gelegen hatte, nur noch einen rostigen Umriss fand. Ben versicherte mir, dass wir ihn sicherlich nur verlegt hätten – vielleicht war er mir auf einem Spaziergang mit Roscoe aus der Tasche gefallen, oder er war auf unserer Veranda in eine Ritze zwischen den Bodendielen gerutscht –, aber trotzdem. Es erschreckte uns, dass da jemand einfach diese dünne Matte anheben und sich mühelos Zugang zu unserem Leben verschaffen konnte, beinahe so, als hätten wir ihn selbst eingeladen. Es machte mir klar, dass wir zu vertrauensselig waren. Zu oft verlassen wir uns darauf, dass uns schon niemand schaden will. Dass uns niemand beobachtet, wenn wir abends bei geöffneten Jalousien im Haus umhergehen, sodass alles, was wir tun, im hellen Licht gut zu sehen ist. Dass nicht jemand aus seinem Versteck kommt und sich den Hausschlüssel holt, nachdem wir das Haus verlassen, die Tür abgeschlossen und den Schlüssel hinter einem Blumentopf oder einem Stein verborgen haben.

Dass die Gewalt nicht unablässig versucht, sich Zugang zu verschaffen – nicht permanent in unserem Leben herumbohrt und -stochert und nach einer weichen Stelle sucht, in die sie die Zähne schlagen kann.

«Was war mit dem Babyfon?», fragt er als Nächstes, und ich sehe ihn an.

«Die Batterien waren leer. Wissen Sie noch, das habe ich Ihnen doch erzählt …»

«Stimmt, Entschuldigung», sagt er und reibt sich die Augen. «Was ich meine, ist, hat das Gerät frühere Aufzeichnungen behalten? Also, hat es gespeichert? Wie eine Alarmanlage?»

«Ja. Es war mit dem WLAN verbunden, sodass die Videobilder mit unseren Mobiltelefonen und dem Laptop synchronisiert wurden. Man kontrolliert das alles über eine App.»

«Haben Sie diese alten Aufzeichnungen noch?»

«Müsste ich eigentlich», erwidere ich bedächtig. Die Polizei bat um die Aufzeichnungen für die Nacht der Entführung, aber da die Batterien leer waren, konnte ich damit nicht dienen. Nach *früheren* Aufzeichnungen hat Dozier nie gefragt, und ich kam nicht auf die Idee, sie mir anzusehen. Es schien nicht wichtig zu sein, im Haus zu suchen. Ich habe meine gesamte Zeit darauf verwendet, außerhalb des Hauses zu suchen. «Warum?»

«Nur für den Fall, dass darauf etwas zu sehen ist. In den Tagen vor der Entführung. Man kann nie wissen.»

Ich nicke, stemme mich vom Boden hoch, gehe zum Tisch und schnappe mir meinen Laptop. Dann gehe ich zurück zu Waylon, der einen Schluck Whiskey trinkt und angestrengt ins Glas schaut. Ich klappe den Laptop auf, gebe das Passwort ein und suche in den Tiefen meiner Festplatte nach dem Ordner mit den alten Babyfon-Aufzeichnungen. Er enthält Hunderte von Dateien, nach Datum geordnet, und in jeder ist eine Nacht in Masons Leben abgespeichert.

«Wann soll ich anfangen, eine Woche vorher?», frage ich und sehe ihn an. Er zuckt die Achseln und nickt, daher doppelklicke ich auf die Datei namens «Thurs_Feb_24_2022» und warte mit angehaltenem Atem, bis das Video anläuft.

Es beginnt um sechs Uhr morgens. Mason schläft. Mir stockt der Atem, als ich seinen kleinen Körper erblicke, der reglos auf der Matratze liegt.

«Er ist süß», sagt Waylon, und ich sehe mich zu ihm um. Sein Blick ist auf den Bildschirm gerichtet, dann lächelt er mich an. «Beeindruckender Haarschopf.»

«Ja», bestätige ich, das vertraute Brennen in den Augen.

Nach ein paar Minuten regt Mason sich, und wenige Sekunden später geht die Zimmertür auf, und ich beobachte, wie ich das Kinderzimmer betrete, an sein Bettchen trete und ihn hochnehme. Ich drücke ihm einen Kuss auf die Wange, lasse ihn auf meinem Arm auf und ab hüpfen und bringe ihn zum Lachen. Dann gehe ich mit ihm durch die Tür, und das Zimmer bleibt verlassen zurück.

«Ich hatte gehofft, dass sein Fenster zu sehen ist», sagt Waylon und deutet auf den Monitor. «Aber anscheinend nicht. Nicht aus diesem Blickwinkel.»

«Nein. Die Kamera ist in einer Ecke hinter seinem Bett ange-
bracht, mit Blick zur Tür. Das Fenster befindet sich neben dem
Bett, es ist also nicht im Bild.»

Ich führe den Mauszeiger zur Zeitleiste am unteren Rand
des Videos und spule ein paar Stunden vor. Gegen Mittag
ist zu sehen, wie ich Mason für seinen Mittagsschlaf ins Bett
bringe; später am Abend trage ich ihn hinüber an sein Bücherregal, suche ein Buch aus und lese ihm im Schaukelstuhl in der
Ecke eine Geschichte vor, bis er eingeschlafen ist.

Beide schweigen wir eine Weile. Schließlich räuspere ich
mich und versuche, die Tränen zurückzudrängen, die mir
schon in die Augen steigen.

«Danke, dass Sie mir das gezeigt haben», sagt Waylon sanft.
«Einen Versuch war es wert. Aber hey, ich gehe ins Bett. Und
das sollten Sie auch tun. Wir machen morgen weiter hier.»

Ich nicke, lächle ihm flüchtig zu und beobachte dann, wie er
aufsteht und sein Glas in die Spüle stellt, durch den Flur ins
Gästezimmer geht und die Tür hinter sich schließt. Ich höre
ihn leise durch den Raum gehen, die Bettdecke zurückschla-
gen, sich auskleiden, und warte, bis er das Licht ausschaltet
und der Spalt unter der Tür dunkel wird.

Dann wende ich mich wieder dem Laptop und Mason zu, der
jetzt in seinem Bettchen liegt. Stundenlang könnte ich hier
sitzen und ihm beim Schlafen zusehen.

Ich stehe auf und setze mich mit dem Laptop an den Tisch.
Dann klicke ich die Zeitleiste an und ziehe den Knopf weiter,
gehe die Nacht im Zeitraffer durch und beobachte Masons
im Schnelldurchlauf ruckartige Bewegungen. Der Raum wird
dunkler, sein Nachtlicht in der Ecke gibt ein sanftes Leuchten
ab, dann wird es wieder heller, als der Tag anbricht. Um sechs
Uhr am nächsten Morgen endet die Aufzeichnung.

Ich lehne mich zurück und denke über das nach, was ich gerade gesehen habe. Es ist etwas so Simples – nur ein Tag, nur ein ganz normaler Tag –, aber zugleich so schwer zu verdauen. Manchmal erschlägt es mich regelrecht, wenn ich mir vergegenwärtige, wie sehr mein Leben sich verändert hat. Wie einsam es ist jetzt, wo Masons Kinderzimmer nur noch ein leerer Raum ist, in dem sich der Staub sammelt; ein lebloses Gerippe.

Nach einem Blick auf die Uhr an der Wand – halb zwei – wende ich mich erneut dem Laptop zu und beschließe, noch ein Video anzuschauen.

Ich gehe ein paar Monate zurück und klicke aufs Geratewohl einen Tag an. Wieder verfolge ich, wie mein Leben sich vor mir entfaltet wie ein staubiger alter Teppich, der nach Jahren der Vernachlässigung wieder ausgerollt wird. Ich mache es genauso wie beim ersten Video – schaue mir die Teile mit Mason an, alles andere spule ich vor –, und als ich damit fertig bin, wähle ich noch eines aus. Ich betrachte Mason als Neugeborenes, so unfassbar klein, dann beschließe ich vorzuspringen und beobachte, wie er lernte, in seinem Bettchen auf den Knien zu schaukeln und kräftiger wurde. Dies sind die Augenblicke, die ich verpasst habe – die Augenblicke, die hinter der geschlossenen Tür stattfanden, während ich schlief, aber jetzt möchte ich keinen davon verpassen. Ich möchte keine Sekunde verpassen.

In einem weiteren Video – von Anfang Dezember, drei Monate vor Masons Entführung – ist zu sehen, wie diesmal Ben ihn in den Schlaf wiegt. Er flüstert ihm etwas ins Ohr, immer wieder, dann geht er mit ihm zum Bett und legt ihn hinein. Nachdem er zur Tür gegangen ist und das Licht ausgeschaltet hat, spule ich wieder vor – bis ich plötzlich eine Bewegung wahrnehme.

Ich halte das Video an und sehe mir die Uhrzeit an: 3:22 Uhr. Ich betrachte das eingefrorene Bild, kneife die Augen zusammen und versuche zu erkennen, woher die Bewegung kam. Schließlich wird mir klar: Sie war im Spalt unter der Tür zu sehen. Sie war im Flur.

Dann lasse ich das Video weiterlaufen und beobachte den schwach sichtbaren Schatten, der sich durch den Spalt unter der Tür bewegt, so, als ginge auf dem Flur jemand vorüber. Vielleicht Ben, der zur Toilette muss oder sich ein Glas Wasser holt. Aber dann öffnet sich die Tür langsam, und ich selbst komme herein.

Mason muss geweint haben, denke ich, allerdings sieht es aus, als schliefe er tief und fest. Ich drehe die Lautstärke auf, höre aber nur das weiße Rauschen, das ganz ähnlich klingt wie das Geräusch, das man wahrnimmt, wenn man sich eine Muschel ans Ohr hält und das Blut in den Ohren rauschen hört. Regelrecht hypnotisiert beuge ich mich vor und verfolge, wie ich ins Kinderzimmer komme, auf das Bettchen zugehe – und dann plötzlich stehen bleibe.

«Was tue ich da?»

Unwillkürlich habe ich laut gesprochen, weil es so befremdlich ist, mich selbst zu beobachten. Zu sehen, wie ich reglos mitten in Masons Zimmer stehe – und plötzlich eine Erinnerung wie ein Schlag in den Magen.

Ich schnappe nach Luft und schlage mir die Hand vor den Mund.

«Was habe ich gemacht?»

Margaret und ich im Bett, sie die Wange ins Kopfkissen gedrückt, die Augen angstvoll aufgerissen.

«Einfach dagestanden. Deine Augen waren offen.»

Eine weitere Minute vergeht. Ich warte darauf, dass mein

Körper im Video etwas tut, aber er regt sich nicht. Meine Füße sind wie angewurzelt; meine Augen stehen offen und blicken starr geradeaus.

«Es macht mir Angst, wenn du das tust.»

Ich will unbedingt, dass ich mich bewege; ich will, dass ich irgendetwas tue, *irgendetwas*, anstatt bloß apathisch dazustehen. Das Weiße in meinen Augen leuchtet wie bei einem Tier, das von Autoscheinwerfern erfasst wird. Schließlich ertrage ich es nicht mehr. Ich klicke den Regler an, spule vor und beobachte, wie mein stocksteifer Körper ruckartig schwankt, während die Uhr weiterläuft.

3:45, 4:15, 4:45, 5:05.

Um 5:43 Uhr macht mein Körper nach zwei Stunden endlich kehrt, geht hinaus und schließt die Tür hinter sich. Ich betrachte Mason, der in seinem Bettchen schläft und von alledem nichts mitbekommen hat, weitere siebzehn Minuten lang, bis das Video endet und der Monitor schwarz wird.

KAPITEL
SIEBENUNDZWANZIG

DAMALS

Am nächsten Morgen fühle ich mich wie zerschlagen. Ich
werde nur langsam wach, so als ob ich durch Schlamm waten
müsste. Mein Atem schmeckt noch nach Schlaf, dick und
schwer, und auf der Zunge habe ich so einen schleimigen
Film, ähnlich dem Häutchen, das man von einem gekochten Ei
abzieht. Erst nachdem ich ein paarmal geblinzelt habe, damit
der Schleier vor meinen Augen verschwindet, nehme ich die
Welt allmählich wahr, aber als es so weit ist, weiß ich instinktiv,
dass etwas nicht stimmt.

Als Erstes fällt mir die Stille auf. Draußen kreischen weder
Zikaden, noch kündigen Vögel mit ihrem Gesang den Beginn
eines neuen Tages an. Es ist fast so, als hätte die Welt aufgehört, sich zu drehen, und ich wäre in ihrer Bewegungslosig-
keit gefangen. Dann ist da der Gestank des Sumpfs. Stärker als
gestern Abend, beinahe übermächtig, so als wäre das Wasser
irgendwie durchs Fenster hereingesickert und hätte sich über
den Teppich ergossen.

Kurz stelle ich mir das vor: die Flut, die immer weiter steigt,
bis sie das Haus erreicht, dann noch weiter bis in den ersten
Stock, bis braunes Wasser durch alle Ritzen und Lücken,
durch Türen und Fenster hereindringt. Uns drinnen festsetzt,
uns erfasst. Uns alle ertränkt.

Ich räuspere mich. «Wir haben verschlafen.»

Meine Stimme klingt eingerostet wie ein lange nicht
gespieltes Instrument. Ich drehe mich auf die andere Seite
und erwarte, Margarets Gesicht auf meinem Kopfkissen zu

sehen – in diese großen blauen Augen zu blicken –, aber sie ist nicht da.

«Margaret?»

Ich setze mich auf. Deshalb ist es so still, wird mir klar. Margaret ist nicht hier. Normalerweise höre ich ihren regelmäßigen Atem, wenn ich vor ihr wach werde; ein leises Schnarchen, das in ihrer Kehle vibriert. Höre ihre Glieder über meine alten, kratzigen Laken reiben.

Daraufhin sehe ich zu meinem Bad hinüber, gleich nebenan, aber die Tür steht weit offen. Dort ist sie auch nicht.

Ich schwinge die Beine aus dem Bett, stelle die Füße auf den Teppich, und Nässe quillt zwischen meinen Zehen hindurch. Ich reiße die Füße hoch und betrachte den Teppich, auf dem sich durch den Druck meiner Füße zwei kleine Pfützen gebildet haben, die jetzt langsam wieder verschwinden wie Fußabdrücke in nassem Sand.

«Margaret?»

Ich stehe auf und gehe aufs Bad zu. Der Teppich ist richtig nass, und kurz muss ich wieder an diese eigenartige Vision von Sumpfwasser, das in mein Zimmer eindringt, denken, aber ich weiß, das kann nicht passiert sein. So hoch könnte das Wasser niemals steigen. Ich schalte das Licht im Bad ein und blinzle. Auch hier ist Wasser auf dem Boden – eine große Pfütze, die auf die Wände zukriecht –, und in einer Ecke liegen ein paar nasse Handtücher. Sie riechen schon ein bisschen säuerlich.

Ist das von unserem Bad gestern?, frage ich mich und gehe näher heran. Vielleicht haben wir mehr herumgeplanscht, als ich dachte. Ich stelle mir vor, wie Margaret aus der Wanne klettert und das Wasser an einer Seite überschwappt, bevor Mom ein Handtuch nimmt, Margaret abtrocknet und es in die Ecke wirft, uns die Nachthemden überstreift, das Licht ausschaltet und die Handtücher bis zum nächsten Tag liegen lässt.

Aber dann sehe ich mich im Spiegel und weiß, dass auch das nicht stimmt.

Ich blicke an mir hinab und betaste den Stoff meines Nachthemds. Ich trage ein anderes Nachthemd als gestern Abend. Ich *weiß*, dass es ein anderes ist. Daran erinnere ich mich, weil ich noch die kleinen Gänseblümchen auf Margarets Nachthemd vor Augen habe – sie sah aus wie eine Blumenwiese, als sie darin auf meiner Matratze lag. Auf meinem Nachthemd waren auch Gänseblümchen, nur größer, als wollte Mom, dass unsere Kleidung unser Alter anzeigt.

Aber das, was ich jetzt anhabe, ist ganz frisch und einfach nur weiß.

«*Margaret?*»

Irgendetwas ist passiert. Ich *weiß* es. Ich kann es spüren, es pocht in meinen Knochen, wie wenn man nach einem Wachstumsschub aufwacht. Als drohte mein Körper, direkt durch die Haut zu platzen.

Und dann ist da wieder dieses *Gefühl*, das an mir nagt und mich dazu herausfordert, mich zu erinnern.

Ich hebe die Arme und lege die Finger an den Hals, um meinen Puls zu fühlen. Ich versuche, mich zu beruhigen, langsamer zu atmen, und da spüre ich es: hinterm Ohr, auf diesem Fleckchen empfindlicher Haut. Ich nehme die Hand herunter und betrachte sie, mustere den schwach sichtbaren braunen Fleck. Dann hebe ich die Finger an die Nase und atme langsam ein.

Diesen Geruch würde ich überall wiedererkennen, diesen Geruch nach Tod und Verfall.

Das ist Schlamm aus dem Sumpf.

Ich werfe das Haar zurück, beuge mich zum Spiegel vor

und versuche, einen Blick auf die Stelle hinter meinem Ohr zu erhaschen. Und da, gleich unter dem Ohr, sind drei kleine Streifen. Wie von Fingern.

Mit wild klopfendem Herzen renne ich zurück ins Schlafzimmer, hinaus auf den Flur und die Treppe hinab, immer zwei Stufen auf einmal. Jetzt habe ich mich in meinen Gedanken verheddert wie in einem dichten Mückenschwarm. Die Springtide und das Wasser auf dem Boden und die Fußabdrücke auf dem Teppich. Ich, die ich mit offenen Augen in die Dunkelheit gehe. Das Gemälde meiner Mutter, meine Zehen im Sumpf.

Margaret, die mir immer folgt, auch wenn sie Angst hat.

Unten angekommen, laufe ich in die Küche und rechne damit, sie dort zu sehen: Margaret, am Küchentisch, die Puppe auf dem Schoß. Ich werde warten, bis sie mein Aussehen bemerkt. Bis sie das Gesicht verzieht, die Augen verdreht, den Kopf schüttelt: «*Du hast es schon wieder getan.*»

Stattdessen erblicke ich meine Eltern.

Sie sitzen am Küchentisch und sehen zu Boden. Zwischen ihnen stehen zwei Becher Kaffee.

«Dad?»

Sie blicken nicht hoch; sie bemerken mich gar nicht. Eine verstörende Sekunde lang fürchte ich, ich bin tot. Nur ein weiteres Gespenst, das in diesem Haus herumspukt, und mein Körper sitzt wie die Holzfäule in den Wänden fest.

«Mom?»

Die Schultern meiner Mutter versteifen sich, als wäre meine Stimme ein Schlag, der sie getroffen hat. Als müsste sie sich körperlich dagegen wappnen, sich schützen, vor mir. Ihre Finger schließen sich um einen der Kaffeebecher, so fest, dass die Knöchel sich weiß unter der Haut abzeichnen. Langsam hebt sie den Kopf.

«Wo ist Margaret?», frage ich, aber plötzlich habe ich das Gefühl, dass ich die Antwort lieber nicht hören möchte. Der Gesichtsausdruck meiner Mutter macht das mehr als deutlich: ihr erschöpfter Blick, ihre glasigen, geröteten Augen, wie an diesem einen Abend im Arbeitszimmer meines Vaters. Als hätte sie wieder geweint. Als hätte sie Angst.

«Deine Schwester hatte einen Unfall.»

Ich sehe Dad an. Seine Stimme klingt fest und geschmeidig, wie immer.

«Was für einen Unfall? Geht es ihr gut?»

Abrupt schiebt meine Mutter ihren Stuhl zurück, sodass er laut über die Fliesen quietscht, und ich zucke zusammen. Dann steht sie auf, drängt sich an mir vorbei, ohne mich anzusehen, läuft die Treppe hinauf in ihr Zimmer und knallt die Tür zu.

«Was hat Mom denn?»

Dad seufzt, lässt den Kopf wieder hängen und drückt sich die Handballen in die Augen, ganz fest. Schließlich hebt er den Kopf wieder und zwingt sich, mich anzusehen.

«Isabelle, die Polizei ist auf dem Weg hierher. Ich glaube, es wäre am besten, wenn du in dein Zimmer gehst.»

KAPITEL
ACHTUNDZWANZIG

JETZT

«Izzy hatte schon immer … Probleme. Mit dem Schlaf.»

Dr. Harris, der sich vorbeugt und mich wie eine Laborratte studiert. Ben neben mir, die Hand auf meinem Knie.

«Schon vor der Schlaflosigkeit. Genau genommen sozusagen das gegenteilige Problem.»

Die Erinnerungen füllen mich allmählich immer weiter aus, es fühlt sich an, als würde ich in ihnen ertrinken: Als ich blinzle – drei-, viermal –, materialisiert sich das Gesicht meines Vaters dicht vor mir aus der Dunkelheit, die Hände auf meinen Schultern, die Stirn gerunzelt.

Ich stehe auf dem Rasen, meine Hand in seiner, Flammen glühen orange, sie wanderten durch unser Haus, während wir schliefen. Die Hitze auf meinen Wangen, wie bei einer Erkältung, der Widerschein des Feuers in seinen Augen.

Erwachen in der Küche; alle Lampen sind aus. Am Boden eine Milchpfütze.

Meine Mutter, ihre benommene Verwirrung. Die Falte an ihrem Hals, wenn sie mich ansah, um festzustellen, ob ich wach war. Ob ich echt war.

Aber vor allem: Margaret.

«Wie lange machst du das denn noch?»

Ich erinnere mich an die Fußabdrücke auf meinem Teppich, die ich zu verbergen suchte, indem ich mit den Füßen kräftig darüberrieb. Bei denen ich betete, sie mögen verschwinden. An diese eine Steinstatue mit den aufgerissenen Augen, die irgendetwas Dunkles erbrach. Meine Eltern waren natürlich mit mir zum Arzt gegangen. Aber seiner Meinung nach musste man sich keine Sorgen machen. Er sagte, es sei weitverbreitet, harmlos. Bei den meisten Kindern wachse es sich aus.

«Isabelle?»

Ich höre die Stimme, aber in Gedanken bin ich noch anderswo. Irgendwo weit weg. Bei Margaret und ihrer Angewohnheit, sich mit ihrem kleinen Körper an mich zu kuscheln. Ein Durcheinander aus schweißfeuchten Gliedern, und in den Laken der Geruch von Schweiß.

«Jetzt leg ich mich schlafen, Herr, wach du über meine Seele.»

Erwachen am nächsten Morgen, mit Schlamm im Nacken, der aussieht, als hätten kleine Finger mich zurückgestoßen.

«Sterb ich vorm Erwachen, Herr, nimm zu dir meine Seele.»

«Hey, Isabelle.»

Ich blinzle mehrmals, drehe den Kopf. Waylon steht vor mir und wirkt besorgt. Ich vergaß, dass er hier ist.

«Waren Sie die ganze Nacht auf?»

Erneut blinzle ich und sehe mich um. Ich sitze an meinem Esstisch. Vor mir steht der schlafende Laptop, und auf dem Boden liegen überall Papiere aus der Polizeiakte verstreut. Ich sehe zur Wand und habe unvermittelt den Eindruck, dass nicht ich die Augen auf den Fotos studiere, sondern *sie* umgekehrt *mich*. Wie das Publikum bei der TrueCrimeCon sehen sie mich erwartungsvoll an und warten bloß darauf, dass mir ein Schnitzer unterläuft. Dass ich etwas Dunkles, Gefährliches preisgebe, so als wäre *ich* diejenige mit dem Geheimnis. Als wäre *ich* die, die etwas zu verheimlichen hat.

Was ich ja wohl auch bin.

Ich blicke aus dem Fenster – es ist hell draußen –, dann wieder zu Waylon. Er sieht aus, als hätte er schon geduscht und wäre bereit für einen neuen Tag. Ich räuspere mich.

«Nein», sage ich dann und versuche, mich zurechtzufinden. Ich habe keine Ahnung, wie lange ich schon so dasitze. «Nein, ich … bin auf der Couch eingeschlafen. Angezogen.»

«Okay.» Er mustert mich. «Brauchen Sie irgendetwas?»

«Nein. Ich will nur schnell … ich gehe eben duschen. Ziehe mich an. Entschuldigung.»

«Kann ich Ihnen etwas zu essen machen?»

«Ja.» Ich stehe auf, mit einem Mal verlegen. «Ja, das wäre toll. Danke.»

«Tut mir leid, ich wollte nicht …» Er bricht ab, und ich merke, dass ihm unbehaglich zumute ist. Als wäre er gerade dabei erwischt worden, wie er in meinem Badezimmerschrank herumschnüffelt und sich meine Medikamente ansieht. Als hätte er etwas gesehen, was hätte privat bleiben sollen. «Sie haben bloß dagesessen und vor sich hin gestarrt. Ich wollte nur sicher sein, dass alles in Ordnung ist.»

«Ja, mir geht's gut.» Ich streiche mir das Haar aus dem Gesicht und versuche zu lächeln. «Wollte Sie nicht erschrecken. Ich war bloß in Gedanken versunken.»

Ich gehe ins Bad und schließe ab. Dann stelle ich mich ans Waschbecken, drehe den Wasserhahn auf und betrachte mich im Spiegel. Ich sehe furchtbar aus; schlimmer als sonst, gequält. Das Make-up von gestern hat sich in den Fältchen verklumpt, und meine Augen sind wie üblich stark gerötet, aber da ist noch etwas, das mir in meinem Gesicht auffällt. Meine Haut ist so unnatürlich bleich, als hätte mir jemand über Nacht das Blut ausgesaugt.

Sanft lege ich die Hände an die Wangen, dann wandern meine Finger in den Nacken, hinters Ohr, und betasten die empfindliche Haut dort. Allmählich fügt sich eins zum anderen – in etwa so, wie man sich beim Erwachen in einer neuen

Umgebung erst allmählich orientiert –, allerdings weiß ich nicht, ob ich das Bild, das sich daraus ergibt, noch sehen will.

Ich denke an all die Gefühle, die in den letzten zwölf Monaten in mir hochgekommen sind; unerklärliche Schuldgefühle, der vage Eindruck, etwas zu *wissen*, aber den Finger nicht darauf legen zu können. All die kleinen Momente mit Mason – die finsteren, beschämenden Momente, die ich am nächsten Morgen nicht wahrhaben wollte –, und ich selbst, die ich im Dunkeln an seinem Bettchen stand, auf dem Monitor meines Laptops.

Die Gemeinsamkeiten zwischen *damals* und *jetzt*, die mir plötzlich so offensichtlich erscheinen.

Ich denke an Masons Stoffdinosaurier, der am Sumpfrand gefunden wurde; an den vertrauten Geruch des Schlamms am Morgen und das eisige Schweigen meiner Eltern, das offenbar niemals schmilzt. An den Argwohn in Detective Doziers Blick jedes Mal, wenn wir uns treffen, und an Ben, der sich so schnell von mir abwandte, beinahe so, als hätte ich etwas getan. Etwas Unverzeihliches.

Beinahe so, als wüsste er etwas, das ich nicht weiß.

«Reiß dich zusammen», flüstere ich und schließe die Augen. Dann atme ich ein paarmal tief durch und spritze mir kaltes Wasser ins Gesicht, in der Hoffnung, dass dadurch wieder Leben in mich kommt.

KAPITEL
NEUNUNDZWANZIG

Nach dem Frühstück beschließen wir, in die Stadt zu fahren und unseren aufkommenden Kater mit einem Spaziergang zu kurieren. Waylon hat nicht mehr erwähnt, wie er mich heute Morgen antraf. Als ich mit nassem Haar und dickem Make-up unter den Augen aus dem Bad kam, stand er pfeifend in der Küche und machte Rührei.

«Das muss heftig gewesen sein für Sie», sagt er jetzt, während wir durch die Stadt laufen, jeder einen Becher Kaffee in der Hand. «Dieses Video anzusehen.»

«Ja.» Er meint das, welches wir zusammen angeschaut haben und in dem eigentlich nichts passiert ist, aber ich kann nur an das Video denken, das ich mir ansah, nachdem er ins Bett gegangen war: wo ich stocksteif dastand, mit Augen wie zwei glühende Kohlen. Ich bin froh, dass er da nicht mehr dabei war. Ich weiß nicht, wie ich das hätte erklären sollen. «Es war ein bisschen gewöhnungsbedürftig, das alles zu sehen. Aber irgendwie auch schön. Sich erinnern zu dürfen.»

«Kann ich mir denken», sagt er und blickt auf seine Schuhe.

Ich wünschte, ich hätte solche Videos von Margaret: Aufzeichnungen aus der Vogelperspektive, wie sie ihre Tage verbracht hat. Einfach etwas, das mir hilft, mich an die Kleinigkeiten zu erinnern, die mittlerweile längst vergessen sind: ihre exakte Haarfarbe, irgendetwas zwischen blond und braun mit Spuren von Honig, wenn die Sonne genau richtig darauf fiel; der Geruch ihrer Haut und die schwache Süße, die sogar ihrem Schweiß innewohnte. Dieses ansteckende Kichern, das irgendwo tief aus ihrer Brust kam. Auch Mason verblasst in meiner Erinnerung schon, und ich weiß, es gibt nichts, was ich dagegen tun kann. Ich muss es einfach hinnehmen, muss zulassen, dass mein Gedächtnis mich im Stich lässt und sie beide zu bloßen Schatten dessen, was sie waren, verkümmern lässt. Es fällt mir immer schwerer, mich an alles zu erinnern: an seinen Geruch, sein Lachen. All die kleinen Details. Mit jedem Tag wird meine Erinnerung an ihn schwächer, wie ein Fleck, der allmählich verschwindet, wenn man den Stoff unter Wasser hält und darüberreibt.

Bald wird er ganz fort sein. Als hätte es ihn niemals gegeben.

«Hey», sagt Waylon plötzlich und berührt mich am Arm. «Ist das nicht Ben?»

Ich folge seinem Blick. Er hat recht: Ben steht nur wenige Schritte vor uns an einem Frühstückslokal und hält einem älteren Paar, das gerade herauskommt, die Tür auf. Manchmal vergesse ich, dass er jetzt in der Innenstadt wohnt. Gleich nach unserer Trennung hat er sich eine schicke neue Eigentumswohnung in der Nähe von *The Grit* gekauft.

In Wirklichkeit versuche ich, möglichst nicht darüber nachzudenken. Ich will gar nicht wissen, was er dort tut; wen er dort empfängt.

«Ja», erwidere ich, ohne Ben aus den Augen zu lassen. Er geht nach links, in dieselbe Richtung, in der wir auch unterwegs sind, wir sollten also sicher vor ihm sein. Er sollte uns nicht entdecken.

«Wer ist das?»

Gerade als Waylon das fragt, sehe ich eine Frau aus dem Restaurant kommen. Sie packt Ben am Arm, ihre Finger schließen sich um seinen Bizeps. Sie grinst, sichtlich stolz auf ihren Platz an seiner Seite. So wie ich es früher auch war.

«Ich weiß nicht.» Aber ich weiß sehr wohl, wer sie ist. Das ist

Bens neue Freundin, die, von der er mir erzählt hat. Sie muss es sein. Sie kommt mir vage bekannt vor, allerdings weiß ich nicht, woher. Meine Vermutung bestätigt sich, als Ben sich zu ihr beugt und ihre Lippen streift.

Es gibt mir einen Stich – Wut, Eifersucht –, und ich beiße die Zähne zusammen, als er die Hand an ihrem Rückgrat entlang auf ihren unteren Rücken gleiten lässt.

«Er steht auf einen bestimmten Typ, was?»

«Wie meinen Sie das?», frage ich und sehe Waylon an, der mich seinerseits anblickt, als wäre ich verrückt.

«Wie meinen *Sie* das?», fragt er. «Sagen Sie nicht, Sie sehen das nicht.»

Ich schaue mir die beiden noch einmal an. Sie entfernen sich jetzt von uns, Hand in Hand, aber die Frau wendet uns noch mehrmals das Profil zu – die ein bisschen nach oben gebogene Nase, das strahlende Lächeln, das jugendlich-frische Aussehen –, und da erkenne ich, dass Waylon recht hat.

«Sie sieht aus wie Allison», sage ich, und diese Erkenntnis trifft mich zutiefst. *Deshalb* kommt sie mir bekannt vor. Ich wusste doch, da war etwas. «Wie Allison, nur jünger.»

Die Hauptmerkmale, die einem schon aus der Ferne auffallen, sind alle gegeben. Sie ist groß und schlank. Hat dunkle Haut und dunkelbraunes Haar – und dann rutscht mir mit einem fiesen Ruck das Herz in die Hose wie ein Aufzug mit einem Tragseilriss, der in die Tiefe rast.

Mit einem Mal begreife ich, dass Waylon nicht von Allison spricht, denn er kennt Allison gar nicht. Er hat Allison niemals gesehen.

Ich weiß nicht, wieso mir das bislang nicht aufgefallen ist.

«Allison?», fragt Waylon, als hätte er meine Gedanken gelesen. «Isabelle, sie sieht aus wie *Sie*.»

KAPITEL DREISSIG

Ich wollte nicht zur Gedenkfeier für Allison gehen. Es fühlte sich falsch an, so als würde ich auf ihrem Grab tanzen. Als würde ich mich an ihrem Unglück weiden, der Toten meinen Respekt versagen, den Sieg in einem Spiel feiern, von dem sie nicht einmal gewusst hatte, dass sie es gespielt hatte.

Seit ich von ihrer Existenz erfahren hatte – an meinem ersten Tag beim Magazin, durch die Fotos von ihrem perfekten Leben, die Ben stolz auf seinem Schreibtisch ausstellte wie Trophäen –, hatte ich sie mit einer Mischung aus Eifersucht und Groll, aus Staunen und Ehrfurcht betrachtet. Ich hatte sie *sein* wollen, und damit ich das konnte, hatte ich sie fortgewünscht. Aber nun, da sie fort war, war ich mir nicht sicher, was ich empfinden sollte.

Doch das gesamte Magazin ging hin, um ihr die letzte Ehre zu erweisen, und mir fiel keine Möglichkeit ein, darum herumzukommen, ohne entweder kaltherzig oder geschmacklos zu wirken.

«Es dauert nur eine Stunde», sagte Kasey auf dem Weg zum Haus und zog den Saum ihres Kleids herab. Es war zu figurbetont für diesen Anlass, ein Kleid, wie ich es in einer Bar getragen hätte, aber ich konnte ihr keinen Vorwurf machen. Niemand scheint jemals die richtige Kleidung zu besitzen, um der Toten zu gedenken. «Es ist nicht mit offenem Sarg, du brauchst sie also nicht *anzusehen* oder so. Gott sei Dank.»

Sie hielt meine Nervosität für so etwas wie eine angeborene Angst vor Beerdigungen, aber das war es nicht. Damit hatte es nichts zu tun. Vielmehr war es so eine fixe Idee, derer ich mich anscheinend nicht erwehren konnte: Nun, da Allison tot war, *wusste* sie es. Allison *wusste* von Ben und mir. Sie wusste um unser Geheimnis. Sobald wir im Haus waren, hatte ich wieder dieses Gefühl, vor dem meine Mutter mich immer gewarnt hatte. Ich spürte einen Blick auf dem Rücken, Allisons Blick, der mir durchs Haus folgte, als säße sie in der Zimmerdecke und würde alles beobachten.

Wir standen im Flur und sahen uns um, entdeckten den Tisch mit den Getränken, steuerten schnurstracks darauf zu und schnappten uns zwei Glas Sekt. Es schien mir ein eigenartiges Getränk für eine Trauerfeier zu sein, es war etwas, womit man das Leben feierte, zu frivol, zumal unter den gegebenen Umständen. Aber ich brauchte etwas, um mich ein bisschen zu betäuben. Etwas, das mir half zu atmen.

«Ben ist da drin», sagte Kasey und deutete auf das Wohnzimmer. «Er nimmt die *Beileidsbekundungen* entgegen.»

«Sollten wir da hineingehen?»

«Denke schon.» Kasey trank einen Schluck Sekt und verzog das Gesicht. Der Sekt sah billig aus, er war von einem unnatürlich leuchtenden Gelb. «Ihre Familie ist auch da drin. Ich denke, wir sollten ihnen unser Beileid aussprechen.»

«Allisons Familie?»

Ich hatte damit gerechnet, logisch – natürlich war ihre Familie bei ihrer Gedenkfeier, außerdem war es auch ihr Haus –, doch ich war nicht darauf vorbereitet, ihnen tatsächlich gegenüberzutreten: ihrer Mutter und ihrem Vater, ihren Geschwistern, ihren Großeltern. War nicht darauf vorbereitet, ihnen in die Augen zu sehen, eine bebende Unterlippe vortäuschen, vielleicht sogar ein Tränchen verdrücken zu müssen. Die Worte zu sprechen, die von mir erwartet wurden – *Mein herzliches Beileid* –, doch tief drinnen zu wissen, dass ihr Verlust mein Gewinn war.

196

«Ja, Allisons Familie. Wer sonst?»

Ich atmete aus, trank einen großen Schluck Sekt und leckte mir die Lippen. «Ich glaube, ich gehe kurz nach draußen. Schnappe ein bisschen frische Luft.»

Daraufhin drängelte ich mich durch den überfüllten Raum und lächelte dabei meine Kollegen befangen an. Es war eigenartig, sie dort zu sehen, alle in Schwarz. Mit ernsten Mienen und schlecht sitzender Kleidung; in Dreiergrüppchen zusammengedrängt, die Schultern hochgezogen. Es war beinahe so, als hätte ich bisher gar nicht begriffen, dass sie auch außerhalb der Redaktion existierten, obwohl wir schon so oft zusammen etwas trinken waren. Das erinnerte mich daran, wie ich einmal in Beaufort im Spirituosenladen den Pfarrer aus meiner Kindheit getroffen hatte; seine Haut war schlaff, und er umklammerte schon um neun Uhr morgens eine Flasche Wodka, ohne sich auch nur die Mühe zu machen, sie zu verbergen. Da erkannte ich, dass wir die Menschen in unserem Leben gern ordentlich in kleine Schubladen sortieren, damit wir uns sicher fühlen. Als ich daher nun meine Kollegen *hier* sah, sie *so* sah – aus unserem professionellen Arbeitsumfeld herausgerissen, mit Rotz am Ärmel und feuchten, geröteten Augen –, kam mir das unnatürlich und falsch vor, aber das machte das Ganze nur umso realer.

Ich öffnete die Hintertür und trat hinaus auf die Veranda. Ein kühles Lüftchen wehte, das sich gut anfühlte auf meinem Gesicht. Drinnen war es warm und stickig. Das Haus war zu klein für so viele Menschen. Ich setzte mich auf die Treppe, stellte den Sekt auf den Boden und vergrub das Gesicht in den Händen.

«Isabelle?»

Ich fuhr herum und schlug mir die Hand auf die Brust, als ich begriff, dass ich nicht allein war. Ben stand gleich um die Ecke an einer Seite des Hauses, hinter Büschen verborgen, doch ich erkannte ihn sofort an der Stimme.

«Ben.» Ich stand auf. «Was tust du hier?»

Er hob die Hand, eine brennende Zigarette zwischen den Fingern, und zuckte die Achseln.

«Ich wusste gar nicht, dass du rauchst.»

«Tue ich auch nicht.»

Ich trat näher ans Haus und sah durch die Fenster an der Rückseite. Niemand blickte nach draußen; sie waren alle zu sehr in ihre Unterhaltungen vertieft und hielten sich in der Nähe eines Büfetts mit schwitzendem Käse und Minimöhren auf, die von der Konsistenz her an schuppige Ellbogen erinnerten. Oder sie betrachteten die zahlreichen Familienfotos an den Wänden – Allison auf einem Fußballfeld, mit der typischen Kappe bei der Verleihung der Urkunde zum Studienabschluss, in einem Hochzeitskleid –, schüttelten die Köpfe und murmelten alle die gleichen stereotypen Sätze.

«Ben», sagte ich noch einmal, ging die Treppe hinab und über den Rasen zu ihm. Nun waren wir hinter dem Haus und unter den Bäumen verborgen. Niemand wusste, dass wir hier draußen waren; niemand konnte uns sehen. «Mein herzliches Beileid. Ich weiß gar nicht, was ich sagen soll.»

«Danke.» Er seufzte, legte den Kopf in den Nacken und sah zum Himmel. «Ich musste einfach mal kurz da raus. Weg von … allen.»

«Das verstehe ich.»

«Du hast keine Ahnung, mit wie vielen Leuten ich in den letzten Tagen reden musste», sagte er und sah wieder mich an. Seine Augen wirkten so müde, als hätte er seit einer Woche nicht geschlafen.

«Kann ich mir vorstellen», erwiderte ich und tat noch einen Schritt auf ihn zu. Und ich konnte es mir wirklich vorstellen. Ich hatte das auch schon durchgemacht; oder jedenfalls etwas Ähnliches.

«Und die ganze Zeit», fuhr er fort und zog so heftig an seiner Zigarette, dass die Sehnen an seinem Hals vortraten, «konnte ich nur daran denken, wie sehr ich mir wünschte, mit dir zu reden.»

Ich verharrte mitten im Schritt, unsicher, ob ich richtig gehört hatte.

«Ich weiß, ich dürfte das wahrscheinlich nicht sagen, besonders hier nicht … aber scheiß drauf, Isabelle. Es kümmert mich nicht mehr. Wirklich. Das Leben ist zu kurz.»

Irgendwo im Haus ertönte ein lautes Klirren. Ein Glas schien zerbrochen zu sein. Ich hörte jemanden schluchzen, und als ich um die Hausecke und durchs Fenster spähte, sah ich, wie diverse Leute irgendwohin oder vielmehr zu jemandem liefen. Allisons Mutter kniete in sich zusammengesunken in einem Scherbenhaufen – einem zerbrochenen Weinglas – und weinte.

Mit halb geöffnetem Mund deutete ich zur Hintertür und forderte ihn stumm auf, wieder hineinzugehen, aber Ben zuckte nicht mit der Wimper. Er rührte sich nicht vom Fleck. Er sah mich bloß an und sprach weiter.

«Diese letzten Jahre mit Allison waren schwer», sagte er. «Sie hatte ein Problem, Isabelle. Ein Problem, von dem ich nicht wusste, wie ich damit umgehen sollte. Ich habe versucht, ihr zu helfen, aber …»

Er brach ab und kniff sich in den Nasenrücken. Die rot glühende Zigarettenspitze kam seiner Haut gefährlich nahe, und ich war sicher, dass er es spürte, das Brennen, mitten zwischen seinen Augen.

«Als ich Montagabend von der Arbeit nach Hause kam, fand ich sie im Bad auf dem Boden. Sie war sehr blass. Ihre Augen standen offen. Es war nicht das erste Mal, dass sie, du weißt schon … aber diesmal, so, wie sie aussah, wusste ich einfach, dass sie …»

Ich wartete das Ende des Satzes gar nicht ab, sondern ging zu ihm und schlang die Arme um ihn.

«Schon gut», sagte ich. «Es ist nicht deine Schuld.»

Auch das konnte ich mir vorstellen. Wie man sich fühlt. Wenn man derjenige ist, der dafür verantwortlich gemacht wird.

«So oft wollte ich es dir schon sagen.» Ich spürte seinen warmen Atem im Nacken, roch das Nikotin, und da wurde mir klar, dass wir uns so nahe waren, wie wir es seit dem Austernessen nicht mehr gewagt hatten. Dass wir uns zum ersten Mal seither wirklich berührten. «An all diesen Abenden, an denen wir uns unterhielten und ich es immer weiter aufschob, nach Hause zu fahren und mich damit auseinanderzusetzen, da wollte ich dir bloß alles erzählen. Es mir von der Seele reden. Wir waren nicht glücklich, Isabelle. Wir taten einander nicht mehr gut.»

«Schon gut», sagte ich noch einmal, weil mir nichts Besseres einfiel.

«Ich habe es *versucht*.» Er löste sich ein bisschen von mir. Daran, wie er mich ansah, so verzweifelt, merkte ich, er wollte unbedingt, dass ich ihm glaubte. Er *brauchte* das. «Ich habe mich so um unsere Ehe bemüht. Ich meine, weißt du, immer wenn wir zusammen waren, da wollte ich eigentlich … aber natürlich *habe* ich nicht …»

«Du musst mich nicht überzeugen, Ben. Ich weiß, dass du es versucht hast.»

Ich legte ihm die Hände an die Wangen und sah ihm in die

Augen. Unsere Gesichter waren nur Zentimeter auseinander, und ehe ich wusste, wie mir geschah, hatten wir den Abstand überbrückt, und Bens Lippen lagen auf meinen. Er küsste mich stürmisch und strich mir mit den Händen übers Haar. Ich spürte, wie seine Zigarette meinen Arm streifte, als er sie fallen ließ. Es war ein langer, leidenschaftlicher und verzweifelter Kuss, in dem sechs Monate Verlangen, Unsicherheit und Erinnerung an unsere erste Begegnung am Wasser gipfelten.

In diesem Augenblick hatte ich vergessen, wo ich war und weshalb ich hier war. Hatte Allisons Mutter vergessen, die drinnen am Boden kniete, zu unglücklich, um auf die Scherben zu achten, die ihr in die Knie schnitten. Hatte meine Kollegen vergessen – meine Zukunft, meine Karriere –, die nur ein kleiner Schritt davon trennte, uns zu entdecken und alles zu ruinieren. Aber nichts davon kümmerte mich. Alles, was zählte, war, dass ich endlich bei ihm war.

Er war *mein*, endlich.

«Ben?»

Ich hörte, wie die Hintertür geöffnet wurde und die Angeln quietschten. Jemand kam heraus auf die Veranda, nur wenige Schritte von dort entfernt, wo wir standen.

«Ben, bist du da draußen?»

Im Nu hatte Ben sich aus meinen Armen gelöst, die Hände von meinem Haar genommen, sich über die Lippen gewischt und jede Spur von mir von seiner Haut entfernt. In der einen Sekunde waren wir ineinander verschlungen, miteinander verflochten, ein Ganzes – und in der nächsten war er fort.

«Ja, hier draußen», sagte er und sprang ohne einen Blick zurück auf die Veranda. «Nur ein bisschen Luft schnappen.»

Ich hörte, wie jemand ihm auf den Rücken klopfte. Dann noch einmal dieselbe Stimme, tief besorgt.

«Alles in Ordnung?»

«Ja», sagte Ben und räusperte sich. «Ja, alles gut.»

Ich hörte ihn ins Haus gehen, wusste aber irgendwie, dass der Mann, der uns gestört hatte, noch da war. Ich spürte, dass er gleich um die Hausecke stand, und schob mich tiefer zwischen die Büsche, spürte, wie die Zweige meine Haut zerkratzten, sich in meinem Haar verfingen, und wartete mit angehaltenem Atem darauf, entdeckt zu werden. Ich hörte Schritte, und dann kam der Hinterkopf des Mannes in Sicht. Die Fäuste in den Taschen geballt, ging er auf die Treppe zu. Er blickte zu Boden, dorthin, wo mein Sekt stand und langsam warm wurde, dann bückte er sich, nahm das Glas auf und betrachtete den Lippenstiftfleck am Rand.

Ich drehte mich um und floh.

KAPITEL
EINUNDDREISSIG

JETZT

Das restliche Wochenende verbrachten Waylon und ich mit
Aufnehmen. Allmählich geht es mir leichter von der Hand:
Die Interviews, die sich anfangs einstudiert und gekünstelt
anfühlten, fließen jetzt so mühelos dahin, als wären wir zwei
alte Freunde, die bei einem Kaffee verlorene Zeit nachholen.

Jetzt ist Montagmorgen, und ich beobachte, wie er mit
einem Kaffeebecher in der einen Hand und einem Stück Toast
in der anderen in der Küche umhergeht. Das erinnert mich an
Ben und mich, vor erst gut einem Jahr. An das ungezwungene
Chaos eines gemeinsam begonnenen Wochentags. Der natürliche Rhythmus zweier wie Ranken ineinander verwobener
Leben: ich, die ich ihm einen Kuss auf die Wange drückte,
während er sich die Zähne putzte; Bens Finger, die meinen
Rücken streiften, als ich auf der Bettkante hockte und mir die
Beine eincremte; ich, die ich ihm half, diese schwer erreich-
baren Stellen im Nacken zu rasieren, mit dem Rasierer über
empfindliche Hautstellen fuhr.

«Ich schaue zuerst auf der Polizeiwache vorbei», sagt Waylon und wischt sich Erdnussbutter von der Lippe. «Mal sehen,
ob ich Dozier so früh am Morgen zu fassen bekomme.»

«Okay», sage ich und blinzle, um meinen Tagtraum zu vertreiben. «Klingt gut.»

Auch von meinem Nachbarn habe ich ihm dieses Wochenende erzählt. Von der Auseinandersetzung auf der Veranda
und seiner Anwesenheit bei der Mahnwache; von dem alten
Mann auf dem Schaukelstuhl mit dem direkten Blick in mei-

nen Garten. Ich habe immer noch keinen konkreten Anhalts-punkt, keinen Beweis, aber ich brauche unbedingt einen neuen Ansatz, auf den ich mich konzentrieren kann, nachdem ich mich selbst in diesem Video gesehen habe.

Ich *muss* glauben, dass es eine andere Erklärung, eine andere Antwort gibt als die, die allmählich in meinem Kopf Gestalt annimmt wie eine Erscheinung im Dunkeln.

«Soll ich hinterher anrufen?», fragt Waylon. «Vielleicht kön-nen wir uns zum Mittagessen treffen.»

Ich nicke lächelnd und winke ihn aus dem Haus. Sobald sich die Tür hinter ihm schließt, atme ich tief durch.

Dann gehe ich zum Tisch, klappe meinen Laptop auf, starte ein weiteres Video und zwinge mich, es anzuschauen. Ich weiß seine Hilfe zu schätzen – wirklich –, aber manches mache ich dennoch lieber ohne ihn. Mir diese Videos anschauen zum Beispiel. Ich muss mehr davon sichten, und zwar lieber ohne Waylon.

Beklommen beobachte ich mich dabei, wie ich Mason in sein Bettchen lege. Dann spule ich vor, und die Zeit läuft pflicht-schuldigst weiter: neun Uhr, zehn Uhr, Mitternacht, zwei Uhr. Ich starre auf den schmalen Streifen Mondlicht unter der geschlossenen Tür und warte auf eine Bewegung. Einen Schat-ten. Endlich geht die Sonne auf und erhellt Masons Zimmer, es wird sechs Uhr, und ich atme auf.

Das Video endet. Ich habe es bis zum Morgen geschafft. Es ist nichts passiert.

Ich lehne mich zurück und denke nach. Ich kann einfach dieses Bild nicht abschütteln, wie ich in Masons Zimmer stehe und blicklos vor mich hinstarre. Ich hatte gedacht, mein Schlafwandeln hätte aufgehört, als ich aufs College ging. Ich weiß noch, wie panisch ich war, als ich ins Wohnheim zog, weil ich mir lebhaft vorstellen konnte, wie ich nackt auf dem Flur oder am Bett irgendeines Jungen wach würde. Mir ein Bad im Gemeinschaftswaschraum einließe – geräuschlos unter Wasser glitte, und Bläschen an die Oberfläche stiegen, bis sie mit einem Mal versiegten – oder, Gott behüte, vergäße, dass ich im neunten Stock schlief, und den Drang verspürte, ein Fenster zu öffnen und hinauszuklettern. Aber nichts davon geschah. Es hatte schon deutlich nachgelassen, als ich in die Pubertät kam, genau wie der Arzt vorhergesagt hatte, und als ich auszog, schien es ganz aufzuhören.

Nur hat es offenbar doch nicht ganz aufgehört.

Und dann ist da noch etwas, was mir zu schaffen macht; dieses andere Detail, das nicht weiter wichtig zu sein scheint – aber zugleich doch. Als Ben und ich uns kennenlernten, sah ich wie Allison aus – fünf, sechs Jahre jünger, gewiss, aber die Ähnlichkeit war da. Damals sah ich das nicht. Ich war so fasziniert von ihr, von allem an ihr, dass ich mich unmöglich in ihr wiedererkennen konnte. Ihr Alter schüchterte mich ein; ihr Körper schüchterte mich ein. Sie war eine *Frau* und ich ein Mädchen. Eine Berufsanfängerin, die gegen ihre naive Verliebtheit in ihren Chef ankämpfte und ihr in allem, was zählte, unterlegen war – aber jetzt, acht Jahre später, blicke ich in den Spiegel und sehe es: das braune Haar, die olivfarbene Haut. Die mandelförmigen Augen, die langen, dünnen Arme, die so herabhängen, als wüssten wir nicht, wohin mit ihnen.

Und jetzt sieht diese neue Frau aus *wie ich*.

Ben steht ganz eindeutig auf einen bestimmten Typ, und ich kann mich nicht entscheiden, ob ich mich deswegen besser oder schlechter fühle. Vielleicht ist diese neue Frau ja nur ein Trostpflaster, eine schnelle Affäre, die ihm helfen soll, über das Scheitern der Ehe und den Verlust des Sohns hinwegzukommen … aber bedeutet das dann, dass auch *ich* nur ein Trostpflaster war? Das ihn über Allison hinwegtrösten sollte? Vermutlich ist es nichts Ungewöhnliches, auf einen bestimmten Typ zu stehen – das ist bei vielen Männern so –, aber aus irgendeinem Grund erinnert mich das an diese Menschen, die sich nach dem Tod ihres Hundes genau den gleichen noch einmal anschaffen. Anstatt um ihn zu trauern, damit abzuschließen und etwas Neues auszuprobieren, entscheiden sie sich dafür, ihn vollständig zu ersetzen und ihr früheres Leben neu zu erschaffen. So zu tun, als wäre nichts passiert.

Ich weiß, es ist nicht fair, aber zugleich kann ich nicht anders, als mich zu fragen, was er dachte, als wir uns im Austerngrill begegneten. Er war unglücklich, Allison war unglücklich, ihr häusliches Leben war am Ende. Er war allein ausgegangen und zufällig ganz buchstäblich mit einer jüngeren, frischeren, keckeren Version von Allison zusammengestoßen. Wie muss sich das für ihn angefühlt haben an diesem Abend? Hat er mich angesehen und sich vorgestellt, er sei mit seiner Frau aus? Mit seiner *glücklichen* Frau, einer Frau, die wieder an ihm interessiert war, mit ihm flirtete, an seinen Lippen hing. Mit einer Frau, die ihre Unzufriedenheit über ihr gemeinsames Leben nicht mit Pillen betäuben musste; einer Frau, die sich zum Kaffee oder zu Cocktails mit ihm traf und ihm verstohlen zuzwinkerte.

Das war es also gewesen, was er in mir gesehen hatte – ich hatte mich das schon immer gefragt. Nicht *ich* war es, zu der er sich hingezogen gefühlt hatte. Ganz und gar nicht. Ich hatte ihn nur an *sie* erinnert – bloß war ich noch neu und glänzend, ein Upgrade im Modell, noch nicht von den Stürmen der Zeit gebeutelt.

Das dachte er jedenfalls.

Ich schüttle diesen Gedanken ab, schließe die Datei mit dem Video, das ich mir gerade angesehen habe, und wähle ein anderes aus. Und noch eines. Ich arbeite mich durch eine ganze Woche, dann beschließe ich, zeitlich ein bisschen näher an Masons Verschwinden heranzugehen: zwei Monate davor. Bisher habe ich mich nicht noch einmal gesehen, und allmählich frage ich mich, ob es eine einmalige Sache war. Nach der Hälfte eines weiteren Videos – es ist kurz nach ein Uhr morgens, und Mason liegt auf dem Rücken und atmet tief – höre ich Roscoe am anderen Ende des Wohnzimmers munter werden. Er fängt an zu bellen, und als ich aufblicke, sehe ich den Schatten eines Mannes auf die Haustür zugehen.

«Komme», rufe ich, klicke auf *Pause* und stehe auf.

Ich vermute, dass es Waylon ist, dem noch nicht ganz wohl dabei ist, einfach aufzuschließen – schließlich ist er erst eine Stunde fort, gerade lange genug, um zur Wache zu fahren, abgewiesen zu werden und mit leeren Händen zurückzukehren –, doch als ich die Tür öffne, fällt mein Blick nicht auf Waylon.

«Guten Morgen», sagt Detective Dozier, die Hände in die Hüften gestemmt. «Was dagegen, wenn ich reinkomme?»

KAPITEL
ZWEIUNDDREISSIG

Ich antworte nicht gleich, so verdutzt bin ich. Dozier dürfte nicht hier sein. Er müsste auf der Wache sein und mit Waylon über meinen Nachbarn sprechen.

«Hab Ihre Nachrichten auf der Mailbox bekommen», sagt er, als ich nicht antworte. «Und Ihre E-Mails. Dachte, ich schaue auf dem Weg zur Wache mal vorbei, anstatt anzurufen.»

«Oh, danke», sage ich, als ich meine Stimme wiederfinde. «Ja, bitte kommen Sie herein.»

Ich mache die Tür weiter auf, und Dozier tritt ein und hält Roscoe die Hand zum Beschnüffeln hin.

«Also, was war das mit Ihrem Nachbarn?», fragt er und kommt sofort zur Sache. «Catty Lane siebzehn zweiundvierzig.»

«Genau», sage ich und setze mich auf die Couch. Ich biete ihm ebenfalls einen Platz an, aber er bleibt stehen. «Er ist eigentlich nicht mein direkter Nachbar – er wohnt in der Parallelstraße –, aber neulich fiel mir auf, dass er einen direkten Blick in meinen Garten hat. Er kann von seiner Veranda aus praktisch Masons Fenster sehen.»

Ich blicke nach unten und merke, dass ich die Fäuste geballt habe, löse ganz bewusst die Finger und beuge sie ein paarmal.

«Als ich ihn danach fragen wollte, reagierte er sehr unwirsch», fahre ich fort. «Er hat mich im Grunde von seinem Grundstück gejagt, ihm gefiel nicht, dass ich mich bei ihm umsehe. Er wollte mir nicht einmal seinen Namen sagen.»

Dozier verlagert das Gewicht auf den anderen Fuß. Nachdenklich kaut er auf seiner Unterlippe wie auf einem Zahnstocher.

«Ich hatte schon mal mit ihm gesprochen, letztes Jahr, und

damals war mir nichts an ihm aufgefallen», presche ich weiter vor. «Aber wie er mit mir *gesprochen* hat, das war einfach ...»

«Ich unterbreche Sie hier gleich mal», fällt Dozier mir ins Wort und hebt die Hand. «Ich dachte, wir hätten klargestellt, dass Sie niemanden mehr auf eigene Faust ausfragen dürfen.»

«Ich habe ihn nicht *ausgefragt*», entgegne ich. «Ich wollte ihn bloß fragen ...»

«Ob er Ihren Sohn entführt hat? Ohne hinreichendes Verdachtsmoment, ohne Beweise?»

«Nein», widerspreche ich erregt. «Aber ich verstehe nicht, warum er nicht wenigstens bereit war, mit mir zu *sprechen*, es sei denn, er hätte etwas zu verbergen ...»

«Vielleicht weil Sie dem Letzten, mit dem Sie *sprechen* wollten, die Nase gebrochen haben.»

Ich stutze, werde in Gedanken zurückversetzt zu dieser Szene im Supermarkt. Zu diesem alten Mann im Kittel und meinen fliegenden Fäusten, die sein Gesicht mit solcher Wucht trafen. Höre wieder das hässliche Knirschen des Knorpels, sehe ihn die alten, wettergegerbten Hände schützend über den Kopf wölben, zitternd wie ein Kind bei einer Tornadoschutzübung, die papierdünne Haut an seinen Armen bereits mit Prellungen übersät, während an seinem Kinn das Blut hinablief, sich dick und klebrig am Boden sammelte und in die Fugen zwischen den Fliesen sickerte.

«Das wollte ich nicht», murmele ich. «Das habe ich Ihnen doch gesagt.»

«Ja, tja, Sie haben es aber getan. Also sollten Sie sich vielleicht nicht darüber wundern, dass die Leute ein bisschen nervös werden, wenn Sie unangekündigt auftauchen. Was wollten Sie übrigens überhaupt auf seiner Veranda?»

Ich zögere. Einerseits möchte ich ihm gar nicht von dem

Mann erzählen, den ich zuvor dort gesehen hatte. Ich habe noch immer seinen braunen Morgenmantel und das strähnige graue Haar vor Augen; seinen wie vom grauen Star verschleierten Blick, der durch mich hindurchzugehen schien, als sähe er mich gar nicht.

Andererseits war es bei diesem Mann nicht so wie sonst häufig. Da bin ich mir sicher. Dieser Mann war nicht bloß ein Schatten oder eine undeutliche Form am Rand meines Blickfelds. Er war kein Geräusch, das sich mein vom Schlafentzug gequälter Kopf einfach ausgedacht und in die Welt gesetzt hatte. Kein eingebildeter Freund.

Nein, dieser Mann war *real*.

«Da war noch jemand», sage ich schließlich und zwinge mich fortzufahren. «Ich bin mit meinem Hund hier im Viertel Gassi gegangen. Ziemlich spät – so gegen ein Uhr morgens –, und da saß ein alter Mann auf seiner Veranda.»

Ich warte auf Doziers Reaktion, aber er schweigt.

«Er saß einfach da», fahre ich fort, «und starrte vor sich hin. Ich hatte ihn hier noch nie gesehen. Und warum war er überhaupt so spätnachts noch draußen? Was, wenn er in der Nacht, in der Mason entführt wurde, auch da draußen gesessen hat? Was, wenn er etwas gesehen hat oder …»

«Spazieren Sie immer um ein Uhr morgens durch Ihr Wohnviertel?», unterbricht mich der Detective. «Kommt mir ein bisschen befremdlich vor, sogar mit Hund.»

Ich atme tief durch und vergrabe das Gesicht in den Händen. Diese Unterhaltung erinnert mich an vergangenen März, als dieser Mann mich an den Rand der Verzweiflung brachte. Als es ihm irgendwie gelang, alles, was ich sagte, schlecht klingen zu lassen, falsch. Schuldig.

«Ich habe Schlafstörungen, okay?» Ich lasse die Hände in

den Schoß fallen und funkle ihn an. «Ich hätte gedacht, Sie vielleicht auch, in Anbetracht der Tatsache, dass mein Sohn immer noch vermisst wird und Sie ihn immer noch nicht gefunden haben.»

Schweigend fixieren wir uns mit Blicken, bis Dozier schließlich seufzt. Endlich kommt er zu mir und setzt sich auf die Sofakante, achtet aber darauf, einen gewissen Abstand zu mir zu halten. Als wäre ich eine Krankheit, die er sich nicht einfangen will.

«Es ist höchst unwahrscheinlich, dass dieser Mann in der Nacht der Entführung etwas gesehen hat», sagt er dann, die Hände auf den Oberschenkeln. «Er wohnt nicht dort.»

«Woher wissen Sie das?», frage ich und spüre ein Kribbeln in der Brust. «Kennen Sie den Mann, der da wohnt?»

Dozier sieht mich schweigend an, und ich merke, dass er mir etwas vorenthält. Etwas Wichtiges.

«Ich kann es selbst herausfinden», fahre ich fort. «Es ist nur einfacher, wenn Sie es mir sagen.»

Der Detective seufzt und kneift sich zwischen den Augen in die Haut. Schließlich sagt er: «Der Mann, dem das Haus gehört, ist Paul Hayes. Wir kennen ihn, weil er vorzeitig aus dem Gefängnis entlassen wurde und noch auf Bewährung ist – aber er ist seit Jahren absolut gesetzestreu. Sein Bewährungshelfer besucht ihn einmal im Monat, und ich kann Ihnen versichern: Er lebt allein. In diesem Haus ist sonst niemand. Ich weiß nicht, wen Sie da gesehen haben, aber er wohnt nicht dort. Er war nicht da draußen in der Nacht, in der Mason entführt wurde.»

«Paul Hayes», wiederhole ich und probiere, wie der Name sich auf meiner Zunge anfühlt. Er klingt vage vertraut, wahrscheinlich von der Begegnung mit ihm letztes Jahr. Ein wenig denkwürdiger Name für eine wenig denkwürdige Person. «Wofür ist er verurteilt worden?»

«Nichts Gewalttätiges. Ein paar Drogendelikte.»

«Können Sie mal mit ihm reden?», frage ich und denke an das, was Waylon über den Fall erzählte, den er aufgeklärt hat. Dieses Mädchen im Keller des Täters; der Beweis im eigenen Haus verborgen. «Sich vielleicht einen Durchsuchungsbefehl ...»

«Nein, ich kann mir keinen Durchsuchungsbefehl besorgen», fährt er mich an. «Herrgott, ich kann nicht einfach Hinz und Kunz vernehmen, wenn kein hinreichender Verdacht besteht. Und nachts auf seiner Veranda *jemanden zu sehen*, ist kein hinreichender Verdacht.»

Mir gefällt nicht, wie er das sagt – *jemanden zu sehen*, als hätte er Anführungszeichen in die Luft gemalt. Als wäre es nicht wirklich geschehen; als hätte ich es mir nur ausgedacht oder, schlimmer noch, eingebildet.

«Gibt es sonst noch etwas?», fragt er.

«Ja», erwidere ich in scharfem Ton. «Es gibt noch etwas. Die E-Mail, die ich Ihnen geschickt hatte ...»

«Richtig.» Ächzend steht er auf. «Ich habe mir den Artikel angesehen und keine verdächtigen Kommentare gefunden.»

«Tja, das ist es ja.» Ich stehe ebenfalls auf, setze mich an den Tisch, ziehe den Laptop zu mir heran und rufe den Artikel auf. «Der Kommentar, den Sie sich ansehen sollten ... der ist verschwunden. Warum schreibt man einen Kommentar und löscht ihn dann?»

«Wie lautete er denn?»

«Er lautete: ‹Er hat es jetzt besser.›»

Detective Dozier mustert mich schweigend, dann stößt er einen Seufzer aus und kommt zum Esstisch. Ich sehe ihn bewusst nicht an, während er die Wand betrachtet, die Fotos, den Stadtplan, die Zeitungsausschnitte, die jeden Zentimeter Wand bedecken.

«Himmel», murmelt er. Meine Collage ist mittlerweile wahrscheinlich dreimal so groß wie bei seinem letzten Besuch. Wie ein Blutfleck breitet sie sich immer weiter aus.

«Warum schreibt man so etwas?», frage ich erneut und ignoriere ihn. «Warum *sagt* man so etwas?»

«Da gäbe es jede Menge Gründe», sagt er schließlich, beugt sich über den Tisch und sieht auf meinen Bildschirm. «Vielleicht war es irgendeine wohlmeinende religiöse Fanatikerin, der hinterher klar wurde, wie unsensibel ihr Kommentar war, und da hat sie ihn wieder gelöscht. Vielleicht haben Sie sich auch nur verlesen. War es der da?»

Er deutet auf den allerletzten Kommentar: *Was für ein bizarrer Fall.*

«Nein.» Ich schüttle den Kopf. Erinnere mich noch einmal daran. «Ich habe mich nicht verlesen. Er lautete: ‹Er hat es jetzt besser.›»

«Schauen Sie», sagt Dozier und richtet sich wieder auf. Er geht in den Flur, krault Roscoe mit einer Hand hinter den Ohren und öffnet mit der anderen die Haustür. «Ich kann da nichts tun. Sie erfinden Hinweise, wo keine sind, und Sie binden Kapazitäten, die anders besser eingesetzt wären. Haben Sie eine Ahnung, wie oft Sie mich letzte Woche angerufen haben?»

Wir schweigen beide. Ich spüre, wie meine Wangen heiß werden, als ich mir vorstelle, wie Detective Dozier meinen Namen im Display seines Telefons sieht und den Anruf bewusst ignoriert.

«Lassen Sie Paul Hayes in Ruhe», sagt er schließlich. «Und wie immer rufe ich Sie an, falls es neue Entwicklungen gibt.»

Also hat er beschlossen, dass dieser Besuch beendet ist. Dass ich wieder einmal seine Zeit vergeudet habe. Er steht schon draußen und zieht die Tür hinter sich zu, da überkommt mich ein Impuls, den ich nicht beherrschen kann. Er steigt aus meiner Magengrube auf wie Magensäure.

«Ich habe meinen Sohn nicht getötet!», brülle ich ihm hinterher. «Ich habe ihm nichts getan.»

Warum ich das sage, weiß ich auch nicht, aber in diesem Augenblick habe ich das Gefühl, es tun zu müssen. Es ist dasselbe Gefühl, das ich jedes Mal habe, wenn ich auf der Bühne stehe und die Blicke meines Publikums sehe: zweifelnd, misstrauisch. Als warteten sie nur darauf, dass ich strauchle, die Kameras bereit, es zu ihrem eigenen kranken Vergnügen zu dokumentieren und das Internet damit zu pflastern, damit die ganze Welt es sehen kann. Vielleicht liegt es aber auch daran, dass dieser Mann mich seit über einem Jahr nicht ernst nimmt – mit seinem selbstgefälligen Blick und dem süffisanten Grinsen, als wüsste er etwas, was ich nicht weiß – oder meinen Fragen mit Stöhnen und Seufzen begegnet anstatt mit echten Antworten. Als glaubte er nicht, dass er den Schuldigen jemals fassen wird – weil in seinen Augen *ich* die Schuldige bin.

Vielleicht bleibt mir aber auch keine andere Wahl, als das ebenfalls zu glauben, jetzt, wo ich mich in diesem Video gesehen habe und meine Erinnerungen an Margaret plötzlich wieder so präsent sind.

«Ich habe nichts Falsches getan», sage ich, leiser jetzt, beschämt darüber, dass ich so laut geworden bin.

Detective Dozier bleibt mitten im Schritt stehen und dreht sich langsam um. Seine Hand liegt noch auf dem Türknauf. Er sieht mich mit erhobenen Brauen an und hat einen zufriedenen Zug um den Mund, so als hätte er gerade irgendeine Wette gegen mich gewonnen.

«Das habe ich auch nie behauptet.»

KAPITEL DREIUNDDREISSIG

DAMALS

Ich sitze auf der Bettkante, noch immer im Nachthemd. Das Fenster habe ich vor einer Weile geschlossen, obwohl es noch immer heiß und stickig ist – obwohl die Luft im Haus steht ohne die Brise von draußen. Aber ich kann den Gestank nicht mehr ertragen: den Gestank des Sumpfs. Den Gestank des Todes, der durch einen Riss in der Fensterscheibe dringt und sich unter meinen Nasenlöchern dahinschlängelt wie ein Finger, der mich zu sich winkt.

«Jetzt hör mir gut zu», sagt Dad leise und eindringlich. Er sitzt neben mir auf dem Bett. Ich kann mich nicht überwinden, mich zu ihm umzudrehen, deshalb sehe ich stattdessen auf den Teppich. «Izzy, die Polizei wird jeden Moment hier sein. Man wird mit dir über das sprechen wollen, was heute Nacht passiert ist.»

«Aber ich weiß nicht, was heute Nacht passiert ist …»

«Das ist richtig. Du weißt es nicht. Du hast geschlafen.»

Jetzt sehe ich ihn an. Er runzelt die Stirn. Was er nicht sagt, hängt schwer zwischen uns, die stillschweigende Schlussfolgerung, dass es klug wäre, genau das zu tun, was er sagt.

«Aber manchmal, weißt du …» Ich breche ab und sehe auf meinen Schoß, während ich überlege, wie ich es formulieren soll. «Manchmal stehe ich auf und mache Sachen …»

«Heute Nacht nicht», sagt er und schüttelt den Kopf. «Heute Nacht hast du die ganze Zeit geschlafen. Aber das brauchst du gar nicht zu erwähnen.»

«Aber als ich aufgewacht bin …»

«Als du aufgewacht bist, bist du nach unten gegangen und hast deine Mutter und mich am Küchentisch sitzen sehen», unterbricht er mich. «Und da haben wir dir erzählt, was passiert ist.»

«Aber was *ist denn* passiert?», frage ich, und meine Stimme klingt schmerzhaft schrill. Ich habe es satt, um den heißen Brei herumzureden; habe es satt, alles zu verschlüsseln. Tief drin spüre ich, dass ich die Antwort kenne, aber ich muss sie einfach von ihm hören. «Dad, was ist Margaret passiert?»

«Sie ist … nicht mehr da, Isabelle. Sie ist tot.»

Ich hatte es schon daran erkannt, wie meine Eltern mich in der Küche ansahen – an den glasigen Augen meiner Mutter, daran, wie wütend sie sich an mir vorbeischob. Eigentlich wusste ich es schon, als ich mich im Bett umdrehte und sah, dass Margaret nicht neben mir lag. Es war wie ein Instinkt, etwas kaum Spürbares. Als ob die Welt ohne sie irgendwie anders wäre, kleiner. Schließlich geht der Tod in diesem Haus um – schon immer. In gewisser Weise fühlt es sich an, als nähme er uns einzeln ins Visier, einen nach dem anderen. Als wäre das eine Art Zoll, eine Schuld, die noch nicht beglichen ist.

Plötzlich höre ich draußen Autotüren zuknallen: Die Polizei ist da. Schnell steht Dad auf, tätschelt mein Bein und sieht mir noch einmal in die Augen.

«Sprich nur, wenn du dazu aufgefordert wirst», sagt er. «Sag nichts, außer um auf eine Frage zu antworten.»

Ich nicke.

«Genau, wie ich gesagt habe», schärft er mir ein. Dann geht er hinaus und schließt die Tür hinter sich.

Jetzt lausche ich schon seit einer Weile auf die Geräusche unten: das Murmeln, das Flüstern. Die Schritte von Leuten, die durchs Haus gehen und sich Sachen ansehen. Endlich klopft es an meiner Tür – es ist ein sanftes, höfliches Klopfen, das besagt: *Ich brauche deine Erlaubnis nicht, ich komme so oder so herein.* Es ist reine Höflichkeit, das weiß ich. Eine Gelegenheit für mich, mich zu wappnen, tief durchzuatmen.

Ich sehe zur Tür.

«Isabelle, Schatz, hier ist Chief Montgomery.» Dad streckt den Kopf zur Tür herein, dann drückt er die Tür ganz auf. Hinter ihm ist noch ein Mann: groß und hager mit einem Kopf, der so rund und glänzend ist wie eine Billardkugel. «Er möchte dir ein paar Fragen stellen.»

Ich nicke, blicke auf meine Hände, die ich im Schoß gefaltet habe, und sage mir im Stillen immer wieder das vor, was Dad gesagt hat. Es fühlt sich eigentlich nicht an wie eine Lüge, denn ich weiß ja nicht, was passiert ist – ich würde es gar nicht wissen, falls ich *doch* lüge –, aber wie die Wahrheit fühlt es sich irgendwie auch nicht an.

«Hi, Isabelle.» Chief Montgomery kommt zum Bett und setzt sich neben mich. Ich höre die Sprungfedern quietschen, spüre, wie ich in seine Richtung rutsche. «Hast du etwas dagegen, wenn ich mich hier hinsetze?», fragt er, obwohl er schon sitzt.

Ich schüttle den Kopf.

«Kannst du mir erzählen, woran du dich von gestern Abend erinnerst? Ist irgendetwas Ungewöhnliches passiert?»

Ich sehe zu ihm hoch. Seine Stirn scheint nahtlos in seine Kopfhaut überzugehen, beide glänzen und sind schweißnass. Er erinnert mich an die Mokassinotter, die Margaret und ich einmal im Garten fanden: eine spitze Nase und Augen wie Schlitze. Margaret wollte sie behalten und ihr einen Namen geben, aber Dad hat ihr, ohne lange zu fackeln, mit der Schaufel den Kopf abgeschlagen. Das Knirschen und die schleimigen Fäden aus Blut und Eingeweiden, die wie weiche Nudeln aus ihrem Hals hingen, werde ich niemals vergessen. Und auch nicht, dass ihr Körper sich noch eine Minute lang bewegte, sich auf dem Boden wand, als wüsste er noch nicht, dass er tot war.

Ich sehe zu Dad, und er nickt kaum merklich.

«Nichts Ungewöhnliches», sage ich daraufhin, und das stimmt, in gewisser Weise. Die Klimaanlage war kaputt, und Margaret hat in meinem Zimmer geschlafen. Das war ein bisschen ungewöhnlich. «Wir haben gebadet, dann sind wir ins Bett gegangen.»

«Okay», sagt Chief Montgomery. «Und um wie viel Uhr war das ungefähr?»

Ich zucke die Achseln. «Um neun?»

«Bist du noch einmal aufgestanden? Vielleicht um zur Toilette zu gehen oder dir ein Glas Wasser zu holen?»

Wieder sehe ich zu Dad, dann sofort wieder in meinen Schoß. «Nein. Ich habe die ganze Nacht geschlafen.»

«Okay.» Der Chief nickt. «Okay, und was ist mit Margaret? Hast du gesehen, wie sie aufgestanden ist?»

«Nein», sage ich noch einmal. «Ich habe geschlafen.»

«Hast du irgendetwas gehört?»

«Nein.»

«Nicht einmal durch das Fenster da?»

Ich sehe ihn an. Er deutet zur Wand, auf mein Fenster, das zum Sumpf hin liegt.

«Nein. Es war zu.»

«Warum war es denn zu? Es ist heiß hier drin.» Er zieht ein Taschentuch hervor und wischt sich das Gesicht ab, als wollte er darauf hinweisen, dass er schwitzt. Ich kann sehen, dass sofort wieder kleine Schweißtröpfchen aus seiner Haut austreten, so als wäre seine Kopfhaut ein löchriges Netz. «Eine kleine Brise hätte euch doch bestimmt gutgetan, oder? Und wenn das Fenster offen gewesen wäre, hättest du vielleicht etwas im Wasser gehört, oder? Platschen oder Schreien?»

«Nein», sage ich noch einmal. «Es war nicht offen. Ich … mag den Gestank nicht.»

Chief Montgomery nickt. «Okay.» Der Schweiß rinnt ihm den Hals hinab. «Okay. Und um wie viel Uhr bist du heute Morgen aufgestanden?»

Ich würde gern wieder zu Dad sehen, aber irgendwie weiß ich, dass ich das nicht ständig tun sollte. Dass ich lieber den Mann neben mir ansehen sollte.

«Um sieben?»

«Bist du immer so eine Frühaufsteherin?»

«Glaub schon.»

«Und war Margaret wach, als du aufgestanden bist?»

«Weiß nicht.»

Er schlägt die Beine übereinander, und dadurch rutsche ich noch näher an ihn heran. Das mag ich nicht. Unsere Beine berühren sich, und ich würde gern von ihm abrücken, aber zugleich habe ich Angst, mich zu bewegen.

«Isabelle, ich brauche hier deine Hilfe, okay? Wie ich höre, habt ihr euch sehr gut verstanden, du und deine Schwester.»

Ich nicke – *habt*, Vergangenheit –, und bevor ich den Kopf wegdrehen kann, entkommt mir eine Träne und läuft mir über die Wange. Ich wische sie mit dem Handrücken ab.

«Was ist heute Morgen passiert, nachdem du wach geworden bist? Kannst du dich an irgendetwas Ungewöhnliches erinnern? Irgendetwas, das nicht wie sonst war?»

Ich denke daran, wie ich aufgestanden bin, wackelig und langsam, und an den überwältigenden Gestank des Sumpfs, der jetzt verflogen ist. An das Wasser im Teppich, das zwischen meinen Zehen hervorquoll, mittlerweile fast getrocknet. Ich denke daran, wie ich ins Bad lief und die Handtücher auf dem Boden fand; Dad hat sie später aufgehoben und in die Waschmaschine gesteckt, als er hinter sich aufgeräumt hat. Ich denke daran, dass ich ein anderes Nachthemd als beim Einschlafen trug, und an den getrockneten Schlamm hinter meinem Ohr. Wieder lege ich die Hand dorthin. Die Haut ist sauber. Bevor die Polizei kam, habe ich diese Stelle geschrubbt, bis sie fast wund war. Habe die Fingerabdrücke ausgelöscht, wie ich auch versucht hatte, die Fußabdrücke auf meinem Teppich auszulöschen.

Als würde es bedeuten, dass sie niemals da waren, wenn es mir nur gelänge, sie verschwinden zu lassen.

«Nein», sage ich schließlich. «Nichts, was anders war als sonst. Ich bin nach unten gegangen, in die Küche, und da waren meine Eltern. Und dann … dann haben sie mir von Margaret erzählt. Dass sie einen Unfall hatte.»

«Okay.» Chief Montgomery nickt. «Okay, Schätzchen, das ist alles, was ich wissen muss. Das hast du toll gemacht.»

Er tätschelt mir das Knie, steht auf und geht zu meinem Vater. Beide lächeln mich an, dann gehen sie aus dem Zimmer und schließen die Tür hinter sich.

Ich bleibe noch eine Weile sitzen und starre die Wand an. Das Herz schlägt mir bis zum Hals. Ich habe noch nie gern gelogen. Ich fühle mich dann immer so falsch, ich schäme mich, aber als Dad vorhin mit mir darüber sprach, sagte er, manchmal könne eine Lüge etwas Gutes sein, wenn man einen guten Grund dafür habe.

Das erinnerte mich daran, dass ich einmal für Margaret gelogen habe, letztes Jahr, als sie die Kristallvase meiner Mutter zerbrochen hatte. Margaret hatte gewusst, dass sie sie nicht anfassen durfte – sie war antik wie so vieles in diesem Haus, tabu –, aber sie hatte es trotzdem getan. Sie war auf einen Hocker gestiegen, hatte sich auf Zehenspitzen gestellt und mit ausgestreckten Armen danach gegriffen. Sie hatte Mom ein paar Blumen gepflückt, aber bevor sie sie in die Vase stellen konnte, rutschte ihr der Fuß weg, und die Vase fiel auf die Fliesen und zerbrach in tausend Stücke. Mom war natürlich böse – *fuchsteufelswild* –, aber ich wusste, dass Margaret es nicht mit Absicht getan hatte. Sie hatte nichts kaputt machen *wollen*. Also trat ich vor, während Mom schimpfte, und übernahm die Verantwortung.

Vielleicht war das hier auch so, sage ich mir. Eine gute Lüge. Vielleicht wollte Dad, dass ich lüge, um Margaret zu schützen. Aber irgendwie, tief drin, weiß ich, dass das nicht stimmt. Ich weiß, es ist nicht Margaret, die er schützt.

Irgendwie weiß ich, dass ich es bin.

KAPITEL
VIERUNDDREISSIG

JETZT

Ich kann mir diese Videos nicht weiter ansehen – nicht nach
Doziers Besuch. Ich bin erschüttert und rastlos, ich fühle mich,
als hätten meine Adern sich in Kabel verwandelt, in denen der
Strom summt.

Es fällt mir schwer zu verdauen, was er mir gerade gesagt
hat: dass dieser Kommentar nur ein Produkt meiner Fantasie
gewesen sein könnte und dass Paul Hayes allein lebt. Vermutlich hatte er einfach Besuch – und der alte Mann auf seiner
Veranda verbrachte bloß diese Woche bei ihm und ist völlig
harmlos –, aber trotzdem. Warum saß er mitten in der Nacht
da draußen? Warum hat er mich ignoriert? Hat er überhaupt
gesehen, dass ich da war?

Und noch beängstigender: War *er* überhaupt da?

Ich schüttle den Kopf, laufe ein bisschen auf und ab und versuche, mich zu beruhigen. Heute Nacht gehe ich noch einmal
zu diesem Haus und sehe nach, ob er da ist. Vielleicht sollte ich
Waylon mitnehmen. Und wenn er ihn auch sieht, dann weiß
ich es. Dann weiß ich, dass ich nicht verrückt bin.

Ich nehme mein Telefon, öffne Facebook und gebe seinen
Namen ein: Paul Hayes. Schnell wird mir klar, dass es da
draußen eine Menge Männer namens Paul Hayes gibt – einen
Rechtsanwalt in Texas mit einem breitkrempigen Hut, einen
Teenager in Oklahoma mit einem gigantischen Truck. Sogar
hier in Savannah gibt es ein paar, sie posieren mit Rehen und
Fischen und anderen toten Dingen vor der Kamera, aber keiner
von ihnen ist der Gesuchte.

Als Nächstes gehe ich zu Instagram, gebe wieder seinen Namen ein und scrolle.

Nichts. Gar nichts.

Ich lasse das Telefon sinken, kaue auf meiner Wange und denke nach. Für die Welt da draußen scheint Paul Hayes nicht zu existieren – und mit einem Mal frage ich mich, ob das Absicht ist. Ich frage mich, ob er aus einem bestimmten Grund jemand ist, den man leicht vergisst. Als ich letztes Jahr mit ihm sprach, nachdem ich mit Masons Plakat in der Hand an seine Tür geklopft hatte, da war er auf perfekte Art unauffällig: höflich, aber nicht übermäßig freundlich, hilfsbereit, aber nicht sonderlich hilfreich. Wie jemand, der nicht will, dass irgendwelche Alarmglocken schrillen. Jemand, der mit den Schatten verschmelzen will.

Jemand, der etwas zu verbergen hat.

Natürlich ist es kein Verbrechen, wenn man Wert auf seine Privatsphäre legt, aber trotzdem. Er ist vorbestraft. Er ist auf Bewährung. Er war bei der Mahnwache. Von seiner Veranda aus hat man einen direkten Blick auf meinen Garten.

Das ist etwas – definitiv eine Spur. Und zwar eine, der ich nachgehen muss.

Außerdem muss ich mehr über mein Schlafwandeln erfahren. Ich muss herausfinden, ob es etwas zu bedeuten hat und – ich schlucke und schließe die Augen – ob ich womöglich wieder etwas getan habe. Etwas, woran ich mich nicht erinnere. Kurz entschlossen wähle ich Dr. Harris' Telefonnummer und höre es läuten, bevor die Mailbox anspringt. Ich hinterlasse eine kurze Nachricht und bitte um einen Termin baldmöglichst.

Dann lege ich auf, doch noch bevor ich das Telefon aus der Hand legen kann, vibriert es.

Ich nehme das Gespräch an, sobald ich den Namen im Display sehe. «Waylon. Sie kommen nie darauf …»

«Hey, Isabelle», unterbricht er mich und klingt atemlos und aufgeregt. «Ich habe gerade kurz mit Detective Dozier gesprochen.»

Mir bleibt der Mund offen stehen, als ich auf die Uhr sehe. Dozier ist erst vor wenigen Minuten gegangen. So schnell kann er unmöglich auf der Wache gewesen sein.

«Ach», sage ich und spüre, dass meine Wangen sich röten und mein Herz schneller schlägt. «Und wie ist es gelaufen?»

«Großartig. Er ist kooperativ, aber er sagt, er weiß nichts über Ihren Nachbarn. Tut mir leid.»

Ich öffne den Mund, um etwas zu erwidern, aber ich bringe nichts heraus.

«Ich mache ein bisschen früher Mittag», sagt er, ohne etwas von den Gedanken zu ahnen, die sich in meinem Kopf überschlagen. «Haben Sie immer noch Lust, sich mit mir zum Essen zu treffen?»

Ich bin wie betäubt, stehe reglos da und überlege, was ich aus dieser Unterhaltung schließen soll. Was das alles bedeutet.

«Isabelle?»

«Ja», krächze ich schließlich, obwohl ein Mittagessen mit Waylon das Letzte ist, wonach mir jetzt der Sinn steht. «Doch, klingt gut.»

«Super», sagt er. «Treffen wir uns doch in einer halben Stunde im Framboise. Dann erzähle ich Ihnen alles genauer.»

Er legt auf, und ich stehe in der Stille meines Hauses, das Telefon noch am Ohr. Dann schlucke ich, lasse langsam den Arm sinken, und Grauen überkommt mich wie eine erstickende Decke, während ich mich in meinem Haus umsehe und Waylons Sachen betrachte, die überall herumliegen. Sein

Sakko hängt über der Rückenlehne eines Esszimmerstuhls, sein Koffer steht in einer Ecke im Flur, sein Kaffeebecher mit den Kaffeeflecken am Rand dort, wo ihn seine Lippen berührt haben, auf der Arbeitsplatte. Überall sind Stückchen von ihm, diese mikroskopisch kleinen Spuren eines anderen Lebens in meinem Haus, wie Staub auf den Möbeln, nur im richtigen Licht sichtbar.

Und dann trifft mich die Erkenntnis mit voller Wucht.

Waylon hat mich im Flugzeug gezielt aufgesucht. Plötzlich bin ich mir da ganz sicher, spüre es in den Knochen. Er hat *speziell* nach mir gesucht; vielleicht war er sogar eigens auf der TrueCrimeCon, um mich zu treffen. Er fand mich, sah den freien Platz neben mir und stellte sich vor. Gab mir seine Karte. Dann kam er hierher und gab mir eine Kostprobe dessen, was ich mir wünschte, wie er wusste: jemanden, der mir zuhört, jemanden, der mich versteht. Jemanden, den es *kümmert*. Aber er gab mir nur ein kleines Häppchen. Gerade genug, um meine Sehnsucht zu lindern. Dann drohte er abzureisen, und ich war verzweifelt: ein Junkie, der einen Schuss brauchte. Und so lud ich ihn ein, bei mir zu wohnen, damit er blieb.

Jetzt, wo es diesem Mann, der erst vor einer Woche in mein Leben trat, gelungen ist, sich so vollständig bei mir einzunisten, wird mir klar, dass das unmöglich nicht inszeniert sein kann. Es ist ausgeschlossen, dass das nicht geplant war.

Wieder denke ich über Gewalt nach wie so häufig im letzten Jahr. Manchmal äußert sie sich laut und schmutzig als Schuss mit der Schrotflinte, dass das Blut an die Wand spritzt – aber manchmal ist sie auch so leise wie ein Flüstern: eine Handvoll Tabletten, die jemand schluckt, oder ein Schrei unter Wasser. Ein Fremder, der nachts durch ein Fenster einsteigt und spurlos wieder verschwindet. Doch es gibt auch die Fälle, in denen sie

als etwas anderes verkleidet daherkommt. In denen sie herein-
gebeten wird und ganz zivilisiert durch die Haustür eintritt: als
Verbündeter, als Freund.

Ich dachte, Waylon nähme aufrichtig Anteil. Ich dachte,
er wolle helfen. Aber jetzt wird mir klar, dass ich nicht weiß,
warum er hier ist. Ich weiß nicht, was er will.

Jetzt weiß ich, dass er lügt. Ich weiß, dass auch er ein
Geheimnis hat.

KAPITEL
FÜNFUNDDREISSIG

Unterwegs zum Framboise bekomme ich einen weiteren Anruf. Diesmal ist es Dr. Harris, der mich zurückruft.

«Isabelle», sagt er und scheint sich zu freuen, von mir zu hören. Ich habe ihn monatelang gemieden. Ärzte scheinen die Erwartungshaltung zu haben, dass es einem mit ihrer Hilfe besser gehen muss; dass alle Probleme sich langsam auflösen wie Salz in Wasser, bis nichts zurückbleibt als der bittere Nachgeschmack dessen, was einmal war. Aber bei mir ist es eindeutig nicht so. Nichts hat sich aufgelöst. «Tut mir leid, dass ich Ihren Anruf nicht annehmen konnte. Ich hatte einen Patienten.»

«Ja, hi», sage ich. Das Telefon klemmt zwischen Wange und Schulter. Ich sitze im Auto, in zehn Minuten bin ich am Restaurant. «Das ist kein Problem. Ich wollte bloß einen Termin vereinbaren ...»

«Ja, in Ihrer Nachricht baten Sie um einen Termin *baldmöglichst*. Ist alles in Ordnung?»

«Mir geht's gut», lüge ich. «Ich habe bloß ein paar Fragen an Sie. Wollte Sie ein bisschen löchern.»

«Passt es Ihnen heute Nachmittag? Ich hatte eine Absage.»

Ich sehe auf die Uhr im Armaturenbrett; es ist schon nach zwölf. «Um wie viel Uhr?»

«Halb zwei?»

Ich trommle mit den Fingern auf das Lenkrad. Ich will hören, was Waylon zu sagen hat – nein, ich *muss* hören, was Waylon zu sagen hat über sein angebliches Treffen mit Detective Dozier und seine Lüge bezüglich Paul Hayes. Ich muss wissen, worauf er aus, warum er hier ist. Warum er mich anlügt. Aber heute Abend sehe ich ihn ja ohnehin. Darum komme ich nicht herum. Um ihn komme ich nicht herum.

«Ja», sage ich und beschließe, das Mittagessen abzusagen und stattdessen den Termin mit Dr. Harris wahrzunehmen. Denn sosehr mich beunruhigt, aus welchen Gründen Waylon mich wohl anlügt – was er in meinem Haus, meinem Leben will –, noch mehr beunruhigt mich das, was ich in diesem Video gesehen habe. «Dann bis halb zwei.»

Die Praxis erscheint mir vertraut und doch fremd, ganz ähnlich, wie wenn man im Traum sein eigenes Haus betritt. Eine Zeit lang war ich so oft hier – zweimal wöchentlich ab Juli letzten Jahres –, dass ich jeden Zentimeter kannte. Aber jetzt haben sich so viele Kleinigkeiten verändert, dass es sich nicht *ganz* richtig anfühlt. Ich weiß, es sollen subtile Veränderungen sein, eine allmähliche Neugestaltung über die letzten sechs Monate hinweg, aber da ich alles auf einmal sehe, irritiert es mich wie der Anblick eines Kindes, das man nach langer Zeit zum ersten Mal wiedersieht.

Es flößt mir Unbehagen ein, so als wäre ich am falschen Ort.

«Wie schlafen Sie?», fragt Dr. Harris jetzt und beugt sich vor. Sein Haar ist ein bisschen länger als beim letzten Mal, und aus den Bartstoppeln am Kinn wird allmählich ein ausgewachsener Bart. «Besser als früher?»

«Ja, besser», lüge ich. «Viel besser.»

«Das ist ja wunderbar.» Er wirkt zufrieden mit sich. «Halten Sie sich an meinen Behandlungsplan? Bekommen Sie genug Bewegung, haben Sie Alkohol- und Koffeinkonsum eingeschränkt …»

«Ja», lüge ich erneut, denn ich will das nicht noch einmal durchkauen. Ich brauche Koffein, um tagsüber irgendetwas erledigt zu bekommen; ohne Koffein wäre ich ein Zombie. Und Alkohol … nun, manchmal habe ich das Gefühl, auch den zu brauchen. Nur aus anderen Gründen.

«Haben Sie sich eine entspannende Abendroutine zugelegt, wie wir es besprochen hatten? Ohne elektronische Geräte, Stressauslöser …»

«Ja.»

Die Lügen gelingen mir mittlerweile allzu mühelos, aber wie soll ich mir eine *entspannende Abendroutine* zulegen, so, wie ich lebe – immer allein, immer angespannt, immer darauf wartend, dass Mason nach Hause kommt? Mein ganzes Leben ist ein einziger Stressauslöser; mein Haus ist der Schauplatz eines Verbrechens, das nie aufgeklärt wurde.

«Haben Sie die Nickerchen tagsüber eingeschränkt?»

Ich denke an meinen Sekundenschlaf; an die Minuten oder Stunden, die mir hinterher fehlen. Wenn ich blinzle und feststelle, dass mich jemand besorgt mustert – Waylon oder auch ein Fremder. Aber es ist ja nicht so, als machte ich das absichtlich. Als hätte ich das unter Kontrolle. Also nicke ich.

«Was ist mit den Schlaftabletten?», fragt er. «Nehmen Sie die?»

«Hin und wieder. Aber sie kommen mir ein bisschen schwach vor.»

«Sie bekommen die höchste Dosierung.»

«Ich weiß.»

Dr. Harris mustert mich und setzt sich anders hin.

«Und worüber möchten Sie mit mir reden?», fragt er und lässt seinen Stift kreisen wie einen Taktstock. «Sie sagten, Sie hätten Fragen.»

«Ja. Allerdings nicht zum Thema Schlaflosigkeit. Sondern über das Schlafwandeln.»

«Ah», sagt er und lehnt sich mit einem amüsierten Grinsen zurück. «Sie sind früher schlafgewandelt, richtig? Ich erinnere mich, dass wir darüber sprachen.»

«Als Kind. Damals ist es ziemlich häufig passiert.»

«Das ist in der Adoleszenz nicht ungewöhnlich.»

«Wodurch wird das eigentlich ausgelöst?»

«Ach, durch alles Mögliche. Erschöpfung, unregelmäßiger Schlafrhythmus. Hohes Fieber, manche Medikamente, Trauma, Genetik, Stress. Meistens passiert es aber einfach.»

«Aus keinem besonderen Grund?»

«Ja. Während der Schlafphasen drei und vier, dem Tiefschlaf. Der Fachbegriff ist *Somnambulismus*. Teile des Gehirns schlafen, während andere wach sind.»

«Was ich mich gefragt habe», sage ich und senke den Blick auf meinen Schoß. Diese Unterhaltung erinnert mich immer mehr an Chief Montgomerys Besuch damals in meinem Kinderzimmer: als er zu dicht neben mir saß und ich ihm die Wahrheit verschwieg. Den Blick abwandte. Aus Angst vor dem, was er darin sehen könnte: mein Geheimnis, meine Lüge, irgendwo tief in meiner Pupille zusammengerollt wie ein Bär im Winterschlaf. «Ist es möglich, dass jemand etwas Schlimmes tut, während er schlafwandelt? Und es nicht weiß? Sich nicht erinnert?»

«Was verstehen Sie unter *schlimm*?», fragt Dr. Harris und stützt das Kinn in die Hand. «Manchmal zum Beispiel urinieren Menschen in ihre Schränke oder verlassen das Haus. Führen sogar ganze Unterhaltungen. Das kann peinlich sein.»

«Nein, ich meine, können sie etwas … Gefährliches tun?» Jetzt sehe ich ihn an. «Werden sie gewalttätig?»

«Das ist selten», sagt er bedächtig. «Aber manchmal versuchen Menschen, Auto zu fahren oder aus dem Fenster zu klettern, und das kann natürlich sehr gefährlich sein …»

230

«Und anderen Menschen, tun sie denen was an?»

Dr. Harris schweigt und kneift die Augen zusammen. «Warum fragen Sie?»

«Ich fürchte, es hat vielleicht wieder angefangen.» Die Geschichte, die ich mir unterwegs hierher ausgedacht habe, kommt mir jetzt ganz natürlich über die Lippen, genauso wie ich sie einstudiert habe. «Neulich wurde ich morgens wach, und im Wohnzimmer war einiges umgestellt, obwohl ich mich nicht erinnern konnte, das getan zu haben. Es war ein bisschen beunruhigend.»

Ich denke daran, wie oft ich in meiner Kindheit und Jugend morgens wach wurde und irgendetwas am falschen Platz war: die Schuhe an zwei separaten Orten, meine Bürste in der Waschküche. Dann nahm ich diese Gegenstände in die Hand und betrachtete sie neugierig, als ob sie in der Nacht Beine bekommen hätten, mit denen sie auf eigene Faust durchs Haus gewandert waren.

«Das kann ich mir vorstellen», sagt Dr. Harris. «Aber da kann ich Sie beruhigen, Sie haben keinen Grund zur Sorge. Schließen Sie nur Ihre Türen gut ab, damit Sie nicht das Haus verlassen und vielleicht einen Alarm auslösen können. Etwa zwei Prozent der Kinder sind auch als Erwachsene Schlafwandler, in Anbetracht Ihrer Geschichte überrascht mich das also nicht sonderlich.»

«Okay.» Ich nicke. «Gut zu wissen. Es hat also niemand jemals ... ich weiß auch nicht, jemanden im Schlaf *umgebracht*, oder?»

Ich lächle, dann lache ich kurz auf, um ihm zu signalisieren, dass ich scherze. Dass ich das nun wirklich nicht für möglich halte. Dass ich mich das nicht schon seit meiner Kindheit frage, sondern es aus meinem Gedächtnis getilgt habe – wie die Fußspuren, den Schlamm auf meinem Teppich damals. Dass mir der Gedanke überhaupt noch nie gekommen ist.

«*Homizidales Schlafwandeln*», sagt Dr. Harris und erwidert mein Lächeln. «Ob Sie es glauben oder nicht, das ist schon vorgekommen. Aber andererseits, es ist sehr selten.»

Wieder spüre ich diesen vertrauten Schmerz im Magen, als drehte jemand meine Eingeweide durch den Fleischwolf.

«Am bekanntesten ist der Fall Kenneth Parks», fährt er fort. «1987 tötete er seine Schwiegermutter und verletzte seinen Schwiegervater.»

«Was hat er getan?»

«Er fuhr die vierzehn Meilen zu seinen Schwiegereltern mit dem Auto, verschaffte sich mit seinem eigenen Schlüssel Zugang zum Haus und schlug seine Schwiegermutter mit einem Wagenheber tot. Dann versuchte er noch, seinen Schwiegervater zu erwürgen, bevor er wieder ins Auto stieg und davonfuhr.»

«Alles während er *schlief*?»

Dr. Harris zuckt die Achseln. «Fünf neurologische Sachverständige waren offenbar dieser Ansicht. Er wurde freigesprochen.»

«Wie war das möglich?»

«Das Unterbewusstsein ist zugleich schön und geheimnisvoll.» Er tippt sich mit dem Stift an die Stirn. «Der Frontallappen ist der am weitesten entwickelte Teil des Gehirns, von hier wird das moralische Verhalten gesteuert. Wenn wir schlafwandeln, schläft dieser Teil des Gehirns tief und fest. Ein Schlafwandler könnte also etwas tun, etwas *Schlimmes*, das er im Wachzustand niemals tun würde. Er kann dann nicht zwischen richtig und falsch unterscheiden.»

Ich schlucke, nicke mehrmals und versuche, interessiert,

aber unbeteiligt zu wirken. Als ob ich mich aus reiner Neugierde danach erkundigt hätte.

«Unser Körper ist sozusagen auf Autopilot. Aber natürlich sind die meisten Fälle nicht so extrem», fährt er fort. «Schlafwandler könnten beispielsweise ihrem normalen Tagesablauf nachgehen – könnten etwa versuchen, zur Arbeit zu fahren, sich am Hals zu rasieren – und dabei versehentlich jemand anderen oder sich selbst töten.»

Wieder sehe ich Masons Kinderzimmer vor mir – und mich, die ich als Schatten durch den Flur schwebte und vor seiner Tür stehen blieb, öffnete und eintrat. Wie ich es früher so oft getan hatte.

«Oder es könnte passieren, dass sie erschrecken und einen Unbeteiligten angreifen», fährt er fort. «Daher kommt es, wenn der Volksmund sagt, man dürfe Schlafwandler nicht wecken.»

Damals in meinem Kinderzimmer, mit Margaret in meinem Bett. Ihre weit aufgerissenen Augen, das Gesicht ins Kissen gedrückt.

«*Hast du versucht, mich zu wecken?*», fragte ich sie, und vor Scham kroch mir die Hitze den Hals hoch wie Flammen, die an einer Wand züngeln.

«*Nein. Mom hat gesagt, das soll ich nicht. Das ist gefährlich.*»

«*Es ist nicht gefährlich*», sagte ich. «*Das ist ein Ammenmärchen.*»

«Würde derjenige sich daran erinnern?», frage ich. «An das, was er getan hat?»

«Wenn er dabei nicht wach wird, normalerweise nicht. Schlafwandler erinnern sich nur selten morgens daran – aber manchmal können sie es doch. Es ist genauso, wie sich an einen Traum zu erinnern.»

Ich räuspere mich und stehe rasch auf, muss mit einem Mal unbedingt hier raus.

«Danke», sage ich. «Das hat mir sehr geholfen.»

«Sind Sie sicher, dass das alles ist?» Dr. Harris steht ebenfalls auf. «Ich habe noch eine halbe Stunde Zeit vor dem nächsten Termin.»

«Ja, das ist alles. Ich wollte mich nur vergewissern, also, dass es ungefährlich ist.»

«Größtenteils absolut ungefährlich.» Er steckt die Hände in die Taschen. Ich nicke, wende mich zum Gehen und spüre seinen Blick auf meinem Rücken, als ich zur Tür gehe. «Aber Isabelle …»

«Ja?» Ich drehe mich um. Meine Hand liegt auf dem Türknauf, ich bin schon fast weg.

«Wissen Sie, was gefährlicher ist als Schlafwandeln?»

«Nein, was?»

«Schlafentzug. Wirklich. Er führt zu allen möglichen Problemen.»

«Ich weiß.» Ich grinse zynisch. «Das ist mir bewusst.»

«Ich meine das ernst.» Dr. Harris lächelt nicht, sondern mustert mich erneut, als wäre er sich nicht sicher, ob er mich gehen lassen soll. «Vergessen Sie die Lethargie, die Gedächtnisprobleme, die Störungen der Sinneswahrnehmung. Wenn es schlimm genug wird, kann er zu Halluzinationen führen, zu Wahnvorstellungen. Zu richtig üblen Sachen.»

«Ich weiß», wiederhole ich und beiße mir auf die Lippe.

Er blickt mir noch einen Moment in die Augen, als versuchte er, mir irgendeine Botschaft zu übermitteln. Dann setzt er sich wieder und legt die Hände auf den Schreibtisch.

«Versuchen Sie einfach, ein wenig Schlaf zu bekommen, okay? Versprechen Sie mir das!»

«Klar», sage ich, öffne die Tür und gehe hinaus in den Vorraum. Es macht mir Angst, wie leicht mir die Lügen mittlerweile über die Lippen kommen. Sie steigen aus meiner Magengrube auf und sprudeln aus meinem Mund hervor wie die schwarzen Algen aus dem breiten Steinmund der Figur in unserem Garten. «Ich verspreche es.»

KAPITEL
SECHSUNDDREISSIG

Nach der Trauerfeier für Allison kam Ben zu mir. Er hatte sich nicht angekündigt; ich stellte keine Fragen. Doch als ich es an diesem Abend an der Tür klopfen hörte, wusste ich, dass er davorstand. Ich habe ihn nie gefragt, woher er meine Adresse kannte, und offen gesagt: Es war mir egal. Ich öffnete einfach die Tür, trat einen Schritt zurück und ließ ihn ein, wie ich ihn schon so oft in mein Leben eingelassen hatte. Ohne zu fragen.

Er trug noch seinen Anzug – denselben Anzug, den er am Morgen angezogen und in dem er seine Frau beerdigt hatte –, aber den zog ich ihm innerhalb weniger Minuten aus. Die Jacke fiel zu Boden und blieb achtlos neben den Schuhen liegen, in denen ich die fünf Kilometer zu Fuß nach Hause gelaufen war, bis die Absätze nur noch Stummel und meine Fersen blutig und wund waren. Meinen Bewegungen wohnte eine linkische Dringlichkeit inne, meine Finger tasteten sich zu seinen Knöpfen hinab, als stolperten sie über den Rand einer Klippe. Als müssten wir uns da jetzt sofort hineinstürzen – bei ausgeschaltetem Verstand, die Körper auf Autopilot –, weil wir sonst wieder zur Besinnung kommen und uns langsam voneinander lösen würden. Weil wir sonst innehalten und darüber nachdenken würden, was wir da eigentlich taten, und dann würden wir erkennen, wie entsetzlich falsch es war.

Aber das taten wir nicht. Wir hielten nicht inne.

Hinterher lagen wir mit ineinander verschränkten Händen schweigend im Bett. Ich schlief noch immer auf derselben traurigen kleinen Matratze aus meinem Kinderzimmer, in deren Gewebe Margarets Geruch saß wie ein Fleck. Mit Ben auf dieser Matratze zu liegen, gab mir das Gefühl, infantil zu sein, viel zu jung. Ich musste daran denken, wie meine Schwester und ich früher die Bettdecke über den Kopf gezogen und einander beim Licht der Taschenlampe Geschichten erzählt hatten, um den im Flüsterton geführten Streit oder das unbeherrschte Geschrei am anderen Ende des Flurs zu übertönen.

«Du weißt, dass wir niemandem etwas sagen dürfen», sagte Ben nach ein paar Minuten, die Hände in meinem Haar vergraben. Ich versuchte, den Ehering zu ignorieren, den ich noch an seinem Finger spürte und der kühl gegen meine Kopfhaut drückte. «Noch nicht.»

Ich sah ihn an, ließ den Blick im Dunkeln über sein Profil wandern.

«Auf der Arbeit», erläuterte er. «Ich könnte meinen Job verlieren. Du auch.»

«Oh, richtig. Natürlich.»

«Wir finden einen Weg», sagte er und küsste mich auf die Stirn, dann drehte er sich um und stand stöhnend auf. «Mit der Zeit.»

Als er seine Boxershorts anzog und ins Bad ging, verschlang ich ihn mit Blicken, wie um mich auf eine neuerliche Fastenperiode vorzubereiten. In diesem Augenblick wusste ich nicht, was ich empfand. Den ganzen Tag über hatte ich schon eine leise Frage gehabt, den Keim eines unausgesprochenen Zweifels, der in dem Augenblick gesät worden war, als Ben mich hinter dem Haus ihrer Eltern an sich gezogen hatte. Dieser Zweifel hatte in meinem Kopf Wurzeln geschlagen, die sich tief in mich hineingegraben und gewuchert hatten. Seit er mir die Hände auf den Kopf gelegt hatte und seine Lippen meinen Mund berührt hatten, fragte ich mich unwillkürlich: Wenn Allison *nicht* gestorben wäre, wäre es dann je hierzu gekommen?

Wäre sie nicht gestorben, hätte Ben sich dann jemals für mich entschieden?

Vielleicht sprach hier nur seine Trauer. Vielleicht konnte er bloß die Vorstellung nicht ertragen, allein zu sein, abends in ein leeres Haus zurückzukehren – in dasselbe Haus, in dem er sie auf den Fliesen ausgestreckt gefunden hatte, ein leeres Tablettenfläschchen in der Hand, die Lippen speichelverkrustet. Wieder sah ich ihn bei mir vor der Tür stehen mit diesen dunklen Ringen unter den Augen, die wie Regenpfützen auf der Straße aussahen. Vielleicht würde er sich morgen, wenn er wach wurde, räuspern, den Blick zu Boden richten und verkünden, dass diese Nacht ein Fehler gewesen war: etwas, über das wir, ganz ähnlich wie über unseren ersten Abend, nie wieder sprechen durften.

Immerhin hatte Ben auch vorher schon vor der Wahl zwischen Allison und mir gestanden, und er hatte sich jedes Mal für sie entschieden. Er hatte sich für sie entschieden an dem Abend im Austerngrill, als er einfach ohne Abschied gegangen war. Er hatte sich für sie entschieden an all den geheimen Abenden mit mir, an denen er am feuchten Etikett des Biers in seiner Hand knibbelte und mir zunickte, wenn er schließlich aufstand, ging und nur ein Häufchen Papierfetzen auf der Theke zurückließ. Als Allison noch lebte, hatte er sich immer wieder für sie statt für mich entschieden, so viel war schmerzlich klar. Während ich nun dort im Dunkeln lag und mir vorstellte, wie man Allison in die Erde hinabgelassen hatte – die einst dunkle Haut nunmehr bleich und leblos; die Lippen, mit denen sie mir einmal ein Geheimnis ins Ohr geflüstert hatte, aufeinandergepresst und reglos –, war ein Teil von mir deshalb froh. Denn ich wusste, von nun an musste Ben nicht mehr zwischen uns wählen. Die Wahl war ihm abgenommen worden.

Eigentlich war ihm überhaupt nie eine andere Wahl geblieben.

KAPITEL
SIEBENUNDDREISSIG

Waylon habe ich erzählt, ich hätte eine Magen-Darm-Grippe, um zu erklären, warum ich das Mittagessen wieder absagte. Auch um mich für den Rest des Tages in meinem Zimmer einschließen zu können, angeblich, um zu schlafen.

Ich werde noch mit ihm reden, doch, doch. Ich muss die Lüge über seinen angeblichen Besuch bei Dozier auf der Polizeiwache nochmals hören und versuchen herauszufinden, was er hier macht. Was er will. Aber zuerst muss ich mir eine Strategie überlegen. Ich muss entscheiden, wie ich reagieren soll; ob ich ihn damit konfrontiere und eine Erklärung verlange oder mich einfach dumm stelle und das Theater mitspiele, bis ich sehe, wohin es führt.

Sobald ich nach Hause kam, nahm ich meinen Laptop, schlüpfte still in mein Zimmer, kroch ins Bett und wartete ab. Hörte ihn auf Zehenspitzen durchs Haus tappen, die Toilettenspülung betätigen, sich räuspern. Einmal spürte ich, dass er vor meiner Tür stand. Ich stellte mir vor, wie seine Hand über dem Türknauf schwebte, während er überlegte, ob er klopfen sollte, sich dann doch dagegen entschied und wieder ging. Unwillkürlich frage ich mich, was er jetzt macht, wo er in meinem Haus doch freie Bahn hat: ob er meine Post durchsieht oder vielleicht im Müll stochert. Ob er versucht, intimere Einblicke in mein Leben zu bekommen, indem er analysiert, welche Gewürzmarke ich kaufe oder welche Termine in meinem Kalender stehen.

Die Menschen verbergen ihre schmutzigsten Geheimnisse häufig an den alltäglichsten Orten.

Einstweilen schaue ich mir weitere Videos von Masons

Babyfon an und arbeite mich dabei methodisch durch die einzelnen Tage. Ich habe mich noch mehrmals nachts in sein Kinderzimmer kommen, stehen bleiben und vor mich hinstarren sehen. Aber das war's auch. Immer gehe ich nur bis zur Mitte des Raums, nicht weiter, und stehe dann bloß da, schwanke ein bisschen, drehe mich irgendwann um und verlasse das Kinderzimmer wieder.

In dem Video, das ich mir gerade ansehe, ist es gegen zwei Uhr morgens, und da bin ich wieder, in einem Schlafanzug mit Waffelstruktur, mit steif herabhängenden Armen und langem Haar, das mir wie verfilzter Seetang über die Schultern fällt. Es ist verstörend, mich so zu sehen. Mein Schlafwandeln, von der Kamera festgehalten. Doch bisher habe ich nichts Besorgniserregendes getan. Jedes Mal, wenn ich mich in Masons Zimmer kommen sehe, krampft sich mein Magen zusammen; aber wenn ich dann sehe, dass ich kehrtmache und hinausgehe, löst die Spannung sich auch jedes Mal wieder, wie bei einem Muskel, in den eine Nadel gestochen wird.

Allmählich frage ich mich, ob sie vielleicht doch recht haben. Sie alle. Detective Dozier, der mich beschuldigt, Hinweise zu erfinden, wo keine sind; Dr. Harris, der sagt, es sei normal. *Ich* sei normal.

Vielleicht ist das alles ja doch ganz harmlos. Vielleicht brauche ich mir wirklich keine Sorgen zu machen.

Die Couch im Wohnzimmer knarzt, und ich halte das Video an und lausche. Mein Körper auf dem Monitor wirkt wie in der Zeit eingefroren. Waylon ist aufgestanden. Jetzt schaltet er den Fernseher aus und wirft die Fernbedienung aufs Polster. Es ist spät, deutlich nach Mitternacht, und ich höre ihn durch den Flur an meinem Schlafzimmer vorbei ins Gästezimmer gehen und die Tür schließen.

Mit angehaltenem Atem lausche ich, höre ihn nebenan umhergehen und den Lichtschalter betätigen. Höre das Bett quietschen, als er sich hineinlegt. Stelle mir vor, wie er die Decke bis zur Brust hochzieht, sich entspannt und seinen Körper der Matratze anvertraut. Und dann warte ich weiter.

Nach zwanzig Minuten stehe ich auf und tappe zur Tür. Roscoe wird munter, aber bevor er einen Laut von sich geben kann, strecke ich die Hand aus und bringe ihn zum Schweigen. Dann lege ich das Ohr an die Tür und lausche erneut. Ich höre nichts; aus Waylons Zimmer dringt kein Laut mehr.

Erst dann entscheide ich, dass es sicher ist.

Ich öffne die Tür und schleiche in den Flur. Roscoe springt vom Bett, und wir gehen in die Küche. Alles sieht normal aus. Auf dem Trockengestell steht eine einzelne Schale auf dem Kopf, die einzige Spur von Waylons einsamem Abendessen; in der Luft hängt noch der schwache Zitrusduft des Spülmittels. Dann fällt mein Blick auf den Esstisch, auf dem unverändert Waylons Laptop und seine Aufnahmeausrüstung stehen; seine Aktentasche lehnt unter dem Tisch an einem Tischbein.

Mein Blick zuckt zurück zum Gästezimmer – die Tür ist geschlossen –, dann wieder zum Tisch.

Ich schleiche hinüber und rutsche auf einen Stuhl. Dann beuge ich mich vor und ziehe seine Aktentasche auf meinen Schoß. Glücklicherweise ist sie nicht abgeschlossen, also öffne ich sie und sehe hinein. Da sind ein Notizbuch und ein paar Mappen voller Papiere. Ich nehme seine Brieftasche heraus, klappe sie auf und betrachte seinen Führerschein.

Immerhin stimmt sein Name. Ich hatte ihn natürlich gegoogelt, aber hier ist der Beweis – Waylon Spencer –, zusammen mit einem Foto und einer Anschrift in Atlanta.

Ich klappe die Brieftasche zu und stecke sie zurück in die

Aktentasche, dann ziehe ich eine Handvoll Mappen heraus. Als ich die oberste öffne, stelle ich fest, dass es die Polizeiakte ist, die ich ihm erst letzte Woche gegeben habe. Alles scheint vollständig – und unangetastet – zu sein, und so wende ich mich der nächsten Mappe zu.

Sie enthält eine weitere Kopie von Masons Akte. Nur sieht diese viel, viel älter aus.

Ich ziehe sie aus der Mappe und lege sie auf den Tisch. Mit den Fingern fahre ich die ausgefransten Ränder entlang. Da sind angestrichene Stellen und Kaffeeflecke, Randnotizen und mit halb ausgetrockneten Markern hervorgehobene Passagen. Da sind das Vermisstenplakat und die Niederschriften der polizeilichen Befragungen, das Sexualstraftäterregister und die Fotos vom Tatort. Offensichtlich hat er die Akte gründlich durchgearbeitet, hat jedes Wort gelesen – nicht nur ein Mal, sondern viele Male. Ich blättere weiter und überfliege all das, was Waylon an dem Tag, an dem er zum ersten Mal hier saß, angeblich noch nicht kannte.

Plötzlich fällt mir auch wieder ein, dass er sie mir eigentlich hatte zurückgeben wollen, als bräuchte er sie gar nicht.

«Behalten Sie sie», sagte ich. «Ich habe meine eigene Kopie.»

Er offenbar auch.

«Warum hat er die?», flüstere ich und betaste das abgegriffene Papier. Warum hat er selbst eine Kopie davon? Ich vermute, dass so etwas nicht *total* abwegig ist – Journalisten haben so ihre Möglichkeiten, sich solche Unterlagen zu beschaffen –, aber warum hat er mir nichts davon gesagt? Warum hat er so getan, als würde er die Akte nicht kennen?

Wieder erinnere ich mich an dieses erste aufgezeichnete Interview – bei dem ich mich wiederholte und ihm erzählte, was er bereits wusste, und er so überzeugend war, als er mir mit vorgetäuschter Neugier genau die gleichen Fragen stellte wie im Framboise, mit gerunzelter Stirn nickte, als würde er die Antworten, die ich gleich wiederholen würde, nicht schon kennen.

Er ist ein guter Lügner, genau wie ich.

Ich klappe die Mappe zu, stecke sie zurück in die Aktentasche und lehne diese wieder an das Tischbein. Dann nehme ich den Kopfhörer und setze ihn auf. Jetzt höre ich mein Herz laut pochen, und mein Atem klingt schwer und rau. Ich blicke auf die Stereoanlage und drücke auf *Play*, um herauszufinden, was er sich gerade anhörte, als er beschloss, Feierabend zu machen.

«*Das erscheint mir nur schwer nachvollziehbar.*»

Es ist wie ein Schlag in den Magen – ich kenne diese Stimme. Das ist Detective Dozier, und ich weiß jetzt schon, wessen Stimme ich als Nächstes hören werde.

«*Tja, es ist die Wahrheit.*»

Meine Stimme.

Das ist nicht mein Interview mit Waylon. Er bearbeitet nicht etwas, das wir zusammen aufgenommen haben. Dies ist der Mitschnitt einer polizeilichen Vernehmung. Eine der frühen; eine der ersten, nachdem sie begonnen hatten, Ben und mich getrennt zu befragen.

Als sie mich allein befragten – nein, *vernahmen*.

«*Na schön, lassen Sie uns das noch einmal durchgehen.*» Doziers Stimme tönt mir in die Ohren, und mich überläuft der vertraute eisige Schauder. Noch jetzt sehe ich seine Augen vor mir – diesen herzlosen, harten Blick. So ungläubig. Er hatte sich vorgebeugt, die Unterarme auf den Tisch zwischen uns gelegt und trommelte langsam und regelmäßig mit den Fingern aufs Holz. Als hätte er alle Zeit der Welt. «*Sie wurden um sechs Uhr wach.*»

«Ja, das ist richtig.»

«Und Sie sind erst um nach acht auf die Idee gekommen, nach ihm zu sehen?»

«Ich ... ich dachte, er schläft noch. Ich wollte ihn nicht wecken.»

«Schläft er immer bis acht?»

«Nein ... nein, normalerweise wird er früher wach.»

Der Klang meiner eigenen Stimme lässt mich zusammenzucken. Ich höre, dass sie zittert, ein leises Beben in der Kehle.

«Um wie viel Uhr wacht er normalerweise auf?»

«Gegen halb sieben.»

«Und Sie fanden es nicht seltsam, dass Sie keinen Mucks aus seinem Zimmer gehört haben?»

«Ich habe wohl einfach gehofft, dass er länger schläft.»

«Und warum haben Sie gehofft, dass er länger schläft?»

«Ähm, na ja, er kann manchmal quengelig sein, deshalb hoffte ich ... ich vermute, ich wollte ausnutzen, dass ...»

«Verzeihung, sagten Sie gerade, Sie wollten den Umstand ‹ausnutzen›, dass Ihr Sohn nicht aufzuwachen schien?»

«Nein, tut mir leid, so habe ich das nicht gemeint ... ich meinte nur ...»

Ich reiße mir den Kopfhörer herunter, lege ihn auf den Tisch und vergrabe das Gesicht in den Händen. *Verdammt!* Ich wusste, dass diese Befragungen übel waren, aber jetzt erkenne ich, dass sie schlimmer waren, als ich sie in Erinnerung hatte. Noch jetzt spüre ich, wie das Adrenalin durch meine Adern strömte und die Angst meine Hände zittern ließ wie die eines Junkies auf Entzug.

Sehe Detective Doziers Blick vor mir, der sich in meine Augen bohrt, als wollte er so tief eindringen, dass ich endlich zusammenbreche.

Ich versuche, mir zusammenzureimen, was das alles zu

bedeuten hat: dass Waylon bereits eine Kopie der Polizeiakten hatte; dass er sich die Mitschnitte der Vernehmungen anhört, bei denen Dozier mich in die Mangel nahm. Vom Verstand her ist mir klar, dass all das Recherche für den Podcast sein könnte. Es erscheint mir zwar ungewöhnlich, dass er es vor mir geheim gehalten hat, aber zugleich ist es sein Job.

So oder so ist das nicht verfänglich genug, um ihn damit zu konfrontieren. Ich brauche mehr.

Als Nächstes sehe ich mir seinen Laptop an. Ich werfe einen Blick auf seine geschlossene Zimmertür, dann auf die Tastatur und tippe auf die Eingabetaste. Wundersamerweise ist das Gerät nicht passwortgeschützt – vielleicht saß er ja gerade noch hier, und es ist noch nicht so lange her, dass die Sperrung aktiviert wurde. Jedenfalls leuchten Monitor und Tastatur auf. Mit wild klopfendem Herzen bewege ich die Finger übers Touchpad und sehe mir zuerst seinen Desktop an, auf dem mehrere Ordner alphabetisch angeordnet sind: *Finanzen*, *Interviews*, *Persönlich*, *Recherche*. Ich habe keine Zeit, den gesamten Computer zu durchsuchen – er könnte jeden Augenblick aus seinem Zimmer kommen und mich dabei erwischen, wie ich in seinen Dateien herumschnüffle –, deshalb klicke ich zuerst *Recherche* an.

Sieht so aus, als hätte Waylon wirklich gründlich recherchiert.

Der Ordner enthält mehrere Unterordner, die nach der jeweiligen Episode und Staffel benannt sind. Ich lasse den Blick über die Unterordner wandern, bis ich ganz am Ende einen Ordner entdecke, der schlicht *X* heißt.

Als ich ihn anklicke und sehe, was er enthält, mache ich große Augen. Da sind Fotos von mir – und zwar Dutzende – in verschiedenen Lebensphasen: mein Autorenporträt aus *The Grit* und ein Hochzeitsfoto von Ben und mir; unser erstes Familienfoto mit Mason zwischen uns, und sogar ein paar Selfies von uns, die ich vor Jahren auf Facebook gepostet habe. Schließlich bleibt mein Blick ganz unten an einem Foto von Ben und mir in einer Bar hängen. Es wurde von der anderen Seite des Raums aus aufgenommen und fängt uns beide in einem intimen Augenblick ein, dicht zueinandergebeugt. Nichtsahnend.

Meine Hand schwebt vor dem Mund; die Erschütterung lässt mich erstarren.

Plötzlich höre ich ein Quietschen im Gästezimmer. Ich fahre zusammen und drehe mich um. Halb rechne ich damit, dass Waylon im Dunkeln hinter mir steht und mich beobachtet, aber ich bin allein. Ich halte den Atem an, den Blick auf die geschlossene Zimmertür gerichtet, und stelle mir vor, wie er sich im Schlaf auf der alten Boxspringmatratze umdreht, sodass die Federn quietschen.

Nach einigen Sekunden wage ich es, mich wieder umzudrehen.

Ich schließe den *Recherche*-Ordner, will schon den Laptop zuklappen und alles so hinterlassen, wie es war, doch dann beschließe ich, noch eine Sache zu überprüfen. Ich öffne ein Browserfenster und rufe den Suchverlauf auf. Ich gebe mir nur noch wenige Minuten, deshalb überfliege ich die Liste der zuletzt besuchten Websites hastig. Die meisten sind ganz harmlos – E-Mail, Nachrichten –, doch dann stoße ich auf denselben TrueCrimeCon-Artikel, den ich letzte Woche las.

Vermutlich ist es durchaus logisch, dass Waylon ihn ebenfalls gelesen hat – schließlich arbeitet er an meinem Fall, außerdem war er selbst dort –, aber jetzt denke ich wieder über diesen Kommentar nach.

Er hat es jetzt besser.

Kurz nach unserem ersten Treffen verschwand er. Vor unserem Abendessen im Framboise war er noch da, als ich nach Hause kam, jedoch nicht mehr. Ich lege den Gedanken auf Wiedervorlage und suche weiter. Als ich schon aufgeben will, verschlägt es mir mit einem Mal den Atem.

Das ist es. Das ist das *Mehr*, nach dem ich gesucht habe.

Es ist ein Artikel aus *The Beaufort News*, der Lokalzeitung meiner Heimatstadt. Waylon hat ihn erst gestern gelesen. Mit zitternden Händen klicke ich den Link an. Es ist ein alter, eingescannter Artikel aus dem Archiv, von 1999, und als ich die Schlagzeile lese, brennen Tränen in meinen Augen.

TOCHTER DES KONGRESSABGEORDNETEN HENRY RHETT ERTRINKT BEI TRAGISCHEM UNFALL IM SUMPF

KAPITEL ACHTUNDDREISSIG

DAMALS

Als ich eine Tür zufallen höre, springe ich aus dem Bett, laufe in den Flur, beuge mich übers Geländer und renne die Treppe hinab. Ich kann sie durch das Fenster in unserer Haustür sehen: Dad und Chief Montgomery, die auf der Veranda die Köpfe zusammenstecken und miteinander reden. Ich renne wieder nach oben, immer zwei Stufen auf einmal, entriegele das Fenster an der Vorderseite und schiebe es behutsam auf.

«Ich weiß es zu schätzen, dass Sie das tun, Henry. Ich weiß, das war nicht leicht.»

Zusammen mit Chief Montgomerys aalglatter Stimme, die durch die Luft geschwommen kommt wie Öl auf Wasser, erreicht mich auch ein Stoß warmer Nachmittagsluft. Ich hocke mich hin und lausche.

«Ja, klar, kein Problem», sagt Dad und atmet tief durch. Ich kann sein Gesicht nicht sehen, aber ich stelle mir vor, dass er sich mit Daumen und Zeigefinger den Nasenrücken reibt, wie er es immer tut, wenn er gestresst oder in Gedanken versunken ist. «Ich weiß, Sie machen nur Ihre Arbeit.»

«Den offiziellen Bericht schreibe ich heute später noch», sagt der Chief. «Badeunfall.»

«Danke.»

«Und Henry …» Der Chief hält inne, zögert, als wäre er unsicher, ob er weitersprechen soll. Als hätte er Angst, irgendeine Grenze zu überschreiten, die Grenze zwischen privat und beruflich zu verwischen. Schließlich atmet er tief durch und kommt zu einer Entscheidung. «Das alles tut mir sehr leid. Ihre

Familie … Sie sind gute Leute. Sie alle. Das muss die Hölle für Sie sein.»

Ich höre Dad leise schniefen und unterdrückt schluchzen. Mir wird mulmig zumute. Ich glaube nicht, dass ich Dad schon einmal weinen gehört habe; nicht einmal ansatzweise.

«Danke», sagt er noch einmal und räuspert sich.

«Es ist nicht Ihre Schuld», fährt Chief Montgomery fort. «Jedes Jahr ertrinken über vierhundert Kinder unter sechs Jahren in Pools, meistens im Juni, Juli und August. Es ist heiß, Henry. Höllisch heiß.»

Dad schweigt, aber ich stelle mir vor, dass er mehrmals nickt und sich mit dem Taschentuch, das er immer in der Gesäßtasche hat, die Augen abtupft.

«Ihre Klimaanlage ist defekt. Wahrscheinlich wollte sie nur mal kurz untertauchen, sich abkühlen. Die Ebbe könnte sie schnell hinausgetragen haben.»

«Ja», sagt Dad. «Ja, ich weiß.»

Ich schiebe das Fenster zu und gehe langsam zurück in mein Zimmer. Benommen denke ich über das nach, was ich gerade gehört habe. Sie ist plausibel, ihre Geschichte. Es ist heiß. Margaret war heiß, sie hat sich ständig darüber beklagt. Ich weiß noch, wie sie im Atelier aussah, als ihr der Schweiß den Nacken hinunterlief und ihre Wangen hochrot waren, und dann in der Badewanne, wo das kalte Wasser unsere Haut kribbeln ließ. Sie hatte draußen schlafen wollen, hatte so sehnsüchtig zum Fenster gesehen, sich nach dem Wind gesehnt, der vom Wasser her wehte und ihr ein wenig Erleichterung bringen könnte – aber trotzdem weiß ich, dass es eine Lüge ist. Ich *weiß*, dass Dad lügt, denn Margaret wäre niemals allein da hinausgegangen, sie wäre niemals auf die Idee gekommen, allein in den Sumpf und ins Wasser zu gehen, bis sie zu weit draußen wäre, um umzukehren. Das hätte sie niemals auf eigene Faust getan.

Aber mit mir hätte sie es getan.

Ich erinnere mich daran, wie sie gestern Abend in mein Schlafzimmer kam: Sie schmiegte sich in meine Arme, ganz dicht an mich, gerade wenn sie Angst hatte. Margaret ist mir überallhin hinterhergelaufen; egal, wann oder wohin. Sie war eine stille kleine Gestalt, die mir wie ein Schatten folgte – und Schatten bewegen sich nicht auf eigene Faust.

Ich hebe die Hand und berühre die Stelle hinter meinem Ohr, die ich sauber geschrubbt habe. Sie brennt. Die Haut fühlt sich rot und wund gescheuert an. Ich schließe die Augen und versuche nachzudenken. Versuche, mit ihr zu reden, sie herbeizurufen, egal, wo sie ist. Sie muss mir sagen, was passiert ist, was ich tun soll. Ich versuche es so, wie wir es immer gemacht haben, indem wir die Augen zukniffen und versuchten, dieses Kribbeln im Nacken heraufzubeschwören, an dem wir erkannten, dass wir nicht allein waren.

Obwohl es noch immer drückend heiß ist, spüre ich, wie mir eine Gänsehaut über den Rücken läuft.

Als ich heute Morgen wach wurde, war mein Teppich nass, und im Bad war Wasser auf dem Boden. Nasse Handtücher müffelten auf einem Haufen, und das Nachthemd, in dem ich schlafen gegangen war, war durch ein frisches ersetzt worden. An meiner Haut klebte frischer Schlamm.

Ich denke daran, wie meine Mutter mich in der Küche ansah, wütend und traurig, die Schultern steif, die Lippen schmal wie eine Schnittwunde in ihrem Gesicht. Ich denke daran, wie sie aufstand, sich an mir vorbeidrängte und die Zimmertür hinter sich zuknallte. Sie wusste es, und mein Vater auch. Vielleicht waren sie hinaus zum Sumpf gegangen, weil sie nicht schlafen konnten, nachdem Margaret ihnen von den Fußspuren erzählt hatte, und dann hatten sie uns zusammen im Dunkeln entdeckt – durch unsere im Mondlicht leuchtenden weißen Nachthemden: mich am Rand des Sumpfs, während Margaret sanft neben mir trieb, mit dem Gesicht nach unten, das Haar im Wasser ausgebreitet wie ein Tintenfleck, der immer größer wird.

Und ich male mir aus, wie sie über den Rasen liefen und ihren Namen schrien. Sie aus dem Wasser zogen, ihren nassen, schlaffen Körper, der jetzt nicht mehr zu warm, sondern mit einem Mal zu kalt war. Schlamm auf ihrer Haut, in ihrem Haar. Dieser grässliche, scheußliche Gestank.

Meine Mutter trug sie ins Haus, stelle ich mir vor, und legte sie in der Küche behutsam auf den Boden. Schüttelte sie an den Schultern, flehte sie an aufzuwachen – oder vielleicht hat sie auch nur so getan, als würde Margaret schlafen. Vielleicht konnte sie mit diesen großen Augen, die nicht blinzelten, nicht umgehen, also hat sie ihr einfach die Lider geschlossen und gebetet, dass sie von allein wieder aufspringen wie die ihrer Puppe.

Und mein Vater hielt meine Hand wie in der Nacht, in der es bei uns gebrannt hat, und führte mich ins Haus: Während ich völlig weggetreten war, zog er mir das Nachthemd aus und trocknete mich ab. Führte mich zurück zum Bett, weil meine Augen noch immer nichts sahen.

Ich kann es mir vorstellen, wirklich: wie Margaret neben mir wach wurde, als ich mich im Dunkeln aufsetzte und die Beine über die Bettkante schwang. Wie sie mir über den Flur gefolgt ist, die Treppe hinunter, hinaus in den Garten. Und den Mut aufbrachte, meine Hand zu packen, als ich auf den Rand des Sumpfs zuging.

«*Hast du versucht, mich zu wecken?*», habe ich sie einmal gefragt.
«*Nein. Mom hat gesagt, das soll ich nicht. Es ist gefährlich.*»
«*Es ist nicht gefährlich. Das ist ein Ammenmärchen.*»

Sie hörte zu. Margaret hat mir immer zugehört. Allem, was ich gesagt habe.

«*Ich werde dir nichts tun*», habe ich ihr einmal versprochen. Und sie hat genickt und mir geglaubt. Hat mir vertraut.

Es war ein Versprechen, das ich nicht halten konnte.

KAPITEL NEUNUNDDREISSIG

JETZT

Ich sitze in der Stille und kann kaum atmen. Waylons Laptop leuchtet im Dunkeln wie damals der Springtidenmond. Noch immer starre ich auf die Schlagzeile, und die Erinnerungen überschwemmen mich wie eine Flut nach einem Dammbruch.

Mit einem Mal höre ich ein ganz leises Knurren irgendwo im Haus.

Ich klappe den Laptop zu, drehe mich um und sehe zu meiner Erleichterung, dass es nur Roscoe ist, der an der Hintertür scharrt.

«O Gott», flüstere ich. Mir ist ein bisschen schwindlig. «Tut mir leid, Junge.»

Er war den ganzen Tag noch nicht draußen, wird mir klar, und da bekomme ich heftige Gewissensbisse. Hastig stehe ich auf, gehe in die Küche, öffne die Terrassentür und lasse ihn hinaus. Dann gehe ich ebenfalls in den Garten. Ich brauche frische Luft.

Ich ziehe die Tür hinter uns zu und atme tief durch, um meine zitternden Hände zu beruhigen. Es ist schwül heute Nacht, in der Luft liegt eine drückende Feuchtigkeit, die Regen ankündigt. Roscoe schnüffelt umher. Nachdem er den ganzen Tag drinnen eingesperrt war, laufen seine Sinne auf Hochtouren, und meine wohl auch, denn heute Nacht nehme ich alles besonders intensiv wahr, so als betrachtete ich die Welt unter dem Mikroskop. Ich kann die Frösche im Sumpf einige Blocks östlich von hier im Chor quaken hören, und die

Zikaden, das Hintergrundrauschen der Natur, erscheinen mir plötzlich ohrenbetäubend laut.

Ich laufe ein bisschen umher, während meine Augen sich an die Dunkelheit gewöhnen, und denke nach.

Waylon untersucht Masons Entführung, so viel stimmt schon einmal, aber anscheinend macht er das schon viel länger, als ich dachte – und darüber hinaus scheint er Nachforschungen über *mich* anzustellen. Die Polizeiakte über die Entführung und die Mitschnitte der Vernehmungen sind eines, aber die Fotos und Artikel scheinen mir doch auf etwas ganz anderes hinzudeuten. Das wirkt persönlicher, zielgerichteter.

Ich weiß nur, dass ich ihm nicht mehr vertrauen kann. Ich kann nicht darauf vertrauen, dass er mir hilft.

Also muss ich jetzt allein nach Antworten suchen, ohne ihn, und plötzlich reiße ich den Kopf hoch. Ich habe eine Idee.

Ich gehe hinüber zu Masons Fenster und von dort ein Stückchen nach rechts, genau an die Stelle, die ich zwischen den Bäumen sehen konnte, als ich vor erst vier Tagen auf diesem Schaukelstuhl saß. Wenn Paul Hayes von seiner Veranda aus direkt in meinen Garten sehen kann, müsste ich ja von hier aus auch seine Veranda sehen können. Ich blicke quer durch meinen Garten, über den Zaun hinweg, durch die Lücke zwischen den Bäumen und kneife die Augen zusammen. Es ist zwar dunkel, aber der Mond scheint, und der wolkenlose Himmel ist voller Sterne. In der Nähe von Pauls Haus steht eine Straßenlaterne, deren Licht teilweise auf seine Veranda fällt. Und mit einem Mal erkenne ich eine kaum merkliche Bewegung in der Luft wie die eines Schattens oder eines Schaukelstuhls.

Er ist dort.

Hastig bringe ich Roscoe wieder ins Haus und schließe ihn in meinem Schlafzimmer ein. Dann schnappe ich mir mein

Telefon, verlasse das Haus durch die Eingangstür und gehe um den Block zur Catty Lane Nummer 1742.

Mit wild pochendem Herzen nähere ich mich dem Haus und muss dabei an Dr. Harris' Worte denken.

Halluzinationen, Wahnvorstellungen.

Mir fällt ein, was Detective Dozier mir erst heute Morgen sagte: Paul Hayes lebe allein. Ich denke an den Kommentar, den ich unter diesem Artikel gesehen hatte – den ich *glaubte*, gesehen zu haben – und der plötzlich nicht mehr da war. Aber war er überhaupt da gewesen? Seit ich mich selbst in den Baby-fon-Videos gesehen habe, im Dunkeln in Masons Kinder-zimmer, bin ich mir bei gar nichts mehr sicher. Ich weiß nicht, was ich machen werde, falls die Veranda verlassen ist, wenn ich Pauls Haus erreiche. Falls dieser Schaukelstuhl sich einfach von selbst bewegt, von den Phantombeinen des Winds ange-stoßen. Ich ertrage es nicht, weiter darüber nachzudenken. Aber je näher ich dem Haus komme, desto sicherer bin ich: Er ist dort. Ich sehe ihn ganz deutlich, wie er vor sich hin starrt. Sehe dasselbe wettergegerbte alte Gesicht, das wirkt, als hätte man es zu lange der Sonne ausgesetzt, und die vorgewölbten Augen, die wolkigen Murmeln ähneln.

Dieser Mann, wer er auch sein mag, scheint im Moment meine vielversprechendste Spur zu sein. Meine einzige Spur.

Als ich die Veranda erreiche, gehe ich langsamer und ver-dränge Doziers Warnung in die hinterste Ecke meines Kopfs. Dann wende ich mich ihm zu und räuspere mich.

«Hi», setze ich an, mit einem Mal unsicher, wie ich fortfahren soll. «Wir haben uns Mittwochnacht kennengelernt, als ich mit meinem Hund spazieren war. Erinnern Sie sich?»

Der Mann starrt weiter vor sich hin, immer noch im selben Bademantel, und umklammert die Armlehnen. Seine Hände sind so knochig, so zerbrechlich. Als ich gerade den Mund öffnen will, um ihm auf die Sprünge zu helfen, wendet er mir den Blick zu.

«O ja», sagt er mit sanfter, belegter Stimme. «Ich erinnere mich.»

Ich atme auf und lächle matt. Ich wusste, dass dieser Mann real war. Ich *wusste* es. Plötzlich kommt es mir albern vor, dass ich überhaupt daran gezweifelt habe.

«Bitte verzeihen Sie die Störung. Ich weiß, es ist spät, aber ich wollte Ihnen bloß ein paar Fragen stellen. Eigentlich wollte ich schon am Freitag noch einmal zu Ihnen kommen, aber ...»

«Wir haben uns nicht am Mittwoch kennengelernt», sagt er. Seine Stimme ist so brüchig, so leise, dass ich ihn kaum verstehe und ein paar Schritte vortrete. «Anscheinend sind Sie diejenige, die sich nicht erinnert. Oder vielleicht möchten Sie mich auch gern vergessen.»

Verwirrt trete ich einen weiteren Schritt vor.

«Verzeihung ... sind wir uns schon einmal begegnet?», frage ich. «Ich fürchte, ich kann Sie gerade nicht zuordnen ...»

Der Mann schaukelt weiter und hat den Blick wieder auf die Straße gerichtet. Ich sehe seine Lippen kurz zucken und frage mich, ob er vielleicht senil ist.

«Schon oft», sagt er dann, und auch wenn er leise spricht, scheint er geistig völlig klar. Er wirkt nicht verwirrt. «Sie sind Isabelle Drake.»

Meinen Namen – meinen *vollen* Namen – aus seinem Mund zu hören, ist ein Schock, und ich taumle leicht, als hätten die Worte mich an den Schultern getroffen. Es ist durchaus möglich, dass er schon wusste, wer ich bin – schließlich weiß die ganze Stadt, wer ich bin –, aber mir scheint, es steckt mehr dahinter.

So wie er das gesagt hat, entsteht bei mir der Eindruck, ich sollte ihn ebenfalls kennen.

«Wann haben wir uns denn kennengelernt?», frage ich schließlich und mustere ihn gründlich. «Ich glaube wirklich nicht, dass wir uns schon kannten.»

«Vor ein paar Jahren», sagt er. «Sie sind immer nachts hier vorbeigekommen.»

Ich reiße die Augen auf und versuche, aus dem, was er da gesagt hat, schlau zu werden. Früher bin ich nie nachts mit Roscoe spazieren gegangen; das fing erst nach Masons Entführung an. Nach Bens Auszug. Das mache ich erst, seit ich nicht mehr schlafe.

«Verzeihen Sie, aber ich glaube, Sie irren sich ...»

«Nein, ich irre mich nicht.» Er schüttelt den Kopf, dann hustet er leise und feucht. «Sie wohnen gleich da drüben.» Er deutet mit dem Kopf in Richtung meines Hauses, dann sieht er mich wieder an. «Ich mag alt sein, Mädchen, aber ich bin nicht verrückt.»

Ich denke an das, was Dr. Harris mir heute Nachmittag erklärte: dass Schlafwandler manchmal ganze Unterhaltungen führen können, ohne es zu merken. Dass ihre Bewegungen ganz natürlich und hellwach wirken können.

«Schließen Sie Ihre Türen gut ab, damit Sie nicht das Haus verlassen.»

Es war mir bereits mit Margaret passiert: Wir saßen zusammen auf dem Boden und spielten mit Puppen. Und sie merkte nicht, dass ich schlief.

«Worüber haben wir gesprochen?»

«Nicht viel», sagt er. «Beim ersten Mal haben Sie sich vorgestellt, und danach haben wir uns nur zugenickt und gewinkt.»

«Das kann nicht sein ...»

«Deshalb habe ich mich auch gewundert, als ich Sie neulich sah», fährt er fort. «Es war eine Weile her. Dachte nicht, dass Sie noch mal vorbeikommen – jedenfalls nicht nach dem, was passiert ist.»

Ich denke daran, wie er mich neulich ansah. Sein Blick war starr und leer. Also hatte er mich doch gesehen. Er war einfach nur verwirrt gewesen, als ich mich ihm vorstellte und mich verhielt, als wären wir Fremde. Als wären wir uns noch nie begegnet.

«Und wann hat das aufgehört?», frage ich. «Dass ich hier vorbeispaziert bin? Wann war das letzte Mal?»

«Ich denke, Sie kennen die Antwort», erwidert er, und das Quietschen des Schaukelstuhls wird lauter.

«Tun wir mal so, als wüsste ich es nicht.»

«Es ist ein Jahr her», sagt er und nickt vor sich hin. «Sogar fast genau ein Jahr.»

«Ein Jahr», wiederhole ich. «Und da sind Sie sich sicher?»

«O ja. Im März letzten Jahres.»

«Und warum sind Sie sich da so sicher?», frage ich, und der Boden unter meinen Füßen gerät ins Wanken.

Jetzt sieht der Mann mich wieder direkt an mit seinen vom grauen Star getrübten Augen, die wie zwei Kristallkugeln aussehen, und einem amüsierten Gesichtsausdruck, als wärmten wir hier so etwas wie einen Insiderwitz auf, den ich nicht verstehe. Mit einem Mal habe ich das deutliche Gefühl, dass wir diesen Eiertanz nicht zum ersten Mal aufführen. Und dass er ihn außerordentlich genießt.

«Weil», sagt er schließlich, und ein Lächeln zuckt über seine Lippen, «Sie beim letzten Mal Ihren Jungen bei sich hatten.»

KAPITEL
VIERZIG

Ich haste zurück in mein Schlafzimmer und schließe die Tür mit zu viel Nachdruck. Roscoe hebt verwirrt den Kopf, und ich weiß, ich bin so laut, dass ich Waylon wecke, aber im Moment ist mir das egal.

Nichts ist noch wichtig. Nichts als das.

Die Bilder wirbeln durch meinen Kopf wie Badewasser, das langsam kreiselnd im Abfluss verschwindet: die schmutzigen Fußspuren auf dem Teppich und die Fingerabdrücke unter meinem Ohr; das offene Fenster, der Sumpfgeruch und der schlammverkrustete Stoffdinosaurier. Es fällt mir immer schwerer, Fakten und Fiktion auseinanderzuhalten; Traum und Realität. Damals und jetzt.

Margaret und Mason.

Es klopft an der Tür, leise und behutsam, und ich drehe mich um. Waylon steht im Flur.

«Isabelle?», ruft er. «Ist alles in Ordnung? Ich dachte, ich hätte die Tür gehört.»

Ich fluche leise und erwäge, mich einfach nicht zu rühren und ihn so lange da stehen zu lassen, bis er aufgibt. Ich spüre, dass er zögert. Fünf Sekunden vergehen, dann zehn, aber ich sehe noch immer seinen Schatten unter der Tür, der sich nicht bewegt. Er klopft erneut.

«Isabelle», sagt er, nachdrücklicher jetzt. «Ich weiß, dass Sie wach sind.»

Roscoe springt vom Bett, trottet zur Tür und scharrt daran. Ich seufze und sehe an die Decke, dann trete ich vor, wappne mich innerlich und reiße die Tür auf.

«Hi», sage ich. «Tut mir leid. Wollte Sie nicht stören.»

«Warum waren Sie draußen?» Sein Haar ist zerzaust, und seine Augen sind vom Schlaf verklebt. Es hat etwas eigenartig Intimes, jemanden so zu sehen, wenn er noch nicht richtig wach ist, zu wissen, dass er verwundbar ist. Wie wenn ein neuer Partner zum ersten Mal bei einem übernachtet und man neben ihm im Dunkeln liegt, das langsame Heben und Senken seiner Brust beobachtet und die nackte Haut an seinem Hals betrachtet. In dem Wissen, dass er in diesen kostbaren Augenblicken ganz und gar wehrlos ist. Einem ganz und gar ausgeliefert. «Es ist …» Er sieht sich nach einer Uhr um, findet aber keine. «… ich weiß nicht, zwei Uhr morgens?»

«Ich musste einfach an die frische Luft», sage ich. «Ich war den ganzen Tag hier eingesperrt.»

Er glaubt mir nicht, aber etwas Besseres fällt mir nicht ein.

«Ist alles in Ordnung?», fragt er. «Ich habe das Gefühl, Sie verschweigen mir etwas. Sie … schwitzen ja.»

Ich lege die Hand auf meine Stirn und merke, dass die Haut ganz klamm ist. Ich bin von Pauls Haus aus praktisch zurückgerannt, ohne mich noch einmal umzudrehen. Voller Angst vor dem Blick dieses Mannes; vor der Anklage darin.

«Mir geht's gut», sage ich. «Es war nur der Magen.»

«Soll ich Sie zum Arzt fahren? Sie sehen wirklich nicht gut aus … nichts für ungut.»

Ich drehe den Kopf, blicke in den Spiegel über meiner Frisierkommode und pralle fast zurück. Er hat recht. Meine Haut ist so fahl, als hätte ich gerade etwas Verdorbenes zu mir genommen. Meine Augen liegen tief in den Höhlen, sodass die sanft geschwungenen Linien des Schädels sich deutlich abzeichnen. Waylons Blick erinnert mich an den von Dr. Harris heute Nachmittag – oder vielmehr gestern Nachmittag; allmählich verwischt sich alles. Es liegt die gleiche Sorge darin.

«*Wissen Sie, was gefährlicher ist als Schlafwandeln?*»

«Mir geht's gut», wiederhole ich. «Wirklich.»

«Okay.» Er wirkt nicht überzeugt, und ich meine, kurz Traurigkeit in seinem Blick aufblitzen zu sehen. Gleich darauf ist sie wieder verschwunden. Vielleicht war es auch Mitleid. Wenn ich daran denke, wie leicht es für ihn war, sich in mein Leben zu schleichen; dass er nur die richtigen Worte zur rechten Zeit finden musste, damit ich alle Vorsicht fahren lasse.

Er kommt einen Schritt näher, und ich zucke zurück.

«Isabelle … Sie wissen, dass Sie mir vertrauen können, oder? Sie können es mir sagen, falls da noch etwas ist.»

Ich weiß nicht, wie ich darauf reagieren soll. Nach dem, was ich entdeckt habe, weiß ich nicht, ob ich ihm vertrauen kann – aber ich weiß auch nicht, ob ich mir selbst vertrauen kann. Also senke ich den Blick und bohre ihn in den Teppich. Ich höre die Uhr im Wohnzimmer ticken und Roscoe auf meinem Bett rhythmisch über sein Fell lecken. Die Deckenlampe summt leise wie ein Schwarm Fliegen, die über etwas Totem kreisen.

«Was hat Dozier Ihnen erzählt?», flüstere ich schließlich.

«Was?»

«Auf der Wache.» Ich sehe ihn an und versuche, seinen Gesichtsausdruck zu deuten. Versuche, konzentriert und unbeirrt zu bleiben, obwohl ich eine solche Angst habe, dass ich fürchte, ohnmächtig zu werden. «Heute. Sie haben gesagt, Sie hätten mit ihm gesprochen.»

«Oh.» Waylon reibt sich den Nacken. «Richtig. Lassen wir das für den Augenblick, okay?»

«Aber Sie haben gesagt …»

«Nicht jetzt», beharrt er. «Das kann warten. Sie müssen ein bisschen schlafen.»

Ich atme aus und nicke. Es hat keinen Zweck, jetzt darauf zu bestehen. Immerhin ist es zwei Uhr morgens – die meisten Menschen schlafen um diese Zeit.

Die meisten Menschen.

«Okay», sage ich, obwohl ich heulen könnte bei dem Gedanken, bis zum Morgen warten zu müssen, bis *später* am Morgen, bevor ich endlich Antworten bekomme. «Okay, klingt gut. Ich werde ein bisschen schlafen.»

Waylon lächelt, nicht ahnend, dass sich nichts ändern wird, wenn er geht und die Tür sich hinter ihm schließt.

Ich werde immer noch wach sein, nur ohne ihn. Ich werde allein sein.

«Tja, gute Nacht», sagt er, dreht sich um und schaltet das Licht aus.

Rasch schließe ich die Tür und lausche, während Waylon in sein eigenes Zimmer zurückkehrt. Ich höre das Schloss leise klicken und begreife. Ich glaube nicht, dass ich ihn schon einmal die Tür habe abschließen hören, und frage mich, ob es meinetwegen ist. Ob er Angst vor mir hat, Angst davor, im Dunkeln mit mir allein zu sein, so wie meine Mutter damals.

Hastig gehe ich zum Bett und krieche unter die Decke. Dann blicke ich zum Laptop und ziehe ihn zu mir heran. Ich drücke eine Taste, bis der Computer wieder zum Leben erwacht, und da bin ich, genauso wie vor der Unterbrechung durch Waylon: Ich stehe in Masons Kinderzimmer, das Video ist pausiert. Ich starre auf das eingefrorene Bild, auf meinen Körper, der sich in irgendeinem geistlosen Rhythmus bewegt wie eine Aufziehpuppe, die von allein geht, und denke: Wenn ich also Nacht für Nacht so in Masons Zimmer gegangen bin, dann ist es wohl auch möglich, dass ich das Haus verlassen habe.

Ich versuche, mir vorzustellen, wie ich durch den Flur und

an seinem Zimmer vorbei gehe, die Haustür öffne und durch die Straßen meines Wohnviertels streife wie ein ruheloses Gespenst, das einem vertrauten, tröstlichen Weg folgt. Wieder denke ich an die Fußspuren auf meinem Teppich damals, sage mir, dass ich genau so etwas schon früher getan habe – aber selbst wenn, ist ausgeschlossen, dass ich Mason mitgenommen habe. Ich habe mir genügend dieser Videos angesehen, um zu wissen: Ich habe ihn nie angerührt. Ich bin nie weiter als bis zur Mitte des Zimmers gegangen. Dieser Mann muss verwirrt sein. Oder er lügt mich an, spielt mit mir, versucht, mir etwas weiszumachen, was nicht stimmt.

Schließlich lasse ich das Video weiterlaufen und beobachte meinen Körper, der schwankt wie die Wäsche auf der Leine im Wind. Ich beobachte Mason, der im Schlaf mit seinen Beinchen strampelt. Der Monitor leuchtet in einem eigenartigen Nachtsichtgrau, in dem ich aussehe wie ein Tier, das im Dunkeln in eine Falle läuft. Schließlich bewegen sich meine Beine: ein Schritt, dann noch einer. Ich warte darauf, dass ich mich umdrehe, zurück zur Tür gehe, aber stattdessen gehe ich näher heran. Näher heran an Mason.

Ich beuge mich vor. Das Licht des Laptops brennt mir in den Augen. Gebannt verfolge ich, wie mein Körper zum Kinderbett geht, stehen bleibt, lautlos auf Mason hinabblickt – und sich dann mit ausgestreckten Armen vorbeugt.

Nein!, denke ich, unfähig, den Blick abzuwenden, unfähig, mich zu rühren, während mein schlafender Körper meinen Sohn hochhebt. Die kleinen Füße strampeln, während ich ihn an mich ziehe. Ihn an die Brust drücke.

Hastig klappe ich den Laptop zu, aus Angst vor dem, was womöglich als Nächstes passiert.

KAPITEL
EINUNDVIERZIG

Einen Monat nach Allisons Trauerfeier hörte ich bei *The Grit* auf.

Ben fand einen Weg, wie er es versprochen hatte, und dazu gehörte, dass ich Freiberuflerin wurde. Ich würde projektgebunden weiter für *The Grit* arbeiten, und wenn wir unsere Beziehung dann öffentlich machten, würde es nicht so schlecht aussehen. Es würde nicht nach Chef und Angestellter aussehen; es hätte nicht schon begonnen, als Allison noch lebte.

Selbstverständlich war unsere Verbindung *hinterher* zustande gekommen. Nach Allisons Tod. Als ich bereits fort war.

Unsere Hochzeit war klein und intim. Ben fand es nicht richtig, einen großen Empfang zu geben, und ich tendierte dazu, ihm zuzustimmen. Schließlich war es seine zweite Ehe, nicht einmal ein Jahr nach Allisons Tod. Außerdem hatte ich sowieso nicht viele Menschen, die ich hätte einladen wollen.

Ehrlich gesagt hatte ich niemanden.

Wir gaben uns das Jawort am Chippewa Square. Das Kopfsteinpflaster bildete den behelfsmäßigen Mittelgang zu unserem Altar, einem Gewölbe aus ausladenden Bäumen. Ich trug Weiß, ein schlichtes Sommerkleid, und ich weiß noch, dass ich jedes Mal breit grinsen musste, wenn Passanten mich sahen und anerkennend pfiffen. Nach so vielen Monaten der Heimlichtuerei – in denen wir uns in der Redaktion ignoriert hatten, in der Öffentlichkeit zusammen, aber nicht wirklich *zusammen* gewesen waren – tat es gut, dass die Welt uns wahrnahm.

Dass sie mich wahrnahm.

Nach der Eheschließung gingen wir zum Abendessen in ein Restaurant, nur Ben und ich. Wir aßen Pasta und tranken zwei

Flaschen Rosé, lachten und strahlten und waren absolut euphorisch bei dem Gedanken, den Rest unseres Lebens miteinander zu verbringen. Nur wenige Tage zuvor hatten wir unser Haus bezogen, aber die Möbel waren noch nicht geliefert worden, daher verbrachten wir die Hochzeitsnacht auf einem improvisierten Lager aus Decken und Dekokissen auf dem Wohnzimmerboden. Ich erinnere mich noch an die zusammengewürfelte Ansammlung von Kerzen auf dem Kaminsims und die Blütenblätter, die er aus meinem Brautstrauß gezupft und über den Teppich verstreut hatte. Es war leidenschaftlich und romantisch, emotional und real.

Es war die glücklichste Nacht meines Lebens.

Wir hatten natürlich über Kinder gesprochen. Keiner von uns wollte welche. Ben war zu beschäftigt. Für ihn hatte die Arbeit oberste Priorität, würde sie immer haben, und er wusste, dass er deshalb oft durch Abwesenheit glänzen würde: Er wäre einer dieser Väter, die nie wirklich da waren. Das verstand ich – ich wusste es sogar zu schätzen, da ich selbst mit einem solchen Vater aufgewachsen war –, daher sagte ich ihm, ich hätte mich auch noch nie als Mutter gesehen. Und das stimmte. Der Gedanke an Mutterschaft erinnerte mich zu sehr an Margaret: an das, was geschehen war, als ein anderes Leben meiner Obhut anvertraut gewesen war.

Und ich katastrophal versagt hatte.

Doch dann vollzog sich in meinem Inneren ein allmählicher, beinahe unmerklicher Wandel hin zu einer Erkenntnis, die Jahre brauchte, um Wurzeln zu schlagen, wie ein Hubschraubersamen, der zuerst davontreibt, bevor er irgendwo niedergeht und keimt. Im Prinzip genoss ich das Freiberuflerinnendasein, aber es war anders als die Festanstellung bei *The Grit*. Für mich gab es keine Redaktionsräume, keine Kolleginnen;

ich war fast immer allein. Hin und wieder konnte ich ein bisschen reisen, aber hauptsächlich war ich zu Hause und verbrachte den Großteil meiner Tage damit, auf die Uhr zu sehen und die Stunden zu zählen, bis Ben nach Hause kam und ich endlich ein wenig Gesellschaft hatte.

Und dann war da natürlich Ben. Auch bei ihm vollzog sich ein subtiler Wandel. Er verschlang mich nicht mehr mit Blicken, wenn ich in meinem Bademantel, einem Hauch von Nichts, durchs Haus ging, sondern starrte auf seinen Computermonitor. Und er schien immer später nach Hause zu kommen. Unsere anfangs so frische Ehe war schal geworden. Vorher schien er mich aufregend zu finden. So *lebendig*. Doch jetzt, wo er mich hatte, hatte ich allmählich das Gefühl, in seinen Augen an Glanz zu verlieren wie ein Schmuckstück, das zu lange nicht getragen worden war. Ich sagte mir, so sei die Ehe eben – mit den Jahren gingen Spontaneität und Knistern nun einmal verloren und ein langsamer Niedergang setze ein –, aber ich wollte das nicht hinnehmen. Ich wollte nicht hinnehmen, dass wir nach nur vier Jahren schon festgefahren waren.

Dass es das schon gewesen sein sollte nach allem, was wir gemeinsam durchgemacht hatten – nach dem Verlust von Allison und dem meines Jobs und all den anderen kleinen Verlusten, die sich wie Opfer anfühlten, dargebracht in der Hoffnung auf *mehr*.

Ich habe diesen einen Morgen ganz lebhaft in Erinnerung; den Morgen, an dem die Saat schließlich zu etwas Wildem, Lebendigem keimte. Es war wie ein invasives Kraut, das ich nicht mehr einhegen konnte, das sich einen Weg in meinen Kopf bahnte und dort das Kommando übernahm. Eigentlich dachte ich schon eine Weile darüber nach, dass ein Baby vielleicht gar nicht so schlecht wäre – dass es vielleicht sogar *gut* wäre. Vielleicht würde Ben es zum Anlass nehmen, etwas häufiger zu Hause zu sein, und seine Prioritäten anders setzen. Vielleicht würde es uns wieder zusammenschweißen – und vielleicht, *vielleicht*, wäre es meine Chance, mich richtig um jemanden zu kümmern, nachdem ich bei Margaret versagt hatte.

Meine Chance, die Vergangenheit wiedergutzumachen.

Und so ging ich eines Morgens ins Bad und schloss die Tür hinter mir, und als ich mit einem leisen Klicken abschloss, schlug mir das Herz bis zum Hals. Noch heute sehe ich vor mir, wie ich mich über die Toilette beugte, meine Antibabypillen eine nach der anderen aus der Blisterverpackung drückte und ins Wasser fallen ließ wie ein zeremonielles Opfer. Spüre noch immer den Kitzel der Vorfreude in meinem Bauch, den ich empfand, als ich abzog und beobachtete, wie die Tabletten kreiselten und dann endgültig verschwanden. Sehe vor mir, wie ich Ben die Kleider vom Leib riss, sobald er nach Hause kam, wie wir hinterher schweigend nebeneinanderlagen und ich mich fragte, ob es passiert war. Wartete. Versuchte, irgendwie zu spüren, was in mir geschah.

Und ich hatte Schuldgefühle, ja. Ich schämte mich für meinen Betrug, und es war mir auch ein bisschen peinlich, dass ich so tief gesunken war, etwas so Hinterhältiges und Durchtriebenes zu tun – aber es gab mir auch einen Kick, dass ich endlich wieder so etwas Ähnliches wie Kontrolle über mein Leben erlangt hatte.

Dass ich ausnahmsweise einmal selbst entschieden hatte.

Ehrlich gesagt, habe ich nicht wirklich geglaubt, dass es klappen würde – oder jedenfalls nicht so schnell. Aber es dauerte nur wenige Monate, bis mich aus heiterem Himmel eine Welle so starker Übelkeit überkam, dass ich unwillkürlich den

Arm ausstreckte und die Küchentheke packte, mit einer Kraft, die ich mir nicht zugetraut hätte. Ich weiß noch, ich schloss die Augen, schürzte die Lippen. Zwang das, was da aus meinem Magen hochstieg, wieder hinab, ehe ich ins Bad rannte und dort zu Boden sank.

Ich erinnere mich, dass ich langsam die Hand nach der noch vollen Schachtel mit den Tests ausstreckte und sie aufriss. Ich hatte sie in einer staubigen Ecke verborgen, wo sie wie eine Mausefalle lag, bereit, mir die Finger einzuklemmen.

«Ben?», schrie ich, ohne den Blick von den zwei rosa Linien losreißen zu können, unsicher, ob sie real waren. «Ben, kommst du bitte mal?»

Doch dann fiel mir wieder ein: Er war ja nicht da.

Die Monate vergingen, und die Veränderungen gingen weiter, nur nicht so, wie ich es mir erhofft hatte. Ich beobachtete, wie meine Haut sich dehnte und eindellte wie Knetmasse; wie meine Knöchel anschwollen und mein Bauchnabel sich vorwölbte. Wenn ehemalige Kolleginnen die Hände auf meinen Bauch legten, die Tritte spürten und mir Komplimente zu meinem frischen Teint machten, lächelte ich, aber die ganze Zeit über hatte ich ein ungutes Gefühl, weil ich etwas vor allen verbarg: ein schmutziges kleines Geheimnis, das sie unmöglich verstehen konnten. Denn ich erinnerte mich noch gut an diesen ersten Augenblick im Bad, diese erste Reaktion, die so rasch aufflackerte wie der erste Anfall von Übelkeit, den ich ebenso schnell unterdrückt hatte. Ich wusste noch genau, wie es gewesen war, auf den Fliesen zu sitzen, den Test in der Hand, den Blick fest auf die beiden rosa Linien gerichtet, während die Stille in meinem Haus und in meinem Leben um mich herum widerhallte wie ein Schrei unter Wasser – irgendwie durchdringend und gedämpft zugleich.

Bevor die Tränen flossen und sich Begeisterung und Freude einstellten, empfand ich zunächst etwas anderes. Etwas, womit ich nicht gerechnet hatte.

So unvermittelt wie ein Blinzeln, beinahe unmerklich, durchzuckte mich ein Anflug von Bedauern.

KAPITEL
ZWEIUNDVIERZIG

In der Küche steht Kaffee. Vor einer Weile hörte ich Waylon, durch den Flur schlurfen und eine Kanne aufsetzen, hörte die Kaffeemaschine brodeln und zischen. Dann das Klirren, als er die Steingutbecher aus dem Schrank nahm und auf die Theke stellte. Schließlich hörte ich, wie er sich Kaffee einschenkte und ins Wohnzimmer ging. Der Duft folgte ihm, aber ein Teil davon bog ab, schwebte durch den Flur und unter meiner Tür hindurch zu mir.

Die ganze Nacht habe ich aufrecht im Bett gesessen, die letzten Bilder aus dem letzten Video wie eingebrannt vor Augen: ich, die ich Mason im Dunkeln aus seinem Kinderbett nehme und ihn fest an mich drücke, während er sich windet und strampelt, den kleinen Stoffdinosaurier in der Hand.

Immer wieder denke ich über dieses Lächeln nach, das kurz über die Lippen des alten Mannes zuckte, während er seine umwölkten Augen auf mich richtete, eine Aufforderung an mich, mich zu erinnern.

Schließlich komme ich schwerfällig und zögerlich aus meinem Schlafzimmer hervor, als wäre ich gerade nach einer ausgelassenen, alkoholseligen Nacht erwacht und noch benommen.

«Morgen», sagt Waylon und neigt seinen Kaffeebecher in meine Richtung. «Haben Sie ein bisschen schlafen können?»

«Ja», lüge ich und weiche seinem Blick aus. «Das mit heute Nacht tut mir leid. Dass ich Sie geweckt habe.»

«Nicht doch. Geht es Ihnen denn besser?»

Ich ignoriere diese Frage, schnappe mir die Kaffeekanne, gieße mir Kaffee ein und umklammere den heißen Becher so fest, dass es wehtut. Dann gehe ich ins Wohnzimmer, setze mich zu ihm auf die Couch und schlage die Beine unter wie ein kleines Kind.

«Also, können wir jetzt darüber reden?»

Waylon lacht, stellt seine Tasse auf einen Untersetzer und schüttelt bedächtig den Kopf.

«Sie kommen gleich zur Sache, was?»

«Na ja, deshalb sind Sie ja hier, oder? Um mir zu helfen, meinen Sohn zu finden.»

Da geht eine blitzartige Veränderung mit seinem Gesicht vor sich. Für den Bruchteil einer Sekunde ist zu sehen, dass er sich darauf vorbereitet zu lügen. Es ist leicht zu erkennen, sofern man weiß, wonach man Ausschau halten muss: nach dem Anspannen des Kiefers, dem sich verhärtenden Blick. Diese Anzeichen verschwinden so schnell, wie sie aufgetaucht sind, aber trotzdem. Sie waren da.

«Natürlich», sagt er dann und beugt sich vor, nimmt die Tasse wieder in die Hand und spielt an ihr herum. «Ich dachte nur, Sie wollen vielleicht zuerst richtig wach werden.»

«Ich bin nur neugierig, das ist alles. Anscheinend hatten Sie in einer Woche mehr Glück bei Dozier als ich in einem ganzen Jahr.»

«Manchmal hilft frisches Blut.»

«Das sehe ich.»

Waylon sieht mich an und zupft an einem losen Faden im Bezug der Couch.

«Er hat mir gesagt, er sei bereit, mir ein paar Mitschnitte von Befragungen zur Verfügung zu stellen, damit ich sie mir anhören und vielleicht auch auszugsweise im Podcast verwenden kann», sagt er schließlich. «Die Transkriptionen habe ich sowieso gelesen.»

Er trinkt einen Schluck Kaffee und schmatzt, offenbar zufrieden mit seiner Antwort. Und so weit stimmt es ja wohl auch – nur hat er ausgelassen, dass er die Audiodateien bereits hat.

«Welche Befragungen denn?», erkundige ich mich. Der Kaffee dampft unangetastet in meinen Händen.

«Das weiß ich noch nicht. Da ist tageweise Material zu sichten. Ich fahre nachher vorbei und hole es ab.»

Ich nicke und denke an die Nachmittage, die wir auf der Polizeiwache verbracht haben. An die leeren Wasserflaschen zu meinen Füßen und mein müdes Gesicht im Spiegel an der Wand. An meine Stimme, die gestern Abend aus dem Kopfhörer in meine Ohren drang wie Sumpfwasser durch ein geborstenes Fenster. Durch einen geöffneten Mund.

«Kann ich mitkommen?», frage ich.

«Ich weiß nicht, ob das eine gute Idee ist.»

«Warum nicht?»

Waylon atmet geräuschvoll aus. Sein Atem riecht nach Kaffee.

«Schauen Sie», sagt er schließlich und schlägt die Beine übereinander. «Ich weiß wirklich zu schätzen, was Sie hier tun … dass Sie mich bei sich wohnen lassen, dass Sie so kooperativ sind. Mehr als kooperativ.»

«Aber?»

«*Aber*», wiederholt er und atmet tief durch, «ich möchte die Integrität des Podcasts nicht aufs Spiel setzen.»

«Die *Integrität* …»

Waylon hebt die Hände und unterbricht mich. «Wenn jemand herausfände, dass wir hier zusammengearbeitet haben, wäre meine Glaubwürdigkeit zum Teufel. Niemand würde diesen Podcast noch für objektiv halten. Ich meine, tut mir leid, dass ich das sage, aber …»

«Aber ich bin verdächtig», unterbreche ich ihn meinerseits. «Und so müssen Sie mich auch behandeln.»

«Ja. Na ja, nein. Ich sage nur, dass es nicht so *aussehen* darf, als würde ich Partei ergreifen.»

«Würden Sie sich wirklich Sorgen um Ihre Integrität machen, hätten Sie sich niemals darauf eingelassen, hier zu wohnen», sage ich und stehe auf. «Also warum sagen Sie mir nicht, worauf Sie es wirklich abgesehen haben.»

Waylon schweigt und trommelt mit den Fingern auf seine Kaffeetasse. «Mir ist nicht ganz klar, was Sie damit sagen wollen.»

«Ich weiß, dass Sie mich angelogen haben, was Ihren Besuch bei Dozier gestern angeht. Ich weiß es, weil er hier war.»

Waylon horcht auf und bekommt große Augen.

«Das muss gewesen sein, nachdem ich wieder gegangen war ...»

«Und dass Dozier gesagt hätte, er kenne meinen Nachbarn nicht, war auch gelogen, denn er kennt ihn. Er hat mir seinen Namen genannt.» Meine Wut über Waylons Betrug treibt mich weiter. «Also kommen Sie mir nicht mit diesem Quatsch von wegen *Glaubwürdigkeit*, denn wir wissen beide, dass Sie die nicht besitzen. Warum sind Sie hier?»

«Ich ... bin hier, um zu helfen», sagt er, doch allmählich klingt es nicht mehr so überzeugend. Als wüsste er selbst, dass es keinen Sinn hat weiterzulügen. «Ich bin hier, um herauszufinden, was mit Ihrem Sohn passiert ...»

«*Quatsch.* Ich habe heute Nacht Ihre Sachen durchsucht. Ich habe alles gesehen, was Sie vor mir verbergen. Warum sind Sie hier?»

Er schweigt und presst die Lippen aufeinander. Wir starren uns über die Couch hinweg an, eine stumme Pattsituation. Als ich schon denke, er will gar nicht mehr antworten, senkt er den Kopf und stößt geräuschvoll die Luft aus.

«Isabelle, Sie haben die Indizien gesehen», sagt er schließlich. «Sie haben es alles gesehen.»

«Und?»

«Dann wissen Sie, worauf diese Indizien hindeuten. Wer Mason auch entführt hat … war im Haus und hat es von innen getan.»

Ich blinzle mehrmals. Worauf das hinausläuft, liegt natürlich auf der Hand. Ich weiß, was er sagen will.

«Die Indizien lassen nicht auf gewaltsames Eindringen schließen.»

«Aber da war ein Fenster offen …», wende ich ein.

«Und keine Fußspuren auf dem Teppich», unterbricht er mich und sieht mich endlich an. «Wenn jemand durch dieses Fenster in Ihr Haus eingestiegen wäre, wäre Schmutz auf dem Teppich gewesen. Erde, Gras, *irgendetwas*.»

«Dafür könnte es eine einfache Erklärung geben», sage ich. «Er könnte die Schuhe ausgezogen haben …»

«Warum hat Roscoe nicht gebellt?» Waylon lässt nicht locker. «Er bellt, wenn er Fremde sieht. Jemand hätte ihn gehört. Sie wären aufgewacht. Warum ist er still geblieben?»

«Er war nicht … er war nicht im Kinderzimmer», erwidere ich, obwohl ich weiß, dass das keine gute Erklärung ist. Er hätte es trotzdem gehört. «Vielleicht hat er geschlafen.»

«Er ist still geblieben, weil niemand bei Ihnen eingebrochen ist, Isabelle. Ich weiß es, Sie wissen es, die Cops wissen es. Es gab keinen Einbrecher.»

Ich denke an Detective Dozier, der mich immer abblitzen lässt; der mich ansieht, als wüsste er etwas, das ich nicht weiß. Der sich gern taub zu stellen scheint.

274

Dann hatte ich also recht. Das ist es, was er glaubt. Das ist es, was sie alle glauben.

«Das glauben Sie wirklich?» Ich bemühe mich um einen gelassenen Ton. Bemühe mich, nicht zu weinen. «Die ganze Zeit, die Sie jetzt schon hier sind, bei jeder Unterhaltung, die wir geführt haben …?»

Wir schleichen beide um den heißen Brei herum und vermeiden es, die Frage auszusprechen, aber seinem Blick nach zu urteilen, weiß er, was ich von ihm wissen will: *Glauben Sie, dass ich meinen Sohn getötet habe?*

«Ja», sagt er schließlich und sieht mir dabei in die Augen. «Ja, das glaube ich.»

Ich hätte es kommen sehen müssen. Schließlich bin ich selbst eine Geschichtenerzählerin, und eine Geschichtenerzählerin beginnt keine Geschichte, ohne sie *wirklich* zu kennen. Ohne zu wissen, was sie erzählen will. Man stürzt sich da nicht blindlings hinein und sucht dann erst nach Antworten. Man *hat* die Antworten – zumindest die eigenen Antworten, die Antworten, die man will –, und dann macht man sich auf die Suche nach Belegen dafür.

Von unserer ersten Unterhaltung im Flugzeug an war das Waylons Ansatz. *Ich* war sein Ansatz. Ich dachte, er sei anders, ich dachte, es kümmerte ihn, deshalb ließ ich ihn ein, und deshalb erzählte ich ihm das alles. Erzählte ihm, was ich noch nie jemandem erzählt hatte. Aber das gehörte von Anfang an zu seinem Spiel, nicht wahr? Das war sein Ziel: Er wollte mich dazu bringen, dass ich mich entspannte und mich ihm öffnete, indem er für mich kochte und mir Wein einschenkte; indem er mir so aufmerksam zuhörte und nie zu sehr in mich drang.

Aber die ganze Zeit hat er das geglaubt. Wie alle anderen.

Isabelle Drake ist eine Kindsmörderin.

«Raus hier», sage ich und deute zur Tür. «Ich möchte, dass Sie mein Haus verlassen.»

Waylon schweigt, aber er hat den Mund noch geöffnet, so als wollte er sich wehren.

«*Sofort.*»

Nach einer Weile nickt er, steht schweigend auf und geht ins Gästezimmer. Ich bleibe bei der Couch stehen, die Arme fest vor der Brust verschränkt, und in meinen Augen brennen Tränen, während ich zusehe, wie er seine Sachen zusammenpackt. Es schmerzt: der Verrat, die Lügen. Dass ich mir schließlich doch gestattet hatte, mich gehört und wahrgenommen zu fühlen. Mich nicht ganz allein in dieser Sache zu fühlen.

Aber das ist nicht das, was am meisten schmerzt.

Schlimmer ist, dass Waylon, selbst nachdem er mich kennengelernt hat, noch glaubt, dass tief in meinem Inneren eine solche Niedertracht verborgen ist. Dass da ein Nachtwesen wohnt, das im Dunkeln hervorgleitet; etwas mit einem Blutdurst, der gestillt werden muss. Er glaubt wirklich, ich sei damals nachts in Masons Kinderzimmer gegangen und hätte ihm etwas angetan, etwas Furchtbares. Etwas so Schlimmes, dass mein eigener bewusster Verstand es unterdrückt hat und sich weigert, sich daran zu erinnern. Genauso, wie ich Margaret etwas antat.

Aber auch das ist noch nicht das Schlimmste.

Das Schlimmste daran ist, dass ich es jetzt in erstaunlich hohem Maße selbst glaube.

KAPITEL DREIUNDVIERZIG

Ich bin in der Innenstadt, in der Nähe der Redaktion von *The Grit*, auf einer langen, von Eichen gesäumten Straße mit historischen Wohnhäusern. Man sieht, dass sie teuer sind. Die Art von Häusern, die die Leute nicht nur um der Häuser selbst willen kaufen, sondern weil sie Geld und Status ausstrahlen – ganz ähnlich wie auch *The Grit*, nehme ich an. In gewisser Weise ist es also logisch, dass Ben beschlossen hat, hier zu wohnen. Es passt zum Image.

An seinem Haus angekommen, steige ich die Treppe hinauf und sehe auf die Uhr. Ich hatte gehofft, ihn vor der Arbeit zu erwischen, auf dem Weg hinaus, aber vielleicht habe ich ihn verpasst. Wenn er nicht zu Hause ist, werde ich einfach warten müssen. Ich atme tief durch und läute, höre es drinnen klingeln und stecke die Fäuste in die Taschen. Als minutenlang alles still bleibt und ich gerade beschließe, wieder zu gehen und es später noch einmal zu probieren, fliegt plötzlich die Tür auf.

Ben lacht, er ist mitten in einer Unterhaltung, und ich verfolge, wie sein Lächeln verblasst, als er mich erblickt.

«Isabelle», sagt er. «Was machst du denn hier?»

«Hast du kurz Zeit? Ich hatte gehofft, wir könnten uns unterhalten.»

«Ähm, nein», sagt er und blickt über seine Schulter. «Nein, eigentlich nicht. Ich bin spät dran für die Arbeit.»

«Es ist wichtig ...»

«*Ben?*», höre ich eine Stimme irgendwo im Haus. Eine Frauenstimme, jung und kokett, und ich senke den Kopf, um meine errötenden Wangen zu verbergen. Das ist sie. «*Ben, bist du draußen? Wer ist es?*»

«Niemand», ruft er nach drinnen. «Eine Sekunde.»

Schweigend stehen wir da, beide zu verlegen, um einander in die Augen zu sehen. *Niemand.* Ich habe sie bei irgendetwas gestört, das merke ich. Ein gemeinsam verbrachter Dienstagmorgen, und ich frage mich, ob das nur Zufall ist – ob sie gestern Abend vielleicht zu viel getrunken haben, zusammen hierhergewankt sind und beschlossen, dass sie hier übernachtet, anstatt sich ein Taxi zu rufen – oder ob sie hier wohnt. Ob er einfach so schnell von mir zu ihr gehüpft ist, ebenso schnell wie von Allison zu mir.

Ich lehne mich zur Seite, um vielleicht einen Blick ins Haus werfen zu können.

«Also, was gibt's, Isabelle?», fragt er und lehnt sich an den Türrahmen, um mir die Sicht zu verstellen. «Was führt dich so früh an einem Dienstagmorgen hierher?»

«Ich habe bloß ein paar Fragen. Du weißt schon, zu dieser Nacht …»

«Himmel.» Er senkt den Kopf und kneift sich fest in die Haut zwischen den Augen, als wäre ich ein Migräneanfall, den er abzuwehren versucht. «Soll das ein Witz sein?»

«Es ist wichtig …»

«Isabelle, du musst *loslassen*.»

«Sagst du das, weil das am besten für mich ist?», frage ich. «Oder weil du glaubst, dass ich die Wahrheit nicht wissen will?»

Ben starrt mich mit schräg geneigtem Kopf an. «Was soll das heißen?»

Ich denke an andere Gelegenheiten, bei denen er mich so ansah – auf Dr. Harris' Couch mit der Hand auf meinem Knie; in unserem Wohnzimmer, wenn ich in der Dämmerung mit glasigen Augen reglos am Fenster stand – und in meinem Gesicht nach etwas längst Verlorenem suchte: nach einem

Aufflackern von Wiedererkennen vielleicht. Einem Anflug von Wissen. Einer Erinnerung, die tief in meinem Unterbewusstsein sitzt und an die Oberfläche will.

«Ich denke, du weißt, was das heißen soll», sage ich. «Schau mal, Ben, falls du mich schützen willst oder so ...»

Ich breche ab, bin in Gedanken wieder in Beaufort. Bei meinem Vater, der mich genauso ansah. Der mich gedeckt und für mich gelogen hat, weil er wusste, dass mich die Wahrheit umbringen würde. Vielleicht will Ben mich deshalb so unbedingt vom Weitersuchen, vom Weiterhoffen abbringen.

Weil er weiß, dass es zwecklos ist. Weil er die Wahrheit kennt.

«Falls du etwas über das, was passiert ist, weißt und nur Angst hast, es mir zu sagen ... bitte», sage ich flehentlich. «Ich muss es wissen. Ich kann so nicht weitermachen. Ich kann nicht ...»

Ehe er mir antworten kann, wird die Tür weiter aufgerissen, und eine Frau tritt hinter ihn. Sie trägt eines seiner eleganten weißen Hemden, den Kragen halb aufgestellt, und hat das dunkle Haar oben auf dem Kopf zu einem Knoten aufgesteckt. Sie ist ungeschminkt und schön und lächelt höflich, legt ihm die Hand auf die Schulter und schiebt sich an ihm vorbei.

«Hi, Isabelle», sagt sie. «Schön, Sie zu sehen.»

Ich starre die Frau vor mir an und registriere, dass Bens Schultern sich bei ihrer Berührung versteifen. Ich frage mich, ob er es auch sieht. Wie ähnlich wir uns sind. Der Amorbogen unserer Lippen; die markanten Wangenknochen, die Haarfarbe. Ich frage mich, ob er es sieht, ob es ihm peinlich ist oder ob er sich dessen überhaupt nicht bewusst ist. Ob ihm nicht einmal klar ist, dass ich das Gefühl habe, uns zwei vor mir zu haben, vor fünf Jahren, als ich diejenige war, die seine

Hemden trug und ihm Frühstück machte. Ihn zum Lachen brachte.

«Isabelle, das ist Valerie», sagt er schließlich. «Wobei ich gehört habe, dass ihr zwei euch schon miteinander bekannt gemacht habt.»

«Valerie», wiederhole ich, mustere ihre dunklen Augen und ihr offenes Lächeln. Zuerst weiß ich nicht, wovon er redet – was er mit *bekannt gemacht* meint –, aber dann bemerke ich die beiden Grübchen, die ihren Mund wie zwei Klammern einrahmen. «Aus der Kirche.»

Ich erinnere mich an den Abend der Mahnwache für Mason; an die Kathedrale mit den Touristen und den Gläubigen, wo ich die Augen schloss und eine Weile eindöste. Als ich sie wieder öffnete, waren alle fort. Ich denke daran, wie ich um die Kirche herum zum Hintereingang ging, durch den Licht heraus auf den Gehweg fiel wie Mondschein auf ein Gewässer. Der stechende Geruch des billigen Kaffees, der in einer Ecke kochte, ließ meine Augen tränen. Ich sehe diesen traurigen Stuhlkreis aus billigen Metallstühlen vor mir und die Frau, die mich begrüßte. Mich einlud zu bleiben.

«Ich hatte bisher keine Gelegenheit, mich vorzustellen», sagt sie jetzt zu mir und reicht mir die Hand. «Richtig, meine ich.»

Ich betrachte ihre Hand und denke an den Mann, der hereinschlurfte und uns unterbrach, als sie gerade etwas sagen wollte. Ich kann mich nicht dazu überwinden, ihre Hand zu nehmen.

«Valerie, Schatz, wir brauchen nicht lange», sagt Ben nach längerem Schweigen. Ich merke ihr an, dass sie gern dabeibleiben würde – sie möchte das zwischen uns in Ordnung bringen, was auch immer *das* sein mag –, aber er gibt ihr einen Kuss auf den Kopf und kommt vor die Tür, schließt sie hinter sich und lässt sie drinnen zurück.

«Also», sage ich nach kurzem, unbehaglichem Schweigen schließlich und verschränke die Arme. «Die Therapeutin.»

«Komm schon, Isabelle.» Er seufzt. «Nicht jetzt.»

«Ich muss zugeben, dieses Klischee hätte ich von dir nicht erwartet», fahre ich fort und spüre, wie die Wut in mir aufsteigt. Wieder habe ich diesen metallischen Geschmack auf der Zunge – nach Blut, nach Münzen. «Andererseits, wer bin ich, das zu sagen? Ich habe meinen Chef geheiratet.»

«Das reicht. Ich habe versucht, dich mitzuziehen mit mir. Ich habe es *versucht*.»

Wieder denke ich an diese Stühle und versuche, mir Ben auf einem davon vorzustellen. Solche Verletzlichkeit. Er kommt mir so fehl am Platz vor dort, so falsch, und unvermittelt habe ich ein schlechtes Gewissen, wenn ich mir vorstelle, wie er diesen Raum zum ersten Mal betrat, allein. Ich sehe seine Finger vor Nervosität zappeln, während er um Worte ringt, die sonst so gebieterische Stimme brüchig.

Dann die Erkenntnis, die mir wie ein Messer zwischen die Rippen fährt, kalt und scharf: Ich hätte dort bei ihm sein sollen.

«Wir waren also noch zusammen», sage ich jedoch und stelle mir vor, wie er jeden Montagabend das Haus verließ und ihn mit ihr verbrachte, während ich am Esstisch sitzen blieb und mit wildem Blick die Fotos an der Wand verschlang. Ich hatte sie praktisch zusammengebracht, hatte ihn in die Arme einer Person getrieben, die ihm tatsächlich helfen konnte.

«Wir waren nicht mehr zusammen, und das weißt du», erwidert er. «Wir waren schon lange nicht mehr *zusammen*. Eigentlich.»

«Das ist mir neu. Dann ist es wohl irgendwie so, wie du und Allison auch nicht mehr zusammen wart. *Eigentlich*.»

Ben starrt mich an, und ich merke, damit habe ich ihn überrumpelt. Nie zuvor habe ich das Thema Allison so zur Sprache gebracht. Noch nie habe ich angedeutet, dass das, was er ihr antat – was *wir* ihr antaten, gemeinsam, hinter ihrem Rücken –, in vielerlei Hinsicht falsch war.

«Also was? Hat sie dich in den Armen gehalten, als du geweint hast, und getröstet, als ich es nicht konnte?» Ben schweigt noch immer und sieht mich nur an, aber ich kann nicht aufhören. Ich will ihn verletzen, obwohl es nicht fair ist. Obwohl nichts von alledem – *nichts* – passiert wäre, wenn ich nicht gewesen wäre.

«Du solltest wissen, dass wir erst vor Kurzem zusammengekommen sind», sagt er jetzt leise und setzt meiner Wut sein Mitleid entgegen, was es noch schlimmer macht. «Das ist die Wahrheit. Erst als ich nicht mehr hingegangen bin. Erst nachdem ich ausgezogen war.»

«Wie lieb von ihr zu warten.»

«*Ich* bin auf *sie* zugegangen. Okay? Es ist nicht von ihr ausgegangen. Sie hat nichts Falsches getan.»

Wir schweigen beide, und ich spüre mein Herz heftig gegen seinen Ring schlagen, der immer noch auf meiner Brust liegt. Mit einem Mal verspüre ich den Drang, ihn abzureißen und Ben ins Gesicht zu schleudern, aber damit würde ich ihm verraten, dass ich den Ring an mich genommen und mich daran festgeklammert habe, und das ist etwas, wozu ich mich noch immer nicht überwinden kann.

«Wärst du ausgezogen, wenn Mason nicht entführt worden wäre?», frage ich stattdessen. Ich muss diese Frage stellen, bevor ich mir auf die Zunge beißen kann; bevor ich es mir anders überlege, zurück ins Zwielicht krieche und mich bewusst für das Unwissen und gegen eine Erkenntnis entscheiden kann, die mich mit Sicherheit umbringen wird. «Oder bist du ausgezogen, *weil* er entführt wurde?»

«Isabelle, tu dir das nicht an.»

«Bist du gegangen, weil ich ihm etwas angetan habe? Etwas, woran ich mich nicht erinnern kann?»

Er sieht mich an, den Mund halb geöffnet, als wollte er mir antworten, könnte es aber zugleich nicht.

«Antworte mir.»

Ben seufzt und blickt auf seine Schuhe. Schließlich schüttelt er den Kopf.

«Ich denke, du solltest nach Hause fahren», sagt er, dreht sich um und öffnet die Tür. Ich kann Valerie drinnen auf der Kante eines Barhockers sitzen sehen. Sie blickt mitfühlend. «Ich weiß nicht, wonach du suchst … aber hier wirst du es nicht finden.»

KAPITEL VIERUNDVIERZIG

So ungern ich das zugebe, aber Ben hat recht.

Hier werde ich nicht finden, wonach ich suche. Ich muss am Anfang beginnen – und der Anfang war nicht die Nacht, in der Mason verschwand. Und auch nicht der Abend, an dem Ben und ich uns kennenlernten.

Der Anfang war in Beaufort. Der Anfang war die Nacht, in der Margaret starb. *Das* war der Anfang – der erste Dominostein, der kippte. Der kataklystische Schmetterlingsflügelschlag, der Auswirkungen auf mein gesamtes Leben haben sollte. Ich kann das nicht mehr ignorieren. Ich kann nicht mehr so tun, als glaubte ich die Lügen meines Vaters, und die Hinweise verdrängen, die ich selbst sah: das Nachthemd, den Teppich, den Schlamm. Denn ich weiß bereits seit einer Weile, wonach das aussieht. Worauf es hindeutet.

Nicht nur in Margarets, auch in Masons Fall.

Ich habe es gewusst, ich habe mich bloß geweigert, es zu sehen. Ich habe mich geweigert, das Licht einzuschalten. Aber Tatsache ist, ich kann mein Leben nicht weiter im Dunkeln leben. Ich kann nicht. Das geht schon zu lange so.

Jetzt sitze ich im Auto und fahre an der Küste entlang nach Norden. Mein Elternhaus liegt keine Autostunde entfernt, trotzdem fahre ich nur selten hin. Nur wenn es unumgänglich ist. Ich habe nicht angerufen, habe meine Eltern nicht vorgewarnt, dass ich komme, denn um ehrlich zu sein, will ich mich nicht festlegen. Ich will mir die Möglichkeit offenhalten, vorzufahren, dieses Haus – *mein* Haus – hinter dem schmiedeeisernen Tor aufragen zu sehen und einfach wieder umzukehren, einfach zurück nach Savannah zu fahren. Denn ich weiß, schon sein Anblick, schon die Erinnerungen könnten genügen, damit ich es mir anders überlege.

Ich fahre über den Port Royal Sound, und mein Blick hüpft über die gewaltige Wasserfläche voraus in die Innenstadt, wo ich an so vielen markanten Orten vorbeikomme, die zusammen gewissermaßen die Kulisse meiner Jugend bilden: die Bay Street, wo es von Touristen wimmelt und Margaret und ich an warmen Sonntagabenden immer Eis essen gingen. Pigeon Point und dieser alte Holzspielplatz, auf den wir jedes Wochenende gingen und Hand in Hand die große Straße überquerten. Vor allem an die Rutsche erinnere ich mich, deren glänzendes Metall in der Sonne so heiß wie eine Herdplatte wurde, was uns aber anscheinend nicht abhielt. Wir kletterten trotzdem immer wieder die Leiter hinauf und rutschten dann auf dem Rücken, auf dem Bauch, auf der Seite hinunter. Wenn unsere Kleidung hochglitt, quietschte unsere nackte Haut über die Rutsche und klebte daran fest wie ein Spiegelei in der Bratpfanne. Manchmal hatten wir Brandblasen, auf denen sich mit der Zeit Schorf bildete, der sich irgendwann abziehen ließ.

Als Nächstes fahre ich am Friedhof vorbei, einem markanten Ort, dem man nicht ausweichen kann, und wende den Blick ab.

Schließlich erreiche ich meine Straße. Ich bremse stark ab, bis ich praktisch auf die Sackgasse zukrieche, wie eine Verurteilte, die auf dem Weg zum Galgen Zeit schindet. Mein Elternhaus steht ganz am Ende der Straße. Noch weiter, und man fällt ins Meer.

Ich fahre an den Straßenrand, parke auf dem Gras und steige aus. Sobald ich die Tür öffne, schlagen mir salzige Luft und der Gestank des Schlamms ins Gesicht. Das Tor ist noch da, ebenso die Plakette, allerdings mittlerweile so von Efeu überwuchert, dass man die Inschrift nicht mehr lesen kann. Eigentlich sollte um diese Jahreszeit der Jasmin in voller Blüte stehen und die Luft mit seinem muskatähnlichen Duft erfüllen, aber die kleinen weißen Blüten, die normalerweise wie zierliche, von der Sonne ausgebleichte Seesterne aussehen, sind braun und spröde, und die Blütenblätter fallen ab wie Schuppen von trockener Haut.

Selbst die Pflanzen verschont der Tod dieses Ortes nicht.

Langsam gehe ich zum Haus. Für jeden anderen wäre es ein erfreulicher Anblick, aber für mich ist alles von Erinnerungen überlagert. Ich sehe die gewaltige Eiche mit den fingerähnlichen Ästen und die Statuen, die ein Eigenleben zu entwickeln scheinen. Den Steg, der in den Sumpf hinausragt, das Holz mitgenommen und rissig vom Salzwasser und von mangelnder Pflege. Die wuchtige Weide im Vorgarten, deren gewaltiges Wurzelgeflecht sich vom Stamm aus in alle Richtungen über den Rasen verzweigt, bis es wie wulstige, knorrige Krampfadern unter dem Pflaster der Einfahrt verschwindet und es aufbricht.

Diesem Anwesen haftet eine Krankheit an: etwas Böses, das seit Jahrhunderten im Haus pulsiert. Selbst als kleines Mädchen konnte ich das spüren. Ich konnte spüren, wie es uns alle durchströmt.

Ich atme tief durch, greife durch die Stangen des Tors und öffne den Riegel. Dann gehe ich zur Haustür. Ich weiß, dass sie da sind. Ich rieche den frischen Lavendelduft ihres Waschmittels, der durch die Belüftungsöffnung herausdringt; ich sehe ihre Autos hinter dem Haus parken, obwohl sie von niemandem mehr gefahren werden, wie ich weiß. Während ich hier aufwuchs, hat etwas von diesem Haus – eine Empfindung, ein *Gefühl* – auf mich abgefärbt, hat sich in mich hineingegraben, wie ein Holzsplitter, der einem unter die Haut dringt. Ich versuche schon mein ganzes Leben lang, es zu ignorieren, es nicht aufzustören, und mit der Zeit scheint es schlichtweg ein Teil von mir geworden zu sein: etwas Falsches, das so tief in mir steckt, dass mein Körper einfach gelernt hat, damit zu leben. Darum herumzuwachsen wie um einen Tumor.

Aber hier und jetzt kann ich spüren, wie es wieder ausbricht, ausgelöst vom bloßen Anblick dieses Ortes.

Ich betätige die Klingel und höre das Läuten durch die großen leeren Räume hallen. Dann warte ich, versuche, nicht zu zappeln, und weiß, dass ich gleich, wenn sie an die Tür kommen, zum ersten Mal seit Masons Entführung meinen Eltern gegenüberstehen werde. Endlich höre ich, wie aufgeschlossen wird, dann schwingt die schwere Haustür quietschend auf. Ich höre das trockene Räuspern meines Vaters – eine Angewohnheit, die vom Rauchen kommt und die er nie wieder ablegen konnte – und sage im Stillen *Dankeschön* dafür, dass ich es zuerst mit ihm zu tun habe.

«Hey, Dad.» Er blickt mich an, sichtlich überrascht, mich hier stehen zu sehen. Ich lächle matt, zucke knapp die Achseln und sehe angelegentlich auf meine Schuhe. «Was dagegen, wenn ich reinkomme?»

KAPITEL
FÜNFUNDVIERZIG

DAMALS

Es sind jetzt sechs Monate ohne Margaret, und irgendwie hat sich alles und zugleich nichts verändert.

Wir haben sie auf dem Beaufort National Cemetery beerdigt. Ich weiß noch, wie ich dort ganz in Schwarz auf dem Friedhof stand, ein Kontrast zu den in regelmäßigen Abständen angeordneten kleinen Grabsteinen, die mich an kleine, spitze Fangzähne denken ließen. Ich konnte mir aber auch vorstellen, dass wir im Inneren eines Haifischmauls standen, verloren zwischen endlosen Reihen schartiger Zähne. Allesamt nicht mehr als Fleischfetzen, die an ihnen hängen geblieben sind.

Der Pfarrer nannte es eine Ehre, dass sie zwischen einigen der tapfersten Soldaten unserer Nation begraben wurde – Dad war schließlich Veteran, was bedeutete, dass er eines Tages auch dort bei ihr liegen würde. Aber ich sah es nicht als Ehre. Ich sah es als eine grausame *Ent*ehrung, denn sie dort zu beerdigen, setzte voraus, dass an ihrem Tod etwas Tapferes war – etwas Heroisches, Notwendiges –, während sie in Wirklichkeit in schmutzigem Sumpfwasser ertrunken war, mit dem Gesicht im Dreck.

Es regnete, das weiß ich noch, aber niemand hatte daran gedacht, einen Regenschirm mitzunehmen, also standen wir drei einfach so da, und das Wasser tropfte aus den Ringellocken meiner Mutter, während wir zusahen, wie der winzige Sarg in eine schlammige Grube hinabgelassen wurde. Ihre Puppe war auch da drin, unter ihren Arm geklemmt. Mom hatte den Gedanken nicht ertragen können, dass Margaret allein begraben werden sollte, aber ich fand es gruselig, dass die Porzellanaugen dieser Puppe offen blieben, als der Sarg geschlossen wurde und sie beide im Dunkeln lagen. Dass die Zeit weiterlaufen und Margarets Leiche verfaulen und verrotten würde, bis nur noch die Knochen übrig wären, aber trotzdem wäre da, in ihre Ellenbeuge geschmiegt, immer noch Ellie, ihr Baby – mit offenen Augen, grinsend, lebendig begraben.

Als es vorbei war, fuhren wir schweigend nach Hause und zogen uns dort jeder in seine eigene stille Ecke zurück. Mom konnte nicht aufhören zu weinen; Dad konnte nicht aufhören zu trinken. Einige Monate später beschloss er, endgültig bei Mom und mir zu Hause zu bleiben, und ging in den Ruhestand. Vielleicht hatte Margarets Tod ihn gezwungen, sich klarzumachen, wie viel von ihrem Leben er verpasst hatte. Vielleicht ließ sich nicht vermeiden, dass ihr Tod überall bekannt wurde. Vielleicht waren die Fragen zu schwer zu beantworten. Jedenfalls beschloss er, sich zu Hause einzuigeln.

Vielleicht hatte Mom ihn aber auch dazu gezwungen. Vielleicht hatte sie zu viel Angst davor, noch mehr Nächte mit mir allein zu sein.

In mancherlei Hinsicht geht das Leben weiter, als wäre nichts passiert, wie wenn man sich den Zeh anstößt und mit Tränen in den Augen trotz der Schmerzen weitergeht. Im August ging die Schule wieder los, wie immer, und ich brachte das einfach hinter mich, so als wäre nichts. Als hinge Margarets kleiner Rucksack nicht immer noch in der Schmutzschleuse neben meinem. Der Reißverschluss war nur halb geschlossen, und aus der Öffnung lugte ihr Lieblingspullover. Es war, als wollten wir, dass er dort auf sie wartete, nur für den Fall, dass sie irgendwie wieder aus diesem Sarg herausgelangt und vom Friedhof zurückkehrt, nass und zitternd und schlammverkrustet, auf der Suche nach etwas, das sie wärmt. Ihr Zimmer ist unangetastet, allerdings besteht Mom darauf, dass die Tür zubleibt. Dad sagt, sie kann es nicht ertragen, das Zimmer zu sehen: Margarets kleines Bett, die rosa Wände, den weißen Betthimmel, der wie ein Spinnennetz von der Decke hängt. Manchmal bleibe ich vor ihrer Tür stehen und versuche, mir vorzustellen, wie es für sie gewesen sein muss, die Augen aufzuschlagen und mich da stehen zu sehen, steif und vor mich hinstarrend, nur eine Silhouette im Dunkeln.

Was muss sie für Angst gehabt haben.

Aber in anderer Hinsicht ist das Leben nach Margaret unfassbar anders. Ferien beginnen und enden wieder, und wir ignorieren sie einfach, tun so, als gäbe es sie nicht, als wäre es ein bisschen weniger real, dass die Welt sich ohne Margaret weiterdreht, wenn wir nicht beachten, dass die Zeit vergeht. Alles erinnert mich jetzt an sie: der Geschmack von süßem Tee, der Gestank des Sumpfs. Die Stille, die morgens im Haus herrscht, wenn ich die Treppe hinuntergehe, diese ohrenbetäubende Lautlosigkeit, die noch verstärkt wird dadurch, dass sie nicht da ist, um sie mit ihren Schritten, ihrem Lachen, ihrer Stimme zu füllen.

Mom hat aufgehört zu malen, und ihr Atelier im zweiten Stock verwandelt sich allmählich in einen Abstellraum. Dad ist immer zu Hause, und auf seinen früher glatt rasierten Wangen sprießen Härchen, aus denen allmählich ein ausgewachsener, grau durchsetzter Bart wird. Hin und wieder bekommen wir Besuch: Chief Montgomery, der nach uns sieht, Nachbarn, die mit Aufläufen und Beileidsbekundungen kommen. Die Touristen, die die Köpfe durch die Stangen unseres Tors stecken, kommen mir jetzt noch bedrohlicher vor, so, als wollten sie nicht das historische Gebäude sehen, sondern etwas Dunkleres. Eine Woche nach Margarets Tod tauchte ein glatzköpfiger Mann mit einer ovalen Brille bei uns auf, der jetzt zweimal die Woche zu Besuch kommt. Er hört Mom beim Weinen zu, nickt dazu und notiert sich etwas auf einem Block, während sie spricht – oder wenn sie, was häufiger vorkommt, einfach nur schweigend dasitzt und ihr die Tränen vom Kinn tropfen. Er hat ihr verschiedene Tablettenfläschchen mitgebracht, die sich auf der Küchentheke zu vermehren scheinen.

Die größte Veränderung scheint aber meinen Schlaf zu betreffen – beziehungsweise meine Schlaflosigkeit. Früher hatte ich einen ganz tiefen Schlaf; ich schlief immer sofort ein, als wäre das Schließen der Lider für mein Gehirn das Signal, dass es Zeit war, ebenfalls abzuschalten. Teilweise jedenfalls. Aber jetzt liege ich wach und starre, ohne zu blinzeln, an die Decke, während aus der Abenddämmerung Nacht und aus Nacht Morgendämmerung wird. Es ist, als wollte mein Gehirn, dass ich mich an etwas erinnere; vorher schaltet es nicht ab. Und wenn ich doch einschlafe – endlich, nach Stunden, in denen ich immer wieder hochschrecke –, dann habe ich immer den gleichen Traum.

Jedes einzelne Mal träume ich von ihr.

Ich träume von uns beiden draußen am Sumpf. Das Mondlicht lässt unsere Nachthemden leuchten, während wir am Rand des Wassers stehen. Ich träume von ihrer Hand in meiner. Sie hat die Finger fest um meine geschlossen und den Hals verdreht, um zu mir hochzuschauen.

Ihre Augen sind weit geöffnet und vertrauensvoll. Mit einem Mal dreht sie sich zum Sumpf um.

Und dann macht sie ganz langsam einen Schritt nach vorn, und ihre Zehen schicken kleine Wellen übers Wasser. Ich bleibe zurück und sehe ihr hinterher.

KAPITEL
SECHSUNDVIERZIG

JETZT

Ich bin an die unbehagliche Stille in diesem Haus gewöhnt.
Nach Margaret gab es hier nichts anderes mehr.

Kaum war ich eingetreten, bot Dad mir etwas zu trinken an.
«Wir haben Whiskey, Wein …» Dann brach er ab, als ihm klar
wurde, dass es noch nicht einmal Mittag war. Ich glaube, es war
ihm peinlich.

«Kaffee, bitte», sagte ich. «Danke.»

Jetzt sitzen wir drei im Wohnzimmer, und zwar an ent-
gegengesetzten Seiten des Raums. Ich hocke auf der Kante der
Couch – einer Couch, die aus rein ästhetischen Gründen ange-
schafft wurde, mit einer Polsterung, die sich wie Pappe anfühlt,
und einem makellos weißen Bezug –, während meine Eltern
auf zwei Sesseln links und rechts des Kamins sitzen. Zwischen
uns befindet sich ein Tablett mit Plätzchen, die in einem kunst-
vollen Kreis angerichtet sind. Mom hat sie gebracht – wahrscheinlich hauptsächlich, um ihre Hände zu beschäftigen
und damit sie einen Vorwand hat, um mich nicht berühren
zu müssen. Sobald ich wieder weg bin, wird sie sie alle in den
Abfalleimer fegen und den Deckel zuknallen, so als hätte allein
meine Anwesenheit sie irgendwie verdorben.

«Ich habe eure Karte bekommen», sage ich schließlich. «Und
den Scheck. Danke.»

«Gern geschehen», sagt Dad und lächelt. «Das ist das Mindeste, was wir tun können.»

«Das war aber nicht nötig. Ich meine, ich *brauche* es
nicht …»

Er wedelt mit der Hand, als wollte er eine Mücke verscheuchen.

«Wie geht's Ben?»

Ich sehe ihn an und bemerke, dass er die Lippen aufeinanderpresst und die Zähne zusammenbeißt. Ihm ist unbehaglich zumute, er sucht verzweifelt nach einem Gesprächsthema. Wahrscheinlich ist er in heller Aufregung, seit er die Tür geöffnet hat und mich davor stehen sah. Er hat nie gern über Probleme gesprochen; das gilt auch für meine Mutter. Über Politik und Religion wurde in unserem Haus jederzeit gern gesprochen, aber Emotionen, Gefühle und all die anderen heiklen Themen wurden einfach unter einem Haufen Geld und Geschenke begraben, bis sie nicht mehr zu sehen waren.

«Es geht ihm gut», sage ich schließlich. Natürlich wissen sie nicht, dass wir uns getrennt haben. Ich habe es ihnen nicht erzählt. «Er muss viel arbeiten.»

«Gut», sagt Dad und nickt. «Das ist gut.»

Ich stelle meinen Kaffee auf den Beistelltisch. Seit ich mich gesetzt habe, habe ich noch nicht einen Schluck getrunken aus Angst, etwas auf der Couch zu verschütten. Alte Gewohnheiten legt man nicht so leicht ab. Dann sehe ich meine Mutter an, die so steif dasitzt, als steckte sie in einer Zwangsjacke. Ihre Hände liegen fest verschränkt im Schoß, und einen Knöchel hat sie hinter den anderen gehakt, wie man es uns im Benimmkurs beigebracht hat. Seit Margarets Tod haben die beiden sich so verändert. Früher sah meine Mutter die Welt in leuchtenden Farben. Ich erinnere mich noch gut an das Staunen, das manchmal in ihrem Blick lag, wenn sie mich mit schräg gelegtem Kopf ansah und sich dabei mit den Fingern übers Kinn strich – als wäre ich als Kunstwerk auf diese Welt gekommen und hätte dann ein Eigenleben entwickelt, in Auftrag gegeben von ihrer ruhigen Hand und dann irgendwie der Leinwand entsprungen. Jetzt jedoch scheint ihre Welt zu schwarz-weiß verblasst zu sein.

Immer wenn sie in meine Richtung sieht, gleitet ihr Blick über mich hinweg, als wäre ich nur leerer Raum.

«Also, was können wir für dich tun, Izzy?»

Mein Vater zappelt auf seinem Sessel herum, schlägt die Beine übereinander und stellt sie wieder nebeneinander. Auch er hat sich verändert. Seine einst volltönende Stimme ist zu einem nervösen, unsicheren Flüstern verkümmert. Früher war er jemand, der die Aufmerksamkeit auf sich zog, wenn er einen Raum betrat, aber jetzt wirkt er, als wollte er sich am liebsten in einer Ecke verkriechen, als versuchte er, mit der Tapete zu verschmelzen.

«Ich war gerade in der Gegend», lüge ich. «Beruflich. Ich schreibe einen Artikel.»

«Ach, das ist schön, Liebes.»

Er erkundigt sich nicht, worüber; ich wusste, das würde er nicht tun. Manchmal frage ich mich, ob es sie stört: dass mein Leben weitergeht, während Margarets ein so abruptes und gewalttätiges Ende fand, wie ein Auto, das gegen eine Mauer fährt. Meine Arbeit, mein Mann, mein Sohn – alles Erinnerungen an das, was sie nicht haben würde. Was ich ihr genommen habe.

Andererseits ist es ihnen vielleicht ein gewisser Trost, dass es mir gelungen ist, mir all das ganz allein kaputt zu machen.

«Wie geht es dir, Schatz?», fragt meine Mutter schließlich, und das kommt so unvermittelt, dass ich erschrecke. «Wie hältst du dich?»

Ich sehe sie an. Da ist sie wieder. Diese Frage, auf die eigentlich niemand eine Antwort hören will.

«Ich … na ja», sage ich und lächle sie gequält an. «Nicht so toll, offen gesagt.»

«Irgendwelche Neuigkeiten bei den Ermittlungen?»

Das wirft Dad ein, und wieder spüre ich, wie die Machtverhältnisse im Raum sich verschieben, beinahe so wie ein Unwetter den Luftdruck verändert, sodass das Atmen schwerer fällt. Sie haben Mason natürlich kennengelernt – ich hätte meinen Eltern niemals verwehrt, ihren Enkel kennenzulernen –, aber als er zur Welt kam, war die Distanz zwischen uns schon so gewaltig, dass wir sie nicht mehr überbrücken konnten. Ich weiß noch, wie sie mein Haus zum ersten und letzten Mal betraten und sich umsahen, als wären sie in einem Museum, als scheuten sie sich, etwas anzufassen. Sie schlichen ebenso auf Zehenspitzen um kaputtes Spielzeug und Schmutzwäsche herum wie ich früher um ihre antiken Vasen und andere zerbrechliche Gegenstände. Allerdings schien ihnen die bittere Ironie, die darin lag, vollständig zu entgehen. Ben führte sie zur Couch, wo ich in meiner alten, fleckigen und säuerlich riechenden Bluse saß und Mason stillte, und ich werde nie vergessen, dass meine Mutter errötete und hastig zu Boden sah, als wäre es ihr für uns beide peinlich. Den gesamten Besuch über war es mein Vater, der Mason im Arm hielt, an seinem Kopf schnupperte und ihn in die Wangen knuffte, während sie stumm danebensaß. Irgendwann reichte er ihr Mason und bedeutete ihr, ihn auch einmal zu nehmen. Sie sah Mason an, dann mich, murmelte leise «Entschuldigt mich», stand auf und verließ das Haus.

Als machte sie der Anblick ihres eigenen Enkels fertig. Mein Herz krampfte sich zusammen.

Sie hatte garantiert an Margaret denken müssen. Hatte gedacht, dass sie hätte dabei sein müssen – oder wahrscheinlich eher, dass es ihr Baby hätte sein sollen, dessentwegen wir alle in die Stadt fuhren. Sicher hatte sie vor Augen gehabt, wie Margaret ihrer Puppe etwas vorsang, sie in den Schlaf sang, sie in der Küche auf den Knien hüpfen ließ.

Margaret wäre so eine gute Mutter gewesen. Eine viel bessere Mutter als ich.

«Nein, eigentlich nicht», antworte ich schließlich. Jetzt dämmert es mir: Haben sie immer schon damit gerechnet, dass Mason eines Tages verschwindet? Haben sie die Nachricht gehört, mein Gesicht im Fernsehen gesehen und bei sich *Es ist wieder passiert* gedacht?

Ich frage mich, ob sie sich vorgestellt haben, wie ich ihn nachts im Dunkeln im Arm hielt, ebenso wie ich Margarets Hand gehalten haben muss. Ob sie mich jetzt genauso schützen wie damals: durch Schweigen. Geheimnisse. Lügen.

«Tja, halt uns auf dem Laufenden», sagt mein Vater, als redeten wir über ein Vorstellungsgespräch. Wir sind im Grunde nie dahintergekommen, wie wir miteinander umgehen sollen, seit Margaret nicht mehr bei uns ist. Ohne Margaret als Puffer zwischen uns ist unser Verhalten holprig und unbeholfen, wie wenn man im Supermarkt zufällig alte Freunde trifft: Man tauscht Höflichkeitsfloskeln aus, beißt sich auf die Zunge und zermartert sich das Hirn nach einem Vorwand, um sich verabschieden zu können.

«Ich bin unterwegs hierher am Friedhof vorbeigekommen», sage ich auf der Suche nach einer Eröffnung. «Wart ihr in letzter Zeit mal da?»

Flüchtig sehe ich meine Mutter erschauern, als hätte ein kalter Windstoß sie getroffen. Mein Vater legt den Kopf schräg, als wüsste er nicht, wovon ich spreche.

«Ich schaue vielleicht nachher kurz vorbei», fahre ich fort. «Ich war nicht mehr da, seit, na ja, seit …»

«Wir gehen jeden Sonntag hin», unterbricht mich Dad. «Nach der Kirche.»

«Das ist gut.»

Wieder Schweigen. Meine Mutter kratzt am Polster ihres Sessels und bohrt die Fingernägel in den teuren Stoff. Ich ertappe Dad dabei, wie er verstohlen zur Standuhr sieht und sich vermutlich fragt, wie eine Minute nur so lange dauern kann.

«Wir reden ja nicht viel darüber», sage ich, unfähig, den Blick vom Teppich loszureißen. Hier lagen wir früher immer, Margaret und ich, bäuchlings auf dem Orientteppich, blätterten in The-Grit-Heften und buchstabierten zusammen die Wörter. Erschlossen uns Geschichten über eine andere Welt, ein anderes Leben, stellten uns vor, wir würden aus unserem eigenen Leben herausgerissen und auf die Magazinseiten verpflanzt. «In dieser Nacht damals, was ist da passiert? Wir haben nie richtig darüber gesprochen ...»

«Was soll es da groß zu besprechen geben? Es war ein schrecklicher Unfall.»

Ich sehe meine – immer noch schweigende, immer noch über den Stoff kratzende – Mutter an, dann wieder Dad. Jetzt hat sich ein Anflug des alten gebieterischen Tons in seine Stimme geschlichen. Gerade ausreichend, um zu signalisieren, dass dieses Thema tabu ist.

«Das stimmt.» Ich lasse mich nicht beirren. «Aber ich glaube, es könnte mir helfen, wenn wir einfach darüber *reden* könnten. Mom hat gefragt, wie es mir geht ...»

«Okay», sagt er, beugt sich vor, stützt das Kinn in die Hand wie ein Psychiater und mustert mich prüfend. «Worüber möchtest du denn reden, Isabelle?»

«Ich habe ... Erinnerungen, schätze ich, an diese Nacht. Da

sind ein paar Sachen, die mir zu schaffen machen. Die keinen Sinn ergeben.»

Meine Eltern wechseln einen hastigen Blick.

«Zum Beispiel, als ich an diesem Morgen wach wurde ... war der Teppich nass.» Ich zwinge mich fortzufahren, huste die Worte aus wie Erbrochenes, das in meinem Hals feststeckt. «Ich trug ein anderes Nachthemd als das, in dem ich eingeschlafen war. Da war Schlamm ...»

«Isabelle, worum geht es hier?», fragt mein Vater, und plötzlich ist seine Stimme sanfter. «Warum gräbst du das alles wieder aus?»

«Weil ich wissen muss, was *passiert* ist!», schreie ich, lauter als beabsichtigt. Meine Stimme scheint von den Wänden widerzuhallen, und als sie gegen die Saiten des Flügels prallt, ertönt ein sehr hohes Sirren. «Ich *muss* wissen ...»

«Deine Schwester hatte einen Unfall, Liebes. Es war niemandes Schuld.»

Ich muss daran denken, wie er am Morgen danach mit mir einübte, was ich sagen sollte, wie er ebendiese Worte mehrmals wiederholte. Und wie meine Mutter mich ansah, den Kopf auf die Seite gelegt, die Augen umwölkt und glasig, als hielte sie mich für ein Gespenst.

«Aber ich habe das Gefühl, ich war dabei. Ich *erinnere* ...»

«Tu das nicht», unterbricht er mich, und dann ergänzt er wie ein Echo dessen, was Ben mir heute Morgen sagte: «Isabelle, tu dir das nicht an.»

KAPITEL SIEBENUNDVIERZIG

Ich hatte ganz vergessen, wie hier die Sonne untergeht. Zuerst verfärbt sich der türkisblaue Himmel langsam und allmählich in diversen Pfirsichrosa-, Gelb- und Orangerottönen, wie mit dicken Pinselstrichen aufgetragene, ineinander verlaufende Aquarellfarben – und dann geht es blitzschnell: Der Himmel geht in Flammen auf wie eine mit Kerosin getränkte Leinwand, an die jemand ein Streichholz hält. Ich sitze auf dem Steg und beobachte, wie die Sonne hinter den Horizont sinkt. Die Dämmerung spiegelt sich im Wasser, und dadurch kommt es mir beinahe so vor, als säße ich mittendrin in einem brennenden Zimmer mit Flammen über und unter mir, die mich verzehren.

«Bleib zum Abendessen», sagte Dad und wechselte blitzschnell das Thema. Ich wollte nicht, aber zugleich doch, daher sah ich zu meiner Mutter und suchte in ihren Augen nach einem Anzeichen von Zustimmung.

Sie verzog den Mund kurz zu einem Lächeln, nickte knapp, und da stimmte ich zu.

Die Küche sieht anders aus. Der alte kobaltblaue Fliesenspiegel wurde durch schlichte weiße Metrofliesen ersetzt. Einiges hatte natürlich schon nach dem Brand im Sommer damals erneuert werden müssen, aber der Rest, das war mir klar, stellt den Versuch dar, die Erinnerungen, die Vergangenheit auszulöschen. Auf der Fensterbank stehen Kräutertöpfchen mit Basilikum, Rosmarin, Petersilie und Salbei, die der Luft einen würzigen Duft verleihen, wie frisch gemähter Rasen. Mom schnitt mit einer kleinen Silberschere einzelne Blättchen ab, bis sich in ihrer Hand ein kleines Häufchen angesammelt hatte.

Ich kann mich nicht erinnern, dass sie früher viel gekocht hätte, aber sie schien zu wissen, was sie tat.

Ich bereitete Salat für das Abendessen vor, ein Hackmesser in der Hand, den Blick irgendwo in der Ferne verloren. Mit einem Mal legte Mom mir die Hand auf die Schulter und holte mich zurück in die Gegenwart.

«Du weißt, dass ich dich liebe», sagte sie, und ihre Stimme zitterte. Es wirkte wie der Versuch einer Versöhnung; ein Augenblick der Vergebung, die ich gar nicht zu verdienen meinte. «Das weißt du, oder?»

Jetzt stehe ich auf und klopfe mir den Blütenstaub von der Jeans. Trotz all ihrer Bemühungen, die Erinnerungen an Margaret durch Umdekorieren zu tilgen, sehe ich sie noch immer überall hier: am Küchentisch, wo sie immer saß und ihrer Puppe mit ihrer hohen Stimme etwas vorsang. In den Kupferpfannen über dem Herd, in denen ich ihr ein Omelett machte, das ich auf ihren Teller gleiten ließ, vor sie hinstellte und dann zusah, wie sie aß. Im Garten, wo wir mit gesüßtem Tee im Kreis der Statuen saßen, und ganz besonders hier auf dem Steg, wo das Wasser gegen die Pfähle plätschert wie stetige sanfte Rippenstöße.

Allmählich wird es dunkel, und der Mond ist nur eine dünne Sichel, daher mache ich mich auf den Rückweg zum Haus. Nachdem ich meine Nachbarin per SMS gebeten hatte, nach Roscoe zu sehen, willigte ich ein, über Nacht zu bleiben. Vielleicht weil ich nicht zurückwill in mein Haus, das von Neuem leer ist ohne Waylon darin, oder weil ich nicht darüber nachdenken will, dass die Leute bei der Tagung doch recht hatten. Dass sie mich irgendwie besser durchschauen als ich mich selbst.

Oder vielleicht auch deshalb, weil es mir nach all den Jahren endlich so scheint, als würde die Wand aus Eis, die meine Eltern nach Margarets Tod zwischen uns errichteten, zu schmelzen beginnen. Als hätte ich ihnen mit meinem Besuch hier einen Ölzweig gereicht. Hätte zum allerersten Mal für das, was ich getan habe, um Verzeihung gebeten – und sie bäten im Gegenzug um Verzeihung, weil sie mich so alleinließen.

Weil sie vergessen zu haben schienen, dass auch ich ihre Tochter bin.

Ich gehe durch den Garten aufs Haus zu, vorbei an den Statuen, den Rosenbüschen und der riesigen Vogeltränke aus Stein, in der ein toter Palmettokäfer schwimmt. Schließlich betrete ich durch die Hintertür das Haus. Alles ist still, nichts rührt sich. Meine Eltern haben sich schon vor einer Stunde in ihr Schlafzimmer zurückgezogen – auch weil uns der Gesprächsstoff ausgegangen war, glaube ich –, und ich gehe noch einmal in die Küche und leere den restlichen Wein aus der Flasche, die wir vorhin geöffnet haben, in ein frisches Glas. Daraufhin gehe ich die Treppe hinauf in mein altes Kinderzimmer.

Auch hier haben sie renoviert, und anstelle des schmalen alten Betts, das ich mit nach Savannah nahm, gibt es jetzt ein neues Doppelbett. So sieht es wie ein echtes Gästezimmer aus, doch ich weiß, sie haben keine Gäste. Ich widerstehe dem Impuls, in Margarets Zimmer zu spähen – um zu sehen, ob sie auch dort alle Spuren getilgt haben –, sondern stelle meinen Wein auf den Nachttisch, entkleide mich und ziehe den Schlafanzug an, den Mom mir aufs Bett gelegt hat.

Dann setze ich mich auf den Boden, drücke das Weinglas an die Brust und frage mich, womit ich die nächsten zehn Stunden allein im Dunkeln verbringen werde.

Genau wie damals in meiner Kindheit scheint das Haus nachts lebendig zu werden. Ich kann es atmen hören – der

Luftzug im Flur ist wie sein langsames Ausatmen, das Knacken der Dielen gleichsam das Knacken in der Wirbelsäule. Margarets Stimme: *Hast du auch manchmal das Gefühl, dass wir nicht allein sind?* Leise verlasse ich mein altes Zimmer wieder und sehe zur Treppe in den zweiten Stock. Wo wir früher malten, Margaret und ich, bei offener Balkontür und einer Brise, die sich wie warmer Atem in unserem Nacken anfühlte.

Während ich die Treppe hinaufsteige, muss ich daran denken, dass wir uns mit heißem Kakao auf dem Balkon aneinanderkuschelten, sobald die Temperatur unter zehn Grad fiel. Dass Margaret sich etwas wünschte, wenn sie eine Sternschnuppe sah, oder hungrig aufs Wasser deutete, wenn eine Flosse durch die Oberfläche brach oder Garnelen die glatte Wasserfläche kräuselten.

Oben angekommen, sehe ich mich um: Der riesige offene Raum beherbergt jetzt mit Laken zugedeckte alte Möbel, die wie verbannte Gespenster wirken. Moms Staffelei steht noch mit Blick zu den deckenhohen Fenstern in der Ecke, als malte sie dort gerade an einem Bild, und ich sehe vor mir, wie ihr Blick zwischen der Leinwand und dem Garten hin und her zuckt und ihr Pinsel über die diversen Farben auf ihrer Palette fährt, die ein abstraktes Kunstwerk für sich ist. Diese dünne Holzscheibe erzählt die Geschichten vergangener Gemälde: Da ist das Rosa, mit dem sie Margarets rote Wangen malte, das Grün für den Lehnsessel meines Vaters, das Blau für die steigende Flut.

Ich gehe an der Wand entlang, halte das Glas wie eine Kuscheldecke an mich gedrückt und versuche, die Umrisse im Dunkeln zu erkennen.

An der hinteren Wand lehnt ein Stapel Gemälde. Ich setze mich im Schneidersitz auf den Holzboden davor und sehe sie durch. Einige sind fertig – eine Obstschale auf der Küchentheke, der Jasmin, der die steinernen Pfeiler unseres Tors überwuchert –, bei anderen hat sie die Arbeit mittendrin abgebrochen: der grobe Umriss eines Gesichts, unzusammenhängende Linien. Blicklose, leere Augen.

Ich sehe mir noch ein paar an und lächle, wenn ich welche wiedererkenne. Plötzlich halte ich inne.

Da, ganz hinten, ist das Bild, das ich in diesem Sommer damals sah: das, wo ich im weißen Nachthemd am Rand des Sumpfs stehe – nur erkenne ich jetzt, dass das Bild so, wie ich es damals sah, noch nicht fertig war. Jetzt wird dieses Mädchen von zwei weiteren Gestalten eingerahmt: die eine mit braunem Haar, das ihr in Wellen über die Schultern fällt, und die andere, ganz klein, mit karamellfarbenen Locken. Die drei halten sich an den Händen und gehen gemeinsam ins Wasser, und der Springtidenmond leuchtet ihnen den Weg.

Und da wird mir etwas klar.

Das Mädchen, das ich damals auf diesem Bild sah – das Mädchen, auf das Margaret zeigte und von dem sie annahm, ich sei es –, das war gar nicht ich.

Und die Figur in der Mitte trägt auch kein Nachthemd. Sie trägt einen Morgenmantel.

«Isabelle.»

Ich fahre zusammen und stoße mit dem Knie mein Weinglas um. Während sich die rote Flüssigkeit wie Blut über den Holzboden ausbreitet, wirble ich herum und erblicke in der Dunkelheit vor mir eine Gestalt. Es ist meine Mutter. Im schwachen Licht der dünnen Mondsichel sehe ich, dass ihr die Tränen über die Wangen strömen wie Regen über ein Fenster.

«Isabelle, Liebes, lass mich erklären.»

KAPITEL
ACHTUNDVIERZIG

Ich stelle mir unser Gedächtnis gern wie einen Spiegel vor: Es zeigt uns Bilder, die uns vertraut, aber zugleich spiegelverkehrt sind. Verzerrt. Nicht *ganz* so, wie sie eigentlich sind. Aber es ist unmöglich, unserer Vergangenheit direkt in die Augen zu blicken und alles vollkommen klar zu sehen, deshalb sind wir auf unser Gedächtnis angewiesen.

Wir müssen hoffen, dass es unsere Erinnerungen nicht irgendwie entstellt oder defekt wiedergibt, dass es die Realität nicht so verbiegt, wie wir sie uns wünschen.

«Ich war krank», sagt meine Mutter jetzt zu mir und kommt mit ausgestreckten Armen auf mich zu. Mit einem Mal habe ich Angst, sie zu nahe an mich heranzulassen, krabble rückwärts und greife dabei in die Scherben des Weinglases. «Isabelle, Liebes, ich war sehr, sehr krank.»

Die Erinnerungen an meine Mutter waren immer traumähnlich und ein bisschen verschwommen: hauchdünne weiße Morgenmäntel, Locken wie die Mähne eines Löwen und dieser Blick, als wäre sie in Trance. Es ist, als wollte ich sie in einem möglichst schmeichelhaften Licht sehen, die scharfen Kanten abgeschliffen und wegretuschiert, bis sie perfekt ist: ein Engel oder eine Göttin, etwas nicht ganz Menschliches. Etwas nicht ganz Reales.

«Wie meinst du das, krank?»

Ich versuche, das Brennen in meiner Hand und das Blut, das ich über mein Handgelenk rinnen spüre, zu ignorieren.

«Es fing an, als wir Ellie verloren.»

«Ellie?» Ich kann meine Verwirrung nicht verbergen. «Margarets Puppe?»

Sie war damals ständig dabei, und ihre Porzellanaugen wachten über alles. In praktisch jeder Erinnerung an diese letzten Monate ist sie präsent: ob Margaret ihr nun in der Küche etwas vorsang oder sie in dieser letzten Nacht im Bett zwischen uns steckte, während Mom uns die Hände an die Wangen legte.

«Meine Mädchen», sagte Mom. «*Meine beiden wunderschönen Mädchen.*»

Und dann Margaret: «*Du hast Ellie vergessen.*»

Und so wie eine Schusswaffe, die gespannt wird, alle Aufmerksamkeit auf sich zieht, ist es jetzt mit diesem Namen. Das Bild fügt sich neu zusammen.

Ich denke daran, dass das Lachen meiner Mutter immer ein bisschen seltsam war, wenn Margaret den Namen ihrer Puppe aussprach; dass sie dann traurig lächelte, sich räusperte und sich in ihr Schlafzimmer zurückzog, die Tür schloss und uns stundenlang allein ließ. Und ich denke an ihren entrückten Blick, wenn sie aus dem Fenster sah, als betrachtete sie etwas, das wir anderen nicht sehen konnten.

«O mein Gott», sage ich, als ich mich endlich erinnere. Mich *wirklich* erinnere. Wie ein Holzsplitter, der tief in die Haut eindringt, flammt der Schmerz wieder auf und überwältigt mich fast.

Ich denke an die sanfte Wölbung ihres Bauchs unter dem hauchdünnen weißen Morgenmantel, noch ein wenig geschwollen, aber immer weniger, wie ein Luftballon, aus dem langsam die Luft entweicht.

«*Aber ja. Natürlich dürfen wir Ellie nicht vergessen.*»

Aber das haben wir. Wir haben sie vergessen – oder jedenfalls *ich* hatte sie vergessen. Eloise, Ellie, meine zweite Schwester. Die Schwester, die starb, bevor sie auch nur den ersten Atemzug tun konnte.

Jetzt erinnere ich mich an alles, nicht fragmentiert wie in einem Traum oder Albtraum, sondern unvermittelt ganz klar und deutlich: Die Schreie meiner Mutter hallten durch den Flur, und Margaret kam zu mir. Ihre Augen spähten durch den Türspalt wie immer, wenn sie Angst hatte. Sie flitzte zum Bett, schlüpfte hinein, und dann kuschelten wir zwei uns unter der Decke aneinander und erzählten uns beim Schein der Taschenlampe Geschichten, um die Schreie zu übertönen – und die ohrenbetäubende Stille, die darauf folgte, beinahe so, als hätte auch das Haus aufgehört zu atmen.

Ich weiß noch, dass ich irgendwann allen Mut zusammennahm und mich aus meinem Zimmer stahl. Mein Blick fiel auf meinen Vater, der mit einer braunen Flasche in der Hand vor ihrem Schlafzimmer auf und ab ging. Ich konnte meine Mutter auf dem Bett liegen sehen, blutüberströmt, die Betttücher voller roter Flecken. Mom hielt etwas Schlaffes, Lebloses in den Armen, und plötzlich schwebte ihre brüchige Stimme durch den Flur.

«Hush, little baby, don't say a word. Mama's gonna buy you a mockingbird.»

Ich sehe vor mir, wie sie Margaret Wochen später in der Küche übers Haar streicht, während diese ihre Puppe auf und ab hüpfen lässt.

«Hast du ihr schon einen Namen gegeben?»

Und dann Margarets Antwort, woraufhin meine Mutter ihre Hand plötzlich still hielt, so, als wären die Adern darin zu Eis geworden. Ihr Gesicht war blass und traurig, sie sah aus, als hätte sie ein Gespenst gesehen.

«Ellie», sagte Margaret mit diesem stolzen Lächeln. «Wie Eloise.»

«Eloise», spreche ich jetzt den Namen aus, der mir mit

einem Mal so vertraut ist. Ich habe sogar einmal ihr Kinderzimmer gesehen. Die Tür war immer geschlossen, ebenso wie Margarets später auch, als ob es leichter wäre, einfach daran vorbeizugehen und so zu tun, als hätte es sie nie gegeben. Aber ich habe es gesehen – wir haben es gesehen, Margaret und ich, an einem dieser langen Sommertage, an denen wir unbeaufsichtigt durchs Haus streiften. Wir schauten hinein, betrachteten ihr Bettchen. Strichen mit den Fingern über diesen kleinen weißen Schaukelstuhl, der bewegungslos in der Ecke stand, und lasen ihren Namen – Eloise –, der überall aufgestickt war.

Daher hatte sie ihn. Margaret. Daher hatte sie den Namen.

Ich kann nicht ermessen, was meine Mutter empfunden haben muss, als Margaret ihr eigenes Baby nach dem nannte, das sie gerade verloren hatte. Als sie ihr dasselbe Lied immer wieder vorsang und damit Salz in ihre Wunde streute, sodass sie nie richtig verheilen konnte. Es war keine Absicht, das weiß ich, aber Margaret hörte immer zu, sie erinnerte sich an alles. Sie ahmte immer nach, was sie uns andere tun sah, wiegte ihre eigene kleine, stille Ellie.

«Warst du depressiv?», frage ich jetzt mit Tränen in den Augen. «Mom, natürlich warst du …»

Im Rückblick wird mir klar, dass meine Mutter zwar hier bei uns war, aber nicht wirklich *da*. Nicht ganz. Margaret und ich waren immer allein: Wir machten uns selbst Frühstück und streiften abends durchs Haus. Spielten am Wasser und gingen allein, Hand in Hand, in den Park, überquerten dafür viel befahrene Straßen ohne ein Elternteil in Sicht.

Immer in unseren Nachthemden, auch wenn es längst nicht mehr Morgen war.

Damals fand ich das idyllisch, ich kam mir vor wie im Märchen. Wir können unmöglich gewusst haben, was wirklich geschah, was wirklich los war. Wie bei den verlorenen Jungen in *Peter Pan*, die nach ihrer Mutter riefen, war auch unsere Freiheit eine Illusion.

In Wirklichkeit war es Vernachlässigung.

«Nein», sagt meine Mutter kopfschüttelnd, und ein schriller Laut entfährt ihr. «Nein, das war es nicht. Es war mehr als das.»

Als wir Ellie verloren, verloren wir auch meine Mutter. In diesem Augenblick änderte sich alles. Selbst damals spürte ich das, wenn ich es auch nicht verstand: dieses Gefühl, dass der Tod immer da war, immer präsent, aufgebläht und riesig über allem hing, als wartete er nur auf den richtigen Augenblick, um den Nächsten von uns zu holen. Da war eine Fremdheit – *ihre* Fremdheit –, die sich im Haus festsetzte, so als hätten wir uns alle in diese weichen Stoffpuppen aus Margarets Puppenhaus verwandelt, die Knöpfe als Augen hatten, während wir so taten, als ob – als wäre nichts gewesen.

Es war, als wären wir nicht mehr wirklich wir selbst.

«Ich habe versucht, deinem Vater zu sagen, dass etwas nicht in Ordnung war», fährt meine Mutter fort. «Dass ich Gefühle, *Gedanken* hatte, die mir allmählich Angst machten.»

Mit einem Mal muss ich an den Abend denken, an dem ich vor der Tür zum Arbeitszimmer meines Vaters stand, lauschte und die Stimme meiner Mutter hörte. Ich erinnere mich an ihren flehentlichen Ton.

«Du weißt nicht, wie das ist. Henry, du verstehst das nicht.»

Ich dachte immer, sie redete von mir, weil ich ständig nachts durchs Haus wandelte, mit offenen Augen und in völlig steifer Haltung. *Es ist gefährlich*, einen Schlafwandler zu wecken. Ich dachte immer, sie meinte, dass er nicht verstand, wie es war, mit *mir* zusammenzuleben, mit *mir* umgehen zu müssen. Ich dachte, sie hätte Angst vor *mir*.

Aber das stimmte nicht. Das stimmte überhaupt nicht.

Sie hatte Angst vor sich selbst.

KAPITEL
NEUNUNDVIERZIG

«Was hast du getan?», flüstere ich. Als mir aufgeht, was meine Mutter mir da zu sagen versucht, gefriert mir das Blut in den Adern. «Mom, was hast du getan?»

Ich höre ein dumpfes Pochen in den Ohren, wie wenn man sich die Nase zuhält und im Wasser untertaucht. Meine Mutter schlingt sich die Arme um den Leib, ihre langen schmalen Finger graben sich in ihre Haut, und da erinnere ich mich wieder an den letzten Abend mit Margaret. Es war so heiß, *zu* heiß, unsere verschwitzten Körper klebten im Bett aneinander. In der Badewanne hatte sie gequengelt: «*Wie lange noch?*» Und meine Mutter hatte die Finger durchs Wasser gezogen und kleine Wellen erzeugt wie die Rückenflosse eines Hais, die nur knapp durch die Wasseroberfläche bricht.

«*Nicht mehr lange*», sagte sie. «*Wir haben es bald wieder schön kühl.*»

«*Morgen früh?*»

Und dann wieder dieses Lächeln: traurig und resigniert, als wäre sie über ihre Zerreißgrenze weit hinaus. Als wüsste sie, tief drin, dass sie etwas Falsches tun würde. Etwas Schreckliches.

«*Sicher. Morgen früh.*»

Ich starre meine Mutter an und lasse endlich zu, dass sich alles zu einem vollständigen Bild zusammenfügt. Ein ersticktes Schluchzen entfährt ihr, ihre Unterlippe bebt, und irgendetwas daran, wie das Mondlicht durchs Fenster auf ihr Gesicht fällt, setzt eine weitere Erinnerung frei. Es ist wieder dieser Traum; der Traum, den ich in den Monaten unmittelbar nach Margarets Tod immer wieder hatte. Aber es war gar kein

Traum, nicht wahr? Vielmehr war es eine Erinnerung, aus dem Zusammenhang gerissen und undeutlich, wie die Fragmente, die man in einem zerbrochenen Spiegel sieht, zeigte auch diese Erinnerung mir nur Teile des Ganzen, während ich mich rastlos im Bett hin und her warf. Dr. Harris hat mir ja gesagt, dass Schlafwandler sich manchmal doch erinnern: «*Es ist genauso, wie sich an einen Traum zu erinnern.*»

Da sind wir zwei, draußen, Margaret und ich, und unsere Nachthemden leuchten im Mondlicht. Hand in Hand stehen wir am Wasser, und Margaret verdreht den Hals und sieht zu mir hoch, als wollte sie mich um Erlaubnis fragen, dann wendet sie sich wieder dem Sumpf zu. Hier hörte er immer auf, mein Traum, aber jetzt kann ich auch den Rest sehen: Margaret trat einen kleinen Schritt vor und sandte kleine Wellen in Richtung meiner Mutter aus, die vor uns stand, die Waden vom Wasser umspielt. In diesem weißen Morgenmantel, der nass und durchscheinend an ihrer Haut klebte, während sie die Arme ausstreckte und uns zu sich winkte.

Mit diesem kleinen Lächeln auf den Lippen und glasigen Augen, die sich mit Tränen füllten.

«Warum?», frage ich, als ich mich daran erinnere, wie Margaret ins Wasser ging, während ich zurückblieb und zusah – als ich sah, aber nicht wirklich *sah*. Ich denke daran, wie sehr sie mir vertraute. Und dass ich sie gehen ließ. «Warum hast du das getan? Warum Margaret?»

«Das hatte nichts mit Margaret zu tun.» Sie schüttelt den Kopf. «Sondern mit uns. Mit uns allen.»

«Das verstehe ich nicht …»

Aber dann sehe ich wieder vor mir, wie meine Mutter die Hand an Margarets Wange legte damals in der Küche, während sie uns betrachtete, als wären wir gar nicht echt.

«*Ich wünschte, ihr könntet für immer meine kleinen Mädchen bleiben.*»

«Ich habe es ein weiteres Mal versucht», fährt sie fort und kommt einen Schritt auf mich zu. «Da habe ich über Nacht den Gasherd angelassen. Ich hoffte, es würde schnell gehen. Ich habe sogar geglaubt, was ich da tat, sei das Richtige. Wir würden einfach einschlafen und zusammen – wir *alle* – anderswo aufwachen, und alles wäre gut.»

Sie verstummt. Ihr Blick ist entrückt, irgendwo in der Vergangenheit.

«Irgendetwas hat sich entzündet, bevor das Kohlenmonoxid sich ausbreiten konnte.»

Ich denke daran, wie ich im Garten wach wurde und verschlafen die Flammen betrachtete, die an den Hauswänden emporzüngelten. Und ich erinnere mich an die Hitze auf meiner Haut, als mein Vater meine Hand drückte und mich wieder ins Bett brachte.

«Er wusste es», sage ich jetzt – es ist keine Frage, sondern eine Feststellung, denn plötzlich ergibt das alles absolut Sinn. «Dad wusste es.»

«Ich kann ihm keinen Vorwurf machen», sagt meine Mutter. «Das waren andere Zeiten damals. Die Leute sprachen nicht gern darüber.»

Meine Mutter hatte sich Hilfe suchend an ihn gewandt, aber er hatte nicht auf sie gehört. Sie hatte ein Kind verloren – hatte ihr totes Baby im Arm gehalten, hatte ihm sanft vorgesungen, als könnte es etwas hören –, und trotzdem ließ Dad sie Woche für Woche allein mit ihrem Schmerz und ihrer Angst.

«*Vielleicht, wenn wir uns bloß Hilfe holen könnten*», hatte sie ihn angefleht, und ihre verzweifelte Stimme war durch die Tür zu mir gedrungen. «*Wenn ich mir Hilfe holen könnte …*»

Und dann hatte mein Vater mit einer Stimme, so hart wie eine Schwiele an der Hand, gesagt: «*Nein.*»

«Doch, das kannst du», sage ich jetzt und sehe ihr dabei in die Augen. Die Angst, die ich gerade eben noch hatte, ist etwas Neuem, etwas anderem gewichen. «Du kannst es ihm vorwerfen, Mom. Du hast ihn um Hilfe gebeten. Du hast sogar unser Haus in Brand gesteckt, und er hat nichts getan. Er hat nicht *zugehört.*»

Sie schüttelt den Kopf, den Blick zu Boden gerichtet, als schämte sie sich noch immer zutiefst. Es ist immer so einfach, der Mutter die Schuld zu geben.

Eine *schlechte* Mutter. Eine *pflichtvergessene* Mutter.

«Er hat immer gesagt, es sei ein Unfall gewesen», sagt sie. «Ich hätte es nicht mit Absicht getan.»

«Ein Unfall», wiederhole ich und denke daran, dass er das nach Margaret auch immer wieder gesagt hat, beinahe so, als müsste er sich selbst davon überzeugen.

«Er wollte nicht glauben, dass es so schlimm geworden war», fährt sie fort. «Es war auch für ihn schwer, Liebes. Und er war Kongressabgeordneter, Isabelle. Die ganze Familie vor ihm … sie hatten einen Ruf zu verlieren. Er machte sich Sorgen, wie das aussehen würde.»

Ich weiß nicht, was ich davon halten soll. Ich weiß nicht, was ich denken soll: Meinem Vater waren seine Arbeit und sein Ruf wichtiger als die Sicherheit seiner Familie – aber gleichzeitig überrascht es mich auch nicht. Eigentlich nicht. Alles in unserem Leben diente nur dazu, Eindruck zu machen: dass Margaret und ich die gleiche Kleidung tragen mussten und die teuren, auf bestimmte Weise angeordneten Möbel. Das riesige Haus und der manikürte Rasen. Und dann die Touristen, die uns durchs Tor beäugten, als ob auch wir selbst zu besichtigen wären. Als existierten wir nur zu ihrer Unterhaltung und um ihre Neugier zu befriedigen, indem wir alle unsere Rollen spielten: die spielenden Kinder, die gärtnernde Mutter.

Ein Leben wie ein Gemälde, zu perfekt, um echt zu sein.

«Es war schwer», räumt meine Mutter ein. «Er war immer weg, immer bei der Arbeit, und ich war immer allein mit euch Mädchen. Allein in meinem Kopf.»

Ich denke an das, was meine Mutter uns über dieses Kribbeln im Nacken erzählte, das einem das Gefühl gab, beobachtet zu werden. An die Bedeutung, die sie dem zuschrieb, um zu erklären, was in ihrem Kopf vorging: dass vielleicht jemand versuchte, ihr eine Botschaft zu übermitteln. Dass jemand ihr etwas befahl, etwas Schlimmes, worauf sie von allein niemals gekommen wäre.

Mit einem Mal fallen mir auch alle diese Momente mit Mason ein, in denen meine Gedanken eine Richtung bekamen, wie sie die Gedanken einer Mutter gefälligst niemals haben sollen. Die langen Abende, das Geschrei, der überwältigende Drang, dem ein Ende zu machen, egal, wie. Diese schmutzigen kleinen Gedanken, die sich im Dunkeln in mein Bewusstsein schlichen und in denen ich mir zu schwelgen gestattete, wie man sich in die Speisekammer stiehlt und sich vollstopft, bis einem übel wird: ein widerwärtiges, rauschhaftes Schlingen.

Und danach die Angst, die sich einschlich wie etwas, das einem langsam injiziert wird. Dann zwang ich mich, ihn wieder hinzulegen und langsam zurückzuweichen. Redete mir ein, es sei normal. Denn es *ist* doch normal, oder? So zu fühlen? Doch woher sollte man das wissen? Woher soll man wissen, ob da nicht noch mehr ist? Etwas Gefährliches?

Und falls ja ... wie hält man das auf?

KAPITEL
FÜNFZIG

Sobald die Sonne aufging, reiste ich ab. Während ich meinen Wagen die gewundene Auffahrt entlangsteuerte, betrachtete ich im Rückspiegel diese steinernen Figuren: das Baby, den Engel. Die Frau mit dem Leiden. Ich war mir nicht sicher, ob ich meinen Eltern im Tageslicht noch einmal gegenübertreten konnte nach dem, was meine Mutter mir erzählt, und dem, was mein Vater getan – oder vielmehr nicht getan – hatte.

«Ich dachte immer, ich wäre es gewesen», hatte ich gesagt und mich wie benommen gefühlt, als das Verstehen einsetzte. Meine Mutter hatte den Kopf schräg gelegt, als würde sie nicht verstehen, was ich meinte. «Ich dachte immer, ich wäre die gewesen, die sie nach draußen geführt hat. Ich dachte, vielleicht hätte ich geschlafen, und sie wäre mir gefolgt. Hätte vielleicht versucht, mich zu wecken, und da hätte ich … da hätte ich etwas getan …»

Und dann wurde mir klar: Ich hatte es niemals ausgesprochen. Nicht direkt jedenfalls. Ich hatte ihnen gesagt, ich hätte Erinnerungen an diese Nacht, die keinen Sinn ergaben: der nasse Teppich, das frische Nachthemd, der Schlamm an meinem Hals. Ich hatte ihnen gesagt, ich wolle wissen, was passiert war – was *wirklich* passiert war –, und da hatten sie sich angesehen, als ob sie Angst hätten, dass ihre Maske verrutscht. Dass ihr Geheimnis gleich enthüllt wird.

Ihr Geheimnis. Nicht meins.

«Liebes, nein», sagte meine Mutter und schüttelte den Kopf. Tränenüberströmt. «Nein, du hast nichts Falsches getan. Ich hatte keine Ahnung, dass du das geglaubt hast.»

«Wie hätte ich das *nicht* glauben sollen?», schrie ich sie an.

«Margaret ist mir überallhin gefolgt. Ich wurde immer an merkwürdigen Orten wach. Mein ganzes Leben lang habe ich das gedacht.»

Jetzt sehe ich zum Beifahrersitz, auf dem eine dicke Mappe liegt. Meine Mutter gab sie mir, nachdem wir schweigend und wie betäubt nach unten gegangen waren, und versprach mir, der Inhalt würde alles andere erklären. Ich kann mich nicht dazu überwinden, in diese Mappe zu schauen, jedenfalls noch nicht, sondern fahre einfach weiter, wie auf Autopilot. Ich weiß nicht einmal, wem ich die Schuld geben soll; ich weiß nicht, wen ich verantwortlich machen soll. Es waren die Hände meiner Mutter, die Margaret weckten, ihre Arme, die sich um uns legten, an der einen Seite um Margaret, an der anderen Seite um mich, als sie uns mit offenen Augen, aber leerem Blick hinaus in die Dunkelheit führte. Es waren ihre Hände, ihre gekrümmten Zeigefinger, die Margaret ins Wasser winkten, ihr versprachen, alles sei in Ordnung. Gleich käme die Erfrischung. Bald würden wir es wieder angenehm haben. Es waren ihre Hände, die sie ins Wasser drückten, alle Gegenwehr erstickten, und die sich zu mir ausstreckten, sobald sich im Wasser nichts mehr bewegte.

Die meinen Hals berührten mit drei schlammbeschmutzten Fingern, als wollte sie mir ein letztes Mal den Puls fühlen, ein sanftes Pochen, das bald aufhören würde.

Es waren ihre Hände, aber es war nicht *sie*. Eigentlich nicht. Das ist mir klar.

Ich frage mich, wie es für ihn war, für meinen Vater, im Bett den Arm auszustrecken und nur Leere vorzufinden, wo ihr Körper hätte liegen sollen. Saß er sofort aufrecht im Bett, blinzelte im Dunkeln, wusste instinktiv, dass etwas nicht stimmte? Ich stelle mir vor, dass er seinen Morgenmantel überwarf und in die Küche rannte, weil er damit rechnete, sie dort zu finden. Womöglich machte sie sich am Herd zu schaffen. Oder sie streifte durchs Haus, wie sie es manchmal tat, wenn sie nicht schlafen konnte. Als er sie im Haus nicht fand, sah er draußen nach, in der Hoffnung, sie wieder einmal barfuß am Sumpf stehen zu sehen, bevor sie, wenn sie zurück ins Haus kam, ihre schmutzigen Fußspuren auf den Teppichen und den knarzenden Dielen hinterließ, wenn sie umherstreifte und uns im Schlaf betrachtete.

Doch als er nach draußen kam, begriff er, was diesmal geschehen war.

Was er *zugelassen* hatte.

Er sah uns drei im Schein des Springtidenmonds: Zwei von uns standen, und die Dritte, die Kleinste, trieb wie ein Stück Treibgut auf dem Wasser.

Jetzt bin ich am Friedhof, dem Beaufort National Cemetery. Gerade als der Sonnenaufgang den Horizont blutrot färbt, halte ich auf dem leeren Parkplatz. Die Luft ist taufeucht, und die vielen Blumenarrangements auf den Gräbern sorgen für permanenten Blumenduft. Ich gehe zwischen den Grabsteinen hindurch. Zwar war ich seit dem Tag, als wir Margaret beerdigten, nicht mehr hier, aber ich könnte niemals vergessen, wo sie liegt. Als ich endlich bei ihr bin, knie ich mich ins Gras und spüre, wie die Feuchtigkeit in meine Jeans sickert.

Ich betrachte den Grabstein aus makellos weißem Marmor, in den ihr Name, ihr Geburts- und ihr Todesdatum eingraviert sind.

Margaret Evelyn Rhett
4. Mai 1993–17. Juli 1999

Und daneben ist ein weiterer, fast identischer Stein.

Eloise Annabelle Rhett
27. April 1999–27. April 1999

Zwei erbärmlich kurze Zeitspannen.

Ich atme aus, lehne mich zurück und unterdrücke eine Träne. Jetzt ergibt das alles einen Sinn: Margaret, die mich damals am Wasser mit schräg gelegtem Kopf nach den Fußabdrücken fragte.

«Ist das wegen dem, was passiert ist?»

Ich hatte mit dem Schlafwandeln begonnen, kurz nachdem wir Ellie verloren hatten. Dieses traumatische Ereignis in unserem Haus hatte in mir irgendetwas ausgelöst, das ich niemals verstehen konnte.

Aber Margaret verstand es. Irgendwie wusste sie es.

«Darüber sollen wir nicht reden», sagte ich zu ihr.

Denn das sollten wir nicht. Wir redeten nie über irgendetwas. Bis heute ziehen meine Eltern Heimlichtuerei und Schweigen unangenehmen Gesprächen vor. Sie erwähnten es uns gegenüber nicht einmal. Sie erklärten uns nie, was geschehen war; sie ermöglichten es uns nicht, zu verstehen oder zu trauern. Sie schlossen einfach die Tür zu Ellies Kinderzimmer und machten so weiter, als wäre alles bestens, ließen zu, dass mein Gedächtnis sie löschte.

Ich denke daran, dass meine Mutter mich am Morgen nach Margarets Tod – oder überhaupt seitdem – nicht ansehen konnte, und an den Mann, der zu uns ins Haus kam und mit ihr sprach. Der sie weinen ließ. Ich denke daran, wie mein Vater ihr Mason geben wollte und sie einfach aufstand und hinausging, als hätte sie das Gefühl, es nicht zu verdienen.

Gestern Abend, als wir Essen machten: «*Du weißt, dass ich dich liebe. Das weißt du, oder?*»

Meine Mutter hat mich niemals gehasst; sie hat mir nie die Schuld gegeben. Sie hasste sich selbst. Sie hat Margaret, ihre eigene Tochter, getötet und auch versucht, mich zu töten. Und deshalb erlaubte sie sich nicht, mir nahezukommen. Sie erlaubte sich nicht mehr, meine Mutter zu sein.

Vermutlich sollte ich dankbar dafür sein, dass mein Vater rechtzeitig kam – dass er ins Wasser rannte und Margaret in die Arme nahm, wodurch er sich zwischen meine Mutter und mich stellte, bevor sie es auch mit mir tun konnte. Dankbar dafür, dass er mich wusch, mir trockene Kleidung anzog und mich wieder ins Bett brachte, wie er es so oft getan hatte, wenn er mich nachts durchs Haus hatte wandeln sehen. Dafür, dass er am Morgen mit mir einübte, was genau ich sagen sollte.

Dass er seine Arbeit aufgab und meiner Mutter die Hilfe besorgte, die sie brauchte – allerdings nur hinter den Festungsmauern unseres Hauses.

Nur im Geheimen, wo niemand es sehen konnte.

Schließlich wäre es sein Ende gewesen. Alles, wofür er und sein Vater und sein Großvater gearbeitet hatten, wäre im Handumdrehen dahin, wenn die Welt herausfände, was meine Mutter getan hat. Der Name Rhett stünde nicht mehr fest für Noblesse und Kultiviertheit, sondern wäre synonym mit dem Tod, ebenso wie das Haus selbst.

Ich muss daran denken, dass Chief Montgomery am Morgen danach kaum in mich drang, so als genügte es ihm, wenn ich ihm ein paar wenige Zeilen aufsagte. Hinterher steckten er und mein Vater auf der Verandatreppe die Köpfe zusammen, tuschelten und ersannen die perfekte Geschichte: nur ein tragischer Unfall. Ein Badeunfall im Sommer. Die falsche Seite der Statistik. Tief drin muss der Chief gewusst haben, dass das nicht stimmte, aber er hat sich trotzdem gestattet, daran zu glauben. Es war die Geschichte, von der er sich wünschte, sie wäre die Realität. Die, die leichter zu akzeptieren war. Und so nickte mein Vater, schniefte und erschuf eine alternative Realität, die für alle leichter zu schlucken war. Dann hielt er an seinem Geheimnis, seiner Lüge fest – doch nicht, um mich zu schützen, sondern um meine Mutter zu schützen. Sich selbst.

Uns alle.

KAPITEL
EINUNDFÜNFZIG

Ich bleibe dort auf dem Friedhof, bis die Beine meiner Jeans völlig durchweicht sind. Schließlich stehe ich auf, gehe zurück zum Auto, schließe auf und steige ein.

Wieder beäuge ich die Mappe, strecke die Hand aus und berühre die Lasche. Die Schnittwunde, die ich mir an den Scherben des Weinglases zugezogen habe, ist verbunden, und meine Hand pocht heftig. Schließlich atme ich tief durch, ziehe die Mappe auf meinen Schoß, öffne sie und überfliege die Seiten mit den Notizen, die sich der Arzt damals machte, während er meiner Mutter beim Weinen zuhörte.

Ihre offizielle Diagnose lautete *postpartale Psychose*, eine *«sehr seltene, schwere, aber behandelbare Erkrankung, die nach der Geburt eines Kindes auftreten kann»* und durch die Traumatisierung, die Trauer und die Isolation nach dem Tod des besagten Kindes noch verschärft wird. Worte wie *Wahnvorstellungen oder seltsame Überzeugungen, Unfähigkeit zu schlafen* und *Paranoia und Argwohn* springen mir ins Auge und prägen sich mir ein.

All das war da gewesen. Sämtliche Anzeichen und Symptome. Wenn es nur jemanden genug interessiert hätte, um hinzusehen.

Zu wissen, dass ich mich bei Margarets Tod geirrt habe – dass nicht ich sie da hinausgeführt und ihren Körper unter Wasser gedrückt habe –, ist eine Erleichterung für mich, aber das Unbehagen bleibt. Es wird jetzt nur von etwas Neuem ausgelöst. Von etwas anderem.

Die postpartale Psychose gilt als klinischer Notfall, lese ich weiter. *Die Stärke der Symptome schwankt. Das bedeutet, eine Frau kann zeitweise bei klarem Verstand sein und eine Unterhaltung führen, aber nur Stunden später Halluzinationen und Wahnvorstellungen haben. Die Selbstmordrate im Zusammenhang mit dieser Krankheit beträgt fünf und die Infantizidrate vier Prozent. Zudem ist das Risiko, an postpartaler Psychose zu erkranken, bei Frauen mit einer familiären Vorbelastung, beispielsweise einer Erkrankung der Mutter oder Schwester, erhöht …*

Ich klappe die Mappe zu und werfe sie wieder auf den Beifahrersitz. Dann fahre ich vom Friedhofsparkplatz und zurück zum Highway, während ich meine Gedanken schweifen lasse. Es macht mich ganz krank, dass ich Mason womöglich genauso etwas angetan habe wie meine Mutter Margaret. Dass ich meine Fantasien in dieser Nacht vor einem Jahr vielleicht wirklich ausagiert habe, dass ich aufgestanden und in sein Zimmer gewandelt bin, ebenso wie meine Mutter in mein Zimmer gekommen war.

Oder vielleicht, nur *vielleicht*, irre ich mich auch in diesem Punkt.

Es tut gut, als ich mir gestatte, das zu glauben, wenn auch nur für eine Sekunde: dass ich, wenn ich Margaret nichts angetan habe, vielleicht auch Mason nichts getan habe. Dass es eine andere Erklärung, einen anderen Grund gibt, der mich von jeder Schuld freispricht.

Ich könnte vielleicht mit Dr. Harris sprechen, ihm noch mehr verschleierte Frage stellen – ein weiterer verzweifelter Versuch, Antworten zu erhalten. Oder ich könnte noch einmal zu Paul Hayes gehen und erneut versuchen, in Erfahrung zu bringen, wer der alte Mann ist. Was er weiß. Vielleicht hat er gelogen, als er sagte, er habe mich nachts mit Mason auf dem Arm durch die Gegend spazieren sehen. Vielleicht will er mich nur verwirren, mir Angst machen. Damit ich aufhöre, Fragen zu stellen. Ich komme zu dem Schluss, dass das besser als nichts ist, denn jetzt bin ich wieder ganz am Anfang. Waylon ist nicht mehr auf meiner Seite – das hat er sehr deutlich gemacht, als er mich des Mordes beschuldigt hat –, und das bedeutet, dass ich wieder einmal allein bin. Dass ich wieder an dem Punkt bin, wo ich versuchen muss, meinen Sohn ohne Hilfe der Polizei oder der Öffentlichkeit zu finden. Ohne Ben.

Aber beim Gedanken an Ben regt sich etwas in meinem Unterbewusstsein. Irgendetwas an unserer Begegnung gestern kam mir bekannt vor, aber ich kann den Finger nicht darauf legen. Vielleicht war es das Surreale daran, Valerie aus nächster Nähe zu sehen, mich so schnell in der Rolle wiederzufinden, die Allison einst innehatte – nicht mehr *die Andere*, sondern *die Ex*. Die, die er ausrangiert und gegen etwas Glänzenderes, Besseres eingetauscht hat wie ein defektes Spielzeug. Wie sie an die Tür getänzelt kam in seinem weißen Hemd, durch dessen dünnes Gewebe ihre gebräunte Haut schimmerte, so als wäre sie gerade erst aufgestanden – aus *seinem* Bett – und hätte es dort vom Boden geklaubt, wo er es am Vorabend im Taumel der Leidenschaft fallen gelassen hatte.

Wie sie ihm mit dieser säuselnden Stimme aus der Küche zugerufen hatte: «*Ben, bist du da draußen? Wer ist es?*»

Und seine Antwort, wie ein schneller Tritt in den Magen: «*Niemand.*»

Bisher bin ich wie auf Autopilot über diese vertrauten Straßen gefahren, die mich zurück in die Stadt führen, aber mit einem Mal scheint die Landschaft um mich herum heller zu werden und schärfere Konturen zu bekommen, so als hätte ich irgendeine Droge genommen.

Jetzt weiß ich es. Ich weiß, was da an mir genagt hat. Ich weiß, was mir an der Begegnung gestern solches Unbehagen eingeflößt hat.

Es waren diese Worte. Valeries Worte haben eine andere Erinnerung tief in mir freigesetzt: die Erinnerung an die Schuldgefühle und die Scham darüber, bei der Gedenkfeier für Allison ins Gebüsch verbannt zu werden, als Ben sich von mir löste, mich ebenso wegwarf wie seine Zigarette, die im Gras weiterqualmte, und zurück auf die Veranda lief. Die Erinnerung an meine Angst, die mich den Atem anhalten und still verharren ließ, als die Zweige sich in mein Haar krallten, mir in die Wangen schnitten wie eine knorrige Hand, die mir fest auf den Mund gedrückt wurde, mir die schmutzigen Fingernägel in die Haut grub und mich zum Schweigen brachte.

Die Erinnerung an die Panik, die in mir aufstieg, als ich diesen Mann aus dem Haus kommen sah, die Hände in den Hosentaschen.

«Ben? Bist du da draußen?»

Beim Anblick meines Glases mit dem Lippenstiftfleck am Rand, in dem der Champagner noch sprudelte, spannten sich seine Schultern an. Er hob das Glas auf und betrachtete es wie einen Hinweis, den er gefunden hatte. Sein Gesicht sah ich nicht – ich rannte davon, ehe er Gelegenheit hatte, sich umzudrehen, zum Haus zurückzuschauen und mich in meinem Versteck zu entdecken –, aber ich hörte ihn. Ich hörte seine Stimme laut und deutlich. Es war eine Stimme, die ich damals noch nicht kannte, aber mittlerweile überall wiedererkennen würde. In den letzten zwei Wochen, seit er sich mir im Flugzeug vorgestellt hatte, war sie sehr dominant in meinem Leben, saß mir an meinem Esstisch gegenüber, ertönte laut in diesem großen Kopfhörer, der meine Ohren fest umschloss.

Dieser Mann war Waylon.

Ich packe das Lenkrad fester, und mein Fuß liegt wie Blei auf dem Gaspedal. Selbst nach all den Jahren bin ich mir dessen so sicher, wie ich mir noch nie einer Sache sicher war. Waylons Stimme kam mir von Anfang an bekannt vor. Ich wusste, ich hatte sie schon einmal gehört – ich *wusste* es –, ich kam bloß nicht darauf, wo.

Aber jetzt weiß ich es. Er war dort, bei der Gedenkfeier. Das ist es, was er mir verheimlicht. Das ist Waylons Geheimnis. Das ist es, was ich nicht wissen soll.

Er kennt Ben.

Ich fahre an den Straßenrand, schalte auf Parken und hole mein Telefon heraus. Weiß Ben, dass er hier ist? Hat er ihn aus einem bestimmten Grund zu mir geschickt? Um Informationen aus mir herauszuholen vielleicht? Eine neue Methode, mich im Auge zu behalten?

Ich öffne ein neues Browserfenster, hämmere mit zitternden Fingern aufs Display und gebe seinen Namen in die Suchmaschine ein. Die Seite füllt sich mit Artikeln über den Podcast, Interviews in True-Crime-Foren, Artikeln über den Fall Guy Rooney und seine Mitwirkung an der Aufklärung. Nichts davon hilft mir weiter, deshalb grenze ich meine Suche ein: *Waylon Spencer UND Benjamin Drake.*

Als ich die Trefferliste sehe, verschlägt es mir den Atem.

Ich denke daran, wie wir zusammen beim Abendessen saßen und ich ihm beklommen von Ben erzählte, von unserer Vergangenheit. Von dem, was seiner Frau zugestoßen war, und dass ihr Tod die Geburt unserer Beziehung war. Ich muss daran denken, wie mir die Gabel klirrend aus den zitternden Händen fiel, als ich erzählte, wie sie gestorben war.

«*Ist Ihnen denn nie der Gedanke gekommen, dass ihr Tod sehr … gelegen kam?*»

Ich erinnere mich an diesen allerersten Abend in meinem Esszimmer, als das Tageslicht von Minute zu Minute schwächer wurde. Als ich die Wand betrachtete, den Geschmack von Blut auf der Zunge, weil ich mir die Nagelhaut eingerissen hatte.

«*Warum haben Sie das zu Ihrem Beruf gemacht?*», fragte ich ihn. Auf seine Antwort war ich überhaupt nicht gefasst.

Der Grund war die Ermordung seiner Schwester.

Seiner Schwester Allison.

KAPITEL ZWEIUNDFÜNFZIG

Ich klicke den obersten Link an, Allisons Traueranzeige, und überfliege die Textblöcke, die Angaben zur Bestattung, die Bitte um Spenden anstelle von Blumen und die beschönigte Beschreibung ihres Todes – vage, unverfängliche Worte wie *unerwartet*, *friedvoll* und *eingeschlafen* –, bis ich zur allerletzten Zeile komme.

Allison hinterlässt ihren Ehemann Benjamin, ihre Eltern Robert und Rosemary und ihren jüngeren Bruder Waylon.

Ich gehe zurück zur Trefferliste, klicke einen anderen Link an – eine Hochzeitsanzeige – und muss schlucken, als die Überschrift erscheint: BENJAMIN DRAKE & ALLISON SPENCER. Da ist ein Foto von ihnen beiden zusammen auf dem Rumpf eines Segelboots – dasselbe Foto, das er stolz in seinem Büro aufgestellt hatte. Auf ihrem riesigen ovalen Diamanten spiegelte sich das Sonnenlicht. Mein Magen krampft sich zusammen. Ihren Mädchennamen kannte ich nicht; ich war gar nicht auf die Idee gekommen, danach zu fragen. Wir sprachen ja nie über sie. Sie war das eine Thema, das immer tabu war, vor unserer Heirat wie auch danach, so als glaubten wir, wenn wir ihre Existenz einfach komplett ignorierten, würde uns das beide von jeglichem Fehlverhalten freisprechen. Von jeglicher Schuld.

Das hatte ich wohl von meinen Eltern gelernt.

Ich kann nicht umhin zu bemerken, wie perfekt die beiden zusammen auf diesem Foto aussehen: jung, lebenssprühend, glücklich. So wie wir es auch einmal waren.

Waylon ist kein sehr gängiger Name, aber ich muss Gewissheit haben. Ich muss ganz sicher sein. Also scrolle ich weiter herunter, vorbei an Zitaten von Allisons Eltern und Details zur Hochzeit, bis ich ganz unten auf ein Familienfoto stoße – und da ist es. Da sind sie. Alle zusammen.

Ben, Allison, Waylon, ihre Eltern. Eine große, glückliche Familie.

Ich lasse das Telefon in meinen Schoß fallen. Das bestätigt es: Waylon und Allison Spencer. Sie sind Geschwister. Waylon ist Allisons Bruder. Er war dort, bei ihrer Gedenkfeier, in dem Raum, den ich nicht betreten mochte. Nahm neben Ben, seinem Schwager, die Beileidsbekundungen entgegen. Kam heraus in den Garten, als wir uns gerade umarmten, stolperte unwissentlich über etwas Verfängliches und Falsches.

«*Was ist ihr zugestoßen?*», fragte ich, als ich beschämt merkte, dass ich mich überhaupt nicht gefragt hatte, was Waylon für eine Geschichte hatte. Wir haben alle eine, denke ich. Eine Geschichte. Eine Reihe von Ereignissen, die unser Leben auf unerforschtes Terrain lenken. Eine Abfolge von Geburten und Todesfällen, Anfängen und Endpunkten. Liebe und Verlust. Freude und Leid.

«*Das ist die Frage*», sagte er. «*Der eine Fall, an dem ich arbeite, seit ich dreiundzwanzig Jahre alt war.*»

Nur war Allisons Tod kein Rätsel. Er war kein ungelöster alter Fall, der im ganzen Land die Aufmerksamkeit auf sich zog; ihre Eltern waren nicht auf der TrueCrimeCon und verkauften ihre Seelen für Blicke. Es war ein bedrückend trister Tod, wie meistens. Allison starb an einer Überdosis. Sie fanden die Tabletten in ihrem Magen, das leere Tablettenfläschchen aus der Apotheke in ihrer schlaffen, leblosen Hand. Mit ihrem Namen auf dem Etikett. Ben fand sie auf dem Badezimmerboden mit Pupillen wie Untertassen und bläulich grauer Haut.

Das hat er jedenfalls gesagt.

Ich nehme das Telefon wieder in die Hand und wähle Waylons Nummer, zu nervös, um mich darum zu scheren, wie wir auseinandergegangen sind. Vielleicht habe ich ihn missverstanden. Vielleicht … nachdem ich mich in den Babyfon-Videos gesehen hatte, nachdem ich mit diesem alten Mann auf der Veranda gesprochen hatte, nachdem mir die Übereinstimmungen zwischen Margarets Tod und Masons Verschwinden aufgefallen waren und ich mich in beiden Fällen ins Zentrum des Geschehens gesetzt hatte – vielleicht hörte ich da nur noch, was ich hören wollte.

«Niemand ist bei Ihnen eingebrochen, Isabelle. Ich weiß es, Sie wissen es, die Cops wissen es. Es gab keinen Einbrecher.»

Vielleicht war ich da bereits zu meiner eigenen Schlussfolgerung gelangt: dass ich dafür verantwortlich war. Dass ich etwas Falsches getan hatte, etwas Furchtbares. Etwas, woran ich mich nicht erinnern kann. Aber vielleicht habe ich mich darin ebenso geirrt wie bei Margaret. Vielleicht habe ich ebenso wie bei Margaret gar nicht wirklich nach Antworten gesucht. Vielleicht *hatte* ich meine Antwort schon – dass ich schuld war – und suchte bloß nach Beweisen dafür.

Nach irgendeinem Fitzelchen Beweis, das belegen würde, was ich bereits glaubte: dass ich eine schlechte Mutter war. Dass ich meinen Sohn im Stich gelassen hatte, wie ich auch meine Schwester im Stich gelassen hatte.

«Isabelle?»

Waylon meldet sich bedächtig, neugierig, als fragte er sich, ob ich wirklich ihn anrufen wollte. Als hielte er es für möglich, dass ich die falsche Nummer gewählt habe, und hätte Angst davor, meine Stimme zu hören. Ich sehe auf die Uhr im Armaturenbrett – es ist noch früh, lange vor dem Berufsverkehr –, und mir wird klar, dass ich ihn vielleicht geweckt habe.

«Waylon», sage ich und bemühe mich, das Zittern aus meiner Stimme zu verbannen. «Was Sie da gestern zu mir gesagt haben ...»

«Ich weiß, es tut mir leid», unterbricht er mich. Seine Stimme klingt hauchig und rau. Ich stelle mir vor, dass er mit vom Schlaf zerzaustem Haar in einem kalten Motelzimmer liegt und im Dunkeln nach der Nachttischlampe tastet. «Ich fühle mich mies deswegen. Ich war zu grob ...»

«Glauben Sie, dass ich Mason etwas angetan habe?», schneide ich ihm das Wort ab. «Glauben Sie, ich hätte meinen Sohn getötet?»

«*Was?*» Er schnappt nach Luft. Das und der veränderte Tonfall sagen mir alles, was ich wissen muss. Meine Frage scheint die gleiche Wirkung auf ihn zu haben wie ein Eimer Eiswasser. Jetzt ist er hellwach. «Isabelle, nein. Wie kommen Sie darauf?»

Da atme ich auf, und Erleichterung überkommt mich.

«Ich weiß, wer Sie sind», sage ich. «Sie sind Allisons Bruder. Der Bruder von Allison Spencer. Allison Drake.»

Er schweigt. Ich höre ihn atmen, nachdenken, überlegen, was er jetzt sagen soll.

«Ich bin nicht böse auf Sie», fahre ich fort. «Ich bin bloß ... ich muss wissen, was Sie hier wollten. Und was Sie über Ben zu wissen glauben.»

Es hat wohl von Anfang an Gerede über Ben gegeben, genauso wie von Anfang über mich geredet wurde. Die Eltern sind schließlich die naheliegendsten Verdächtigen, aber das habe ich immer abgetan. Ich war immer voll und ganz auf Bens Seite. Wir waren zusammen gewesen. Wir hatten die ganze Nacht geschlafen, unsere Glieder wie Tentakel in die Bettdecke verschlungen.

Andererseits hatte Waylon auch danach gefragt.

«*Also könnte Ihr Mann aufgestanden sein, ohne dass Sie es gemerkt hätten?*»

Ich muss daran denken, wie Margaret ihren kleinen Körper unter meinen schweren Arm geschoben hatte. Als ich morgens wach wurde, hatte ich keinerlei Erinnerung an ihr Kommen. Hatte keine Ahnung, was in der Nacht passiert war. Vor meiner Schlaflosigkeit hatte ich immer einen tiefen, festen Schlaf ... woher will ich also eigentlich wissen, dass er die ganze Zeit bei mir war? Woher weiß ich denn *wirklich*, dass er nicht etwa nachts unter der Bettdecke hervorgeschlüpft und aufgestanden ist, ob er nicht irgendetwas getan hat? Etwas, das er vor mir geheim hält?

Vielleicht hat sich ein Teil von mir immer schon darüber gewundert, dass ich so verzweifelt hoffte, unsere Geschichten würden übereinstimmen. Dass ich versuchte mitzubekommen, was er nebenan aussagte, so als wäre da ein Anflug von Misstrauen zwischen uns, den ich aber nicht zur Kenntnis nehmen wollte. Dass ich nie nach Allison fragte – nie nachfragte, was genau passiert war, was er darüber dachte –, als wollte ich das gar nicht wissen.

Vielleicht hatte ich diese Fragen ganz hinten in meinen Kopf verbannt – dorthin, wohin ich auch meine ungebührlichen Gedanken über Mason und die Erinnerungen an meine Kindheit, meine Mutter und Eloise verdrängt hatte, alles, was so wehtat, dass es einfacher war, es zu ignorieren oder, besser noch, es in etwas völlig anderes zu verwandeln, es wie Knete in meinen Händen zu formen, bis es so aussah, wie ich es haben wollte. Vielleicht habe ich mich ganz tief drin doch gewundert: über ihren Tod, der so gelegen kam, über die offenen Fragen. Die Lügen, die er so mühelos konstruierte. Darüber, wie schnell er von ihr zu mir hüpfte.

«Es ist nichts, was ich zu wissen glaube», sagt Waylon schließlich in ruhigem, gemessenem Ton. «Es ist etwas, was ich tatsächlich weiß. Er war zehn Jahre lang mein Schwager, Isabelle. Ich kenne ihn besser als sonst jemand.»

«Er war sieben Jahre lang mein Ehemann», entgegne ich. «Ich denke, ich kenne ihn auch ziemlich gut.»

«Das hat Allison auch gedacht.»

Ich zögere und trommle mit den Fingern aufs Lenkrad. Zum ersten Mal versuche ich, mich in Allison hineinzuversetzen. Versuche, es mir vorzustellen: wie es sich angefühlt hätte, wenn Ben mir das angetan hätte, was er ihr antat. Was *wir* ihr antaten. Wenn er mich hinsichtlich seines Verbleibs angelogen, Stunden über Stunden mit einer anderen Frau in einer dämmrigen Bar zugebracht und sie so angesehen hätte, wie er früher mich ansah: das Kinn gesenkt, der Blick eindringlich, während um seine Lippen ein neckisches Grinsen spielte, so als stellte er sich uns zwei an einem anderen, ungestörteren Ort vor. Wenn er ihr spätabends noch eine Nachricht geschrieben hätte, als ich schon schlief – unsere Körper aneinandergedrückt, aber trotzdem an zwei verschiedenen Orten. Wenn ich morgens erwacht wäre und mich auf ihn gesetzt hätte, nicht ahnend, dass er statt meiner sie vor Augen hatte.

In diesem Licht betrachtet, erscheint es mir sogar noch schlimmer als ein echter Seitensprung. Es ist berechnender, gerissener. Manipulativer.

«Also was?», frage ich. «Sie glauben tatsächlich, dass er sie getötet hat? Sie glauben, dass er fähig zu einem *Mord* ist?»

«Isabelle», erwidert Waylon, und seine Stimme klingt klinisch und kalt, als müsste er mir eine Diagnose beibringen, von der er weiß, dass sie mein Ende sein wird, «ich *weiß*, dass er sie getötet hat.»

KAPITEL DREIUNDFÜNFZIG

Mason war sechs Monate alt, als ich Ben sagte, ich wolle wieder arbeiten.

Eigentlich hatte ich nie *bewusst* aufgehört zu arbeiten, es schien einfach passiert zu sein, ohne dass es mir aufgefallen war. Die Neuigkeit, dass ich schwanger war, hatte Ben gut aufgenommen – er war überrascht, aber auch aufgeregt darüber gewesen, wie ich es ebenfalls zu sein behauptet hatte –, aber trotzdem, er war sehr beschäftigt. Seine Arbeitsbelastung ließ nie nach, seine Termine wurden nie weniger, deshalb war es *mein* Selbstverständnis, das sich verändern musste. Es war eine langsame, graduelle, scheinbar unausweichliche Entwicklung – wie das Altern –, die ich gar nicht richtig zur Kenntnis nahm, bis ich eines Morgens aufwachte, in den Spiegel sah und das Gesicht, das mich da anblickte, kaum wiedererkannte.

Unmerklich war ich von einer *Autorin* zu einer *freien Autorin* geworden, dann zu einer *berufstätigen Mutter*, und schließlich war ich nur noch *Mutter*. Und ich liebte Mason – ich *liebte* es, seine Mutter zu sein. Ich liebte es, die Tage bäuchlings auf dem Teppich zu verbringen, ihm Geschichten vorzulesen oder zu beobachten, wie er sich auf dem Boden wand und strampelte. Ich liebte es zu verfolgen, wie er lernte, sich umzudrehen und den Kopf zu heben. Ich liebte das Staunen in seinem Blick, als er allmählich besser sehen konnte und die Welt um sich herum entdeckte. Das anfängliche Bedauern war vergangen, und ich sah es schließlich doch als meine zweite Chance, in Erinnerung an Margaret, dass ich mich um ihn kümmern durfte, wie ich mich einst um sie gekümmert hatte.

Allmählich wurde sie leichter, die Mutterschaft – oder

jedenfalls bekam ich sie besser in den Griff –, aber mir fehlte trotzdem etwas.

Ich dachte oft an die Begeisterung, mit der ich als Kind die Finger über die Plakette an unserem Tor hatte tanzen lassen und sämtliche Magazine verschlungen, die Worte so in mich aufgesaugt hatte, wie man ein köstliches Getränk mit dem Strohhalm aufsaugt, bis man am Boden des Glases ankommt. Fast konnte ich das gierige Schlürfen hören, mit dem ich versuchte, ein letztes Mal von der Person zu kosten, die ich gewesen war, bevor sie für immer austrocknete.

Ehe ich das Thema ansprach, beschloss ich, mich zuerst über den Markt zu informieren. Außerdem hatte ich es vielleicht ja verlernt. Seit beinahe einem Jahr hatte ich nichts mehr geschrieben. Und so durchforstete ich meine alten Kontakte und sichtete die neuesten Artikel einiger meiner Lieblingsmagazine. Wenn ich Mason um Mitternacht stillte, leuchtete mein Telefon im Dunkeln, weil ich die sozialen Medien absuchte. Schließlich stieß ich auf einen Artikel über einen Anbieter von gekochten Erdnüssen in North Carolina, der kurz zuvor seinen gesamten Betrieb verloren hatte, als ein Propantank in seinem Garten explodierte. Einige kleine lokale Nachrichtensender berichteten darüber – er hatte Ausstattung im Wert von über zehntausend Dollar verloren –, und ich konnte mir sofort vorstellen, was ich daraus machen würde: etwas Größeres, einen Hintergrundartikel über seine Familie, die seit Jahrzehnten in dieser wenig bekannten Branche tätig war, mit einem Blick hinter die Kulissen des kleinen Betriebs, der da in Flammen aufgegangen war. Die Geschichte dieses Nahrungsmittels, seine oft übersehene Herkunft, vielleicht sogar ein Spendenaufruf, um dem Mann dabei zu helfen, dass er wieder auf die Beine kam. Es wäre wie das, was ich für *The*

Grit geschrieben hatte, ein Artikel, wie ich ihn liebte: sinnhaft, schmutzig, reell.

Ich stellte meine Idee einem regionalen Magazin vor. Die Leute waren begeistert und boten mir dreitausend Dollar plus Spesen.

«Das ist mehr, als ich bisher als freie Journalistin bekommen habe», sagte ich, nachdem ich Ben am Abend meine Idee erläutert hatte. Ich saß mit Mason auf dem Bett und ließ ihn auf meinem Bein hüpfen, während Ben seine Krawatte ablegte. «Wenn ich für jeden Artikel so viel Geld bekäme, könnte ich das wirklich zu meinem Beruf machen ...»

«Wir brauchen das Geld nicht», sagte Ben. «Das weißt du.»

«Na ja, es ist ja nicht *nur* das Geld ...»

«Wie lange wärst du weg?» Seine Miene war ausdruckslos, unergründlich. Mason wurde zappelig, und Ben deutete auf ihn, als würde dieses Zappeln seine Argumentation untermauern. «Er ist noch so klein.»

«Eine Woche, höchstens», sagte ich und setzte mir Mason auf das andere Bein. «Vielleicht auch nur zwei Tage. Ich denke, das bekommst du hin», zog ich ihn auf.

Ich grinste, aber er lächelte nicht zurück.

«Oder ich könnte auch morgens hinfahren und abends wieder zurückkommen, aber das wäre eine Menge Fahrerei ...»

«Nein», sagte er, knöpfte den Kragen auf und dehnte den Hals. «Nein, du solltest das tun. Wenn es dich glücklich macht.»

«Ich *bin* glücklich», erwiderte ich. «Ich will nur ... vermutlich brauche ich nur auch etwas für mich selbst. Du hast das Magazin ...»

Ich brach ab, und meine Wangen wurden heiß. Um das Thema *The Grit* waren wir bisher ebenso herumgeschlichen

wie um das Thema Allison: am besten, man tat so, als gäbe
es das gar nicht. Am besten, man glaubte, ich hätte aus eigenem Antrieb gekündigt, obwohl mich manchmal eine überwältigende Traurigkeit überkam, wenn ich daran dachte, dass
Ben sich noch immer jeden Morgen in dieser großen schönen
Redaktion einfand – an meinem ehemaligen Schreibtisch
vorüberging, an dem jetzt jemand anderes saß, wo jetzt die
Verfasserangaben einer anderen Journalistin anstatt meiner an
der Wand hingen; wenn ich mir vorstellte, wie er mit meinen
ehemaligen Kollegen, meinen Freundinnen Kaffee trank. Es
war wie ein Todesfall, den ich nie vollständig betrauert hatte.

«Du solltest das tun», wiederholte er und kam zu mir. Ich
lächelte, reckte den Hals und präsentierte ihm meine Lippen –
doch anstatt mich zu küssen, nahm er mir Mason ab, drehte
sich um und ging hinaus. «Wie gesagt. Wenn dich das glücklich macht.»

KAPITEL
VIERUNDFÜNFZIG

Ich parke an der River Street in einem kostenpflichtigen Bereich und gehe die wenigen Blocks bis zu *The Bean*, einer winzigen Kaffeebude, die Ben niemals aufsuchen würde. Sie ist zu schäbig für ihn, ein Lokal, wo man die Milch selbst in den Kaffee gibt, direkt aus dem Karton, der in einer Ecke neben uralten Tütchen mit Süßstoff und nicht zusammenpassenden Löffeln steht. Waylon hatte die Stadt noch nicht verlassen – nachdem ich ihn gestern hinausgeworfen hatte, nahm er sich ein Hotelzimmer, zu erschüttert über unsere Auseinandersetzung, um direkt die Heimfahrt anzutreten –, und als ich hereinkomme, wartet er schon auf mich.

«Hey», sage ich und lasse meine Handtasche auf einen freien Hocker fallen. Wir sind beide ein bisschen befangen, wie Ex-Partner, die sich gerade versöhnen, aber ich versuche, das abzustreifen. «Ich will nur rasch …»

Ich deute zur Theke, aber er schüttelt den Kopf und schiebt einen Becher Kaffee in meine Richtung wie ein Friedensangebot.

«Der ist für Sie.»

«Danke.» Ich lächle, setze mich und trinke einen Schluck.

«Verzeihen Sie, dass ich Sie angelogen habe», sagt er und lässt die Finger über den Tisch tanzen. «Oder vielleicht sollte man zutreffender von *bewusster Unterschlagung der Wahrheit* sprechen. So oder so, es war mies.»

Wieder lächle ich, nicke und denke an die eigentümliche kleine Verbeugung, mit der er mich begrüßte, als er zum ersten Mal einen Fuß in mein Haus setzte. Ich denke daran, wie er sich im Haus umsah, nach Spuren von Ben suchte. Und wie er sich im Framboise duckte, als wollte er sich kleiner machen. Er muss Angst gehabt haben, wird mir klar, weil er sich in Situationen begab, in denen er nicht wusste, was ihn erwartete. Wenn Ben dort bei mir gewesen wäre, wäre er aufgeflogen.

«Also», sage ich und trommle mit den Fingern auf meine Tasse, «wo sollen wir anfangen?»

«Am Anfang, schätze ich.» Waylon atmet tief durch und dreht den Kopf von einer Seite zur anderen, als bereitete er sich auf irgendeinen Kampf vor. «Allison und Ben lernten sich auf der Highschool kennen. Er war ein paar Jahre älter als sie, und ich glaube, das gefiel ihr – die Aufmerksamkeit eines älteren Jungen. Da fühlte sie sich auch gleich älter.»

Ich stelle mir Ben als Teenager vor, der durch die Flure der Highschool schritt wie später durch die Redaktion oder oben über diese Dachterrasse: souverän und zielstrebig. Bestimmt war er beliebt. Trug Collegejacken und hatte an jeder Hand ein Trüppchen Freunde. Ich stelle mir vor, wie er Allisons Blick auffing, als sie gerade an ihrem Spind stand, ihr zuzwinkerte und grinste. Vermutlich sah sie sich zuerst um, ehe sie fragte: *Ich?* Als könnte sie nicht glauben, dass seine Aufmerksamkeit ihr galt.

«Das kann ich nachvollziehen.»

«Irgendwann ging er zum Studieren fort, kam aber jedes Wochenende nach Hause, um sie zu sehen. Den Antrag hat er ihr im Prinzip gemacht, kaum dass sie zwanzig war, und als sie einundzwanzig war, heirateten sie. Sie hatte nie einen anderen Freund. Meine Eltern waren begeistert von ihm.»

«Und Sie nicht?»

«Na ja ...» Er zuckt die Achseln. «Ich war noch ein Kind, als wir uns kennenlernten. Er hat sich immer auf diese Freund-der-Schwester-Tour bei mir eingeschleimt, aber ich hatte von

Anfang an den Eindruck, dass ich ihn durchschaute. Dass diese ganze Traummann-Nummer nur eine Show war.»

Ben war schon immer gut darin, sich bei allen beliebt zu machen – er wusste immer, was er sagen musste und wann, und in Gesellschaft bewegte er sich entspannt, selbstbewusst und mit sicherer Hand, was die Menschen magnetisch zu ihm hinzuziehen schien. Kinder fallen auf so etwas allerdings nicht herein. Sie scheinen immer zu spüren, was uns Erwachsenen entgeht.

«Jedenfalls, Allison war eine so lebenssprühende Person. Sie hat für ihr Leben gern diskutiert.» Er lächelt. «Sie wollte Anwältin werden.»

«Das wusste ich gar nicht.»

«O ja, und sie wäre auch gut darin gewesen, aber dann ist sie ihm aufs College gefolgt – auf eines mit einem großen Fachbereich für Journalismus, weil es das war, was *er* wollte –, und als sie ihren Bachelor machte, hatte Ben es ihr schon ausgeredet. Ein Jurastudium an einer Law School war teuer; er war bereits ein paar Jahre in seinem Beruf tätig und hatte endlich so viel angespart, dass sie anfangen konnten, das Leben zu genießen. Mir kam es so vor, als hätte sie sich bloß kleingemacht, um ihm mehr Raum zu geben.»

Ich spüre das vertraute Brennen der Tränen in meinen Augen. Auch das kann ich nachvollziehen. Damals redete ich mir ein, meine Kündigung bei *The Grit* und mein allmählich zu nichts zusammenschrumpfendes Leben seien nicht *seine*, sondern *unsere* Entscheidung gewesen. Ich muss daran denken, wie wir damals auf der Weihnachtsfeier über Allison tratschten – Kaseys Champagner-Atem an meinem Ohr – und wie ich Allison dafür verurteilte, dass sie nicht arbeitete, sondern zu Hause blieb, bloß neben ihm dahinglitt wie ein übergroßes

Accessoire. Nicht ahnend, dass sie eine Leidenschaft hatte, die zu verfolgen sich gelohnt hätte. Etwas, worin sie gut war, was sie begeisterte.

Genau wie ich.

«Es war einfach zum Kotzen, das mit anzusehen», fährt Waylon fort. «Aber natürlich war er nicht *durch und durch* schlecht. Ich konnte auf nichts verweisen, was in ihrer Beziehung von Grund auf schlecht war. Wenn ich sie zusammen sah, schien er sie gut zu behandeln. Er brachte sie zum Lachen. Ich dachte, wenn er sie glücklich macht … ich weiß auch nicht. Ich glaubte, ich sollte mich da einfach raushalten.»

«Beziehungen sind kompliziert», sage ich und puste auf meinen Kaffee, um etwas zu tun zu haben.

«Ja, aber das ist es ja.» Waylon setzt sich anders hin. «Ich war neun, als wir uns kennenlernten. Allison und ich waren sieben Jahre auseinander, ich wusste also noch gar nicht, wie eine *gesunde Beziehung* aussieht. Aber als ich älter wurde – als wir beide älter wurden –, entwickelten Ben und ich uns zu grundverschiedenen Männern. Und mir wurde klar: Egal, wie eine gesunde Beziehung aussieht … so nicht.»

Ich schweige und beschließe, Waylon weiterreden zu lassen, ihn mir erzählen zu lassen, was er weiß, bevor ich meinerseits wieder etwas dazu sage.

«Jedenfalls, die Jahre vergingen, und Allison schrumpfte immer mehr. Ein paarmal hat sie versucht, mit ihm über ein Jurastudium zu reden, damit sie sich etwas Eigenes aufbauen könnte, aber er hat ihr jedes Mal ein schlechtes Gewissen gemacht und es ihr ausgeredet. Sie schien einfach etwas zu sein, was er in seinem Leben abhaken wollte, ohne Anspruch auf ein eigenes Leben.»

Erneut denke ich an den Abend, an dem ich beschloss,

wieder zu arbeiten. An das leichte Unbehagen, mit dem ich es zur Sprache brachte, so als hätte ich gewusst, dass ich mit dem Feuer spielte. Denke daran, wie Ben mir hinterher Mason abnahm, wie zur Strafe. Als Warnung vor dem, was kommen sollte.

«Wenn dich das glücklich macht.»

Ich tat es trotzdem. Ich fuhr nach North Carolina, ich schrieb den Artikel. Ich begann, wieder zu arbeiten, in Teilzeit, und verreiste ein-, zweimal im Monat. Es entfachte ein Feuer in mir, von dem ich wusste, dass es brauchte – ich wusste, ich konnte kein guter Mensch, keine gute Mutter sein, wenn ich nicht zuerst gut zu mir selbst war. Doch jetzt frage ich mich, ob ich damit nicht auch in Ben etwas entfacht habe. Etwas Gefährliches. Ich hatte ihn zum Vater gemacht, obwohl er das niemals hatte sein wollen, und dann ließ ich ihn immer wieder tagelang mit Mason allein. Es war, als hätten alle diese kleinen Akte des Widerstands so etwas wie eine Lunte entzündet, und von da an rückte die Explosion immer näher, ohne dass ich mir dessen überhaupt bewusst gewesen wäre.

«Eines Abends war ich in der Stadt, zu Besuch bei meiner Familie», fährt Waylon fort. «Abends wollte ich in der Innenstadt was trinken gehen, und als ich in diese Bar kam, saß Ben da, ganz allein. Es war schon spät, er musste seit Stunden Feierabend haben. Ich dachte, Allison wäre bei ihm, sie wäre vielleicht auf der Toilette oder so, aber als ich gerade zu ihm gehen und Hallo sagen wollte, setzte sich eine andere Frau neben ihn.»

Ich spüre die Hitze meinen Hals hinaufkriechen. Mir ist schon klar, wohin das führt. All die Abende, an denen wir uns länger als nötig an unseren Getränken festhielten, weil keiner von uns gehen wollte. Waylon blickt mich jetzt an, als sähe er mich zum allerersten Mal. Als erinnerte er sich gerade daran, wie ich zurück an den Tisch geschlendert kam, mit der Hand vielleicht Bens Schulter streifte und wie versehentlich die nackte Haut an seinem Hals berührte. Dabei ganz bewusst Bens rechte Hand mit dem Goldreif am Finger ignorierte, an dem er immer herumspielte, ihn drehte, als könnte er sich auflösen, wenn er ihn nur genügend abnutzte. Als könnte er dann von allein verschwinden.

«Das waren Sie.»

«Waylon, es tut mir leid.» Ich lege mir die Hände um den Hals, um ihn zu kühlen, aber sie sind warm vom Kaffee und machen es nur schlimmer. Meine Wangen brennen, der körperliche Beweis für die Scham, die ich aus allen Poren verströme. «Aber ich versichere Ihnen, wir haben nichts getan. Es ist *nichts* passiert …»

«Das ist es nicht», unterbricht er mich und winkt ab. «Aber ich habe Sie beide beobachtet, den ganzen Abend lang. Ich habe beobachtet, wie Sie miteinander umgingen. Und er hat Sie genauso behandelt wie Allison – er hat Sie genauso am Arm berührt, sich genauso über sein Bier gebeugt, wenn Sie sprachen. Ich merkte, dass er Ihnen das Gefühl gab, etwas Besonderes zu sein, genau wie er es auch mit ihr getan hatte. Es war, als wären Sie austauschbar für ihn. Sie *sahen* sogar genauso *aus*.»

Ich lasse den Blick durchs Café wandern, suche nach etwas, woran ich mich festhalten kann, damit ich nicht in Tränen ausbreche. Jetzt fällt mir das Foto wieder ein, das ich in Waylons Laptop fand – Ben und ich dicht nebeneinander an dieser Theke, unbemerkt fotografiert.

Noch nie bin ich mir naiver und törichter vorgekommen als jetzt gerade.

Damals glaubte ich, wir seien anders – Ben und ich, *wir* seien anders als *sie* –, aber das stimmt einfach nicht. Wir waren genauso. Allison und ich waren für ihn gleich. Austauschbar.

«Das konnten Sie ja nicht wissen.» Anscheinend liest Waylon wieder meine Gedanken. Er greift über den Tisch und berührt mich an der Hand. «Es ist nicht Ihre Schuld.»

«Doch, das ist es. Ich wusste, dass er verheiratet war ...»

«Sie waren jung. Man kann nichts daran ändern, wie man für jemanden empfindet. Und er ist gut, Isabelle. Er gibt jedem dieses Gefühl, etwas Besonderes zu sein.»

«Und was ist dann passiert?», frage ich, obwohl ich zunehmend davon überzeugt bin, dass ich das gar nicht wissen will. Waylons Miene bestätigt mir das: Seine Unterlippe bebt, dann beißt er sich darauf, und seine Schultern spannen sich an. Seine Augen werden feucht, der Blick geht in die Ferne, und er nimmt die Hand weg und wischt sich wütend die Tränen ab. Dann sieht er wieder mich an.

«Sie wurde schwanger», antwortet er schließlich. «Und ein paar Wochen später war sie tot.»

KAPITEL FÜNFUNDFÜNZIG

Noch heute spüre ich, wie die Kacheln an meinen Oberschenkeln klebten. Spüre den Schweiß an meinen Fingerkuppen, während ich die Toilettenschüssel umklammerte, rieche das Erbrochene, das mir das Haar wie Kaugummi verklebte. Spüre die Wand im Rücken, als ich allein auf dem Badezimmerboden saß und die beiden rosa Linien anstarrte, die auf dem Teststäbchen erschienen waren. Sie waren nur schwach sichtbar, sodass ich Zweifel hatte – ich weiß noch, dass ich den Kopf schräg legte, die Augen zusammenkniff und befürchtete, die Striche könnten verschwinden wie eine Fata Morgana, wenn ich den Kopf nicht im genau richtigen Winkel hielt –, aber ich wusste instinktiv, dass sie da waren. Dass es real war.

Und dann diese einzelne, flüchtige Sekunde des Bedauerns.

Tatsache ist, nichts in meinem gemeinsamen Leben mit Ben hatte sich so entwickelt, wie ich gedacht hatte. Ben und ich waren nicht mehr dieselben Menschen wie bei unserer ersten Begegnung – zumindest ich war es nicht. Nicht mehr. Zusammen ein Kind zu zeugen, war für mich der letzte verzweifelte Versuch, unsere Ehe zu retten, das Ruder noch einmal herumzureißen, denn wenn man feststellt, dass das eigene Leben solche Auflösungserscheinungen aufweist, will man es unbedingt in etwas Schönes und Intaktes einweben, bevor es vollends verschwunden ist und einem nichts mehr bleibt, auch wenn ich heute weiß, wie verrückt das klingt.

Schließlich hatte ich so viel für ihn aufgegeben. Ihn auch noch zu verlieren, hätte sich angefühlt, als würde mir nichts bleiben.

Doch als ich mit dem Test in der Hand dort auf den Fliesen

saß, wurde mir erst so richtig klar, was ich da eigentlich getan hatte. Was für immer mit Ben zusammen eigentlich hieß: Ein anderes menschliches Wesen würde uns bis in alle Ewigkeit aneinanderbinden. Vielleicht würde es gar keine Veränderung zum Besseren sein – womöglich würde es sogar alles schlimmer machen. Dies waren die Gedanken, die mir in dieser einen Sekunde durch den Kopf schossen, und jetzt frage ich mich, ob Allison genauso empfand, als sie feststellte, dass sie schwanger war. Ob auch sie das Gefühl hatte, in der Falle zu sitzen? In ihrem Haus, in ihrer Ehe und nun auch in ihrem Körper, als ihr zuletzt auch dieser weggenommen und von jemand anderem mit Beschlag belegt wurde.

Aber vielleicht war sie auch überglücklich. Vielleicht glaubte sie, es würde ein Neuanfang sein. Vielleicht hat sie die negativen Gedanken verdrängt wie einen weiteren Anfall von Übelkeit, hat den säuerlichen Geschmack hinuntergeschluckt und ein Lächeln aufgesetzt. Hat gehofft, dass sich die Probleme in ihrer Ehe vielleicht endlich lösen würden.

«Allison hätte während der Schwangerschaft niemals eine Überdosis genommen», sagt Waylon jetzt, und seine Lider zucken. «Das hätte sie *niemals getan*.»

«Sind Sie sicher, dass sie es wusste? In der Redaktion wusste niemand davon.»

«Sie wusste es. Sie hat es uns gesagt. Es war noch sehr früh, aber sie war der offenherzigste Mensch der Welt. Sie konnte nie ein Geheimnis für sich behalten.»

Ich erinnere mich daran, wie sie mir die Hand auf den Arm legte und den Mund dicht an mein Ohr hielt, was zusammen mit dem frischen Wind auf der Dachterrasse dafür sorgte, dass mir ein kalter Schauder über den Rücken lief.

«*Ganz ehrlich – dieses Kleid drückt überall.*»

Sie hielt bei ihrem Rundgang über die Dachterrasse zwar eine Champagnerflöte in der Hand, aber ihr Atem roch nach Mundwasser, nicht nach Champagner, und sie ließ die Hand sanft auf ihrem Bauch ruhen, als wollte sie, dass ich es wusste. Sie wollte, dass *irgendjemand* davon wusste.

«Waylon, ich sage das nur ungern …» Ich breche ab und überlege, wie ich es am besten formulieren soll. «Sie hat sich eindeutig gequält, vielleicht konnte sie nicht klar denken …»

«Sie hätte das nicht getan, Isabelle.»

Ich presse die Lippen aufeinander und denke an meine Mutter. Die ebenso wenig getan hätte, was sie dann doch tat. Wenn ihr jemand zu Hilfe gekommen wäre. Wenn ihr jemand zugehört hätte. Niemand begreift, was im Kopf einer Mutter vorgeht. Niemand ahnt etwas von diesen unbotmäßigen Gedanken, von den Überzeugungen, die sich einem tief ins Hirn graben wie Parasiten und einen krank machen.

Aber gleichzeitig stellt sich mir unwillkürlich eine Frage.

All die Jahre dachte ich, Allisons Tod hätte Ben davor bewahrt, sich entscheiden zu müssen – zwischen ihr und mir –, aber jetzt wird mir etwas klar, das eigentlich auf der Hand lag: Wann hätte Ben sich je zurückgelehnt und zugelassen, dass das Leben ihm widerfährt? Wann hätte er jemals nicht alles unter Kontrolle gehabt? So war Ben nie. Er hat nie etwas dem Zufall überlassen, war in seinem eigenen Leben nie in der passiven Rolle, wie er es von uns erwartete. Also traf er vielleicht doch eine Entscheidung – die am Ende womöglich zu meinen Gunsten ausgefallen wäre. Doch da rief Allison ihn eines Tages ins Bad, ebenso wie ich es fünf Jahre später versuchte. Sie zeigte ihm den Test, fiel ihm um den Hals und drückte ihn fest an sich, und da wurde ihm klar, dass auch er in der Falle saß.

Dass ihm die Entscheidung abgenommen worden war und dass es nicht die war, die er wollte.

«Er war fertig mit ihr, Isabelle. Sie war nicht mehr die Frau, der er den Antrag gemacht hatte – aber wie denn auch? Er hatte ihr ja alles genommen, was sie zu Allison gemacht hatte.»

Ich denke daran, wie er mich damals auf der Dachterrasse ansah, den Kopf tief gesenkt. Seine Frau war schwanger, er *wusste*, dass sie schwanger war, und er tat das trotzdem. Mit einem Mal sehen alle diese Stunden, die wir gemeinsam verbrachten, während sie allein zu Hause war, ganz anders aus – es ist, als löste man eine teure Tapete ab und fände darunter schwarzen Schimmel.

«Bei der Trauerfeier stahl ich mich zwischendurch in Allisons Mädchenzimmer im ersten Stock, bloß um kurz durchzuatmen», fährt er fort. «Um mal von allem wegzukommen. Ich sah aus dem Fenster, und da entdeckte ich Sie beide neben dem Haus in leidenschaftlicher Umarmung. Bei ihrer *Gedenkfeier.*»

Ich empfinde die Beschämung wie ein Gift, das durch meine Adern fließt und mir langsam von den Zehen in die Beine, in den Magen, in die Brust steigt. Mein Gesicht brennt, als ich mir seinen Schock vorstelle, seine Wut. Ich stelle mir vor, wie Waylon die Fensterbank packt, während er uns dabei beobachtet, wie wir das Andenken seiner Schwester in ihrem eigenen Elternhaus beschmutzen. Und wie er dann die Treppe hinab und durch die Hintertür in den Garten rennt, um uns zu stören.

«Und da wusste ich es», sagt er. «Nachdem ich Sie beide zusammen in dieser Bar gesehen hatte, und dann wieder bei der Gedenkfeier. Er hat sie verdammt noch mal getötet.»

«Waylon, es tut mir so leid ...», setze ich an und umklammere meine Tasse so fest, dass es wehtut, ein heißer, brennender Schmerz.

«Ich verlange nicht von Ihnen, dass Sie sich entschuldigen.» Er schüttelt den Kopf. «Das ist nicht der Grund, warum ich hier bin.»

«Warum dann?»

«Ich will, dass er bezahlt. Bei Allison gab es nicht genügend Beweise, aber als ich erfuhr, dass Mason vermisst wird, da wusste ich es. Ich wusste, er hat es wieder getan.»

Ich denke an die Polizeiakte in Waylons Aktentasche. An die Mitschnitte von Bens Befragung und meiner, die er sich angehört hat, und an die vielen Fotos von mir, von *uns*, auf seinem Laptop.

Er hat nicht mich recherchiert. Er hat Ben recherchiert.

«Was ist mit diesem Artikel?», frage ich, als mir einfällt, was ich außerdem gefunden habe. «Der über Margaret, den Sie auf Ihrem Laptop gelesen haben. Der hatte nichts mit Ben zu tun ...»

«Ich war neugierig», gibt er zu und wirkt jetzt ebenfalls beschämt. «Ich wusste seit Jahren von Ihnen, seit ich Sie damals mit Ben in der Bar gesehen hatte, aber ich *kannte* Sie nicht wirklich. Ich wusste, dass Ben Sie geheiratet hatte und dass Sie ein Kind hatten, aber ich wollte Sie ein bisschen besser verstehen. Wollte sehen, ob Sie jemand sind, dem ich vertrauen kann, ob ich Ihnen erzählen kann, wer ich bin und was ich über Ben denke. Aber jedes Mal, wenn ich Sie nach Ihrer Vergangenheit gefragt habe, haben Sie dichtgemacht.»

Ich muss daran denken, wie er mich im Framboise und in meinem Esszimmer immer wieder bedrängte, immer wieder diese persönlichen Fragen einstreute, die ich so schnell abblockte.

«Nachdem Sie mir erzählt hatten, dass Ihr Mädchenname Rhett ist, habe ich Sie gegoogelt und diesen Artikel gefunden.» Er zuckt die Achseln. «Verzeihen Sie. Ich wollte nicht herumschnüffeln.»

Ich nicke, tippe mit den Fingernägeln an meine Tasse und denke nach. Da ist allerdings immer noch ein Punkt, der keinen Sinn ergibt. Eine Sache, die zu akzeptieren ich mich nicht überwinden kann.

«Warum sollte er Mason etwas antun?», frage ich schließlich. «Sicher, vielleicht wollte er nicht mehr mit mir zusammen sein ... aber warum er? Warum unser Sohn? Er hat doch nichts getan.»

«Was glauben Sie, wie es ausgesehen hätte, wenn zwei Ehefrauen von Ben Selbstmord begangen hätten?», fragt Waylon mit erhobenen Augenbrauen. «Damit wäre er nicht so leicht durchgekommen, denke ich. Außerdem, glauben Sie wirklich, dass er ein alleinerziehender Vater sein wollte?»

Ich sehe vor mir, wie sein Kiefer sich schon anspannte, als ich nur für ein paar Tage verreisen wollte, um zu arbeiten, und die Sorge für Mason allein auf seinen Schultern ruhen sollte. Denke daran, wie schnell unsere Beziehung am Ende war, nachdem Mason verschwunden war – ich hatte an unserer Ehe, unserer Beziehung arbeiten wollen, aber für ihn war fast sofort klar, dass es vorbei war, beinahe so, als wäre diese Entscheidung lange vorher gefallen.

«Nein», sage ich schließlich. «Nein, das hätte er nicht gewollt.»

Ben wollte niemals Vater sein. Er hat Mason niemals gewollt. Das wusste ich natürlich vorher, aber viele Menschen machen einen Sinneswandel durch, wenn es um Elternschaft geht. Bei mir war es jedenfalls so: Dieser Anflug von Bedauern löste sich in Luft auf, sobald ich in diese leuchtend grünen Augen blickte. Oberflächlich betrachtet war Ben ein liebender Vater, aber trotzdem, ich hatte ihn in ein Leben gedrängt, das er niemals wollte.

Er war es nicht gewohnt, nicht seinen Willen zu bekommen.

«Eben», sagt Waylon und lehnt sich zurück. «Ich dachte einfach, wenn ich hierherkomme – wenn ich mit Ihnen rede, in Ihrem Haus bin, mich in Sie hineinversetze –, dann kann ich es vielleicht herausfinden. Finde vielleicht endlich genügend Beweise, damit dieses Arschloch weggesperrt wird und nicht noch jemanden verletzen kann.»

Ich will es nicht glauben, aber gleichzeitig ist es plausibel. Niemand ist bei uns eingebrochen. Dafür gibt es einfach keine Beweise. Aber Ben wird gewusst haben, dass die Batterie im Babyfon leer war. Ben hätte ins Kinderzimmer gehen können, ohne Roscoe zu wecken, ohne dass Mason weinte. Ben hätte das Fenster von innen öffnen und einen Einbruch vortäuschen können, bevor er dann durch die Haustür hinausging, ohne Spuren zu hinterlassen.

Hinterher hätte Ben nach Hause kommen, zu mir unter die Bettdecke schlüpfen, mir die Arme um die Taille schlingen und sich an mich schmiegen können. Hätte so tun können, als wäre er die ganze Zeit bei mir gewesen. Bei dieser Erkenntnis wird mir übel, und da habe ich wieder diesen metallischen Geschmack im Mund, wie dickes, klebriges Blut, das auf alles tropft.

Das mir die Kehle verbrennt, meine Zunge färbt. Alles rot überzieht.

KAPITEL SECHSUNDFÜNFZIG

Ich sitze bei laufendem Motor im Auto, und Abgasschwaden steigen auf, während ich mich hinters Steuer ducke und seine Fenster beobachte, an denen die Vorhänge vorgezogen sind. Ich blinzle mehrmals, weil meine Lider mit einem Mal ganz schwer sind, und stelle mir wie so oft schon vor, was er gerade macht, ohne mich.

Was *sie* gerade machen.

Es ist noch früh, die Arbeit in der Redaktion beginnt erst in etwa einer halben Stunde, und sie ist da. Das weiß ich. Vorhin zeichneten sich hinter dem Vorhang in seinem Schlafzimmer zwei Silhouetten ab, dicht aneinandergedrängt, ehe sie sich voneinander lösten. Ein langer schlanker Arm packte ihn an der Taille, als wollte sie ihn noch nicht recht gehen lassen. Jetzt frühstücken sie wahrscheinlich gerade, trinken schweigend ihren Kaffee aus der Stempelkanne. Seine Hand liegt auf ihrem Bein, während er die Nachrichten überfliegt – er geht mit ihr genauso um wie früher mit Allison, die er mit einem kaum merklichen Druck seiner Hand auf ihrem Rücken über die Dachterrasse steuerte, als wäre sie ein Besitzstück, das er nicht verlegen wollte.

Jetzt sehe ich auf die Uhr – demnächst müsste er das Haus verlassen –, und wie aufs Stichwort schwingt die Haustür auf. Noch jetzt kenne ich seinen Tagesablauf auswendig. Ben kommt heraus, die Aktentasche in der Hand, und Valerie tritt hinter ihm auf die Veranda. Es ist immer noch seltsam, sie zusammen zu sehen. Meinen Ehemann in so zwanglosem Umgang mit einer anderen Frau zu sehen, ist beinahe so, als betrachtete ich mein eigenes Leben in einem Zerrspiegel: in einem, der meinen Körper und meine Gesichtszüge in die einer anderen Frau verwandelt. Sie trägt seine Hausschuhe und ein übergroßes T-Shirt, ihr Haar ist perfekt zerzaust, und ich brauche einen Moment, um mich davon zu erholen, dass sie mühelos in seine Kleider, in sein Leben zu passen scheint.

Dass es ihr so leichtgefallen ist, in meine Haut zu schlüpfen und meinen Platz einzunehmen.

Anfangs bekam ich einen bitteren Zug um den Mund, wenn ich an Valerie dachte – es war, als lutschte ich an einer Zitrone, und es zöge mir den Mund zusammen –, aber jetzt wird mir klar, dass das ziemlich scheinheilig von mir war. Valerie ist liebenswürdig und mitfühlend – sie ist *ich* vor acht Jahren –, und unwillkürlich frage ich mich, was geschehen wäre, wenn mich damals jemand vor Ben gewarnt, mich darüber aufgeklärt hätte, wer Ben ist und wozu er fähig ist, bevor ich mich zu sehr auf ihn eingelassen hatte. Wenn jemand mir erklärt hätte, wie Männer seines Typs funktionieren: dass wir bloß Schachfiguren für sie sind und sie uns mit sanfter Hand in die für sie vorteilhafteste Richtung steuern.

Dass sie uns benutzen, uns opfern in ihrem strategischen Machtspiel, das als Liebesbeziehung getarnt ist.

Ich frage mich, ob es etwas geändert hätte, ob ich zugehört oder es einfach abgetan und mit meinem Leben weitergemacht hätte.

Wahrscheinlich Letzteres, aber ich muss es versuchen.

Als Ben die Treppe hinunterhüpft, sich nach rechts wendet und auf den Weg zur Redaktion macht, ducke ich mich tiefer und bleibe noch ein paar Minuten in dieser Haltung, bis ich sicher bin, dass er nicht zurückkommt. Nach einem letzten Blick in den Rückspiegel hole ich schließlich meine Augentropfen aus der Handtasche, damit ich überzeugender und lebendiger wirke, schalte den Motor aus und entriegele die Tür.

Als ich gerade aussteigen will und mein Fuß schon über dem Asphalt schwebt, kommt Valerie aus dem Haus, und ich ziehe die Tür hastig wieder zu. Jetzt trägt sie ein Hemdkleid und Sandalen. Sie schließt die Haustür ab, hüpft die Treppe hinunter und steigt in ein Auto, das nur wenige Schritte von meinem entfernt steht.

Ehe ich es mir anders überlegen kann, lasse ich den Motor an, lege den Sicherheitsgurt an, und als sie losfährt, folge ich ihr in einem gewissen Abstand, bis sie am anderen Ende der Stadt in ein kleines Wohnviertel abbiegt.

Das muss ihr Haus sein, denke ich, als sie an der Straße parkt, aussteigt, zu einem kleinen weißen Häuschen geht und die Tür aufschließt. Es erinnert mich an mein erstes Apartment, das mir so kindlich erschien, wenn ich nach einem Abend mit Ben nach Hause kam. Meine Unerfahrenheit kam mir größer vor, nachdem ich Zeit mit jemand Älterem, Erfolgreicherem verbracht hatte. Mit jemand Reiferem. Valeries Haus vermittelt den Eindruck, dass sich da jemand Mühe gibt – auf der Veranda sehe ich einen schmiedeeisernen Schaukelstuhl, ein paar karge Pflanzen in Plastikblumentöpfen, einen mit Blütenstaub übersäten, von der Sonne ausgebleichten Teppich –, aber seine Möbel im Wohltätigkeitsladen oder auf dem Sperrmüll findet und sie dann neu bezieht oder sonst wie aufarbeitet. Ich weiß noch gut, wie ich in ihrem Alter versuchte, mir aus ausrangierten Gegenständen ein Leben zusammenzuschustern. Ob sie Ben schon einmal mit zu sich nach Hause genommen hat? Ob sie so verlegen war wie ich, als er meinen Ikea-Schreibtisch, die Stühle, die nicht zusammenpassten, und das Plastikbesteck betrachtete, das ich von Take-away-Mahlzeiten aufgehoben hatte? Als ich sah, wie er an seiner Unterlippe nagte, wusste ich Bescheid.

Ich steige aus, überquere die Straße und gehe zu ihrem Haus. Dann atme ich tief durch, steige die Treppe hinauf und klopfe zweimal, ehe ich es mir anders überlegen kann. Die Tür schwingt fast sofort auf, und mir entgeht nicht, wie erschüttert sie wirkt, als sie mich mit linkisch herabhängenden Armen dastehen sieht.

«Isabelle», sagt sie, bemüht, sich ihre Überraschung nicht anmerken zu lassen. «Was tun Sie hier?»

«Können wir uns kurz unterhalten? Es dauert nur ein paar Minuten.»

«Woher wissen Sie, wo ich wohne?»

Ich zögere und überlege, was ich darauf antworten soll. *Weil ich Ihnen hierher gefolgt bin*, klingt nicht wie die beste Methode, sie davon zu überzeugen, dass sie mich einlässt, also rede ich einfach weiter.

«Es gibt da ein paar Dinge, die Sie wissen sollten. Über Ben.»

«Es … es tut mir leid», stammelt sie und hat ihre Erschütterung ganz offensichtlich noch nicht abgeschüttelt. «Es tut mir leid, aber ich glaube, Sie sollten gehen.» Sie will die Tür schließen, aber schon habe ich einen Fuß in den Spalt geschoben.

«Es ist wichtig», sage ich. «Ich mache mir Sorgen um Sie.»

«*Sie* machen sich Sorgen um *mich*?», fragt sie mit großen Augen. «Isabelle, nichts für ungut, aber ich glaube, Sie sollten sich eher Sorgen um sich selbst machen.»

«Hat Ben Ihnen das gesagt?» Ich beuge mich vor. «Dass wir schon sehr lange nicht mehr glücklich waren? Dass er versucht hat, mir zu helfen, aber nie zu mir durchdrang? Dass er ein guter Mensch ist und es auch verdient hat, glücklich zu sein?»

An ihrer Miene sehe ich, dass sie schwankt, wenn auch nur

für eine Sekunde, und da weiß ich, dass ich ins Schwarze getroffen habe. Ich sehe vor mir, wie Ben mit feuchten Augen und allein zur Trauerbegleitungsgruppe erschien und mich ihr genauso beschrieb, wie er mir bei der Gedenkfeier Allison beschrieben hatte, während meine Hände an seinen Wangen lagen und es mir fast das Herz zerriss. Stelle mir vor, wie er mich so darstellte, dass es ein möglichst schlechtes Licht auf mich warf: als gebrochene Frau, als hoffnungslosen Fall. Als jemand, den er zu retten versucht hatte.

Valerie sieht mich an, und in ihren Augen stehen lauter Fragezeichen. Mir ist klar, was sie mich gern fragen würde. Sie ist genauso neugierig auf mich, wie ich es damals auf Allison war. Das bringt mich auf meine erste Begegnung mit ihr – als ich das Hinterzimmer der Kirche betrat und sie überrumpelte. Ich weiß noch, wie sie mich ansah und mich einlud zu bleiben, beinahe so, als wollte sie auch meine Seite der Geschichte erfahren.

«Er ist nicht der, für den Sie ihn halten», fahre ich fort. «Ich möchte nur mit Ihnen reden.»

Ich versuche, mich in sie hineinzuversetzen, und frage mich: Wenn Allison eines Morgens vor meiner Tür gestanden und mir das Gleiche angeboten hätte wie ich jetzt Valerie, hätte ich die Gelegenheit ergriffen? Hätte ich Ben hintergangen, um wenigstens einen klitzekleinen Einblick in ihr Zusammenleben zu bekommen – einen Blick hinter diese sorgfältig geschlossenen Vorhänge, die er mich niemals würde zur Seite schieben lassen? Immerhin hatte ich es mir so oft vorgestellt – Allison, *sie beide* –, und Valerie hat sich das mit uns garantiert auch vorgestellt.

Wieder denke ich an Allisons Finger auf meinem Arm, an ihre Lippen an meinem Ohr. An die Gänsehaut, die ich bekam, und wie faszinierend ich es fand, der Frau, von der ich so oft fantasiert, über die ich so oft – geradezu zwanghaft – nachgedacht hatte, so nahe zu sein.

Ich hätte es getan. Ich hätte sie hereingelassen.

«Valerie», sage ich und lege die Hand auf ihre Hand. Sie zuckt zurück, so als hätte sie damit gerechnet, dass meine Berührung sie versengt, aber gleich darauf sehe ich, dass ihre Entschlossenheit dahinschmilzt wie Wachs, das ich in meinen Händen formen kann. Wie ich es mir gedacht habe, behält ihre Neugier die Oberhand.

Sie öffnet die Tür weiter und bedeutet mir mit zu Boden gerichtetem Blick einzutreten.

KAPITEL
SIEBENUNDFÜNFZIG

Ich gehe ins Wohnzimmer und setze mich auf die Kante des Sofas, das mit einer Husse bezogen ist. Der Raum ist klein, aber gemütlich: Es gibt einen Kamin mit vollgestelltem Sims und Lichterketten, die eine Sammlung von Kerzen sowie die hohen Bücherstapel in den Ecken beleuchten. In der Mitte steht ein gläserner Couchtisch, und an der hinteren Wand hängt eine Schnur, an der mit Wäscheklammern Fotos befestigt sind.

Sie scheint witzig zu sein, eklektisch. So unglaublich jung.

Valerie setzt sich auf einen Stuhl auf der anderen Seite des Tischs und sieht mich an. Sie wirkt nicht ängstlich oder misstrauisch; allerdings scheint sie ein bisschen auf der Hut zu sein, so als wäre ich ein tollwütiges Tier, von dem sie nicht genau weiß, wie sie mit ihm umgehen soll.

Als könnte ich ihr einen Hieb versetzen oder sie beißen.

«Zunächst einmal», sagt sie und schlägt die Beine übereinander, «wollte ich Ihnen einfach sagen, wie leid es mir tut, Isabelle. Ich habe Ben gesagt, dass ich es zu früh finde …»

Sie bricht ab, richtet den Blick zu Boden, ist sich voll und ganz bewusst, welches ihre Rolle in unser beider Beziehung ist.

«Sie haben einfach viel um die Ohren», fährt sie fort. «Und es tut mir leid, wenn ich es jetzt schlimmer mache, indem ich auch noch dazukomme.»

Ich schweige, weil ich nicht recht weiß, wie ich darauf reagieren soll.

«Danke», sage ich schließlich. «Das bedeutet mir viel.»

«Also, was möchten Sie mich gern wissen lassen?»

Sie lehnt sich zurück, und ich habe ganz stark den Eindruck, dass sie in mir lesen will, so als wäre ich eine Klientin von ihr.

Als wäre sie von vornherein misstrauisch gegenüber allem, was ich ihr gleich mitteilen werde, und beabsichtigte, alles genauestens zu analysieren.

«Man kann das nicht schonend sagen», beginne ich und versuche, mein Knie ruhig zu halten. «Aber ich möchte sicherstellen, dass Sie wissen, worauf Sie sich einlassen. Mit Ben.»

«Okay. Und worauf lasse ich mich ein?»

«Wussten Sie, dass er schon einmal verheiratet war? Vor mir, meine ich.»

«Allison.» Sie nickt. «Ja, das habe ich gehört.»

Ich versuche, mir meine Überraschung nicht anmerken zu lassen. Aus irgendeinem Grund hatte ich angenommen, Ben würde ihr den Namen verschweigen. Weniger Ballast.

«Und wissen Sie, wie sie gestorben ist?»

«Ja. Ich habe in meinem Beruf schon eine ganze Menge Selbstmorde erlebt, leider. Es ist tragisch.»

«Na ja, es war eine Überdosis», präzisiere ich. «Versehentlich oder … auch nicht.»

Valerie mustert mich mit zusammengekniffenen Augen, während sie überlegt, was ich ihr damit sagen will. «Sie glauben wirklich, es war ein Versehen?»

«Ganz ehrlich?», frage ich und wappne mich. «Ich bin nicht davon überzeugt, dass sie es überhaupt getan hat.»

Sie legt den Kopf schräg, als versuchte sie, sich darüber klar zu werden, ob ich scherze.

«Sie ist etwa um die Zeit gestorben, als Ben und ich etwas miteinander anfingen», fahre ich fort und spreche schneller. «Hat Ben Ihnen erzählt, dass sie schwanger war? Hat er Ihnen erzählt, dass er eigentlich niemals Kinder wollte?»

Valerie blinzelt, ihre Miene ist ausdruckslos. Ich warte auf eine Antwort, auf *irgendetwas*, aber es kommt nichts.

«Rückblickend betrachtet wirkt es nicht wie ein Zufall», fahre ich fort, als mir klar wird, dass sie nicht nachgeben wird. «Besonders jetzt, wo mein Sohn verschwunden ist … und Sie gleich danach aufgetaucht sind … natürlich gebe ich Ihnen keinerlei Schuld. Aber Ben hatte Gründe, sich sowohl Allison als auch Mason aus seinem Leben wegzuwünschen. Das dürfen wir nicht einfach ignorieren.»

Ich beobachte, wie sie diese Information aufnimmt.

«Ich möchte nur, dass Sie von vornherein Bescheid wissen», komme ich zum Ende. «Damit Sie für sich die richtige Entscheidung treffen können.»

«Wow», murmelt sie schließlich und schüttelt den Kopf. «Das ist ja allerhand, was Sie mir da erzählen.»

«Ich weiß. Ich weiß, es ist schwer zu fassen …»

«Ist Ihnen klar, was Sie da sagen?», unterbricht sie mich. «Isabelle, hören Sie doch, was Sie da sagen. Wie das klingt.»

Ich spüre den vertrauten Krampf im Magen, diesen Stich, den es mir jedes Mal gab, wenn Ben oder meine Mutter oder Detective Dozier mich so ansahen, wie Valerie mich jetzt ansieht: misstrauisch, argwöhnisch. Ängstlich.

«Ich weiß, wie das klingt», sage ich. «Aber Valerie, er ist gefährlich.»

«Nein», sagt sie und schüttelt den Kopf. «Nein, was Sie hier tun, ist gefährlich, Isabelle. Diese irren Theorien, die Sie da aufstellen, sind gefährlich. Sie werden wieder jemanden verletzen.»

Mir stockt der Atem, denn das kann ich nicht leugnen. Sie hat recht. Ich habe schon einmal jemanden verletzt. Ich habe mich bereits einmal verirrt auf meiner Suche nach Antworten, habe schon einmal Vernunft und Logik in den Wind geschlagen, um einen Schuldigen zu finden.

Aber diesmal ist es nicht so. Diesmal fühlt es sich *richtig* an.

«Ich wollte Sie einfach anhören, Ihnen eine Chance geben, aber Sie brauchen professionelle Hilfe», fährt sie fort. «Richtige, umfassende Hilfe, Isabelle. Und die kann ich Ihnen nicht bieten. Angesichts der persönlichen Beziehung zwischen uns wäre es nicht richtig. Ich wünschte, ich könnte es, aber ich kann es nicht.»

Valerie steht auf, ein stummer Wink, dass es für mich Zeit ist zu gehen.

«Ben hat mich davor gewarnt», sagt sie, als fiele es ihr jetzt erst ein. «Sie sind genauso, wie er gesagt hat.»

«Und wie ich bin seiner Ansicht nach?», flüstere ich mit klopfendem Herzen.

«Zutiefst verstört», sagt sie schließlich. «Geistig verwirrt.»

Ich balle die Fäuste, spüre, wie der Schnitt in meiner Handfläche brennt, und gestatte mir endlich, zur Kenntnis zu nehmen, was in den letzten zwölf Monaten aus mir geworden ist: eigentlich kein richtiger Mensch mehr, sondern ein nachtaktives Tier. Eine leere Hülle, die mit getrübtem Blick und halb dem Wahnsinn verfallen durchs Leben wankt und nur ein kurzes Stolpern davon entfernt ist, endgültig den Halt zu verlieren. Ich habe versucht, mich nicht zu sehr darum zu sorgen, wie es nach außen wirken muss, aber jetzt erlaube ich mir, das alles mit Bens Augen zu sehen: die Collage in meinem Esszimmer, vor der ich stundenlang sitze und mir dabei alles Mögliche ausmale. Die verschiedensten Szenarien durchspiele und mir einrede, dass sie realistisch sind.

Nachts liege ich wach oder streife durch mein Viertel; laufe blindlings umher auf der Suche nach jemandem, *irgendjemandem*, der mir meine Schuld abnimmt.

«Schauen Sie, Isabelle. Es tut mir leid», sagt Valerie schließlich seufzend. «Wirklich. Aber Sie suchen dort nach Erklärungen, wo einfach keine sind.»

Den Blick zu Boden gerichtet, knibble ich an meinen Nägeln. Ich habe das schon so oft gehört. Mit einem Mal muss ich an meinen Vater denken, der diese Geschichte über Margarets Tod ersann, weil sie für alle einfach leichter zu akzeptieren war. Ich frage mich, ob Waylon das auch getan hat. Ob er seine Geschichte einfach an das anpasste, was er glauben musste: dass Allison es niemals getan hätte. Dass sie sich niemals das Leben genommen hätte. Vielleicht hat er die letzten acht Jahre damit verbracht, das zu beweisen, hat sein eigenes Leben den Nachforschungen über den Tod seiner Schwester gewidmet, weil die Wahrheit zu schmerzlich ist, um sie zu akzeptieren.

Vielleicht sucht er nur nach jemandem, den er dafür verantwortlich machen kann, ebenso wie ich. Vielleicht brauchen wir beide so verzweifelt eine Erklärung für das Geschehen, dass wir bereit sind, alles zu glauben.

«Ich werde Ben nicht erzählen, dass Sie hier waren», sagt Valerie. «Es würde ihm das Herz brechen, wenn er wüsste, was Sie über ihn denken.»

Ich nicke sanft, zu beschämt, um ihr in die Augen zu sehen. Dann stehe ich auf, blicke mich ein letztes Mal im Raum um und will mich schon entschuldigen und verabschieden, da fällt mir etwas auf.

Und zwar an den Fotos, die an dieser Schnur aufgehängt sind. Von hier aus sehe ich, dass Ben auf fast allen diesen Fotos ist.

Ich wende mich wieder von der Haustür ab, gehe näher an die Fotos heran und betrachte eines nach dem anderen. Auf einem sitzen Valerie und Ben irgendwo in der Innenstadt auf dem Rasen, während das Louisianamoos, das wie ein Bühnenvorhang hinter ihnen hängt, im Wind flattert. Auf einem anderen befinden sie sich auf einer Tribüne bei einem Konzert, und die Bühne, die im Bildhintergrund zu sehen ist, ist in buntes Licht getaucht. Auf einem dritten Foto liegen sie am Strand, und auf ihren Sonnenbrillen spiegelt sich das Telefon, das sie in die Höhe halten.

«Isabelle», sagt Valerie in beschwörendem Ton. Ich höre sie näher kommen, dann tritt sie hinter mich. «Ich glaube nicht, dass es Ihnen guttut, wenn Sie sich das ansehen.»

Aber ich drehe mich nicht um. Ich kann nicht. Denn ich konzentriere mich ganz auf Ben und den sich verändernden Bartschatten an seinem Kinn; auf Valeries Strähnchen, die nach und nach herauswachsen, bis ein dunkler Haaransatz zum Vorschein kommt. Deutliche Anzeichen für das Vergehen der Zeit, die es bei einer so frischen Beziehung eigentlich nicht geben dürfte.

«Sie haben sich gar nicht in dieser Trauerbewältigungsgruppe kennengelernt.»

Jetzt erscheint es mir so offensichtlich. Ich könnte mich in den Hintern treten, weil ich es nicht früher gesehen habe. Schließlich hatten auch wir eine Geschichte. Ben und ich. Aber sie stimmte nicht. Sie war etwas, das er sich ausgedacht hatte; etwas, das er erschaffen hatte, etwas, das ein möglichst schmeichelhaftes Licht auf ihn werfen sollte. Unsere Beziehung hatte begonnen, lange bevor wir sie bekannt machten, und jetzt erinnere ich mich an unsere erste gemeinsame Nacht: wir zwei nach der Gedenkfeier ineinander verschlungen in meinem Jugendbett. Als er aufstand und sich abwandte, hatte ich ein mulmiges Gefühl im Bauch, so als wüsste ich, dass ich gerade etwas konsumiert hatte, was mir zwangsläufig wehtun würde.

«Du weißt, dass wir hiervon niemandem erzählen dürfen. Noch nicht.»

Jetzt drehe ich mich zu Valerie um, die mit weit aufgerissenen Augen und ängstlichem Blick hinter mir steht. Er hat mit mir wirklich das Gleiche gemacht wie mit Allison. Ben und Valerie waren zusammen, lange bevor wir getrennt waren.

«Wie lange?», frage ich und trete einen Schritt näher. «Wie lange sind Sie schon zusammen?»

Valerie schüttelt den Kopf. Ihre Lippen beben ein wenig. Sie weicht einen Schritt zurück, bringt etwas Abstand zwischen uns.

«Wie lange?»

«Ich hatte sehr lange ein schlechtes Gewissen», sagt sie schließlich. «Weil wir das hinter Ihrem Rücken taten. Aber was er mir über Sie erzählt hat ...»

Ich erinnere mich noch gut an diese Rechtfertigung. Die Schuldgefühle, das Unwürdige an dieser Situation – alles außer Kraft gesetzt durch die Geschichten über Allison, die ich zu glauben beschloss, damit ich mich besser fühlen konnte. Außer Kraft gesetzt durch das, was ich mir einredete: dass *sie* nicht *wir* seien. Eigentlich ist das eine Form von Selbsterhaltung. Wir sind nur das, was wir glauben wollen, aber es ist alles eine Fata Morgana, die in der Ferne schimmert, sich krümmt und verzerrt, ihre Form jederzeit verändern kann.

Die uns genau das zeigt, was wir sehen wollen, und zwar dann, wenn wir es sehen wollen.

«Wie lange?», wiederhole ich. Meine Sicherheit kehrt zurück, ist gefestigter als zuvor. «Wie lange sind Sie schon mit Ben zusammen?»

«Zwei Jahre.»

Zwei Jahre. *Zwei Jahre.* Zwei ganze Jahre schon hat Ben eine andere. Schon vor Masons Entführung. Noch bevor Mason seine ersten Schritte tat.

Im Kopf rechne ich zurück, wie alt er damals gewesen sein muss.

«Sechs Monate», murmele ich. Mason muss sechs Monate alt gewesen sein, als sie zusammenkamen. Als er in diesem Alter war, fing ich auch wieder an zu arbeiten. Nahm mir jeden Monat ein paar Nächte frei, fuhr nach North Carolina, Alabama und Mississippi und jagte diesen kurzen Augenblicken von Sinnhaftigkeit hinterher, die mir so lange vorenthalten geblieben waren.

«Sie waren ständig weg», sagt Valerie jetzt, versucht noch immer, es zu rechtfertigen. «Er war einsam, Isabelle. Sie haben ihn und Ihren Sohn tagelang allein gelassen ...»

«*Er* war einsam?» Mit einem Mal steigt Wut in mir auf. «Das hat er gesagt? Er hat gesagt, *ich* würde ihn ständig allein lassen? *Ich* sei nie da?»

«Ich habe es selbst gesehen», sagt sie, und plötzlich ist ihr Ton giftig. «Ich habe gesehen, dass er sich allein um Mason kümmern musste. Streiten Sie es nicht ab.»

«Sie haben es gesehen ...», flüstere ich, und das Zimmer dreht sich um mich. «O mein Gott. Er hat Sie zu uns nach Hause mitgenommen?»

Ich gehe ein paar Schritte Richtung Zimmermitte, auf sie zu. In meinem Kopf überschlagen sich die Gedanken.

«Er hat Sie zu uns nach Hause mitgenommen, zu unserem Sohn, der nicht mehr ganz so klein war.» Ich spreche immer schneller. «Mason war schon ein bisschen größer, er fing gerade an zu sprechen. Nicht mehr lange, und er hätte etwas gesagt, nicht wahr? Er hätte mir etwas von der anderen Frau gesagt, die vorbeikam, wenn ich nicht da war, oder?»

Ich muss an die Geschichte denken, die ich meinen Zuhörern immer erzähle; die Geschichte, die die Stimmung auflockern und die Leute zum Lachen bringen soll. Über Mason, Ben und das Mobile über Masons Kinderbett; über seine Versuche, neue Wörter auszusprechen – Tyranno*sauus* –, was ihm immer besser gelang.

«Meinen Sie, das sei Ben nicht bewusst gewesen?», frage ich. «Meinen Sie, ihm sei nicht *klar* gewesen …»

Ich breche ab und starre sie an, während sich in mir eine neue Erkenntnis durchsetzt. All die Details, die nicht zusammenpassen wollten, die keinen Sinn ergaben – bis jetzt. Ich kann spüren, wie alles Blut aus meinem Gesicht weicht, so als hätte jemand bei mir einen Stöpsel gezogen und ließe mich ausbluten.

Die Wahrheit ist hier, sie steht direkt vor mir. Ich blicke sie schon die ganze Zeit an.

«Was haben Sie getan?», flüstere ich. «Was haben Sie meinem Sohn angetan?»

Valerie beobachtet mich schweigend. Es ist wirklich verblüffend, wie ähnlich wir uns sehen, besonders aus einer gewissen Entfernung. Ihre gebräunten Arme, ihre Beine; ihr kaffeebraunes Haar und die großen Augen mit dem bescheidenen Blick. Ich stelle mir vor, wie sie spätabends die Straße entlangging, wenn sie mein Haus wieder verließ, nachdem sie ein paar Tage bei Ben verbracht hatte. Sie hatte garantiert ein Stück entfernt geparkt, damit die Nachbarn nichts merkten. Darauf hatte Ben sicher bestanden – um den Schein zu wahren. Immer den Schein wahren. Und ich sehe fast vor mir, wie sie unter dieser Straßenlaterne hindurchging und dabei das Gefühl hatte, dass das Leben mit jedem einzelnen Schritt aus ihr heraussickerte, weil sie wusste, dass ich auf dem Weg zu ihm nach Hause war. Weil sie wusste, wir würden in dieser Nacht zusammen schlafen, während sie in diesem traurigen Häuschen allein im Bett liegen und an die Decke starren würde, in Gedanken bei uns. Genauso hatte ich mich gefühlt, wenn Ben vom Barhocker aufstand und zu Allison zurückkehrte. Die Gewissheit, dass ich etwas war, was er vor allen verbarg und verheimlichte, wie eine schlechte Angewohnheit, der er nur abends nachgab, zerriss mir das Herz.

Und plötzlich: das Quietschen eines Schaukelstuhls. Die Erkenntnis, dass sie nicht allein war. Ein Blick zur Seite: ein alter Mann auf seiner Veranda, die getrübten Augen auf sie gerichtet.

«Ich bin Isabelle», sagte sie dann wohl, blieb stehen, lächelte. Gestattete es sich, selbst daran zu glauben. Gestattete es sich, nur noch einmal kurz aus ihrer Haut in meine zu schlüpfen. Gestattete es sich, *ich* zu sein, Bens Frau, so, wie ich immer Allison hatte sein wollen. Als würde es irgendwie wahr, wenn sie es laut ausspräche, es sich nur intensiv genug wünschte. «Ihre Nachbarin Isabelle Drake.»

KAPITEL ACHTUNDFÜNFZIG

«Ich weiß nicht, wovon Sie reden.»

Valerie sieht mir unerschütterlich in die Augen, und ich spüre, wie mir die Galle hochkommt.

«Doch, das wissen Sie», erwidere ich, und meine Stimme bebt. «Sie haben meinen Sohn entführt.»

Ich stelle mir vor, wie sie mit ihrem Schlüssel – dem Schlüssel, den Ben ihr gegeben, den er unter der Fußmatte hervorgeholt und ihr in die Hand gedrückt hatte – in mein Haus gelangte und Roscoe, ohne zu bellen, im Dunkeln zu ihr trottete. Nachdem sie ein Jahr lang immer wieder zu Besuch gewesen war, wird er sie erkannt haben; sie war keine Fremde mehr für ihn. Ich kann mir vorstellen, wie sie beruhigend auf ihn einflüsterte und ihn hinter den Ohren kraulte, bis er sich wieder hinlegte, dann durch den Flur in Masons Kinderzimmer schlich, die Hand in den Ärmel ihres Oberteils zog und damit das Fenster aufschob, sodass eine kühle, feuchte Brise hereinwehte, während sie Mason aus seinem Bettchen hob, ihn durch die Haustür nach draußen trug und hinter sich abschloss.

Ob Mason sich bei ihr sicher fühlte? Hat er deshalb nicht geschrien?

«Manche Frauen eignen sich einfach nicht zur Mutter», sagt Valerie schließlich, als wäre das eine Erklärung, die ich irgendwie verstehen müsste.

«Was haben Sie ihm angetan?»

Ich versuche, mir vorzustellen, wie es für sie gewesen sein muss. Sie bekam diese kurzen Kostproben eines Lebens mit Ben – eines *echten* Lebens, anders als die heimliche Affäre, die sie ansonsten hatte –, und dann wurde es ihr immer wieder entrissen. Was für ein Adrenalinstoß das gewesen sein muss, als sie zum allerersten Mal unser Haus betrat, mit den Fingern über meinen Schminktisch strich. Meine Bürste benutzte und ihre eigenen Haare darin zwischen meinen hinterließ, weil sie wusste, ich würde es niemals merken. Sich in meinem Spiegel betrachtete, sich allmählich sicherer fühlte und meinen Kleiderschrank durchsah, meine Kleider anprobierte. Sich vorstellte, dass sie statt meiner neben Ben auf unseren Fotos wäre.

«Keiner von Ihnen wollte ein Kind», sagt sie. «Eigentlich. Letzten Endes.»

Ich stelle mir vor, wie sie in unserem Bett lag und die Finger über Bens nackte Brust tanzen ließ. Und dann schrie nebenan Mason, und Ben musste aufstehen und sie allein lassen.

Mason war von Anfang an ein quengeliges Baby.

«Es gibt so viele Menschen, die zu gern ein Kind hätten», fährt Valerie fort. «Sie machen sich keine Vorstellung, Isabelle. Manche Menschen würden dafür morden, aber es ist nicht jedem gegeben.»

Sie wollte Ben nicht mehr teilen. Sie wollte ihn nicht mehr mit mir, mit Mason teilen. Mit niemandem.

«Sagen Sie mir, wo er ist», verlange ich. Meine Hände zittern. Ich gehe noch einen Schritt auf sie zu. Sie steht jetzt mit dem Rücken zum Couchtisch; weiter zurückweichen kann sie nicht. «Wenn Sie es mir sagen, kann ich das alles vergessen. Ich kann Sie vergessen.»

«Es ist am besten so», erwidert sie. «Für alle.»

Ich gehe einen weiteren Schritt auf sie zu. «Sagen Sie mir, wo er ist.»

«Ben hat mir erzählt, was Sie mit Ihrer Schwester gemacht haben», fährt sie fort. «Es war nur eine Frage der Zeit, bis Sie auch Ihrem Sohn etwas angetan hätten. Das ist Ihnen doch klar, oder?»

«*Sagen Sie mir, wo er ist!*», schreie ich, von blinder Wut ergriffen. Es fühlt sich an wie damals im Supermarkt, kurz bevor ich die Beherrschung verlor: Meine Arme und meine Hände kribbeln vor lauter Adrenalin, und ich gerate immer mehr in Rage.

«Schon gut», sagt sie lächelnd. «Isabelle, er hat es jetzt besser.»

Als ich das höre, sehe ich mit einem Mal klar und deutlich vor mir, wie Valerie an ihrem Computer diesen Artikel liest und das Foto von mir auf der Bühne der TrueCrimeCon betrachtet, auf dem ich mit blutunterlaufenen Augen die Gesichter der Zuschauer absuche, weil ich eine winzige Chance sehe, dadurch die Wahrheit herauszufinden. Auf dem ich die Leute flehend ansehe, während ich ins Mikrofon spreche, und dabei ihr Getuschel höre, das ich irgendwann so internalisiert hatte, dass ich selbst daran glaubte.

Ich führe mir vor Augen, dass Valerie Bescheid wusste – dass sie die Wahrheit kannte, dass ihr klar war, was sie getan, was sie mir genommen hatte – und trotzdem diesen Kommentar schrieb, ihn wie eine Möhre vor meiner Nase baumeln ließ, bis sie zur Vernunft kam und ihn für immer löschte.

Wieder muss ich daran denken, wie sie mich in diesem Hinterzimmer in der Kathedrale ansah, den Kopf schräg gelegt, und mir sagte, wie schön sie die Kerzen draußen auf dem Platz gefunden habe. Ich sehe ihren mitleidigen Blick vor mir – diese Unverfrorenheit, diese *Arroganz* –, und plötzlich spüre ich, wie ich mich auf sie stürze, bevor ich auch nur begreifen kann, was ich da tue, und dabei tönen ihre Worte laut durch meinen Kopf.

Er hat es jetzt besser.

Der Zusammenprall ist heftig. Wir klammern uns aneinander, und dann stürzen wir gemeinsam auf den Couchtisch, der sich unter unserem Gewicht durchbiegt und zerbricht. Ich höre Glas splittern, vermischt mit einem Übelkeit erregenden Knacken, als ihr Schädel bricht.

KAPITEL NEUNUNDFÜNFZIG

ZWEI TAGE SPÄTER

Bumm, bumm, bumm.

Mein Blick bohrt sich in den Teppich. In eine Stelle ohne besondere Bedeutung, außer dass es meinem Blick dort zu gefallen scheint. Ich lausche dem Hämmern, dem Schlagen, dem stetigen Pochen des Herzschlags in meinen Ohren. Ein rhythmisches Echo, wie wenn man sich in der Badewanne unter Wasser gleiten lässt.

Bumm, bumm.

Ich blicke hoch, blinzle mehrmals, und die Stelle verschmilzt wieder mit dem Teppich.

«Isabelle?» *Bumm, bumm, bumm.* «Isabelle, ich sehe Ihren Wagen vor dem Haus.»

Jetzt begreife ich, dass jemand vor der Tür steht und klopft. Roscoe bellt, sein Schwanz peitscht über den Holzboden. Ich kneife die Augen zu, damit das Brennen darin nachlässt. Dann stehe ich von der Couch auf und gehe zur Tür.

«Das reicht», sage ich und drücke Roscoe die Ohren an den Kopf. Mir wird eng in der Brust, als ich die Hand nach dem Türgriff ausstrecke, obwohl ich schon weiß, wer es ist. Obwohl ich damit gerechnet, mit *ihm* gerechnet habe, während ich in den letzten zwei Tagen die Welt vor meinem Fenster wie im Zeitraffer vorbeiziehen sah.

«Detective Dozier», sage ich, nachdem ich die Tür geöffnet habe, und betrachte seine vertraute Gestalt auf meiner Veranda: die schweren Glieder, den unerbittlichen Blick. «Schön, Sie zu sehen.»

«Ja, hi», grüßt er zurück und hakt wieder einmal die Daumen in die Gürtelschlaufen. «Ich stehe schon fünf Minuten hier. Sie haben mich nicht klopfen gehört?»

«Ich habe geschlafen», lüge ich und setze ein Lächeln auf. «Tut mir leid.»

«Darf ich reinkommen?»

«Sicher.» Ich öffne die Tür noch ein Stück weiter, dann gehe ich zurück ins Wohnzimmer und setze mich auf die Couch.

«Was ist da passiert?»

Ich folge seinem Blick zu dem Verband, der immer noch eng um meine Hand gewickelt ist und eine kleine rostrote Stelle aufweist, wo Blut hindurchgesickert ist.

«Weinglas», sage ich und hebe die Hand. «Ziemlich übler Schnitt.»

«Aha.»

Sonst sagt er nichts, aber sein Blick zuckt zwischen meiner Hand und meinem Gesicht hin und her.

«Also, was kann ich für Sie tun?», frage ich, um das Thema zu wechseln.

«Es gibt eine … neue Entwicklung», sagt er schließlich. «In Ihrem Fall. Wollte es Ihnen selbst sagen.»

Ich sehe mit brennenden Augen zu ihm hoch, es fühlt sich an, als hätte ich gerade mit offenen Augen in einer Badewanne mit Chlorwasser gelegen. Die letzten achtundvierzig Stunden habe ich in einer eigenartigen Verfassung verbracht, halb benommen, halb nervös, so als wüsste mein Körper nicht recht, wie er reagieren soll. In diesem Zustand befinde ich mich, seit ich in Valeries Wohnzimmer langsam aufstand – Glasscherben knirschten unter meinen Füßen, und mein abgehackter Atem klang sehr laut in meinen Ohren; seit ich auf ihren leblosen Körper und die messerscharfen Scherben des

Couchtischs hinabblickte, die wie Dolche über den Boden verstreut lagen.

Seit ich in diese weit aufgerissenen Augen blickte, die aussahen, als wären sie aus Porzellan, und auf die Blutlache, die sich unter ihr ausbreitete. Auf ihre völlig reglose Brust.

«Und worin besteht die?», frage ich, obwohl ich es schon weiß.

«Bestimmt haben Sie die Nachricht gesehen», sagt er und tritt einen Schritt vor. «Über den Mord an Valerie Sherman.»

«Ja.» Ich nicke. Natürlich wird überall darüber berichtet, über das neueste Spektakel: eine junge, attraktive Frau, die tot in ihrem Haus aufgefunden wurde, in einer Blutlache. «Sie soll einen Einbrecher überrascht haben, habe ich gehört.»

«Das war die ursprüngliche Theorie», sagt Dozier. «Der Couchtisch war zerstört, es herrschte Unordnung im Haus. Aber je genauer wir hinsahen, desto mehr störte uns daran. Es wirkt inszeniert.»

Ich balle die Fäuste. «Inszeniert?»

«Als hätte da jemand versucht, einen Einbruch vorzutäuschen», fährt er fort und mustert mich. «Vergleichbar dem Öffnen eines Fensters, um damit eine Entführung vorzutäuschen.»

Das Herz hämmert in meiner Brust, und meine Handflächen sind schweißfeucht.

«Warum erzählen Sie mir das?»

«Wie Sie mittlerweile bestimmt wissen, hatte Valerie ein Verhältnis mit Ihrem Mann. Schon eine ganze Weile. Schon während Sie beide noch verheiratet waren.»

«Ja», sage ich und nicke. «Ja, davon weiß ich.»

«Wir haben in ihrem Haus Fotos von ihm gefunden. Und andere … *Dinge*, die ihm zu gehören scheinen.»

Ich schweige und lasse ihn weitersprechen. Sprich nur, wenn du dazu aufgefordert wirst, ein Trick, den mein Vater mir beibrachte.

«Nachdem ihr Tod durch die Medien gegangen war, bekamen wir einen Anruf von einem ihrer Klienten», sagt er schließlich. «Valerie war Therapeutin. Sie betreute eine wöchentlich tagende Trauerbewältigungsgruppe in der Kathedrale. Hatte eine ganze Menge Stammkunden.»

Ich nicke.

«Dieser Klient behauptet, er habe Sie beide am Abend von Masons Mahnwache miteinander sprechen sehen.»

Ich erinnere mich, da war dieser Mann, der unsere Unterhaltung unterbrach, bevor sie richtig begonnen hatte, als er hereingeschlurft kam. Der mit entschuldigendem Blick vorbeigehumpelt war und sich gesetzt hatte. Uns schweigend beobachtet und gelauscht hatte.

«Wussten Sie da schon, wer sie war?», fragt Dozier. «Wussten Sie von ihrer Beziehung zu Ihrem Mann?»

«Nein.» Das ist das erste Aufrichtige, was ich heute gesagt habe. «Nein, wusste ich nicht. Ich hatte keine Ahnung.»

«Sie sind also der Geliebten Ihres Mannes zwei Wochen, bevor sie tot in ihrem Haus aufgefunden wurde, bloß zufällig begegnet?»

«Ich weiß nicht, was ich Ihnen sagen soll. Zufall eben.»

Wieder zuckt sein Blick kurz zu meiner Hand.

«Sind Sie deshalb gekommen?», frage ich schließlich und bemühe mich, genervt zu klingen. Versuche, so zu tun, als fände ich die Vorstellung, ich könnte etwas damit zu tun haben, absurd, abwegig. So weit hergeholt, dass es sich nicht einmal lohnt, es in Erwägung zu ziehen. «Um mich zu einem Mord zu befragen?»

Dozier blickt mich prüfend an, dann stößt er einen Seufzer aus und schüttelt den Kopf.

«Nein», sagt er schließlich. «Ich bin hier, weil besagter Klient uns auch einen Namen genannt hat.»

«Einen Namen», wiederhole ich, bemüht, mir meine Verwirrung nicht anmerken zu lassen. Mit diesem Verlauf der Unterhaltung habe ich nicht gerechnet. «Wessen Name?»

«Den Namen einer Frau, die früher auch zu diesen Gruppentreffen kam, aber nach Masons Verschwinden nicht mehr», erklärt Dozier. «Eine Frau, die keine Kinder bekommen konnte.»

Jetzt sehe ich ihn durchdringend an und denke an das, was Valerie sagte. An ihre Rechtfertigung für das, was sie getan hat, so als hätte sie der Welt damit einen Gefallen getan.

«Es gibt so viele Menschen, die zu gern ein Kind hätten.»

«Zuerst hat er sich nichts dabei gedacht, aber als er von Valeries Tod erfuhr und dann noch von ihrer Affäre mit Ihrem Mann, beschloss er, es zu melden.»

Es dauert einen Augenblick, bis zu mir durchdringt, was er mir sagen will, aber dann begreife ich: Da verschwand eine Frau zur gleichen Zeit wie Mason. Eine Frau, die Kinder wollte, aber keine bekommen konnte. Eine Frau, die Valerie kannte.

«Und was bedeutet das?», frage ich und rücke ganz ans Ende der Couch. «Wer ist sie?»

«Ich möchte nicht, dass Sie vorschnelle Schlüsse ziehen», sagt er und hebt die Hand. Die andere Hand steckt er in die Gesäßtasche und zieht ein kleines Foto heraus. «Vielleicht steckt gar nichts dahinter, aber wir gehen dem nach. Kommt Ihnen diese Frau bekannt vor? Oder der Name *Abigail Fisher*?»

Ich nehme das Foto und betrachte die Frau: mausbraunes Haar, zurückgenommener Blick. Sie wirkt älter als ich – Mitte vierzig vielleicht. Ich zermartere mir das Hirn und versuche, den Namen einzuordnen. In den letzten zwölf Monaten habe ich so viele Namen gesichtet – aber dann reiße ich den Kopf hoch und blicke zum Esstisch, stehe auf und gehe zur Wand, wo noch die Teilnehmerliste der TrueCrimeCon hängt.

«Abigail Fisher», sage ich, als ich den Namen gefunden habe, und tippe mit dem Finger nachdrücklich auf das Blatt. Ich versuche, die Hoffnung zu bezähmen, die mein Herz höher schlagen lässt, aber mir ist anzuhören, wie aufgeregt, ja, euphorisch ich bin. «Genau hier. Abigail Fisher. Sie war auf der Tagung.»

Ich sehe Dozier an, dann wieder das Foto, und da wird es mir klar: die Augen. Diese Augen habe ich schon einmal gesehen. Ich weiß noch, sie wurden feucht, und ich sah Tränen darin glitzern. Sie betrachtete mich mit entrücktem Blick und sprach jedes Wort mit, das ich da oben auf der Bühne sagte.

«O mein Gott.» Ich stürze zum Laptop und klappe ihn auf, denke daran, wie ich diesen Artikel zum ersten Mal las und das Foto vom Publikum betrachtete. Vom Blitzlicht hatten alle rote Augen, was ihnen etwas Ätherisches, Fremdartiges verlieh.

Aber der Blick dieser Frau ließ mich erschauern, es war, als reagierte mein Körper auf eine Bedrohung, die mein Verstand noch nicht erfassen konnte.

«Abigail Fisher», sage ich noch einmal und rufe den Artikel mit wild klopfendem Herzen auf. Als er vollständig geladen ist, drehe ich mich um, tippe wie wild auf den Monitor und beobachte, wie Doziers Miene sich verändert, als auch er begreift. Sein Blick wandert von mir zum Foto des Publikums, dann konzentriert er sich auf die Frau in der ersten Reihe und vergleicht sie mit der auf dem Foto, das er mir gerade gab.

Einen Augenblick noch bleibt es völlig still im Raum, während uns beiden die Bedeutung dieses Augenblicks klar wird.

Endlich, nach so langer Zeit, haben wir ein Gesicht. Einen Namen. Eine Chance.

«Abigail Fisher», wiederholt er und nickt mehrmals wie schicksalsergeben. «Das ist sie.»

KAPITEL
SECHZIG

EINE WOCHE SPÄTER

Ich höre ein Summen, blicke hoch und verfolge, wie die wuchtige Stahltür aufschwingt. Meine Augen brennen, aber nicht vom Schlaf – oder vielmehr von der Schlaflosigkeit –, sondern von den billigen Neonlampen über mir. Von dem grellen Licht an diesem Ort.

«Isabelle Drake?»

Ich sehe den Gefängniswärter vor der Tür an, hebe die Hand und lächle matt. Die Schnittverletzung in der Handfläche verheilt allmählich. Die anfangs klaffende Wunde ist verschorft. Noch immer sehe ich vor mir, wie Dozier in meinem Wohnzimmer meinen Verband musterte, während er versuchte, sich einen Reim darauf zu machen. Versuchte, sämtliche Hinweise und Spuren so zu kombinieren, dass sich ein schlüssiges Bild ergab.

«Eine letzte Sache», sagte er und drehte sich noch einmal um, als ich ihn schon zur Tür begleitete. Immer wieder zog es seinen Blick zurück zu dem Verband an meiner Hand. Bestimmt dachte er dabei an Valeries lebloses Körper auf diesem Scherbenhaufen; dachte an diese scharfen, gezackten Scherben und an mein Temperament, das er aus eigener Anschauung kannte. Das von einer Sekunde zur anderen mit mir durchgehen und mich blind vor Wut machen konnte.

«Valerie hat Ihnen viel genommen», sagte er und verlagerte das Gewicht aufs andere Bein, als ob ihm mit einem Mal unbehaglich zumute wäre. «Wie kommen Sie damit zurecht?»

Ich sah ihn verständnislos an. Das war die Untertreibung des Jahrhunderts.

«Sie hat meinen Sohn entführt», sagte ich und deutete auf das Foto, das er noch in der Hand hielt. «Was meinen Sie wohl, wie ich damit zurechtkomme?»

«Das wissen wir noch nicht», erwiderte er, doch ich sah ihm an, dass auch er immer mehr zu dieser Überzeugung gelangte. Wie perfekt es passte: eine Frau, die mehr als alles andere ein Kind wollte, und eine andere Frau, die eines loswerden wollte. Bestimmt konnte auch Dozier sich ebenso wie ich nun vorstellen, wie Valerie Abigail jeden Montagabend weinen und darüber klagen hörte, dass das alles so unfair sei. Valerie sah, wie Abigail sich danach sehnte, Mutter zu sein, und hörte die Verzweiflung in ihrer Stimme, während sie selbst an Mason und die Lügen dachte, die Ben ihr über mich erzählt hatte: dass ich ungeeignet, unwürdig sei. Und da malte sie sich aus, dass sein Verschwinden die Lösung für so ziemlich alles wäre.

Es ist am besten so», sagte sie. «Für alle.»

Dozier seufzte und schnalzte mehrmals mit der Zunge. Strich nervös über seine Hose. Schließlich kam er zu einer Entscheidung.

«Ich halte Sie auf dem Laufenden», sagte er, und da wusste ich, dass mein Plan funktionieren würde.

Jetzt stehe ich auf, beobachte, wie der Wärter Ben in den Besuchsbereich führt, und versuche, mir vorzustellen, wie verändert ich ihm nach nur einer Woche erscheinen muss. Als ich zur Tür ging, um mich auf den Weg zum Gefängnis zu machen, sah ich mich kurz im Flurspiegel: Rosige Frische ist in meine Wangen zurückgekehrt, so als hätte jemand ein paar Tropfen rote Farbe in ein Glas Wasser gegeben. Meine Augen sind weiter geöffnet und glänzen mehr, blicken wacher, und die dunklen Ringe darunter verblassen allmählich wie ein Bluterguss.

Aber Ben: Auch er sieht verändert aus.

«Wie geht es dir?», frage ich, als wir beide Platz nehmen, und lege den Kopf schräg. Jetzt sehe ich endlich, was alle anderen bis vor Kurzem bei mir sahen: die Erschöpfung, die sich seinem Gesicht tief eingeprägt hat, und die neuen Falten, die sich praktisch über Nacht gebildet haben. Seine Haut sieht fahl und blass aus, wie etwas, das im Sterben liegt. «Bekommst du genug Schlaf?»

Ben sieht mich an, reibt sich über die Wangen und zupft an seinen Bartstoppeln. Unwillkürlich fällt mein Blick auf seine Handschellen, die ihm in die Haut schneiden.

«Isabelle», sagt er schließlich mit rauer Stimme. «Ich habe das nicht getan.»

Ich denke an den Morgen bei Valerie, als ich aufstand und mich umsah, ihren leblosen Körper unter mir liegen sah und allmählich die Tragweite meiner Tat erfasste. Ich blinzelte, weil ich schwarze Punkte vor Augen sah und sich in meinem Kopf alles drehte. Dann die Erkenntnis, dass der Verdacht auf mich fallen würde – er würde *immer* auf mich fallen. Auf die verschmähte Ehefrau, die verzweifelte Mutter. Die Durchgeknallte, die bei ihrer fieberhaften Suche nach Antworten einfach ausgerastet war.

«Sie haben deinen Ring unter ihrer Couch gefunden», sage ich jetzt. «Direkt neben ihr. Deine DNA war überall auf ihr, Ben. Unter ihren Fingernägeln. Es sieht nicht gut aus.»

«Weil wir an diesem Morgen zusammen gewesen waren», sagt er frustriert und fährt sich mit den Händen durchs Haar, als hätte er diese Erklärung schon sehr oft abgegeben.

Ich denke daran, dass meine Finger zuckten wie ein überbeanspruchter Muskel, als die letzten Reste des Adrenalins abgebaut wurden. Dass meine Hand verstohlen unter meine Bluse schlüpfte, während ich auf Valerie hinabblickte und nachdachte. Dass ich Bens Ring zwischen den Fingern drehte wie schon so oft.

Den Ring, auf dem sein Name eingraviert ist. Von dem niemand wusste, dass ich ihn hatte.

«Dieser Ring», sagt er jetzt. «Ich weiß nicht, wie dieser Ring dorthin gekommen ist, Isabelle. Ich habe keinen blassen Schimmer. Ich trage ihn gar nicht mehr. Vielleicht hat sie ihn in meiner Wohnung an sich genommen oder so. Ich weiß es nicht.»

«Hattest du herausgefunden, was sie mit Mason gemacht hat?», frage ich sanft. «Denn dann würde ich dir keinen Vorwurf machen. Ich hätte das Gleiche getan.»

«*Nein!* Herrgott, Isabelle, ich schwöre, ich hatte keine Ahnung. Schau: Es tut mir leid, wirklich. Es tut mir alles leid. Aber ich habe niemanden *umgebracht*.»

Ich mustere Ben, meinen Ehemann, und staune darüber, wie gut sich alles gefügt hat: Ich erschuf eine Geschichte und verwob sie mit den Fakten, als ich in Valeries Wohnzimmer stand, den Ring an meiner Bluse abwischte und über den Boden rollen ließ. Als ich die Indizien, die Fakten nahm und zu einem Narrativ zusammensetzte, das alles einleuchtend erklärt. Ich wusste, wonach es aussehen würde, wenn die Polizei den Ring dort fände, im Kampf vom Finger gerissen und im Staub unter der Couch verloren gegangen.

Ein verheirateter Mann und seine Geliebte. Ich wusste, wie diese Geschichte weitergehen würde.

«Es ist leicht, dem Lebensgefährten die Schuld zu geben», sage ich und habe dabei Waylons Stimme im Ohr wie das Pochen meines Herzschlags: *Ich will, dass er bezahlt.* «Genauso leicht, wie es ist, der Mutter die Schuld zu geben. Aber weißt du, was ich immer noch nicht verstehe? Worauf ich mir keinen Reim machen kann?»

«Was?», fragt er, hörbar gereizt.

«Woher wusste Valerie, dass das Babyfon nicht funktionierte?»

Ich registriere, dass er sofort den Kiefer anspannt, und die Ketten an seinen Knöcheln klirren leise, als er die Beinhaltung verändert. Sein Kehlkopf hüpft auf und ab, als er schwer schluckt und sich anschickt zu lügen.

«Sie wusste, dass es eins gab», fahre ich fort. «Sie war schon früher in unserem Haus gewesen, aber nie in sein Kinderzimmer gegangen. Sonst hätte ich sie auf meinem Telefon gesehen.»

«Ich weiß nicht», sagt er leise. «Ich habe keine Ahnung.»

«Aber sie muss gewusst haben, dass das Gerät in dieser Nacht nicht aufzeichnen würde. Es wirkt fast so, als hätte es ihr jemand gesagt.»

Ben sieht mich schweigend über den Tisch hinweg an.

«Als hätte ihr jemand gesagt, an welchem Abend sie aufkreuzen soll.»

Die Luft zwischen uns ist zum Schneiden dick, und ich weiß instinktiv, dass ich auch hiermit richtigliege. Ich kann mir lebhaft vorstellen, wie sie in einer der Nächte, in denen ich verreist war, zusammen in unserem Bett lagen und plötzlich nebenan Mason schrie; wie Ben seufzend aufstand und etwas darüber murrte, die Batterien des Babyfons seien leer, aber ich sei zu faul, sie gleich auszutauschen; wie es in Valeries Kopf, als sie nun allein dalag, zu arbeiten begann, seine Worte der Anstoß, den sie gebraucht hatte.

«Erzähl mir von Allison», sage ich schließlich und beuge mich vor, denn er soll verstehen, warum er hier ist. «Wie ist sie gestorben, Ben?»

Alle Farbe weicht aus seinem Gesicht; irgendwie wird seine Haut noch bleicher.

«Wie meinst du das?», fragt er.

«Du weißt, was ich meine.»

«Sie hat sich umgebracht. Isabelle, sie …» Er bricht ab, schluckt, dreht den Kopf ein Stückchen. «Du glaubst doch nicht, ich hätte auch ihr etwas angetan, oder?»

Ich versuche, es mir vorzustellen: Ben, der Allison zwingt, diese Tabletten zu schlucken. Oder sie vielleicht zerdrückt und das Pulver in ihren Kaffee gibt. Oder in ihr Essen.

«Izzy», fleht er. «Himmel, ich *habe* nie jemanden getötet.»

Aber ich glaube nicht, dass es so passiert ist. Schließlich sind Bens Waffe seine Worte. Schon immer. Er wusste schon immer, dass man jemanden am besten manipulieren kann, indem man ihn auf eine bestimmte Idee bringt und ihn dann glauben macht, dass es von Anfang an seine Idee gewesen ist. Er war schon immer gut darin, Brotkrumen auszustreuen, eine nach der anderen, bis all die kleinen Schritte einen ganz woanders hingeführt haben – an einen Ort, den man nicht einmal mehr erkennt. Der so weit weg liegt, dass man von dort nicht mehr zurückfindet. Er hat schon immer gewusst, wie man andere von innen heraus ersticken lässt; wie man sie verhungern lässt, sie ertränkt, sie so dicht an den Abgrund drängt, dass es vielleicht sogar verlockend wirkt, wenn sie nach unten blicken und nur noch Leere sehen – wenn sie einen Fuß über den Rand baumeln lassen und merken, dass sie gleich abstürzen.

Und auch das verdient bestraft zu werden, nicht wahr?

Ich stelle mir Allison an diesen langen Abenden vor, schwanger, wissend, dass ihr Mann mit einer anderen ausgeht. Sicher empfand sie die gleiche Einsamkeit wie ich später, das gleiche Bedauern, sah ihr Leben wie einen Film blitzartig an sich vorbeiziehen: Ben, der auf dem Flur der Highschool auf sie zeigte und beschloss, dass sie ihm gehörte. Der sie einwickelte und ihr alles schenkte, was sie begehrte, ehe er ihrem Leben eine andere Richtung gab und sie dann allein ließ, gestrandet und einsam, gerade als in ihr ein neues Leben zu wachsen begann.

Eines Tages ging sie dann mit Tränen in den Augen und einer Hand auf dem Bauch ins Bad, wo das Tablettenfläschchen, das er auf der Ablage stehen gelassen hatte, sie wie eine stumme Herausforderung ansah. Sie nahm es in die Hand, und ihr war klar, dass er es mit Absicht da stehen gelassen hatte. Sie wusste, was sie damit tun sollte – und allmählich glaubte sie, dass sie es vielleicht auch wollte.

Schließlich sind die Wege, auf denen die Gewalt uns erreicht, immer völlig unberechenbar. Sie kommt schnell und leise. Als etwas anderes verkleidet. Ben wusste schon immer, dass man nicht den Abzug betätigen muss, um jemanden zu ermorden – manchmal muss man die Pistole nur laden und warten, bis sie von allein losgeht.

KAPITEL EINUNDSECHZIG

EPILOG

«Erzähl mir eine Geschichte.»

Noch immer kann ich ihre Stimme hören, Margarets Stimme, und sehe vor mir, wie sie in unserem Wohnzimmer auf dem Bauch lag, die Beine in die Luft gereckt. Die Hochglanzzeitschriften lagen aufgeblättert vor uns wie ein Märchenbuch des realen Lebens: mit Geschichten über andere Leute, andere Orte. Während ich die Texte laut vorlas, versetzten wir uns in diese anderen hinein, stellten uns vor, wie es sich anfühlen könnte, jemand anderes zu sein. Ein anderes Leben zu führen.

«Aber Sie machen das gut. Wie Sie Ihre Geschichte erzählen.»

Waylon und ich im Flugzeug: Ich hatte die Augen zugekniffen, während er zu mir sah und der Boden unter uns vibrierte, als das Flugzeug abhob.

«Es ist keine Geschichte», sagte ich. *«Das ist mein Leben.»*

Aber ist es nicht bei uns allen so, dass das Leben bloß die Geschichte ist, die wir selbst erzählen? Die wir möglichst perfekt zu konstruieren versuchen und dann hinaus in die Welt schicken? Eine Geschichte, die so lebendig wird, so real, dass wir irgendwann selbst an sie glauben?

Ich begann mit acht Jahren, meine eigene Geschichte zu ersinnen, ein Lügengespinst, das mit der Zeit immer stärker und kunstvoller wurde. Es bestand aus mikroskopisch kleinen, aber klebrigen und kräftigen Fäden, die alles Gute einfingen und verschlangen. Mit mir sei etwas nicht in Ordnung. Durch meine Adern ströme irgendetwas Dunkles und Schädliches.

Etwas Böses, das sich von unserem Haus auf mich übertragen hatte, ein tödliches Gift, das meine Augen versteinern ließ. Es begann mit einem einzelnen Satz, der mir eines Morgens zugemurmelt wurde – «Es macht mir Angst, wenn du das tust» –, und daraus war mit der Zeit etwas Größeres, Schmutzigeres geworden. Etwas, das mein gesamtes Leben bestimmte.

Diese Fußabdrücke auf meinem Teppich. Mein Körper, der etwas tat, was mein Kopf nicht unter Kontrolle hatte. Diese Überzeugung griff auf alles über wie der Morgennebel, der sich vom Sumpf kommend im Garten ausbreitete. Sie fraß mich bei lebendigem Leib auf.

Manchmal handeln die Geschichten, die wir erschaffen, von uns selbst. Manchmal von anderen Menschen. Doch solange wir an sie glauben – solange wir andere davon überzeugen können, an sie zu glauben –, behalten sie ihre Macht. Und bleiben wahr.

Jetzt hebe ich den Kopf und blicke Waylon an. Zwischen uns blinkt dieses grüne Lämpchen, um die Ohren spüre ich das Gewicht der Kopfhörer. Wir haben endlich alles abgehandelt: Ben und Allison und dass die Polizei nie von ihrem Selbstmord überzeugt war. Dass Dozier ihn immer im Verdacht, aber nie den Beweis hatte, den er für eine Anklage brauchte. Dass er ihn seitdem immer aus der Ferne beobachtete, besonders als unser Sohn verschwand, zum Beispiel bei der Mahnwache, zwischen den Bäumen verborgen. Dass er mich, Bens Frau, befragte, um herauszufinden, was ich wusste.

Dass er versuchte, ihn bei einem Schnitzer zu ertappen. Bei einer Lüge.

Ich denke daran, wie Dozier mich letzte Woche ansah, wie sein Blick immer wieder zu meiner verletzten Hand zuckte. Er wusste, was Valerie zugestoßen war – tief drin wusste er es –, genauso wie Chief Montgomery gewusst hatte, was Margaret zugestoßen war. Was *wirklich* passiert war. Doch er wollte es nicht wissen, eigentlich nicht. Er wollte die Wahrheit nicht erfahren, wollte nicht wissen, was wirklich passiert war, sondern lieber das hören, was einfacher zu glauben war. Daher stellte er mir nur die dazu passenden Fragen, hörte sich die Zeilen an, die ich ihm vortrug, und gestaltete dann in seinem Kopf eine Realität, die besser, praktischer war als die eigentliche, drückte seine eigene Lüge an die Brust und beobachtete dann, wie sie sich ihm entwand, ihm aus den Händen glitt.

Waylon und ich sprachen auch über Ben und Valerie und den Plan, den sie gemeinsam ausgeheckt hatten; über den Ring unter ihrer Couch; darüber, wie er sie benutzt hatte, um wieder zu einem Leben ohne Kind zu kommen, und sie hinterher getötet und es als Einbruch inszeniert hatte, um sein Geheimnis zu wahren. Kasey ließ sich ebenfalls interviewen und schilderte Ben als jemanden, der die Menschen unauffällig manipulierte. Sie habe beobachtet, wie ich mich allmählich veränderte, lange bevor Mason verschwand, und Ben mich meinem vertrauten Umfeld entfremdete, bis ich nur noch ihn hatte.

Als Bens Verhaftung bekannt wurde, besuchte Paul Hayes mich zu Hause und bat mich, sein Geheimnis für mich zu behalten.

«Der Mann, den Sie gesehen haben, ist mein Vater», erklärte er mit vor Nervosität bebender Stimme. «Jetzt, wo es mit ihm langsam zu Ende geht, lebt er bei mir, aber wir sind beide vorbestraft. Wir haben beide eine Vergangenheit, auf die ich nicht stolz bin.»

Mir fiel wieder ein, dass Dozier von Drogendelikten und einer Gefängnisstrafe gesprochen hatte. Es verstieß gegen Pauls Bewährungsauflagen, einen anderen Straftäter bei sich zu beherbergen, selbst wenn er zur Familie gehörte, deshalb hielt er seinen Vater tagsüber im Haus versteckt, bei geschlossenen Jalousien. Erst wenn die Sonne untergegangen war, konnte er gefahrlos herauskommen.

«Dad hatte mir erzählt, er habe Sie in der Nacht der Entführung gesehen», erklärte Paul und schüttelte den Kopf. «Die ganze Zeit dachte ich, dass Sie es waren, aber ich konnte Sie nicht verpfeifen, ohne uns auch zu verpfeifen.»

Ich musste daran denken, wie verstohlen er sich bei der Mahnwache verhalten hatte; wie hasserfüllt er mich angesehen hatte, als er mich auf seiner Veranda sitzen fand. Er glaubte, ich hätte mein einziges Kind getötet, und sein Vater sei der einzige Mensch auf Erden, der es beweisen konnte. Er muss schlimme Schuldgefühle gehabt haben, als er Tag für Tag sah, wie ich damit davonkam, und wusste, nur er, nur er allein konnte dafür sorgen, dass ich vor Gericht gestellt wurde – doch letztlich entschied er sich für die Familie und schützte seinen Vater und sich selbst durch Schweigen und Lügen.

Und dann ist da auch meine eigene Familie: meine Eltern, die mir neulich die Hand gereicht haben, um das, was zwischen uns zerbrochen war, vielleicht zu kitten. Meine Mutter und die Schuld, die sie insgeheim mit sich herumträgt; mein Vater und die Scham darüber, uns so fatal im Stich gelassen zu haben. Doch sie hatten schließlich schon zwei Töchter verloren, da wollten sie nicht auch noch die dritte verlieren. Ich weiß, es wird seine Zeit dauern, einander wieder neu kennenzulernen – ich werde Zeit brauchen, um ihnen all das, was sie getan oder nicht getan haben, zu vergeben –, aber wenigstens ist es jetzt heraus: Margaret und Ellie und das Schreckliche, das bei uns geschehen ist.

Das, woran sich keiner von uns erinnern wollte – das aber

jetzt, wo ich mich daran erinnere, nicht mehr vergessen werden kann.

Ich nehme den Kopfhörer ab und beobachte, wie Waylon den Schalter umlegt und das grüne Lämpchen erlischt. Bald wird sie draußen in der Welt sein, unsere Geschichte, wird anderen Menschen zu Gehör kommen – und dann wird sie wahr sein. Sie wird wahr sein, weil diese anderen Menschen das glauben, weil sie die Fakten ihren Gefühlen anpassen. Weil sie an allen möglichen falschen Stellen Fragmente der Wahrheit zu finden glauben, die sie brachial zu einem Bild zusammenfügen, das nicht den Tatsachen entspricht.

«Haben Sie ein gutes Gefühl?», fragt Waylon, wickelt die Kabel auf und verwahrt sie wieder im Koffer. «Hierbei?»

Ich sehe nach draußen, wo die Sonne den Himmel in oranges Licht taucht. Noch vor drei Wochen signalisierte der Sonnenuntergang einen Beginn – den Beginn einer langen, einsamen Nacht –, aber jetzt fühlt er sich wie das Ende an. Das Ende eines Albtraums, aus dem zu erwachen mir endlich gelungen ist.

«Ja.» Ich nicke. «Ja, das habe ich.»

«All das, was Sie getan haben», sagt er, «das war es wert.»

Ich lächle, dann bringe ich Waylon zur Tür, öffne sie weit, und wir verabschieden uns. Als er fort ist, drehe ich mich um und halte inne. Wieder ist es ganz still in meinem Haus. Roscoe liegt auf dem Boden und schläft, draußen vor dem Fenster dämmert es, und auf dem Herd wird das Abendessen warm. Ich sehe zum Esszimmer und denke an all die Namenslisten, Fotos und Zeitungsausschnitte, die ich mittlerweile abgenommen habe; an all die Tagungen und die Anrufe bei Dozier. An die Spuren, denen ich blind im Dunkeln hinterherjagte.

An diesen Kommentar, der nach kurzer Zeit wieder verschwunden war.

Er hat es jetzt besser.

So endete das alles: durch diesen Kommentar. Obwohl er gelöscht wurde, konnten sie ihn noch zurückverfolgen – und er führte sie nicht zu Valeries Haus, sondern zu dem von Abigail Fisher, einem unscheinbaren Häuschen, das sie am anderen Ende des Landes angemietet hatte. Und dort fanden sie sie auch. Sie wartete schon. Beinahe so, als wäre sie erleichtert darüber, gefasst zu werden, saß sie in einem kleinen Kinderzimmer mit Spielzeug, Dinosauriern und stapelweise Büchern.

All den Dingen, die ein Kind braucht, um glücklich und gesund zu sein. Um sich geliebt zu fühlen.

Ich denke immer noch darüber nach, wie es für sie gewesen sein muss: eine kinderlose Frau, die eigentlich bloß ihre Kinderlosigkeit betrauern und dann nach vorn blicken wollte – aber sie schaffte es nicht. Sie konnte nicht nach vorn blicken, sondern klammerte sich an ihrem Kummer fest, weigerte sich loszulassen, schob ihn immer im Kreis vor sich her wie das Delfinweibchen sein totes Kalb, bis Valerie sie eines Abends nach der Gruppe ansprach und ihr eine Geschichte erzählte.

Eine Geschichte von einer ungeeigneten Mutter und einem Jungen, der es bei jemand anderem besser hätte.

In gewisser Weise verstehe ich es. Wirklich. An Trauer ist nichts logisch. Vielmehr lässt sie uns irrational handeln und Lügen glauben. Valerie erzählte Abigail bloß, was diese hören wollte, und Abigail gestattete sich, es zu glauben – dass es so am besten war, für *alle*. Und so verdrängte sie ihre Schuldgefühle und ihre Angst, als sie sich in der Nacht der Entführung mit Valerie traf, die Hände bei der Übergabe im Dunkeln an Masons kleinen Körper presste und nicht bemerkte, dass sein Stoffdinosaurier ihm aus der Hand fiel und im Schlamm landete.

Dann schnallte sie ihn in ihrem Auto im Kindersitz fest und fuhr eilig davon in die Nacht.

Jetzt gehe ich durch den Flur zu Masons Kinderzimmer, dessen Tür ich so lange geschlossen hielt. Ich lege die Hand auf den Türknauf, wie ich es so oft tat, als ich zu ängstlich war, um ihn zu drehen, hineinzuspähen und einen Blick auf all das zu erhaschen, was ich verloren hatte – aber jetzt tue ich es. Ich öffne behutsam die Tür. Ich gestatte mir hinzusehen. Und da ist er, genau so, wie ich es mir so oft vorgestellt habe: Mason sitzt aufrecht im Bett und lächelt strahlend, als er mich erblickt. Er hält seinen alten Stoffdinosaurier in der Hand – er wurde gereinigt, bevor die Polizei ihn uns zurückgab –, eine sanfte Erinnerung an das Leben mit mir, das er vermutlich vergessen hat.

Immerhin war er ein ganzes Jahr fort. Ein ganzes Jahr, das ich niemals zurückbekommen werde.

Und das hätte das Ende der Geschichte sein können: dass Abigail Fisher mit hoher Geschwindigkeit über den Interstate Highway fuhr, auf ein neues Zuhause für sie beide zu. Ein neues Leben. In dem Mason bei einer anderen Mutter aufwachsen und sein Kleinkindgedächtnis mich so vollständig löschen würde, dass er sich nur selten flüchtig an mich erinnerte, in einem verschwommenen Traum, als fernes Echo. Als etwas Fragmentarisches, Zerbrochenes, von der Zeit Verzerrtes. Vielleicht wäre er sogar glücklich geworden, und die Geschichte, die Abigail ihm erzählte, hätte Wurzeln geschlagen und wäre wahr geworden – doch dann sah sie mich ständig in den Nachrichten, hörte mich darum betteln, ihn mir zurückzugeben. Da beschlichen sie Zweifel, zwangen sie, zu meinen Vorträgen zu kommen und mich reden zu hören. Bis sie mich allmählich nicht mehr als das Ungeheuer sah, als das Valerie mich dargestellt hatte, sondern als eine leidende Mutter, die sich nach ihrem Kind sehnte – und so lernte sie meine Rede auswendig und weinte, wenn ich sie vortrug, weil sie wusste, dass sie einen Fehler gemacht hatte, versuchte aber zugleich dennoch, sich einzureden, dass die Geschichte wahr gewesen war. Dass richtig gewesen war, was sie getan hatte.

Dass er es jetzt besser hatte.

NACHBEMERKUNG
DER AUTORIN

Falls ihr noch nicht am Ende der Geschichte angekommen seid, brecht hier bitte ab und lest zuerst zu Ende – das Folgende würde sonst zu viel vorwegnehmen.

Als dieses Buch noch nicht zu Papier gebracht worden war, sondern nicht mehr als eine Idee in meinem Kopf, da lautete diese im Grunde folgendermaßen: Was geht im Kopf einer unter Schlafentzug leidenden Mutter vor, die tief drinnen glaubt, das Verschwinden ihres Kinds sei irgendwie ihre Schuld? Als ich mich daraufhin fragte, *warum* sie das glauben sollte, fiel es mir wie Schuppen von den Augen: Es liegt daran, dass Mütter – und, ehrlich gesagt, Frauen ganz allgemein – von Geburt an so konditioniert werden, sich schuldig zu fühlen. Wir glauben *immer*, es sei unsere Schuld. Wir haben immer das Bedürfnis, uns zu entschuldigen: weil wir zu viel oder zu wenig sind. Zu laut oder zu leise. Zu ehrgeizig oder zu behäbig.

Weil wir mehr als alles andere auf der Welt Kinder wollen oder weil wir eben keine wollen.

Ich will euch nichts vormachen: Ich hatte Angst, ein Buch über Mutterschaft zu schreiben, ohne dass ich selbst Mutter bin. Ich vertrete in diesem Roman ein paar entschiedene Positionen und machte mir Sorgen, weil ich sie nicht mit persönlichen Erfahrungen untermauern konnte. Es gibt vieles an der Mutterschaft, was ich schlicht nicht verstehen kann, und in diesen Punkten habe ich mich massiv auf meine Recherche und Gespräche mit Freundinnen und Verwandten gestützt, die Mütter *sind* und mir geholfen haben, das alles einzuordnen. Und wenn ich auch einräume, dass es gewisse Gefühle und Erfahrungen gibt, die ich noch nicht vollständig ermessen kann, glaube ich doch, dass jede Frau die stillschweigenden Erwartungen nachvollziehen kann, die an die Mutterschaft geknüpft sind: das *Gewicht*, das ihr beigemessen wird, und ihre Allgegenwärtigkeit in unserem ganzen Leben, von dem Augenblick an, in dem wir unsere erste Puppe bekommen. Nicht nur das, sondern weil wir die Werturteile spüren, die andere über uns fällen, sobald wir in diesem Punkt unsere Entscheidung treffen, haben wir häufig das Gefühl, nicht einmal darüber sprechen zu können.

Wir fühlen uns völlig allein mit einer Erfahrung, die von so vielen geteilt wird.

Als mir das klar wurde, wollte ich möglichst viele unterschiedliche Frauentypen in diesem Buch unterbringen: Frauen, die nicht perfekt, sondern kompliziert und chaotisch sind und aufgrund diverser Entscheidungen sicherlich Ablehnung hervorrufen – aber darum geht es ja auch. Isabelle ist in vielerlei Hinsicht mein Versuch zu zeigen, welchen Schaden gesellschaftlicher Druck und Erwartungshaltungen einer Einzelperson zufügen können. Ist sie eine perfekte Mutter? Nein. Und macht sie Fehler? Ja. Sie hat zu kämpfen, wie alle Mütter, und hat extreme Schuldgefühle wegen gewisser Gedanken und Gefühle, von denen sie gar nicht weiß, dass sie normal sind – aber woher sollte sie es auch wissen, wenn niemand darüber spricht? Trotz allem liebt sie ihren Sohn innig. Allerdings wird diese Liebe niemals genügen, um sie vor einer Verurteilung im Gerichtssaal der öffentlichen Meinung zu bewahren … oder auch nur in ihren eigenen Augen übrigens, so sehr ist sie es gewohnt, die Schuldzuweisungen anderer zu akzeptieren.

Was Isabelles Mutter anbelangt, so habe ich mich bemüht, mich diesem sehr heiklen Thema behutsam und respektvoll zu nähern. Ich habe gründlich über postpartale Psychose recherchiert, und die Figur der Elizabeth basiert zu einem großen Teil auf Andrea Yates. Je mehr ich über sie las, desto mehr wandelte sich meine Bewertung ihrer Handlungen, von anfangs grauenerregend zu herzzerreißend. Sie war eine Mutter am Ende ihrer psychischen Kräfte. Sie bat um Hilfe, bekam keine und wurde für das, was infolgedessen geschah, verunglimpft. Natürlich ist das, was sie getan hat, sowohl tragisch als auch entsetzlich – aber gleichzeitig hätte es auch vermieden werden können, wenn die psychische Gesundheit von Frauen nicht etwas wäre, was wir leichthin abtun oder nicht zu bemerken vorgeben. Das Gleiche lässt sich für Elizabeth sagen.

Allison, Valerie, Kasey und Abigail sind in dieser Geschichte ebenfalls Frauen mit komplizierten Gefühlen, die zu jeweils unterschiedlichen Entscheidungen führen: gut und schlecht, richtig und falsch – aber meistens, glaube ich, irgendwo in der trüben Mitte. Im echten Leben kommen wir sehr selten in den Genuss einer Situation, in der alles einfach schwarz oder weiß ist, und daran versuche ich mich in meinen Geschichten auch zu halten, indem ich jede Figur so vielschichtig wie möglich anlege. Ich hoffe, dass sie dadurch zu erhellenden Gesprächen anregen – oder doch wenigstens ein Lesevergnügen bieten.

Schließlich möchte ich euch noch darauf hinweisen, dass es Hilfe gibt, falls ihr euch Sorgen um eure eigene psychische Gesundheit oder die eines geliebten Menschen macht. Eine gute erste Anlaufstelle wären die gesetzlichen und privaten Krankenkassen sowie die Selbsthilfeorganisation «Schatten und Licht e. V. Initiative peripartale psychische Erkrankungen» (https://schatten-und-licht.de).

DANKSAGUNG

Ich habe eine komplizierte Beziehung zur Danksagungsseite.

Einerseits bereitet mir nichts mehr Vergnügen, als die Aufmerksamkeit auf die vielen, vielen Menschen zu richten, die daran mitwirken, ein Buch zum Leben zu erwecken. Bevor ich in dieser Branche landete, wusste ich gar nicht, in welchem Maße die Veröffentlichung eines Buches Teamarbeit ist, und ich kann euch sagen: Es kommt mir zutiefst unlauter vor, nur einen Namen auf dem Umschlag zu nennen. Aber andererseits ist es unmöglich, jeden einzelnen Namen aufzuführen, und der Gedanke, jemanden auszulassen, schmerzt mich. Nichtsdestotrotz: Wer ihr auch seid, falls ihr mit dieser Geschichte in irgendeiner Form zu tun hattet, seid versichert, ich bin unglaublich dankbar.

Meinem Agenten Dan Conaway: Ohne dich gäbe es diese Geschichte nicht. Du hast mein Leben verändert und mir die Freiheit gegeben weiterzuschreiben. Vielen Dank dafür.

Chaim Lipskar, Peggy Boulos-Smith, Maja Nikolic, Jessica Berger, Kate Boggs und allen anderen in der Literaturagentur Writers House: Ihr seid noch genauso fantastisch, und ich schätze mich sehr glücklich, bei euch zu sein. Ich danke euch allen für euren Einsatz.

Meiner Lektorin Kelley Ragland: Vielen Dank für jedes Gespräch, das dabei half, diese Geschichte auf den richtigen Weg zu bringen. Allison Ziegler, Sarah Melnyk, Hector DeJean, Madeline Houpt, Paul Hochman, David Rotstein und allen anderen bei Minotaur, St. Martin's Publishing Group und Macmillan: Danke für den unermüdlichen Einsatz. Ein gewaltiger Dank geht außerdem an Andy Martin und Jen Enderlin dafür, dass sie mir eine Chance gaben.

Meiner britischen Lektorin Julia Wisdom und allen drüben bei HarperCollins UK, einschließlich, aber nicht nur, Lizz Burrell, Susanna Peden und Maddy Marshall: Danke dafür, dass ihr ein weiteres Buch von mir – und mich! – nach Übersee geholt habt. Ein Traum ist wahr geworden.

Meiner Filmagentin Sylvie Rabineau bei der William Morris Agency: Danke für alles, was du tust, um meine Geschichten auf die Leinwand zu bringen. Ich freue mich unglaublich, dass wir wieder zusammenarbeiten.

Den Bibliothekaren, Buchhändlerinnen, Bloggerinnnen, Rezensenten, Bookstagrammern, Lesekreisen und der Online-Lese-Community: Ich weiß gar nicht, was ich sagen soll. Als ich die Danksagung für *Das siebte Mädchen* schrieb, war mir noch nicht klar, welch massiven Einfluss ihr alle auf meine Arbeit und mein Leben haben würdet. Diesmal verstehe ich es – und ich bin so dankbar. Danke, dass ihr meinen Schreibstil, meine Geschichten und meine Figuren mit solcher Begeisterung aufnehmt; danke, dass ihr die Bücher, die ihr liebt, weiterempfehlt und mir ermöglicht, so viele wunderbare Leserinnen überall auf der Welt zu erreichen. Ich schulde euch allen so viel – also danke.

Den unabhängigen Buchhandlungen überall, besonders Buxton Books, Itinerant Literate und The Village Bookseller gleich hier in Charleston: Danke, dass ihr eine Einheimische unterstützt, die mit dem Traum aufwuchs, ihren Namen eines Tages in Regalen wie den euren zu sehen.

Meinem Ehemann Britt: Ich dachte, du hättest mir beim ersten Mal schon den Rücken gestärkt, aber die letzten zwölf Monate haben mir erst so richtig gezeigt, welches Glück ich habe. Danke, dass du mich bedingungslos unterstützt und immer für ein Abenteuer zu haben bist. Ich liebe dich sehr.

Meinen Eltern Kevin und Sue, weil sie weiterhin meine größten Fans sind. Bitte glaubt nicht, mein Interesse an dysfunktionalen Familien hätte etwas mit euch zu tun.

Meiner Schwester Mallory, die mir wieder wertvolles Feedback zur schlechten ersten Fassung gab. Die Kindheit mit dir hat mir die Schwester-Erinnerungen geschenkt, die ich brauchte, um diese Geschichte mit Leben zu füllen. Danke, dass du mir erlaubt hast, dir durchs Leben zu folgen wie ein (nicht so stiller) kleiner Schatten.

Brian, Laura, Alvin, Lindsey, Matt und dem Rest meiner wunderbaren Familie wie immer für eure Begeisterung und Unterstützung.

Meinen Freunden nah und fern, die mich stets ermutigt haben, seit ich ihnen mein schräges Geheimnis anvertraute: danke, dass ihr immer für mich da seid. Ich wünschte, ich könnte euch alle namentlich nennen, aber es ist mir ein Bedürfnis, zumindest diejenigen zu nennen, deren Unterstützung und Liebe weit über das übliche Maß hinausgingen: Rebekah, Caitlin, Ashley, Erin, Kolbie, Jeremy, Kaela, Justin, Tina, Noah, Eli, Laura, Abby, John, Bobby, Reid, Peter, Mégane, Jacqueline und Caroline.

Mako für die Gesellschaft.

Douglas für die Inspiration.

Und schließlich meinen Leserinnen und Lesern, denen ich unglaublich viel verdanke. Falls ihr dieses Buch nach *Das siebte Mädchen* ausgesucht habt: Danke, dass ihr mir die Treue gehalten habt. Falls es eure erste Geschichte von mir war: Danke, dass ihr mir eine Chance gebt.